BASTEI
LÜBBE
TASCHENBUCH

Titel in der Regel auch als E-Book erhältlich

Tina Troy

ZIEH DICH AUS!

Erotischer Roman

Aus dem Englischen von
Anna Wichmann

BASTEI
LÜBBE
TASCHENBUCH

BASTEI LÜBBE TASCHENBUCH
Band 17 019

1. Auflage: Juli 2014

Dieser Titel ist auch als E-Book erschienen

MIX
Papier aus verantwortungsvollen Quellen
FSC® C006701
FSC
www.fsc.org

Vollständige Taschenbuchausgabe

Deutsche Erstausgabe

Titel der englischen Originalausgabe: »Playing Hard«

Published by Arrangement with Virgin Books LTD., London, England
Dieses Werk wurde vermittelt durch die Literarische Agentur Thomas Schlück GmbH, 30827 Garbsen

Titelillustration: © shutterstock/Sergey Mironov; © shutterstock/de2marco
Umschlaggestaltung: Manuela Städele
Satz: Urban SatzKonzept, Düsseldorf
Gesetzt aus der Palatino
Druck und Verarbeitung: CPI – Ebner & Spiegel, Ulm
Printed in Germany
ISBN 978-3-404-17019-7

Ich konnte nicht sehen, was er in den Händen hielt, doch dann spürte ich es. Er legte mir Handschellen an. Bevor ich wusste, wie mir geschah, waren diese schon an den Ringen, die an der Wand über dem Bett hingen, befestigt.

»Was machst du denn?«, keuchte ich.

Er streichelte mich. Ich lag nackt und feucht vor ihm und wünschte mir erneut nichts sehnlicher, als ihn in mir zu spüren. Doch gleichzeitig wurde ich immer aufgeregter. Das war etwas Neues. Ich hatte zuvor schon mit Bondage experimentiert, wie vermutlich jeder. Trotzdem kam mir das hier anders vor. Er meinte es ernst.

1

Der Mann unter mir stöhnte. Ich konnte sehen, wie sich seine Erektion gegen seine roten Satinboxershorts drückte. Männer sind immer so einfach gestrickt. Roter Satin. Ich bitte Sie. Er öffnete die Augen und starrte mich mit einem vor Verlangen verklärten Blick an. Ich legte die Beine um seine Körpermitte und presste sie so fest gegen ihn, bis er erneut stöhnte.

»Oh Gott«, bekam er gerade so hervor. Ich grinste, aber er bekam es nicht mit, da er die Augen schon wieder geschlossen hatte. Zehn Minuten hatten wir noch, sagte mir ein Blick auf die Uhr. Sein Penis konnte kaum steifer werden. Sollte ich mich vorbeugen und ihn einfach mit dem Mund zum Höhepunkt bringen? Das war nicht Teil der Vereinbarung. Er möchte die finale völlige Unterwerfung nach seinen eigenen Bedingungen genießen. Aber ich wünschte mir, er würde sich beeilen. Wenn er nicht in den nächsten zehn Minuten kommt, hat er Pech gehabt. Ich bewegte mich ein wenig und ließ ihn spüren, wie viel Kraft ich in den Beinen habe. Genau das mögen sie, diese Männer. Meine Kraft. Super. Das war genau richtig. Er kommt keuchend und zuckend. Ich muss bei meinem Job nicht einmal einen Orgasmus vortäuschen, um die Männer glücklich zu machen. Ich liebe dieses Gefühl der Macht. Sein Samen breitete sich auf den roten Shorts aus. Ich lockerte meine Beine, und sein Körper erschlaffte unter mir. Safer Sex? Das hier geht weit darüber hinaus.

»Du bist wunderbar, Lili«, murmelte er. »Das war himmlisch.«

»Danke«, erwiderte ich und grinste ihn auf diese ganz spezielle Weise an, mit der ich ihm sagen will, dass ich weiß, was er denkt. »Möchtest du aufstehen oder die letzten paar Minuten unter mir liegen bleiben? Schließlich sollst du ja auch was bekommen für dein Geld.«

»Ich glaube, mir reicht's.«

»Bin ich dir etwa zu viel?«, fragte ich, was viel zu vorhersehbar war. So langsam klingen meine Sprüche abgedroschen.

»Das würde ich so nicht sagen. Beim nächsten Mal werde ich dafür sorge, dass du dich mir unterwirfst.«

»Ich werde erst in einem Jahr wieder hier sein.«

»Dann habe ich ja genug Zeit zum Üben. Kann ich dich jetzt schon buchen? Damit ich mich das ganze Jahr darauf freuen kann?«

»Danach solltest du Dexi fragen, wenn du rausgehst. Ich habe bis jetzt noch keine festen Termine gemacht. Wenn du möchtest, kannst du deinen Namen auf die Liste setzen lassen, dann melden wir uns.« Ich stand auf und sah auf meinen Klienten hinab. Dann streckte ich den Arm aus und half ihm auf. Er stöhnte wieder, dieses Mal allerdings weniger lustvoll.

»Ich glaube, du hast mich fertiggemacht«, jammerte er.

»War das nicht genau das, was du wolltest?« Ich warf mein langes, blondes Haar schwungvoll in den Nacken. Warum stehen Männer so auf lange Haare? Vermutlich ist das auch eines dieser Dinge, die ihre Fantasie anregt. Sein Nacken war völlig steif und verspannt. Ich legte die Hände auf seine Schultern, versteifte die Finger und drückte hart gegen diese festen Knoten. Als er sich wand, drückte ich noch fester zu.

»Au!«, rief er und keuchte. »Bestehst du aus Stahl, anstatt aus Haut und Knochen?«

Ich bearbeitete seine Muskeln etwas sanfter, bis er sich entspannte. Erst als er aufstand, realisierte ich, dass wir exakt gleich groß waren: 1,83 Meter. In der Schule war es mir immer peinlich, so groß zu sein, da ich alle anderen überragte. Heute bin ich froh darüber. Ich trage sogar hochhackige Schuhe, je höher, desto besser, aber natürlich nicht, wenn ich kämpfe. Ich genieße es, angestarrt zu werden. Schließlich arbeite ich hart an meinem Körper und nutze ihn, um vom Leben das zu bekommen, was ich haben will, und zwar, so lange ich kann. Es gefällt mir, wenn meine Klienten kleiner sind als ich. Sehr häufig sind sie auch dicker und bilden sich tatsächlich ein, gegen mich eine Chance zu haben. Aber ich bin viel zu fit für sie. Und zu gut. Je größer ihr Ego, desto mehr sind sie bereit, für den Sieg zu zahlen. Mein Stolz gestattet mir nicht, sie gewinnen zu lassen, und ich gebe niemals zu, wenn ich Schmerzen habe. Dadurch bin ich innerlich wie äußerlich stark.

Er hob seinen Arm und griff nach meiner Schulter. Ich hätte ihn problemlos zu Boden werfen können, aber es war die Sache nicht wert.

»Lili«, flehte er, »können wir nicht ... ich meine, würdest du ... mit mir was trinken gehen? Bitte.«

»Tut mir leid, aber ich trenne strikt zwischen Arbeit und Freizeit.«

»Dann nenn es Arbeit, wenn du dich dabei besser fühlst. Das ist mir egal. Ich mag dich, und ich würde dich gern besser kennenlernen.«

»Wenn es Arbeit ist, dann musst du meinen Stundensatz bezahlen. Doch ich bezweifle, dass du das tun möchtest. Nicht, wenn du nur mit mir was trinken gehen willst. Außerdem fahre ich morgen weiter. Möchtest du dich jetzt vielleicht lieber frisch machen? Es wäre nicht schlecht, wenn du dich umziehst, bevor du gehst.«

Er sah an sich herab und musterte den Fleck auf seiner Unterhose. »Da hast du recht. Wenn ich so draußen rumlaufe, verhaftet man mich noch wegen Erregung öffentlichen Ärgernisses. Nochmals vielen Dank. Es hat sehr viel Spaß gemacht.«

Ich lächelte als Reaktion auf dieses Kompliment. Gedanklich war ich schon ganz woanders und konzentrierte mich auf meinen nächsten Termin. Eigentlich hätte ich gern etwas getrunken, aber ich musste mich damit zufriedengeben, schnell zu duschen und mich umzuziehen. Mr Smith, oder wie auch immer der Mann in Wirklichkeit heißen mochte, musste allerdings zuerst das Apartment verlassen.

Dexi, mein Rezeptionist, Sekretär und enger Freund, kam herein. Ich lächelte ihn an, deutete mit dem Kinn in Richtung Badezimmer, und er verstand.

»Dein nächster begieriger Klient wartet draußen«, sagte Dexi. »Und er kann es kaum erwarten.«

»Er ist früh dran. Ich muss noch duschen und mich umziehen, bevor er reinkommen kann.«

»Er hat um ein besonderes Kostüm gebeten.«

»Oh Gott, auch das noch. Was will er denn?«

»Etwas sehr Textilarmes. Er steht auf Beine, daher sollst du keinen Lycraanzug anziehen, der den ganzen Körper bedeckt.«

»Alles klar. Irgendeine bevorzugte Farbe?«

»Jungfräuliches Weiß wäre am besten. Und Stiefel. Er hätte gern hohe, weiße Schnürstiefel. Viel Glück. Hoffentlich ist er nicht fit und denkt, er würde billigen, heißen Sex kriegen.«

»An mir ist nichts billig. Er weiß, was ich verlange und dass dazu kein billiger Sex gehört. Die meisten dieser Typen kommen ja schon fast, bevor ich sie überhaupt bearbeite. Da fällt es mir schwer genug, es hinzubekommen, dass sie die Stunde durchhalten.«

Die Badezimmertür wurde wieder geöffnet, und der vierte Mr Smith dieses Tages kam heraus. Er trug einen Anzug und zeigte abgesehen von einer leichten Röte im Gesicht keine Anzeichen von dem, was er gerade hinter sich hatte.

»Nochmals vielen Dank, Lili. Dexi, bitte lassen Sie es mich doch wissen, wenn Sie wieder in der Gegend sind. Ich kann die nächste Sitzung kaum erwarten.«

»Aber natürlich, Mr Smith. Ich werde Ihre Adresse notieren und Ihnen einen Flyer schicken, wenn wir das nächste Mal in der Gegend sind.« Der unglaublich gut aussehende, 1,93 Meter große Dexi hielt dem Klienten die Tür auf, zwinkerte mir zu und ließ mich dann alleine, damit ich mich auf den Nächsten vorbereiten konnte.

Himmel, hatte ich einen Durst. Aber ich kann keinen Alkohol trinken, wenn ich kämpfen muss. Also nippte ich stattdessen an einem Glas Eiswasser. Hätte ich es heruntergestürzt, wie mein Körper es verlangte, wäre ich am Ende gewesen. Danach zog ich den Ganzkörperbody aus rotem Lycra aus und ließ mich unter der Dusche vom Wasserstrahl verwöhnen. Ich stellte die Temperatur so niedrig, dass meine Haut kribbelte. Doch diese Tortur half mir, meine Müdigkeit zu überwinden. Meine schmerzenden Muskeln fühlten sich erfrischt an. Trotzdem war ich sehr dankbar dafür, dass ich an diesem Tag nur noch einen Klienten hatte. Sechs an einem Tag waren viel zu viel, aber abgesehen vom finanziellen Aspekt wollte ich auch niemanden enttäuschen. Grinsend fragte ich mich, wo sie sich angeblich während der Stunde aufhielten, die sie bei mir waren. Ich hätte zu gern die Gesichter ihre Sekretärinnen gesehen, wenn sie die Wahrheit erfahren hätten:

»Ich werde in der nächsten Stunde mit Lili ringen. Bitte stellen Sie solange keine Anrufe durch!«

Ich seufzte, holte tief Luft und streckte die Arme über dem Kopf aus. Für sie war das alles ja gut und schön, dachte ich. Sie kämpften eine Stunde und waren erschöpft. Ich verliere dagegen bald den Überblick, wie viele Klienten ich jeden Tag habe. Morgen ging es in Somerset weiter. Ein anderes Hotelzimmer, eine andere Reihe von Männern, die meine exklusiven und auch recht ungewöhnlichen Dienste in Anspruch nahmen. Wenn es nicht so gut bezahlt würde, hätte ich das Ganze längst aufgegeben. Ich seufzte noch einmal. Noch ein weiteres Jahr, dann konnte ich langsam darüber nachdenken, mich zur Ruhe zu setzen und sesshaft zu werden. Ich würde mir irgendetwas Ruhiges und Konventionelles suchen und vielleicht das Restaurant eröffnen, von dem ich immer geträumt hatte.

Nachdem ich meinen Körper energisch mit dem Handtuch trocken gerubbelt hatte, musterte ich meinen Körper in einem der Spiegel, mit denen ich mich so gerne umgab. Ich hatte lange, sehr lange Oberschenkel. Zwar sorgte ich dafür, dass die Muskeln sehr ausgeprägt waren, aber dennoch nicht so auffällig wirkten wie die von Bodybuildern. Ich befühlte meine Brüste, die fest und wohlgeformt waren. Als ich mich so berührte, wurden meine Brustwarzen steif. Wer braucht schon einen Mann? Wow! Was sag ich denn da? Ich brauche einen Mann. Wenn ich unterwegs bin, ist es immer dasselbe. Ich will einen Mann. Ich gebe diesen Kerlen nie eine Chance, mit denen ich kämpfe. Die meisten von ihnen sind so … Ach, ich weiß auch nicht. Sie wollen nur kommen, wenn ich sie zwischen meinen Oberschenkeln halb zerquetsche. Eine Vergeudung von gutem Samen, würden viele sagen. Als Druckfetischisten könnte man sie auch bezeichnen. Daran ist eigentlich nichts falsch, aber es ist bei Weitem nicht so gut, wie einen guten, befriedigenden harten Schwanz da zu spüren, wo es wichtig ist.

Während ich mich nachdenklich im Spiegel anstarrte, wurde ich feucht. Ich schob meine Finger in meine heiße Spalte und rieb sie. Schnell. Schnell. Verdammt. Keine Zeit mehr. Er ist hier. Mr Smith der Neunhundertste. Du musst warten, Süße, sagte ich mir.

Erneut sah ich in den Spiegel. Hier konnte ich meinem Spiegelbild nicht entgehen. Sollte ich mir die Schamhaare färben? Das dunkle Dreieck zwischen meinen Beinen bewies nur, dass ich überall sonst chemisch nachgeholfen hatte. Aber ich bin in Bezug auf diesen bestimmten Teil meiner Anatomie sehr anspruchsvoll. Warum sollte ich mir die Mühe machen? Ich hatte im wahrsten Sinne des Wortes hart gekämpft, um hierherzukommen. Ich hatte eine schwere Reise hinter mir.

Ich entschied mich für einen weißen hautengen Anzug. Mit meinen Outfits konnte ich jeden Wunsch erfüllen: PVC, Leder, Lurex, was auch immer. Der Beinausschnitt dieses Anzugs saß sehr hoch, fast schon an der Taille. Das Oberteil hatte vorne so gut wie keinen, hinten aber einen sehr tiefen Ausschnitt und kurze, enge Ärmel. Genau das Richtige für einen Mann, der auf Beine steht. Ich schlängelte mich in das Kleidungsstück und zog es mühsam an. Es hatte keinen Reißverschluss, damit sich niemand daran verletzen konnte. Meine Brustwarzen waren durch den Stoff zu sehen, wie sie sich steif und dunkel dagegendrückten. Dazu zog ich weiße weiche Ziegenlederstiefel an, die mir fast bis zum Knie reichten, und schnürte sie zu. Alles an diesem Outfit war glatt und fließend, und ich fühlte mich darin immer besonders sexy. Ich hoffte, dass er es auch wert war. Jetzt noch der letzte Schliff.

Ich bürstete mir das Haar, bis es im hellen Licht glänzte. Dann band ich es zu einem hohen Pferdeschwanz. Er sah eindeutig wie ein Phallussymbol aus und ließ mich noch größer erscheinen. Ich sah gut aus und war mir dessen bewusst. Ich war das perfekte Sinnbild einer gesunden Frau und die Verkörperung von Männerfantasien. Und was für Narren diese Männer waren. Zahlten sie doch dreihundertundfünfzig Pfund für eine Stunde mit mir.

»Hör auf damit, Lili«, sagte ich mir. »Schon bald bist du einfach nur Penny Jackson. Die brandneue Version. Noch ein Jahr, dann kann Lili für immer verschwinden.« Ich fixierte das Lächeln in meinem Gesicht und öffnete die Tür.

Bill Davidson saß auf der Couch, die der Tür gegenüberstand. Er sah aus, als würde er sich nicht wohlfühlen. Seine Finger verdrehten den Griff seiner Sporttasche. Zögernd stand er auf.

»Miss, äh ... Lili«, stammelte er. Meine Laune war schlagartig im Keller. Schon wieder nur einer dieser Trottel. Er holte tief Luft. »Ich bin Bill Davidson. Wie geht es Ihnen? Wow, Sie sehen wirklich umwerfend aus. Einfach perfekt.«

»Hi«, entgegnete ich. Ich musste für diesen Mann sexy klingen. Er wollte eine Fantasie ausleben, und ich musste bereit sein, sie für ihn zu verkörpern. »Möchten Sie sich im Badezimmer umziehen? Kann ich Ihnen etwas zu trinken anbieten?«

»Oh, nein, vielen Dank. Das kann ich nicht. Ich finde, das sollte ich auch nicht tun, oder? Ich möchte nicht, dass der Alkohol irgendetwas verdirbt.«

»Ich kann Ihnen auch einen Fruchtsaft oder ein Mineralwasser anbieten. Ziehen Sie sich erst einmal um, und ich mache uns etwas zu trinken, damit wir einander etwas besser kennenlernen können, bevor es losgeht.«

»Super. Danke. Ideal«, sagte er und klang nervös, als er ins Badezimmer huschte.

»Ist alles okay?«, fragte Dexi und steckte wie üblich den Kopf durch die Tür. So weiß der Klient immer, dass Dexi zur Stelle ist, falls es irgendwelche Probleme gibt. Er ist so groß, dass er die perfekte Versicherung darstellt, doch wenn man ihn näher kennt, dann merkt man schnell, dass das alles nur Show ist. Aber es ist gut zu wissen, dass er da ist, falls ich mal Hilfe brauchen sollte. Er ist ein großer, gut aussehender Rock-Hudson-Typ mit denselben sexuellen Neigungen.

Bill kam zurück ins Zimmer. Er trug die üblichen Boxershorts und sonst nichts. Außerdem war er barfuß. Sein Körper war fest und sah kräftig aus. Sehr schön.

»Ich hoffe, das ist die angemessene Kleidung. Das ist mein erstes Mal mit jemandem wie Ihnen. Ich habe mir immer vorgestellt, wie das wohl sein müsste. Vermutlich halten Sie mich für einen sehr merkwürdigen Kerl.« In meinem Kopf gingen diverse Warnsignale los. Er klang nicht, als wäre er völlig ehrlich. Aber das machte mir nichts aus. Viele meiner Klienten bekamen Lampenfieber. Ich lächelte ihn aufmunternd an und hoffte, dass er mich nicht durchschaute.

»Ganz und gar nicht. Die meisten Männer, denen ich begegne, sagen das. Sie wären überrascht, wie wenige so etwas schon einmal ausprobiert haben. Wahrscheinlich gibt es aber auch nicht viele Frauen, die bereit sind, das zu tun, was ich tue.«

»Das stimmt.« Seine Stimme klang, als wäre er angespannt. Ich sah ihm in die Augen, während sein Blick an meinen Beinen auf und ab wanderte, doch sie wirkten ruhig. »Aber Sie sind wunderschön. Sie sind eine der schönsten Frauen, die mir je begegnet sind.« Sein Blick war noch immer auf meine Beine gerichtet, und er schien von Minute zu Minute zuversichtlicher zu werden.

»Vielen Dank«, erwiderte ich höflich und ließ einen Hauch gespielter Überraschung in meiner Stimme durchklingen. Als wäre er der erste Mann, der mir etwas erzählte, was mir nicht längst bewusst war. Ich hasste es, wenn sie plaudern wollten. Mir war es lieber, so schnell wie möglich aufs Ganze zu gehen. Dann hatte ich es schneller hinter mir und konnte mich entspannen. »Sie könnten mir jetzt erzählen, was genau Sie von mir erwarten. Außerdem sollten wir noch einige Grundregeln klären, bevor wir anfangen.«

»Darf ich Sie berühren?«, fragte er auf einmal. »Ich möchte spüren, wie stark Sie sind. Darf ich Ihre wunderschönen Beine streicheln?« Ich starrte ihn an und war einen Moment lang leicht verwirrt. »Nein, entschuldigen Sie. Vergessen Sie, was ich gesagt habe. Das war dumm von mir.«

»Glauben Sie mir, Bill ...« Warum war ich der Ansicht, dass er gar nicht so hieß? Er sah nicht aus wie ein Bill ... »Sie werden schon früh genug spüren, wie viel Kraft ich in den Beinen habe. Sie sind mein größter Trumpf. Aber zuerst müssen wir ein Zeichen vereinbaren, mit dem einer von uns beiden signalisieren kann, dass er aufhören möchte. Eine Unterwerfungsgeste. Ich schlage normalerweise vor, dass man mir auf den Rücken klopft. Vielmehr, dass ich Ihnen auf den Rücken klopfe.« Er sollte ruhig glauben, dass er gewinnen konnte.

»Das klingt gut.«

»Und welche Griffe bevorzugen Sie?«

»Die Kopfschere. Oder die Körperschere. Alles, wobei ich das Gefühl habe, richtig festgehalten zu werden. Aus diesem Grund habe ich mir auch gewünscht, dass Sie nackte Beine haben. Ich hoffe, das stört Sie nicht.«

»Ganz und gar nicht. Diese Griffe bevorzuge ich ebenfalls. Gehe ich recht in der Annahme, dass Sie lieber überwältigt werden wollen, anstatt den dominanten Part zu übernehmen?« Das war eigentlich selbstverständlich. Ich konnte wohl kaum die Unterwürfige spielen. Aber es konnte auch nicht schaden, sie in dem Glauben zu lassen, dass sie eine Wahl hätten.

»Ich denke schon, aber wir können ja mal abwarten, wie es läuft. Ich hätte da so einige Ideen, die ich gerne mal ausprobieren würde.«

»Okay. Sind Sie jetzt bereit?« Er nickte. Während unserer Unterhaltung hatte ich ihn gründlich gemustert. Er war einige Zentimeter größer als ich. Sein Körper sah eher drahtig als muskulös aus. Das bedeutete vermutlich, dass er kräftig war und somit eine Herausforderung darstellte. Dexi hatte ihn falsch eingeschätzt.

Wir hatten so gut wie alle Möbel aus dem Hotelzimmer geräumt. Die Couch und der kleine Tisch standen am Fenster, und in der Mitte des Raums lag meine blaue Wrestlingmatte aus Plastik. An einer Wand hingen Spiegel, hinter denen sich der Kleiderschrank verbarg. Sehr viele Spiegel, die es allen Beteiligten ermöglichten, sich bei dem zu sehen, was sie taten.

Ich genieße diese ersten Momente eines Kampfes immer sehr. Wir näherten uns einander mit leicht gebeugten Knien und locker herunterhängenden Armen. Ich blickte ihm in die Augen, während ich davon überzeugt war, dass ich ihn besiegen würde. Ich bin stark. Dominant. Männer sind unterlegen, selbst wenn sie glauben, unfassbar kräftig zu sein. Ich setze ihre Kraft gegen sie ein. Unser Ringkampf widerspricht allem, was sie darüber gelernt haben, dass sie Frauen respektieren sollen: »Man kämpft nicht mit Mädchen. Man schlägt keine Mädchen.« Als ob ihnen das gelingen würde! Ich sehe das eher so, dass ich ihren Ehefrauen das Leben leichter mache. Außerdem kann ich sehr gut auf mich aufpassen.

Wir taxierten uns auf der Matte aus, und ich wagte den ersten Angriff. Ich packte ihn und schob ihm die Beine weg, sodass er auf dem Boden landete. Im nächsten Moment stürzte ich mich auch schon auf ihn, damit ich weiterhin im Vorteil blieb. Danach begann ich langsam, die Kontrolle zu übernehmen. Er gab alles und stieß sich vom Boden ab, sodass ich ihn loslassen musste. Kurz gewann er die Oberhand, hielt meine Arme über meinem Kopf fest und drückte sie auf die Matte. Doch so leicht würde ich mich nicht besiegen lassen. Ich lächelte ihn an, sodass er für den Bruchteil einer Sekunde abgelenkt war. Schnell legte ich meine Beine um seinen Körper und drehte sie. Er verlor das Gleichgewicht und rollte über die Matte. Erneut legte ich die Beine um ihn und verschränkte die Knöchel. Jetzt drückte ich ihn in meiner unbezwingbaren Schere zusammen. Er keuchte, und auf seinem Gesicht zeichnete sich ein Grinsen ab. Ich packte ihn fester und spürte unter meinen Oberschenkeln, wie sich sein Puls beschleunigte. Er war leicht zufriedenzustellen. Als ich zu seinem Penis sah, stellte ich zufrieden fest, dass er bereits vollständig erigiert war und sich gegen den dünnen Stoff seiner Shorts presste.

»Sie sollten mich lieber loslassen«, rief er mit heiserer Stimme. »Es ist noch zu früh.«

Ich ignorierte ihn. Er hatte nicht das vereinbarte Signal gegeben.

»Bitte«, keuchte er. Er griff verzweifelt in meinen Rücken, versuchte, meinen Griff zu brechen und den Druck zu mildern. Nun spürte ich das vereinbarte Klopfen und ließ ihn augenblicklich los.

»Der erste Punkt geht an mich«, sagte ich und befeuchtete meine Lippen. Er sah mich mit einem Blick an, der sein Verlangen widerspiegelte. Nicht schon wieder, dachte ich. Ich hasse jede Art von Verehrung. Ich mag Macht, aber nur, wenn ich sie mir auch verdient habe, und nicht, weil ich sie aufgrund meines Aussehens oder weil jemand auf mich steht ausüben kann.

»Sie hatten recht. Sie haben unglaubliche Beine. Jetzt weiß ich, worauf ich achten muss.« Er trank einen Schluck Wasser, das ich auf einem Tablett auf dem Tisch bereitgestellt hatte, und drehte sich wieder zu mir um. Dann streckte er mir die Hand hin, als wollte er, dass wir uns die Hände schütteln. Der älteste Trick der Welt. Als ob ich darauf reinfallen würde.

»Oh nein, so leicht kriegen Sie mich nicht.«

»Es war einen Versuch wert.« Er legte mir beide Hände an die Taille, und ich spürte, dass seine langen Finger fast um meinen Körper herumreichten. Auf einmal zerrte er an mir und versuchte, mich aus der Balance zu bringen. Ich ließ mich gegen ihn fallen und setzte erneut meine kräftigen Beine ein, um die Dominanz zu gewinnen. Er stürzte zu Boden, ich hinterher. Der Plan war jetzt, meine Beine um seine zu wickeln und sie auseinanderzudrücken. Ihn gewissermaßen zum Spagat zu zwingen. So langsam fing ich an zu schwitzen. Der Kerl war zäher, als er aussah. Ich strengte mich noch mehr an und gewann die Oberhand. Jetzt lag er wehrlos da, doch auch nach einigen Sekunden gab er noch nicht das Signal zum Aufgeben. Wir waren in einer Pattsituation gelandet. Ich ließ ihn los.

Sofort sprangen wir beide auf die Beine. Fast wie Affen forderten wir einander heraus, machten kurze Ausfälle, um einen Angriff anzutäuschen, und zogen uns dann wieder zurück. Er packte einen Arm und drehte seinen Körper. Jetzt hatte er mich. Ich probierte es mit einer neuen Strategie und ließ mich auf den Boden fallen. Das war meine einzige Chance, seinem Griff zu entrinnen. Er stürzte mit mir, wir umklammerten uns und rollten herum. Zuerst lag ich oben, dann er. Er hielt meinen Arm noch immer in einem eisenharten Griff. Ich wollte ihn nicht erkennen lassen, dass er mir wehtat. Schlagartig wurde mir etwas klar: Dieser Bastard hatte das schon mal gemacht, und zwar nicht nur ein Mal.

Nach und nach drehte ich meinen Körper, um den Druck zu verringern. Ich holte tief Luft, um meine schmerzenden Muskeln mit Sauerstoff zu versorgen. Der Tag war schon lang genug gewesen, und ein richtiger Gegner war das Letzte, was ich jetzt gebrauchen konnte. Für ihn völlig überraschend rollte ich mich in die andere Richtung, sodass sich unsere Körper voneinander lösten, und hatte schnell wieder die Oberhand gewonnen. Ich packte seine Arme, rollte mich herum und schlang meine Beine um seinen Kopf. Als ich die Knöchel verschränkt hatte, war er wehrlos und steckte fest in einer Kopfschere. Daraus konnte er sich nicht mehr befreien. Ich blickte ihm kurz ins Gesicht, um mich zu vergewissern, dass alles in Ordnung war. Schließlich konnte ich ihm in dieser Position mit einer kleinen Bewegung den Hals brechen. Aber das wäre schlecht fürs Geschäft. Er klopfte mir auf den Rücken, und ich ließ ihn los.

»War es das, was Sie wollten?«, fragte ich beiläufig. Die Sache durfte nicht zu ernst werden.

»Ja, dennoch wäre es mir lieb, wenn Sie diesen Griff in Zukunft nicht mehr anwenden würden. Ich mochte dieses Gefühl nicht, keine Kontrolle mehr zu haben.«

»Aber so war das nicht. Ich bin sehr erfahren. Sie müssen sich keine Sorgen machen.«

»Das mag sein, und Sie sind wirklich sehr gut. Ich trainiere regelmäßig, aber bis jetzt haben Sie jede Runde für sich entschieden.«

»Das ist nichts als Übung«, erwiderte ich. »Aber Sie sind gut, allerdings nicht sosehr ans Ringen gewöhnt wie ich.« Ich fand ihn nett. Er war etwas besser als die meisten anderen Klienten, die sich selbst als Amateurringer betrachteten.

»Okay. Ich bin entschlossen, wenigstens eine Runde zu gewinnen«, erklärte er. »Sind Sie bereit, Madame Lili?«

»Das kann ich Ihnen versichern. Ich habe Sie noch gar nicht gefragt, wie Sie kommen möchten.«

»Wie bitte?«

»Gehe ich recht in der Annahme, dass Sie auf die übliche Art und Weise zum Höhepunkt kommen wollen? Ich nenne es die finale Unterwerfung. Möchten Sie festgehalten werden? Wenn ja, wie, und soll ich Ihnen helfen?«

»Darüber habe ich noch gar nicht nachgedacht. Ich wäre beinahe schon gekommen, als sie mich mit der Körperschere gepackt hatten. Etwas in der Art wäre schön, aber vielleicht nicht ganz so fest zudrücken.«

»Jammerlappen!«, forderte ich ihn heraus. In seinen Augen flackerte etwas auf, das fast schon nach Verärgerung aussah. Er jagte mich um die Matte, brachte mich zu Fall, und ich landete mit dem Gesicht nach unten darauf. Ich spürte, wie sich sein Penis hart gegen meine Pospalte drückte. Gleichzeitig war da wieder diese Regung tief in meinem Bauch. Er war stark, anders als die meisten der anderen Männer. Jetzt glaubte er, mich besiegt zu haben. Er rollte mich herum, sodass ich ihn ansehen konnte. Sein Arm drückte fest gegen meine Brust. Als er bemerkte, dass er meine Brüste mit seinem Arm zerquetschte, lockerte er ein wenig den Druck. Er drückte mir einen Arm mit dem Knie auf den Boden und hatte den anderen unter seinem Körper verkeilt. Das war eine knifflige Situation.

»Ich habe den Eindruck, dass Sie mir in diesem Moment

nicht auf den Rücken klopfen können. Wie wollen Sie mich denn wissen lassen, dass Sie sich ergeben?«

Ich lächelte ihn an und leckte mir über die roten Lippen. »Vielleicht will ich mich ja gar nicht ergeben.«

Er beugte sich vor, bis sein Mund meinen fast berührte. Bevor ich überhaupt realisierte, was geschah, drückte er seine Lippen auf meine. Er küsste mich. Wütend setzte ich mich zur Wehr und versuchte, ihn wegzustoßen. Doch ich war vorübergehend wehrlos. Dieser Bastard. Vorsichtig zog ich die Beine an, bis ich sie zwischen die Beine meines Gegners zwingen konnte. Dann drehte ich mich rasch, sodass er das Gleichgewicht verlor und zu Boden stürzte. Wütend drückte ich ihn mit meinem ganzen Gewicht flach auf den Boden und starrte mit finsterer Miene auf ihn hinab.

»Ich küsse meine Klienten nicht«, zischte ich. »Falls doch, dann tue ich das nur, wenn ich es möchte. Sie mögen zwar für eine Stunde bezahlt haben, aber ich bin kein billiges Flittchen, das fürs Ficken bezahlt wird.«

»Entschuldigen Sie, aber ich dachte, das wäre genau das, was Sie tun: Sie lassen sich stundenweise anheuern, um andere körperlich zu erbauen.«

So langsam ging mir sein Grinsen auf die Nerven. Ich richtete mich auf und ließ mich auf ihn fallen, wodurch ich ihm die Luft aus den Lungenflügeln presste. Er keuchte, und ich klemmte ihn zwischen meinen Oberschenkeln ein, bevor er sich erholen konnte. Dann verschränkte ich die Fußknöchel und drückte noch fester zu. Er war ganz rot im Gesicht und versuchte, mir auf den Rücken zu tippen, aber ich beschloss, ganz unsportlich zu sein und es zu ignorieren. Allerdings behielt ich vorsorglich seine Atmung im Auge. Ich bin schließlich ein Profi, und ich weiß genau, wie weit ich gehen kann. Ich hielt ihn fest, lockerte meinen Griff jedoch ein wenig. Auch wenn ich es nur ungern zugab, so machte sich doch langsam eine gewisse Erschöpfung bemerkbar. Meine Muskeln verlangten lautstark nach Ruhe. Er war an diesem Tag mein sechster Klient und der bei Weitem kräftigste. Die meisten der anderen waren nicht wirklich fit gewesen und hatten die Sache nur mal ausprobieren wollen. Doch dieser hier, Bill oder wie auch immer er hieß, war anders. Auf interessante Weise anders.

»Bitte, Lili«, keuchte er. »Bitte lass mich los. Du kannst nichts mehr für mich tun.«

Ich spürte die Feuchtigkeit an meinen Beinen und blickte nach unten. Sein Penis war erschlafft, und der unvermeidliche Fleck zeichnete sich dunkel auf seinen Shorts ab. Sein Samen hatte sich auch auf meiner Haut verteilt.

»Ich glaube, wir müssen beide duschen«, meinte er, nachdem er die Fassung zurückgewonnen hatte. »Darf ich es wagen, dich zu bitten, mit mir zusammen zu duschen, oder wäre das unangebracht?«

»Gehen Sie ruhig duschen. Ich werde lieber noch etwas damit warten.«

Ich setzte mich auf die Couch und goss mir ein Glas Eiswasser ein. Lächelnd. Meine Wut war nur gespielt gewesen. Der Kuss hatte mir gefallen, und ich musste mir eingestehen, dass ich noch mehr wollte. Viel mehr. Die Dusche lief. Ich schnürte meine Wrestlingstiefel auf und zog sie aus. Das war eine Wohltat. Sobald Bill gegangen war, konnte mir Dexi meine schmerzenden Glieder massieren. Zum Glück hatten wir am nächsten Tag frei. Selbst wenn wir unterwegs waren, konnte ich so eine Pause genießen. Dexi fuhr unseren Van, in dem wir die riesige Matte, die Kleidung und die andere Ausrüstung transportierten. Dann wurde die Badezimmertür geöffnet, und Bill kam heraus. Er sah frisch und erholt aus und trug ein weißes Hemd und eine elegante Hose. Darin wirkte er ganz anders als der ungezogene Kerl, der erst vor einer Weile ins Zimmer gekommen war.

»Darf ich Sie heute Abend zum Essen einladen?«, fragte er beiläufig.

»Tut mir leid, aber ich bevorzuge eine strikte Trennung von Arbeit und Vergnügen«, erwiderte ich fast schon automatisch. Schließlich hatte ich heute bereits einen Klienten abgewiesen.

»Ach, ich hatte dabei nicht ans Geschäftliche gedacht, daher würden wir diese Trennung auch nicht gefährden.« Mir wurde erst jetzt bewusst, wie gut er eigentlich aussah. Hätte er nicht diesen dummen Versuch gemacht, mich zu küssen, dann hätte ich die Einladung vielleicht angenommen. Wenn er es jedoch nicht getan hätte, dann wäre ich jetzt vermutlich nicht derart an ihm interessiert gewesen. Das Abendessen könnte eigentlich ganz nett werden, dachte ich. Dexi war für heute Abend verabredet. Er wollte sich mit einem seiner besonderen Freunde treffen, von denen er eine ganze Menge hat und die im ganzen Land verstreut sind. Gewissermaßen ein Junge in jedem Hafen.

»Ich verspreche, dass ich nicht auf Stiefel oder weiße Kleidung bestehe und auch auf nichts, das Ihre wunderschönen Beine entblößt«, versicherte er mir mit einem seltsamen Grinsen. »Im Allgemeinen bin ich ganz umgänglich, und ich würde mich gern mit Ihnen unterhalten und Sie besser kennenlernen.«

»Ich weiß nicht.« Was hatte ich für eine Alternative? Ein einsames Abendessen auf dem Hotelzimmer? Meine Sachen packen und früh ins Bett gehen? Dieser Mann war schließlich etwas Besseres als der Durchschnitt. Möglicherweise erwartete mich ein amüsanter Abend.

»Wie Sie wollen«, meinte Bill ungeduldig. »Ich muss los. Ich habe noch einen Termin.«

»Okay. Danke. Normalerweise tue ich so etwas nicht, aber da wir morgen ohnehin abreisen ...«

»Bestellen Sie für 19:30 Uhr ein Taxi und lassen Sie sich zum *Green Dragon* bringen. Das kennt jeder. Wir treffen uns dann dort. Ich würde Sie ja abholen, aber ich muss jetzt noch zu einem Termin. Ich weiß nicht genau, wie lange das dauert.« Er zog eine dünne Lederbrieftasche aus der Gesäßtasche und nahm einen Zehnpfundschein heraus. »Für die Fahrtkosten und das Trinkgeld. Dann bis später.« Er warf sich seine Sporttasche über die Schulter, lächelte mir noch einmal kurz zu und verließ das Zimmer.

Ich konnte nur hoffen, dass ich keinen schweren Fehler beging.

Dexi kam herein.

»Bereit für eine Massage?« Er baute den Falttisch auf, der zu unserer Ausrüstung gehörte. Man weiß nie, ob man etwas Passendes vorfindet, also nehmen wir ihn immer im Van mit. Manchmal, wenn es in der Gegend kein passendes Hotel gibt, müssen wir uns mit Gemeindesälen begnügen.

»Ich bin total erledigt.« Ich ließ meine Kleidung auf den Boden fallen und streckte mich nackt auf dem Handtuch aus. Dann lag ich da und wartete auf die Anwendungen des besten Masseurs, der mir je begegnet ist. Dexi goss mir warmes Öl über den Rücken und bearbeitete meine schmerzenden Muskeln mit seinen geschickten Fingern. Seine Hände waren sanft, fest und wohltuend. Er arbeitete sich an meinen Oberschenkeln entlang, lockerte meine verspannten Muskeln und ließ seine Hände über meinen ganzen Körper gleiten. Er besitzt magische Hände. Überaus sinnliche Hände. Dann drehte er mich um und ließ seine Hände an den Innenseiten meiner

Oberschenkel nach oben gleiten, an dem dunklen Dreieck aus Haaren vorbei und über meinen flachen, straffen Bauch. Er umkreiste meine Brüste und drückte mit dem Daumen hin und wieder auf die aufgerichteten Brustwarzen. Obwohl Dexi durch und durch schwul ist, kann er mich mit seinen zärtlichen, sinnlichen Händen zum Orgasmus bringen. »Du weißt, dass ich das für keine andere Frau tun würde, Schätzchen.«

»Ich weiß, ich weiß. Aber ich liebe deine Massagen. Du bist so unglaublich talentiert.«

»Nur schade, dass ich es nicht genießen kann. Aber ich freue mich, dass es dir gefällt.« Lächelnd schob er seine Finger in meine Spalte. Er rieb sehr sanft über meine Klit und lächelte erneut, als er spürte, wie sie unter seinen Fingern fester wurde. Ich keuchte auf, als die ersten Wogen meinen Körper übermannten. Unwillkürlich bewegte ich die Hüften und schlug sie gegen den Tisch. Dann erschauderte ich und fühlte die Feuchtigkeit aus mir heraussickern, während mein Körper in andere Sphären transportiert wurde.

»Ihr Frauen seid schon seltsame Wesen«, meinte Dexi kopfschüttelnd. »Und du ganz besonders. Bei all deinen heißblütigen Klienten gibst du dich immer ganz kühl, doch ich kann dich von einem Höhepunkt zum nächsten bringen … nicht wahr?« Wieder schob er seine Finger vorsichtig in die pulsierende Spalte zwischen meinen Beinen. Ich spreizte sie weiter und sehnte mich danach, die beharrlichen Finger tiefer und immer tiefer in mir zu spüren. Ich wollte ausgefüllt werden, und wenn ich seinen Schwanz schon nicht haben konnte, dann mussten seine Finger reichen. Zwei Finger, dann drei schoben sich zusammen in die heiße, gierige Öffnung. Sein Daumen bearbeitete das Zentrum meiner Lust immer heftiger, und mein ganzer Körper wurde von einer brennend heißen Hitzewelle erfasst. Ich zuckte erneut und rammte meine Hüften immer wieder auf den Tisch, während mich schiere Erlösung und Wonne durchtosten. Als ich endlich wieder Luft holen kann, starre ich diesen Adonis an.

»Danke, Dexi. Du hast wirklich magische Hände. Du könntest damit bei den Frauen ein Vermögen verdienen.«

»Danke, Schätzchen, aber du weißt doch, worauf ich stehe. Bei Männern bin ich sogar noch besser. Obwohl du wunderschön bist, reichst du mir einfach nicht. Aber das muss ich dir doch nicht erklären, oder? Und jetzt geh unter die Dusche, während ich deine Sachen in die Wäscherei bringe. Dann sind sie morgen früh fertig. Was machst du heute Abend? Soll ich dir was zu essen bestellen?«

»Nein, danke, ich gehe heute Abend essen«, erwiderte ich und wartete auf seine Reaktion.

»Vermutlich mit Bill?«

»Woher weißt du das?«

»Reine Intuition. Der Mann, der vorhin aus dem Zimmer kam, war ein anderer als der, der hineinging. Ich habe mich auch in Bezug darauf, dass er nicht fit ist, geirrt, oder? Ich glaube, er hat mir seine Nervosität bloß vorgespielt.«

»Da hast du recht. Ist es dumm von mir, seine Einladung anzunehmen?«

»Du kannst auf dich aufpassen.«

»Ich schätze schon. Ich brauche lediglich eine Pause. Ich muss endlich wieder eine normale Frau sein und mich unterhalten lassen. Es ist Monate her, dass ich mich mit einem Mann getroffen habe, wenn man mal von der Arbeit absieht. Und ich glaube auch, dass es gut laufen wird. Ich habe nur ein Problem: Ich weiß nicht, was ich anziehen soll. Irgendwie habe ich das Gefühl, dass es wichtig sein könnte.«

»Wow, der Kerl hat ja einen ziemlichen Eindruck auf dich

gemacht, oder nicht? In der Hotelboutique gibt es doch bestimmt was Passendes. Geh du schon mal duschen, und ich sehe auf dem Rückweg von der Wäscherei nach, ob sie was für dich haben. Wenn ja, dann bringe ich dir was mit.«

Er sucht immer genau die richtigen Kleidungsstücke aus. Dexi hat einen unglaublich guten Geschmack. Was für ein seltsamer, vielseitiger Mann. Alles an ihm sieht so männlich aus, und doch ist er für jede weibliche Eigenschaft empfänglich. Vielleicht hat das aber auch etwas damit zu tun, dass ich eine Frau bin, die sich auf Ringkämpfe mit Männern spezialisiert hat. Heterosexuelles Wrestling oder erotisches Wrestling, wie wir es nennen. Ich habe immer genug Klienten, insbesondere seitdem mir das Internet so viele neue Möglichkeiten eröffnet hat. Meine Webseite wird gut besucht. Inzwischen läuft fast die gesamte Buchung darüber. Manchmal kommt es mir so vor, als würden mich mehr Männer anfragen, als ich je unterbringen kann. Und wir reden nur von Großbritannien. Meine Zukunft sieht rosig aus.

2

»Ich habe dir ein Kleid mitgebracht, das du mal anprobieren solltest. Meiner Meinung nach ist es genau das Richtige«, sagte Dexi, als er zurück ins Zimmer kam, ohne anzuklopfen. Es fiel ihm nicht einmal auf, dass ich nackt auf der Couch lag. Dafür kennen wir den Körper des anderen – berufsbedingt – einfach zu gut. »Danke.« Er reichte mir ein langes, dunkelblaues Kleid, das einen Schlitz hat, der fast bis zur Achsel zu reichen scheint. »Hm. Schick, aber vielleicht etwas zu formell.«

»Wie du meinst. Ich habe ja keine Ahnung, wo ihr hingeht.«

»Ich auch nicht. Aber ein bisschen Glamour kann eigentlich nie schaden.«

Ich streifte mir das blaue Kleid über. Es klebte wie eine zweite Haut an mir. Der Schlitz reichte beinahe bis zu meiner Taille. Da musste ich ein sehr kleines Höschen anziehen, da selbst die mit dem hohen Beinausschnitt, die ich so gerne trug, zu sehen sein würden. Aber ich wollte auch nicht zu aufgetakelt aussehen oder wirken, als wollte ich ihn zu irgendetwas auffordern.

»Das stimmt«, stellte Dexi fest.

»Wenn du das sagst.«

»Du siehst darin jedenfalls sehr sexy aus, falls dir das zufälligerweise gefallen sollte. Verberge so viel wie möglich und ermögliche ab und zu verlockende Blicke auf das, was darunter liegt. Selbst ich würde dich beinahe begehren.«

»Ach, komm schon, Dexi. Wenn du das wirklich ernst meinen würdest, dann müsste ich jetzt die Beine in die Hand nehmen.«

»Und wenn *ich* glauben würde, dass ich es ernst meine, dann würde ich dich nicht daran hindern. Du siehst großartig aus, Schätzchen. Aber ich muss jetzt zu meinem eigenen unwiderstehlichen Date, sonst denkt er noch, ich hätte ihn sitzen lassen. Viel Spaß, und versuch, dich wie eine Lady zu benehmen.«

»Was, ich? Tue ich das nicht immer?« Ich lachte, als er aus dem Zimmer ging. Dann stolzierte ich vor dem Spiegel auf und ab. Das Kleid saß wie angegossen. Ich fühlte mich darin gut, war mir aber noch immer nicht sicher, ob es für diesen Abend das Richtige war. Ach, was soll's? Es gefiel mir. Wenn es für Bill, oder wie immer er hieß, zu schick war, dann konnte ich das auch nicht ändern. Ich zog ein Paar silberne hochhackige Pumps dazu an. Er hatte seine Fantasie heute schon ausgelebt, aber mir war danach, alles ein wenig auf die Spitze zu treiben. Ich legte eine dünne Silberkette um den nackten Knöchel und bewunderte den Effekt. Mein Haar ließ ich offen. So sah das Kleid nicht mehr ganz so förmlich aus, und ich konnte gleichzeitig meine ganze Erscheinung ein wenig verändern.

Das Taxi setzte mich genau um 20 Uhr vor dem Green Dragon ab. Von außen sah das Gebäude nicht so aus, als würde sich darin ein Restaurant befinden. Es wirkte eher wie eine Bank. Vor den Fenstern hingen dicke Vorhänge, und die einzigen Lichter, die man erkennen konnte, waren durch die Glastür zu sehen. Ich drückte die Tür auf und musste sofort blinzeln. In der Eingangshalle hing der größte Kerzenleuchter, den ich je gesehen hatte, und glitzerte wie eintausend Diamanten. Überall waren Spiegelkacheln angebracht worden, die das Licht reflektierten, sodass man das Gefühl hatte, ins Rampenlicht zu treten. Eine Chinesin in einem wunderschönen smaragdfarbenen Kleid senkte anmutig den Kopf.

»Guten Abend, Madame. Zu wem gehören Sie?« Sie sprach perfektes Englisch und hatte nur den Hauch eines Akzents.

»Ich treffe mich hier mit Mr Davidson. Mr Bill Davidson. Er müsste mich bereits erwarten.«

Die Frau runzelte die Stirn.

»Ich wüsste nicht, dass sich jemand dieses Namens heute hier aufhält. Tut mir sehr leid.«

»Er muss aber hier sein. Vielleicht wurde er aufgehalten.« So langsam fühlte ich mich unwohl und dumm. Nur weil ich die Situation nicht kontrollierte. Ich hasste dieses Gefühl.

»Lili«, rief eine vage vertraute Stimme. »Entschuldigen Sie, dass ich nicht hier war, um Sie zu begrüßen.« Als ich mich umdrehte, sah ich Bill durch das Foyer auf mich zukommen, wobei er die Arme ausstreckte, um mich zu begrüßen. Ich warf der Dame in Grün einen Blick zu und sah, dass sie lächelte.

»Entschuldigen Sie bitte, Mr Travers. Ich wusste nicht, dass Sie die Dame erwarten.«

»Das ist allein meine Schuld. Ich hätte es erwähnen sollen. Sie sehen wundervoll aus, meine Liebe. Perfekt. Wir sitzen in der Jasmin-Suite. Kommen Sie doch bitte mit.« Ich fand, dass er in seinem Abendanzug ebenfalls großartig aussah. Sehr heiß sogar. Irgendwann begriff ich, was er gesagt hatte.

»Wir?«

»Einige Geschäftsfreunde. Ich musste sie nach unserem Meeting einladen, um den Geschäftsabschluss zu feiern. Hoffentlich macht Ihnen das nichts aus.«

»Ich bin mir nicht sicher. Vielleicht wäre es besser, wenn Sie ohne mich feiern. Ich weiß nichts über Ihre Geschäfte, und ich gehe davon aus, dass Ihre Geschäftsfreunde nichts von unserer speziellen Verbindung erfahren sollen. Denken Sie, sie hätten Verständnis für das, was wir heute Nachmittag getan haben?«

»Ich würde vermuten, dass sie sehr neidisch wären.« Er grinste. »Dieses Kleid sieht aus, als hätte man es über Ihnen ausgegossen. Es ist einfach perfekt. Ich muss unbedingt dafür sorgen, dass ich links von Ihnen sitze. Ich darf auf keinen Fall riskieren, dass einer meiner Geschäftsfreunde auch nur einen Blick auf Ihren makellosen Oberschenkel werfen kann und in Versuchung gerät. Verraten Sie mir eins: Tragen Sie darunter noch etwas?«

»Seien Sie still, Sie machen mich ja ganz verlegen«, entgegnete ich wenig überzeugend.

»Das nehme ich Ihnen nicht eine Minute lang ab.«

»Ist Ihr Name wirklich Bill, Mr Travers?«

»Das tut mir sehr leid. Mein zweiter Vorname lautet William. Die meisten Leute nennen mich James. Ich war mir nicht sicher, ob es klug wäre, meinen richtigen Namen zu benutzen, da Sie ihn kennen könnten.«

»James Travers. Nein, ich wüsste nicht, dass ich diesen Namen schon einmal gehört hätte.«

»Vermutlich sagt Ihnen JWT mehr.«

»Die Baugerätefirma?« Wenn wir auf der Autobahn unterwegs waren, hatte ich schon häufiger Bagger gesehen, an denen diese Initialen standen.

»Genau die. Das ist leider kein sehr glamouröses Gewerbe.«

»Das sehe ich anders. Es ist gut zu wissen, dass der Geschäftsführer oder Direktor, oder was immer Sie in dieser Firma sind, an diesem Nachmittag mehrere Minuten lang machtlos zwischen meinen Beinen gelegen hat. Und sehr amüsant. Wenn nicht sogar erregend.« Er lächelte vielsagend.

Wir gingen durch einen dunklen, mit Teppich ausgelegten Flur zu einer schweren, holzverkleideten Tür. Als wir den Raum betraten, verebbten die Gespräche. Ich war drauf und dran, umzukehren und so schnell wie möglich von hier zu verschwinden, aber Bill oder James, wie er offenbar hieß, versperrte mir den Weg. Er schob mich weiter und hielt meinen Ellenbogen mit eiserner Hand fest, als ob er mein Zögern spüren konnte.

»Meine Herren, darf ich Ihnen meine gute Freundin Lili vorstellen?« Die leisen Begrüßungsworte gingen in dem bewundernden Flüstern unter, das ich einfach nicht überhören konnte. Ich hätte zu gern gewusst, was er ihnen über mich erzählt hatte, und bekam auf einmal Angst. Eine Frau – gerade ich –, die zu einem Geschäftsessen eingeladen wurde, das klang nicht gerade vielversprechend. Ich sah James an und erkannte in seinen Augen den Hauch eines Lächelns. Dabei fiel mir zum ersten Mal auf, dass er grüne Augen hatte. Er drückte mich auf einen Stuhl am Tischende, neben dem ein weiterer leerer Stuhl stand, auf dem vermutlich er saß. Dann stellte er ein Glas Champagner und einen Teller mit Vorspeisen vor mir ab. Ich dankte ihm mit einem Nicken. Rings um den Tisch saßen noch acht weitere Männer. Ansonsten hielt sich in diesem Raum, der offensichtlich Privatgesellschaften vorbehalten war, niemand auf. Auf einer Seite des Raums war eine Durchreiche in der Wand zu erkennen. Die Türen des Raums waren geschlossen, und auf einem Beistelltisch standen Besteck und Teller bereit. Das Licht war gedämpft, die Wände waren mit dunkelgrünem Stoff verhüllt, und daran hingen wunderschöne chinesische, auf Seide gemalte Bilder, die von oben geschickt beleuchtet wurden. Auf diese Weise wirkte alles sehr elegant und ich vermutete, dass in die Raumgestaltung sehr viel Geld und Sorgfalt investiert worden war. »Ich habe mir die Freiheit genommen, das Abendessen zu bestellen, und hoffe, dass niemand etwas dagegen hat. Dieses Restaurant serviert das beste Essen außerhalb von Beijing. Sie werden begeistert sein, wenn Sie chinesisches Essen mögen.«

»Ich freue mich schon darauf«, versicherte ich ihm. Natürlich erzählte ich ihm nicht, dass ich chinesisches Essen normalerweise nur liefern ließ und zusammen mit Dexi direkt aus dem Karton aß, während wir im Van saßen und zu unserem nächsten Termin unterwegs waren.

»Dann werde ich Ihnen jetzt mal meine anderen Gäste vorstellen«, sagte James. Er spulte die Namen herunter, und mir war sofort klar, dass ich mir nicht einen einzigen davon würde merken können. Jeder der Männer nickte, als er mir vorgestellt wurde, und lächelte mich auf eine Art und Weise an, die man nur als lüstern bezeichnen konnte. Sie wissen es, dachte ich. Sie wissen genau, was ich bin und was ich tue. Der Kerl, der neben mir saß und mit einer Hand über meinen Oberschenkel strich, hatte ihnen alles über mich erzählt. Ich merkte, wie ich vor Scham und Wut darüber, dass er mich zu diesem Essen überredet hatte, rot wurde. Wie hatte er das nur tun können? Wurde von mir etwa erwartet, dass ich an diesem Abend für die Unterhaltung sorge? Dass ich mit jedem dieser Männer einen Kampf mache und dafür gerade mal ein Abendessen bekomme? Wenn er sich das so vorgestellt hatte, dann war er auf dem Holzweg. Dabei hatte ich diese Einladung vor allem angenommen, um mich zur Abwechslung mal unterhalten zu lassen. Das bewies nur wieder, dass meine Einstellung richtig war und man Beruf und Freizeit stets trennen sollte.

»James, ich muss mal eben auf die Toilette«, flüsterte ich ihm zu.

»Ich zeige Ihnen den Weg«, erwiderte er, wobei seine Stimme leicht aufgeregt klang. »Entschuldigen Sie uns für einen Augenblick, meine Herren.« Er stand auf und zog meinen Stuhl nach hinten, als ich mich erhob. »Hier entlang, meine Liebe.« Dann führte er mich durch die schwere Eichentür auf den Korridor. »Sie sehen erhitzt aus, Lili. Ist alles in Ordnung?«

»Darauf können Sie Ihren Arsch verwetten. Wie können Sie es nur wagen? Glauben Sie, ich hätte Ihren Plan nicht durchschaut? Sie wollen mich wütend machen, damit ich umsonst kämpfe. Alle dürfen mal ran. ›Sie ist wunderbar. Die Beste. Und erst ihre kräftigen Oberschenkel. Sie werden nie etwas Besseres erleben.‹« Ich machte eine Pause, um Luft zu holen, woraufhin er sich einschaltete.

»Sie haben aber eine hohe Meinung von sich. Sie sind gut, aber ich weiß nicht, ob Sie die Beste sind.« Ich starrte ihn an, und mir fehlten die Worte.

»Ich ziehe Sie nur auf. Sie sind die Beste. Jedenfalls die Beste, der ich bisher begegnet bin. Und dieser Abend soll bei Weitem nicht so verlaufen, wie es Ihnen Ihre lebhafte Fantasie vorgaukelt. Das ist wirklich ein Geschäftsessen. Ich hatte Ihnen doch gesagt, dass ich nach unserem Kampf noch zu einem Termin musste. Der Deal wurde viel schneller abgeschlossen, als ich erwartet hatte. Eigentlich sollte diese Feier erst morgen stattfinden, aber es wäre albern gewesen, sie zu verschieben. Ich hatte einfach keine Zeit mehr, um Sie vorzuwarnen. Ich wollte Sie anrufen, aber Sie hatten das Hotel bereits verlassen. Kommen Sie jetzt bitte mit zurück und genießen das Essen? Dieses Restaurant ist wirklich großartig, und das Essen ist unvergleichlich.«

Ich zögerte. Ich kannte diesen Mann kaum und hatte keinen Grund, ihm zu glauben. Wenn er so erfolgreich und offenbar auch so reich war, was wollte er dann von mir? Es musste Hunderte von Frauen geben, die er einladen konnte. Vielleicht sogar eine Ehefrau. Möglicherweise sagte er aber auch die Wahrheit. Ich war mir nicht sicher. Also traf ich einfach eine Bauchentscheidung.

»Okay. Aber sobald Sie von Ringkämpfen, Scherengriffen oder etwas in der Art reden, bin ich verschwunden. Haben Sie verstanden?«

»Verstanden. Aber ich kann nicht dafür garantieren, dass diese Begriffe nicht fallen. Vielleicht hat ja einer der anderen einen Grund, über so was zu sprechen. Geflügelscheren beispielsweise oder ein Ringen mit einem Geschäftspartner ...«

Erneut starrte ich ihn wütend an.

»Und ich muss mich dafür entschuldigen, dass ich Ihnen einen falschen Namen genannt habe. Ich kam mir vorhin am Empfang deswegen ziemlich dämlich vor«, gestand er.

»Nennen Ihre anderen Klienten denn niemals einen falschen Namen?« Ich dachte an die fünf Mr Smith, die an diesem Tag bei mir gewesen waren.

»Heißen Sie wirklich Lili? Irgendwie klingt das nicht wie ein Name, den Eltern ihrer einzigen Tochter geben würden. Das passt irgendwie nicht zu ihnen.«

»Was wissen Sie über meine Eltern?«, erwiderte ich schockiert. »Sie sind jedenfalls tot. Aber woher wissen Sie, dass ich ein Einzelkind bin?«

»Vielleicht habe ich einfach gut geraten. Falls Sie wirklich auf die Toilette müssen, dann sollten Sie jetzt lieber gehen. Ich könnte Sie ja begleiten. Die Kabinen sind groß genug.«

»Und aus welchem Grund?«

»Nutzen Sie Ihre Fantasie. Nein. Wenn ich es mir recht überlege, möchte ich nicht hier und unter Zeitdruck mit Ihnen schlafen. Mir wäre es lieber, Sie ganz langsam zu verführen.« Er beugte sich vor und küsste mich erneut. Auch wenn ich stinksauer auf ihn war, erwiderte ich seinen Kuss. Er war ein verdammt heißer Kerl, und ich fand ihn von Minute zu Minute attraktiver. Er nahm meine Hand und drückte sie in seinen Schritt. Warum war mir zuvor noch nicht aufgefallen, wie groß er war? Ich wurde augenblicklich feucht. Damals konnte ich natürlich noch nicht ahnen, dass dieser Abend einen Wendepunkt in meinem Leben darstellen würde.

»Falls Sie wirklich auf die Toilette müssen, dann beeilen Sie sich, damit wir zu unseren Gästen zurückkehren können.«

»Es sind immer noch Ihre Gäste und haben absolut nichts mit mir zu tun. Außerdem muss ich gar nicht auf die Toilette. Das war nur ein Vorwand, um zu verschwinden.«

»Entspannen Sie sich, Lili. Ich verspreche Ihnen, dass ich keine Hintergedanken habe. Zumindest nicht hier. Später könnten wir durchaus in Versuchung geraten. Sehr viel später. Vertrauen Sie mir.« Aus irgendeinem Grund tat ich das auch.

Bei seinen Worten war mir allerdings noch wärmer geworden, und ich wurde noch feuchter. Was immer mir mein Verstand auch zu sagen versuchte, körperlich sprach er mich voll und ganz an. Je länger ich ihn ansah, desto mehr begehrte ich ihn. Ich hatte ihn bereits so gut wie nackt gesehen und war ausgesprochen erregt bei dem Gedanken, das wiederholen zu können. *Du machst so was nicht mit Klienten*, versuchte ich, mir einzureden. Aber es schien schon so lange her zu sein, dass ich zuletzt mit jemandem Sex hatte. Es war bereits viele Monate her. Gut, abgesehen von den gelegentlichen Zuwendungen. Ohne Dexis geschickte Hände hätte ich diese Zeit vermutlich nicht überlebt. Mein Vibrator ist zwar eine Hilfe, aber wer möchte schon eine Affäre mit einem Elektrogerät haben?

James führte mich zurück in den Raum, und wir begannen zu essen. Es wurde ein Gang nach dem anderen aufgetragen. Auf dem ganzen Tisch standen Speisewärmer, sodass man sich von allem kleine Portionen nehmen konnte. Er hatte auch nicht gelogen: Das Essen war köstlich, und ich beschloss, an diesem Abend meine übliche Diät zu ignorieren. Allerdings achtete ich genau darauf, was ich trank. Schließlich musste ich einen klaren Kopf bewahren, auch wenn mir James versichert hatte, dass nichts geplant wäre.

Zum Abschluss wurde blassgrüner Tee in winzigen Tassen serviert. Es war trotz meiner Befürchtungen ein angenehmer Abend geworden. Die Männer waren intelligent und geistreich, und fast jeder fand irgendeinen Grund, um mir ein Kompliment zu machen. Die meisten von ihnen waren außerdem durchaus betttauglich, zumindest unter den richtigen Umständen. Wie hätte ich mich da nicht amüsieren können? Als die anderen gingen, nahm James meinen Arm und hielt mich auf.

»Ich muss morgen früh raus«, protestierte ich und hoffte dennoch, dass er meine Worte nicht zur Kenntnis nahm. Nachdem seine Hand den Großteil des Abends auf meinem nackten Oberschenkel gelegen hatte, war ich mehr als bereit und willig. »Ich sollte zurück ins Hotel fahren. Dexi macht sich bestimmt schon Sorgen.« Ich konnte nur hoffen, dass er das nicht ernst nahm. Die Chancen, dass Dexi vor dem Frühstück wieder zurück war, gingen gegen null.

»Der gut aussehende Kerl, der mit Ihnen zusammenarbeitet?«, erwiderte er, und ich nickte. »Er stellt doch eigentlich kein Problem dar, oder?«

»Wie meinen Sie das?«

»Nun ja, einerseits bin ich davon ausgegangen, dass Sie nicht sein Typ sind. Ich wäre bei ihm wohl in größerer Gefahr.«

»Ich kann Ihnen nicht folgen. Er ist ein sehr guter Freund und außerdem mein Manager und mein Sekretär.« Ich versuchte, die Unschuldige zu spielen.

»Aber er ist schwul. Das ist an sich natürlich nichts Verwerfliches, aber er wäre doch bestimmt nicht eifersüchtig, zumindest nicht auf mich, oder?«

»Nein, natürlich nicht. Er passt nur auf mich auf. Aber woher wissen Sie, dass er schwul ist?«

»Ich weiß es einfach. Das lag vor allem an dem Blick, mit dem er mich beim Reinkommen gemustert hat. Ich musste ihm ganz schön was vorspielen.«

»Er sagte, dass Sie nicht sehr überzeugend gewesen wären. Aber ich glaube, ich weiß, was Sie meinen.«

»Wie wäre es noch mit einem Drink? Ich würde Sie gern noch mit zu mir nehmen, und ich garantiere Ihnen, dass Sie rechtzeitig wieder zu Hause sind, damit Sie morgen früh nicht verschlafen.«

Ich dachte darüber nach. Er hatte mich reingelegt, sodass ich an einem Geschäftsessen teilgenommen hatte, und mein Interesse den ganzen Abend über mit seinen Berührungen aufrechterhalten. Und jetzt schlug er vor, dass wir noch zu ihm fuhren. Mir war klar, dass ich ihn begehrte, mehr als alles andere, trotz der Warnsirenen, die jetzt losgingen. Hatte er irgendetwas Schlimmes getan, das mich daran hindern würde, mit ihm mitzugehen? Seine Berührung hatte mich vor Verlangen fast schon durchdrehen lassen. Ich hatte mich während des Essens sogar öfter als ein Mal an ihn gepresst, und er hatte reagiert, allerdings ohne mich dabei anzusehen. Er wusste sogar, dass ich unter meinem Kleid nichts anhatte. Meine Höschen waren alle zu gut zu sehen gewesen, daher hatte ich keine andere Wahl gehabt. Ich hoffte nur, dass ich keinen Fleck auf das Kleid machte. Dexi hatte völlig recht. Je mehr Stoff ich am Körper trug, desto begehrenswerter fühlte ich mich, und ganz offensichtlich sah ich auch so aus. James war mehr als bereit für mich, so wie ich für ihn.

»Können Sie es ganz sicher riskieren, mich zu begleiten?«, fragte James und kicherte kehlig. Während der Taxifahrt zu ihm wanderten seine Hände über meine Beine, während ich eine Hand in seine Hose geschoben hatte. Unsere Zungen umschlangen sich derweil in wilder Zügellosigkeit.

»Komm«, sagte er drängend, als das Taxi endlich angehalten hatte.

»Du kannst mich nicht davon abhalten. Gehe ich recht in der Annahme, dass du alleine lebst?«, fragte ich, als wir ins Haus gingen.

»Abgesehen von meinem Harem und einem Dutzend Bediensteter schon«, erwiderte er. Seine Augen glitzerten bei diesen Worten, und ich erwiderte sein Lächeln. Dann zog ich ihm die Jacke und die Krawatte aus und ließ beides im Flur auf den Boden fallen. Er zog mich an sich und schob mein Kleid nach unten, bis meine Brüste mit den aufstehenden, steifen Brustwarzen entblößt waren. Er beugte sich vor und nahm eine in den Mund. In mir loderte das Verlangen auf, und ich begann, seine Hose aufzuknöpfen. Dann zog ich sie herunter und schob den weichen Stoff seiner Unterhose zur Seite.

»Nicht hier«, murmelte er. »Komm mit.«

Ich wollte ihn eigentlich nicht loslassen, aber ich folgte ihm und sorgte dafür, dass sich sein Kopf nie weit von meinem Mund entfernte. Nachdem wir mehrere Pausen eingelegt hatten, waren wir über die breite Treppe schließlich in ein Schlafzimmer gelangt. Auf dem riesigen Bett lag eine dunkelrote

Tagesdecke aus Seide. James zog mein Kleid ganz herunter, und ich trat heraus, sodass ich mit Ausnahme der silbernen High Heels und des Knöchelkettchens komplett nackt vor ihm stand. Er hielt inne, um sich seiner restlichen Kleidung zu entledigen, erstarrte dann jedoch und starrte mich an. Ich beobachtete ihn und folgte seinem Blick zu dem dunklen Dreieck aus Haaren zwischen meinen Beinen. Langsam bewegte ich die Finger darauf zu und tauchte mit den Fingerspitzen in mich ein. Dabei leckte ich mir mit der Zungenspitze über die roten Lippen. Es war kaum zu übersehen, wie sich seine Erektion gegen seine schwarzen Seidenboxershorts presste. Er zog sich die Hose und die Schuhe aus und kam langsam auf mich zu. Dann drückte er mich mit dem Gesicht auf sein Bett, und ich spürte die kühle Seide seiner Boxershorts an meinem Hintern. Langsam legte er sich auf mich. Noch nie zuvor hatte ich mich so lebendig, so sinnlich und so erregt gefühlt. Was in aller Welt tat ich hier? Wie hatte es dieser Mann geschafft, dass ich meine üblichen Prinzipien über Bord geworfen hatte? Ich hatte schon viele Männer gehabt, doch seit meine Wrestlingkarriere ins Rollen gekommen war, lebte ich fast zölibatär, wenn man mal von Dexis Zuwendungen absah.

»Lili, Lili«, wisperte er. »Liebe mich.«

»Ich dachte, das wäre nur ein weiterer Fick für dich.«

»Wie kannst du so etwas denken? Du bist wunderschön. Alles, was ein Mann sich nur wünschen kann. Und dieser Mann hier will dich jetzt mehr als alles andere.«

»Dann folge deinen Instinkten.«

Er glitt an meinem Körper nach unten und begann, mich mit schnellen Zungenbewegungen zu reizen. Ich drückte das Gesicht in die rote Seide und wartete gespannt darauf, wohin das alles führen würde. Dann drehte er mich auf den Rücken, presste sein Gesicht auf meinen Venushügel und griff mit den Händen nach meinen Fußknöcheln. Langsam ließ er die Hände an meinen Beinen entlanggleiten. Dann spreizte er mit einer schnellen Bewegung meine bereits geschwollenen Schamlippen. Ich starrte zur Decke hinauf. Ein riesiger Spiegel zeigte mir überdeutlich, was sich hier abspielte: Ich lag mit gespreizten Beinen bereit da, und er hatte den Kopf gesenkt und verwöhnte mit der Zunge meine intimsten Regionen. Ich spürte, wie die vertraute Hitze in meinem Körper aufstieg. Doch ich reagierte nicht, lag einfach nur da und ließ es geschehen. Als ich nur noch Sekunden vom Orgasmus entfernt war, hob er den Kopf. Sein Gesicht war mit meiner Feuchtigkeit benetzt. Meine Hüften bewegten sich weiterhin auf und ab. Ich wartete. Wartete auf den richtigen Moment. Fast schon verrückt vor Lust zischte ich ihm zu, er solle weitermachen. Doch er wischte sein Gesicht an meinem Bauch ab und schüttelte den Kopf.

»Du musst es dir verdienen«, flüsterte er.

»Du Schuft«, erwiderte ich und stöhnte. »Du Bastard. Besorg's mir.«

»Was? Willst du den hier?«, wollte er wissen und hielt einen der größten Schwänze hoch, die ich je gesehen hatte. Er war lang, hart und mehr als einsatzbereit. Er ließ das wunderbare Glied in seiner Hand auf und ab hüpfen und neckte mich mit diesem Anblick.

»Ja. Na los. Rein damit. Schieb ihn mir rein, und füll mich damit aus«, flehte ich.

»Tut mir leid, aber du musst auch etwas dafür tun.« Er stand auf, und ich beobachtete, wie der riesige Penis von seinem Körper abstand und wackelte. Dann holte er etwas aus einer Kommode neben dem Bett. Ein Kondom? Ich konnte nicht erkennen, was er in der Hand hielt. Dann spürte ich es.

Auf einmal umgaben Handschellen meine Handgelenke, und bevor ich wusste, wie mir geschah, waren diese an Ringen befestigt, die in der Wand hinter dem Bett eingelassen waren. Dieser Raum war für etwas vorbereitet worden, mit dem ich nicht gerechnet hatte.

»Was zum Teufel machst du denn da?«, protestierte ich, während ich kurz vor dem Durchdrehen war.

»Ich lehre dich nur ein wenig Zurückhaltung.« Er lachte. »Du kannst eine Lektion dringend gebrauchen, denn du bist fast schon zu dominant.« Dann streichelte er meine nackte, feuchte Muschi, und trotz der veränderten Umstände verspürte ich den unbändigen Drang, seinen Penis in mir zu spüren.

»Komm schon. Ich bin hilflos. Steck ihn mir rein. Bitte.«

»Fleh mich an.«

»Ich bettle doch schon. Schieb ihn mir rein. Bitte.«

»Du klingst noch nicht sehr überzeugend«, stellte er fest. »Du musst noch weiter gezügelt werden. Vielleicht sollte ich dir doch eine Lektion erteilen.« Ich wurde immer aufgeregter. Das war etwas Neues. Ich hatte schon meine Erfahrungen mit Bondage gemacht, wie vermutlich jeder. Aber irgendwie war das hier anders. Er meinte es ernst. Sanft, aber entschlossen nahm er einen meiner Füße, die noch immer in den silbernen Schuhen steckten, drückte mein Bein bis über die Schultern hoch und befestigte meinen Fußknöchel an demselben Ring, an dem auch schon meine Hand gefesselt war. Dann tat er dasselbe mit dem anderen Bein. Ich konnte über uns mein Spiegelbild erkennen. Ich war hilflos. Gefesselt, meine Muschi war weit offen, entblößt und geschwollen.

»Wie fühlt es sich an, dominiert zu werden?«, wollte er wissen.

»Ich bin wehrlos«, flüsterte ich. Himmel, war ich erregt!

»Gut. Jetzt musst du mich wirklich anflehen.« Ich presste die Lippen aufeinander, während ich mir eingestehen musste, dass ich dieses Gefühl genoss. Ich, der Kontrollfreak, hatte auf einmal einen ebenbürtigen Geist gefunden. Er schob seine langen Finger in mich und ließ seinen Penis vor dem riesigen Loch herumwackeln, das vor ihm aufklaffte. Er neckte mich wieder und wieder. Sein Daumen berührte meine Klit und bewegte sich kaum, aber es reichte aus, um mich spüren zu lassen, dass er da war. Schon eine zärtliche, sanfte Berührung bewirkte, dass es in mir zu pochen begann. Ich fing an zu schwitzen … Mit jedem verstreichenden Augenblick kam ich dem Höhepunkt näher. So langsam wurde mir klar, dass dies das Gefühl sein musste, das meine Partner bei einem Ringkampf mit mir hatten. Sie kamen, ohne dass sie irgendetwas dazu beitrugen. Unwillkürlich erschauderte ich, als mich der Orgasmus durchtoste. Er lachte und schlug mir mit der flachen Hand auf den Hintern, sodass ich aufkeuchte. Wieder und wieder schlug er zu. Ich wollte ihn schon anschreien, dass er aufhören soll, aber er war gnadenlos. »Du bist zu gierig.« Er lachte lasziv. »Du magst Schwänze viel zu sehr, nicht wahr?«

»Du Bastard!«, schrie ich. Mein Hintern brannte und leuchtete in dem Spiegel über mir rot. Ich konnte den Blick nicht vom Anblick meiner Pobacken mit der geröteten Haut abwenden. Er beugte sich vor und blickte in den tiefsten, heiligsten Teil meines Körpers. Einen Teil, den noch niemand zuvor gesehen hatte, jedenfalls nicht auf diese Weise. Nachdenklich befühlte er mich, als würde er einen Gegenstand untersuchen. Als er erneut auf diese Weise lächelte, war es um mich geschehen. Was zum Teufel tat ich hier, gefesselt und hilflos auf dem Bett eines Fremden? Doch trotz allem hatte ich keine Angst. Überhaupt keine. Ich wusste nur, dass ich mich noch immer danach sehnte, diesen wunderbaren Schwanz in mir zu spüren.

»Braves Mädchen. Du hast deine Bestrafung sehr tapfer ertragen. Ich bin jetzt bereit, dich zu belohnen. Sag nett bitte.«

»Nett bitte!«, brüllte ich.

»Das war nicht gut genug. Ich muss dich leider erneut schlagen. Du lernst es wohl nie, was?«

Als ich den ersten Schlag spürte, stellte ich erstaunt fest, dass ich auf dem besten Weg zum nächsten Höhepunkt war. Er hatte eine Hand noch immer auf meinem Venushügel liegen und den Daumen in mich hineingeschoben, wo er mich genau an der richtigen Stelle berührte. Schlag zwei, drei und vier, und ich kam. Ich schrie auf, als meine Hüften vorschossen und meine Fußknöchel an den Fesseln zerrten. Das Gefühl der engen Ketten war so erregend. James grinste mich die ganze Zeit an.

»Ich finde, dass du jetzt eine Belohnung verdient hast.« Zu meiner großen Freude stieß er seinen Schwanz in meine wartende Muschi. Er sank tief in mich hinein, so tief, bis ich glaubte, er könnte nicht weiter vordringen, ohne mich zu zerteilen. Ein Schwall heißer Feuchtigkeit begrüßte ihn. Ich spürte, wie er in mir pulsierte, sich in mich hineinstieß und sich in meinen Körper bohrte. Dann brach er über mir zusammen, als er kam. Ich war im Himmel und konnte nur hoffen, dass es ihm ebenso ging.

Gefühlte Stunden später zog er sein Glied aus mir heraus. Ich bemerkte, dass er sich irgendwann ein Kondom über seinen majestätischen Penis gestreift hatte. Erleichterung überkam mich. Ich hatte nicht einen Gedanken an unseren Schutz verschwendet. Ohne ein Wort zu sagen, ging er ins Badezimmer und entsorgte es. Dann kehrte er zurück, stand vor mir und starrte mich an, wie ich immer noch hilflos auf dem Bett lag. Schweigend löste er meine Fesseln, und ich rieb mir die wunden Stellen an meinen Hand- und Fußknöcheln. Ich blickte zu ihm auf und bildete mit den Lippen das Wort »Bastard«, ohne es wirklich auszusprechen.

»Aber du hast es in jedem Augenblick genossen, oder nicht?«, fragte er.

»Das werde ich niemals zugeben«, antwortete ich, auch wenn ich in seinen Augen sah, dass er die Antwort kannte.

»Musst du morgen früh wirklich abreisen?«, erkundigte er sich.

»Leider ja.«

»Warum sind wir uns erst am letzten Tag begegnet? Ich hätte dich für die ganze Woche am Stück buchen können.«

»Was? Und die halbe männliche Bevölkerung von Manchester daran hindern, meine Dienste in Anspruch zu nehmen? Dann hättest du aber ein ziemliches Chaos angerichtet. Sie wären alle frustriert gewesen. Stell dir nur vor, wie ihre Ehefrauen darunter gelitten hätten.«

»Ich bin mir nicht sicher, ob ich wirklich will, dass du mit Hinz und Kunz Ringkämpfe machst.«

»Ach, ich bin da schon sehr wählerisch. Und ich ringe ja auch nicht mit ihren Schwänzen, sie kommen schon von alleine. Außerdem solltest du nicht glauben, du würdest mich besitzen. Nicht jeder kann es sich leisten, mich zu buchen. Und Dexi ist immer zur Stelle, wenn er gebraucht wird.«

»Ah ja. Der schreckliche Dexi. Bleib hier, Lili, wenigstens für ein paar Tage. Ich zahle dir das Doppelte von dem, was du verdienen würdest. Sogar noch mehr, wenn es nötig sein sollte.«

»Danke für das Angebot, aber ich habe Verpflichtungen. Zumindest für die nächsten drei Monate. Es wäre unprofessionell von mir, alles abzusagen. Ich möchte niemanden enttäuschen. Außerdem gefällt mir die Vorstellung nicht, für etwas anderes als einen Ringkampf bezahlt zu werden.«

»Aber das ist doch unwichtig, Lili. Du erfüllst die Bedürfnisse von vielen Männern, und dann würdest du nur meine erfüllen. Du müsstest sowieso eines Tages mit dem Herumreisen aufhören. Warum nicht gleich jetzt?«

»Ich kenne dich doch kaum. Wir sind uns heute zum ersten Mal begegnet. Warum in aller Welt sollte ich alles aufgeben, wofür ich so hart gearbeitet habe, nur um ein paar Tage bei dir bleiben zu können?«

»Weil ich dich will. Weil ich denke, dass wir gut zueinanderpassen. Ich mag dich sehr, Lili. Bitte, denk darüber nach.«

»Träum weiter, Baby«, sagte ich und richtete mich ruckartig auf. »Wir hatten eine schöne Zeit zusammen. Das war's. Ende der Geschichte. Ich sagte dir doch bereits, dass ich Beruf und Vergnügen strikt trenne. Das hier war ein Vergnügen. Aber ein einmaliges. Irgendwie ist es mir gelungen, meine Vorbehalte dagegen, mich außerhalb der Arbeit mit einem Klienten zu treffen, über Bord zu werfen. Aber ich werde diesen Fehler kein zweites Mal machen. Ich werde sehr gut für das bezahlt, was ich tue.«

»Versuch jetzt nicht, wie eine billige Schlampe zu klingen. Du bist etwas weitaus Besseres. Okay, du befriedigst Männer für Geld.«

»Genau wie jede andere Schlampe.«

»Aber du hast besondere Fähigkeiten.«

»Die hat eine Schlampe auch.«

»Warum machst du dich so schlecht?«

»Weil ich es verdient habe. Ja, du hast die mutige, selbstbewusste Seite von mir gesehen. Die Frau, die ich jetzt bin. Aber ich habe eine Vergangenheit. Ich musste sehr hart kämpfen, um den Status zu erreichen, den ich heute habe. Dazu brauchte ich sehr viel Entschlossenheit, das kann ich dir versichern.«

»Ich würde gern mehr darüber erfahren. Soll ich uns eine Flasche Champagner aufmachen? Du kannst den Rest der Nacht hier verbringen und mir deine ganzen schmutzigen Geheimnisse anvertrauen.« Er sprang aus dem Bett und verließ das Zimmer. Einen Moment lang überlegte ich, ob ich mich anziehen und verschwinden sollte. Längst waren alle Warnsignale in mir angegangen, aber sie waren noch nicht laut genug. Mir war klar, dass ich es bereuen würde, wenn ich hier blieb. Aber irgendetwas hielt mich zurück. Aus irgendeinem irrationalen Grund wollte ich nicht gehen, noch nicht. Mein eigenes Zögern traf letzten Endes die Entscheidung.

James kam zurück ins Zimmer und hielt eine riesige Flasche, einen Eiskübel und zwei Champagnergläser in den Händen. Er legte mir einen Bademantel aus Seide um die Schultern, dessen Farbe genau zur Bettdecke passte. Geübt öffnete er die Flasche und goss uns beiden etwas ein. Dann setzte er sich neben mich. Es war so gemütlich, als wären wir ein seit Langem verheiratetes Paar, das im Bett frühstückt.

»Ich sollte das nicht tun«, protestierte ich, allerdings mehr an mich als an ihn gerichtet.

»Ich möchte es aber. Ich möchte alles über dich wissen.«

»Warum?«

»Trinken wir auf die Vergangenheit, die Gegenwart und die Zukunft.«

Wir stießen an. Gab es wirklich eine Zukunft für uns? Vielleicht schon, es war nicht ausgeschlossen. Ich spürte bereits etwas, das neu für mich war. Liebe? Lili hatte Gefühle? Nie im Leben!

3

»Ich fühle mich natürlich sehr geschmeichelt, James, aber du musst verstehen, dass ich nicht einfach so aus einer Laune heraus auf meine gesamten Einkünfte verzichten kann.«

»Das ist nicht nur eine Laune, Süße, das ist mein voller Ernst. Du hast das Potenzial dazu, jede meiner Fantasien zu erfüllen. Und ich glaube, dass ich auch eine Menge für dich tun kann.«

Ich machte den Mund auf, um etwas zu erwidern, doch er legte mir eine Hand auf die Lippen. Warum ich mich nicht wehrte? Keine Ahnung. Ich tat es nicht. Ich saß einfach nur da und ließ es geschehen.

»Versuch gar nicht erst, mir weiszumachen, du hättest nicht jeden Moment von dem genossen, was ich mit dir gemacht habe. Und das war noch lange nicht alles. Dir fehlt es doch ganz bestimmt nicht an Fantasie.«

Schon fast beiläufig zog ich den Mund hinter seiner Hand hervor und biss fest hinein. Sein überraschter Blick war die Sache mehr als wert.

»Du Hexe!«, rief er, als ich den letzten Tropfen Champagner über seinen Penis goss. Leider war er zu warm geworden, daher erschreckte sich James nicht sehr. Doch sein Gesichtsausdruck bewirkte, dass ich sofort auf der Hut war. Er sprang mit einem Satz auf und griff nach mir. Ich lief um das Bett herum, sprang hinüber und rannte über den Teppich. Er warf sich auf mich, eher wie beim Rugby als wie beim Ringen, doch es war effektiv genug, um mich zu Boden zu werfen. Doch da war ich erst recht in meinem Element, sodass es mir leichtfiel, die Oberhand zu gewinnen. Bevor er wusste, wie ihm geschah, hatte ich ihn im Kopfgriff, und er war hilflos. Wenn meine Berechnungen korrekt waren, dann musste er sich völlig wehrlos fühlen. Ich freute mich schon auf die Bestrafung, die mich später erwartete. Das konnte sich zu einer sehr interessanten Beziehung entwickeln, denn er wollte dominieren, aber ich konnte ihn mir problemlos unterwerfen. Das hatte ich schon allein dadurch bewiesen, dass er sich mir in diesem Moment ergab.

Ich ließ ihn frei und sah mit an, wie er langsam wieder aufstand.

»Das wirst du noch bereuen«, murmelte er. »Das wird dir noch sehr leidtun.«

Das leichte Zucken in seinen Augenwinkeln verriet ihn allerdings. Er meinte das nicht ernst und wusste außerdem ganz genau, dass ich alles genießen würde, was mich erwartete. Interessant.

»Wirst du dein Angebot jetzt zurückziehen?«, fragte ich verschlagen.

»Ich werde auf den richtigen Augenblick warten. Du solltest jetzt besser gehen. Wir werden unser Gespräch ein anderes Mal fortsetzen. Schließlich ist dir dein Job wichtiger. Du hast Verpflichtungen, die du nicht absagen willst, und da möchte ich dich nicht aufhalten. Dein Kleid sieht leider ziemlich mitgenommen aus. Anscheinend habe ich es wohl vorher irgendwann zerrissen. Keine Sorge, du kannst mir die Rechnung schicken. Ich lasse dich von meinem Chauffeur ins Hotel bringen.«

Ich war mir nicht sicher, wie es mir gefiel, auf diese Weise rausgeschmissen zu werden. Er hatte mir noch eine Minute zuvor das Blaue vom Himmel versprochen, und jetzt schickte er mich einfach weg.

»Mach dir nicht die Mühe«, fauchte ich. »Ich nehme mir ein Taxi.«

»Wenn du in dem Aufzug aus dem Haus gehst, könnte es ziemlich gefährlich für dich werden.«

Ich zog mir das Kleid über den Kopf und strich es glatt. Irgendwie hatte sich der Schlitz deutlich verlängert. Es lang auch längst nicht mehr eng an, sondern bedeckte gerade mal eine Brust auf der Seite, die noch ganz war. Ich sah mich nach etwas um, womit ich es flicken konnte.

»Eine Sicherheitsnadel wäre jetzt hilfreich«, meinte ich.

»Das kann ich mir vorstellen. Tut mir leid, aber du wirst so nach Hause gehen müssen. Doch du kannst deine Meinung auch gerne noch ändern.« Ich starrte ihn wütend an. Ein 1,90 Meter großer nackter Mann stand vor mir. Sein Penis wurde bereits wieder steif und erinnerte mich an eine mittelalterliche Lanze. Das war schon ziemlich verlockend. Es könnte ja ... Nein, ich wusste ganz genau, dass mir seine Bestrafung gefallen würde. Doch stattdessen richtete ich mich gerade auf, drehte mich zur Tür herum und stolzierte hinaus – so gut man in einem derart derangierten Kleid eben stolzieren konnte. Ich knallte die Tür hinter mir zu und ging die Treppe hinunter. Zumindest versuchte ich es. Aber ich war in die falsche Richtung gelaufen und in einem langen Flur gelandet. Ich öffnete einige Türen und entdeckte weitere Schlafzimmer, alle mit dicken Teppichen und unzähligen Spiegeln. Die nächste Tür war verschlossen.

»Was versteckt sich denn dahinter?«, fragte ich leise. Dann hörte ich ein Geräusch und wirbelte herum.

»Das ist mein besonderer Bestrafungsraum«, sagte er mit einer leicht bedrohlichen Stimme. Ich erschauderte. Vor Vorfreude? Aus Angst? Ich wusste es nicht genau. Er lehnte sich lässig an den Türrahmen und hatte sich nur einen Bademantel übergeworfen. »Wenn du wirklich den Weg nach draußen suchst, dann solltest du es in der anderen Richtung probieren.«

»Das ist mir auch schon klar geworden.« Ich wusste, dass es »jetzt oder nie« hieß. Wenn ich in diesem Moment nicht ging, würde ich es vermutlich nie tun. Auf einmal hatte ich Dexis Bild vor Augen. Das konnte ich ihm nicht antun. Vielleicht würden wir nach der nächsten Tour weniger Termine machen können und sehen, wie es weiterging ... falls James' Angebot dann noch immer stand. Ich ging zur Treppe, drehte mich im letzten Moment noch einmal um und winkte ihm zu. An der Haustür stand ich vor den kompliziertesten Schlössern, die ich je gesehen hatte. Hier kam niemand so einfach raus. Doch dann klickte und surrte es einige Male, und die Tür öffnete sich automatisch.

Ich trat in die kühle Luft des sehr frühen Morgens hinaus. Es goss wie aus Eimern. Ich hatte nicht die leiseste Ahnung, wo ich war. Um mich herum sah ich nichts als Bäume und Felder. Da wir es am Abend so eilig gehabt hatten, uns an die Wäsche zu gehen, hatte ich keinen einzigen Blick aus dem Fenster des Taxis geworfen. Ich fing an zu zittern. Dieses Kleid war definitiv nicht für dieses Wetter geeignet, und das lag nicht daran, dass es zerrissen war. In dieser Gegend waren ganz offenbar auch keine Taxis unterwegs, die Ausschau nach Kundschaft hielten. »Scheiße, Scheiße, Scheiße«, murmelte ich. Dann wurde mir klar, dass ich kein Geld dabeihatte. Irgendwann nach Verlassen des Hotels hatte ich meine kleine Handtasche verloren. Ich ließ mich auf die oberste Treppenstufe sinken. Der kalte, nasse Marmor ließ meine Pobacken praktisch gefrieren. Ich verabscheute den Gedanken, wieder ins Haus zu gehen und das letzte bisschen Stolz zu verlieren, aber was blieb mir anderes übrig? Verdammt! Mir hätte von vorneherein klar sein müssen, dass meine Regel, Arbeit und Vergnügen zu trennen, nie gebrochen werden darf. Ich biss meine teuren Kronen zusammen und stand auf, um auf die Klingel zu drücken. Doch das Geräusch eines Motors hinter mir bewirkte, dass ich mich umdrehte. Ein Chauffeur, der sogar den typischen spitzen Hut trug, öffnete mir die Wagentür und verbeugte sich sogar leicht. Allerdings fiel mir sein lüsternes Grinsen auf, als er den Kopf wieder hob. Ich zog mein Kleid um meinen Körper zusammen, dass es fast wie ein Sari aussah, und setzte mich auf den Rücksitz. Dabei versuchte ich, den Anschein zu erwecken, als hätte ich alles unter Kontrolle, auch wenn ich aufgrund meiner Gänsehaut langsam so aussah, als hätte ich Lepra. Ich zitterte auch merklich, wodurch es mir umso schwerer fiel, würdevoll zu erscheinen.

»Danke«, stieß ich hervor.

»Die Adresse, Madame?«, fragte er vom Fahrersitz aus.

»Park Royal Hotel.«

»Vielen Dank, Madame. Ihnen steht eine Thermoskanne mit Kaffee zur Verfügung, falls Sie gern etwas trinken möchten.« Er drückte auf einen Knopf, und direkt vor mir glitt eine Tür geräuschlos zur Seite. Ich goss mir Kaffee in eine Porzellantasse ein, und mir stieg der starke, wunderbare Kaffeegeruch in die Nase. Die Wärme breitete sich rasch in meinem Körper aus und vertrieb die Gänsehaut. Trotzdem hoffte ich, dass wir nicht weit fahren mussten. Meine nasse Kleidung widerte mich an.

»Im Fach darunter finden Sie auch ein Handtuch«, sagte eine Stimme neben meinem linken Ohr. Ich wirbelte herum, aber sie kam aus einem Lautsprecher in der Decke. »Danke«, erwiderte ich und hoffte, dass er mich auch hören konnte. Ich zog ein großes, weiches Handtuch heraus und wickelte es um meinen Körper, bevor ich das Kleid auszog. Etwa eine Stunde lang saß ich dann darin eingehüllt auf dem Sitz. Waren wir wirklich so lange zu James' Haus gefahren? Ich erinnerte mich noch genau daran, wie beschäftigt wir auf dem Hinweg gewesen waren. Die Zeit war wie im Flug vergangen. Wo in aller Welt waren wir gewesen? Da ich mich in Manchester überhaupt nicht auskannte, wusste ich nicht einmal, in welchem Stadtviertel sein Haus stand. Ich dachte auch nicht darüber nach, warum der Chauffeur auf einmal wie auf magische Weise aufgetaucht war. Dieser Schweinehund James musste gewusst haben, dass ich kein Taxi finden würde. Aber wo hatte sich dieser Mann in der Zeit davor aufgehalten? Ich konnte nur hoffen, dass er nicht in der Nähe gewesen war und unsere kleine Bondage-Sitzung mitbekommen hatte. Endlich hielten wir vor dem Hotel. Selbst um 5 Uhr morgens kam der Portier zum Wagen und öffnete mir die Tür.

»Danke, äh …«

»Davis, Ma'am«, sagte der Chauffeur. »Sie dürfen das Handtuch natürlich behalten.«

Können Sie sich vorstellen, wie idiotisch ich ausgesehen haben musste? Ich stieg aus einer großen Limousine aus und trug nichts als ein großes, weißes Handtuch, um dann die Lobby eines feinen Hotels zu betreten. Ich hatte nicht einmal meine Zimmerkarte bei mir, um in mein Hotelzimmer zu gelangen, und musste erst die hochnäsige Rezeptionistin überreden, mir eine neue zu geben. Sie warf mir einen Blick zu, der mir sagen sollte, dass sie genau wusste, was ich getan hatte. Ich lächelte sie nur an und hoffte, ihr damit zu verstehen zu geben, dass sie eine zutiefst befriedigte Frau vor sich hatte. Vielleicht hätte sie ja nicht so überlegen ausgesehen, wenn sie etwas mehr von dem erlebt hätte, was ich hinter mir hatte. Doch an diesem Abend ging der Sieg an sie, und sie rief einen Wachmann, der mich nach oben bringen und in mein Hotelzimmer lassen sollte.

Ich duschte heiß und ließ mich dann aufs Bett fallen. Ich hätte eine ganze Woche lang schlafen können, doch fünf Minuten nachdem ich eingeschlafen war – zumindest kam es mir so vor –, betrat Dexi das Zimmer.

»Raus aus den Federn, Schätzchen«, sagte er und zog die Vorhänge auf, um das schrecklich grelle Sonnenlicht hereinzulassen. »Oje, du siehst ja schrecklich aus. Hattest du einen schönen Abend? Oder wurden eher deine Befürchtungen bestätigt?«

»Es war nett. Gut.« Mir war klar, dass ich mit Dexi nicht darüber reden wollte. Das war seltsam, denn normalerweise erzählte ich ihm alles. Was war denn so Besonderes an diesem Kerl, an diesem James Travers?

»Und wie war Mr Davidson?«

»Travers. James William Travers. Er ist so ein Bauriese, glaube ich.«

»Doch nicht etwa JWT?«

»Ich glaube, das war's. Warum? Hast du schon von ihm gehört?«

»Der ist eine ganz große Nummer, Schätzchen. Und er muss stinkreich sein. Verdammt. Hat er dir Diamanten oder etwas weniger Auffälliges wie einen goldenen Keuschheitsgürtel angeboten?«

Ich starrte ihn an.

»Vielleicht hat er mir ja ›etwas anderes‹ angeboten, aber ich habe natürlich abgelehnt.«

»Aber warum denn? Willst du ein komplettes Frühstück, wie immer? Hier oder unten?«

An meinen freien Tagen verspeiste ich immer das komplette Frühstück, während mir sonst schlecht wurde, wenn ich etwas Gekochtes zu mir nehmen musste. Ich entschied mich dafür, im Bett zu bleiben, und wartete, bis Dexi alles organisiert hatte. Dann war mein Gastgeber von letzter Nacht also tatsächlich so ein stinkreicher Mann, wie ich vermutet hatte. Möglicherweise wäre es gar nicht verkehrt, mit ihm in Kontakt zu bleiben. Dexi führte über die Termine Buch und musste James' Adresse daher irgendwo haben.

»Hat er dich gebeten, aus der Datenbank gelöscht zu werden?«, fragte ich beiläufig.

»Nein. Er sagte, er würde sich wieder bei uns melden, wenn er das wiederholen will.« Ich war ein wenig enttäuscht, was ich jedoch nie im Leben zugegeben hätte, nicht einmal Dexi gegenüber.

Stunden später kamen wir in Somerset an, einer kleinen Marktstadt, die mitten im Nirgendwo zu liegen schien. Das Hotel verfügte über ein Fitnesscenter, das wir für die gesamte Woche gebucht hatten. Die Angestellten waren unglaublich neugierig. Sie hatten noch nie etwas wie uns erlebt, gewöhnten sich aber schnell an den ständigen Klientenstrom. Fünf Tage nacheinander hatte ich täglich fünf oder sechs Klienten und war entsprechend ausgelaugt. Dexi arbeitete effizient wie immer, war jedoch deutlich schweigsamer als sonst. Ich versuchte, ihm zu entlocken, was ihn beschäftigte, aber er verriet es mir nicht. Schließlich kam ich zu der Erkenntnis, dass er wegen meines kleinen Techtelmechtels mit James wütend sein musste. Vielleicht hatte er deswegen Zukunftsangst, oder er war einfach nur eifersüchtig – nicht auf das, was ich getan hatte, sondern darauf, dass James auf mich und nicht auf ihn stand. Schließlich hatte er einige Kommentare in Bezug auf Dexis sexuelle Neigungen abgegeben. Doch dieser Gedanke brachte mich zum Lachen. James stand ganz gewiss nicht auf andere Männer. Er war zu einhundert Prozent heterosexuell.

»Du hast eine Stunde Pause«, meinte Dexi. »Soll ich dich massieren?«

Ich nickte, und er baute den Tisch auf. Während ich halb dösend dalag, bearbeitete er meine schmerzenden Muskeln. Ich war nicht in der Stimmung für irgendetwas anderes, und er schwieg die ganze Zeit. Dann nahm er meine Fußknöchel und begann, meine Beine zu dehnen. Ich hielt mich am oberen Tischrand fest und genoss das Gefühl. Er zog ein Bein zur Seite und hob es an, sodass ich auf dem Bauch liegend beinahe Spagat machte. Das erinnerte mich daran, wie ich auf James' Bett gelegen hatte, und ich wurde sofort feucht.

»Ich glaube, ich bin auch in der Stimmung für etwas Intimeres«, flüsterte ich mit heiserer Stimme. Pflichtbewusst drehte mich Dexi auf die andere Seite und begann, sich um meine erogenen Zonen zu kümmern. Ich wartete darauf, dass etwas geschah, aber obwohl er sich große Mühe gab, bekam ich keinen Orgasmus. Gut, es war sehr schön, aber auch sehr unbefriedigend.

»Was ist denn mit dir los?«, wollte Dexi wissen und klang dabei leicht beleidigt.

»Ich bin wohl doch nicht in der richtigen Stimmung. Tut mir leid.« Er zuckte mit den Achseln. Dann klopfte er mir auf die Oberschenkel und befahl mir, aufzustehen und unter die Dusche zu gehen. Währenddessen faltete er den Tisch wieder zusammen.

»Wer ist der Nächste?«, erkundigte ich mich.

»Ein Anthony Vestrar. Er hat dir sogar ein Outfit geschickt.«

»Wirklich? Das ist ja mal was Neues. Zeig mal her.« Er reichte mir eine Schachtel, die seinen Worten zufolge an diesem Tag geliefert worden war. Ich nahm das Seidenpapier heraus und hatte einen glänzenden schwarzen Bodysuit aus Lycra vor mir, der meinen ganzen Körper bedecken würde.

»Das passt mir ganz gut. Ich bin ohnehin nicht in der Stimmung, irgendjemandem meine verlockenderen Körperteile zu zeigen.«

Der Anzug hatte sogar eine Kapuze und eine Halbmaske. Ich zog ihn an. Der schmale Nylonreißverschluss befand sich auf dem Rücken, sodass mir Dexi dabei helfen musste, ihn zuzuziehen. Der Anzug saß wie eine zweite Haut. Ich befestigte die Kapuze unter meinem Kinn. Da ich gelegentlich eine Maske trug, war das für mich kein Problem.

»Sehr unheimlich«, meinte Dexi. »Du könntest eine Doppelgängerin von Seven of Nine aus *Star Trek: Raumschiff Voyager* sein.«

Das sah ich zwar anders, aber ich widersprach ihm nicht. Ich fand jedoch, dass ich aussah wie eine übergroße Barbiepuppe. Vielleicht tat diese Seven of Wasauchimmer das ja auch. Alles an mir war jetzt glänzend und glatt. Ich zog mir keine Schuhe an, da ich den Mann nicht enttäuschen wollte, indem ich das von ihm gewünschte Outfit irgendwie veränderte. Dann setzte ich mich auf einen Stuhl und fragte mich, wem ich hier im ländlichen Somerset wohl begegnen würde. Ich nippte an einem Glas Eiswasser und wartete.

Mit einem verschlagenen Grinsen führte Dexi den letzten Klienten dieser Woche herein.

Er war 1,90 Meter groß und trug einen Anzug, der dem meinen sehr ähnelte, inklusive Kapuze und Halbmaske. Ich war amüsiert. Er schien fit zu sein und hatte breite Schultern und eine schlanke Taille. Außerdem fiel mir auf, dass er auch im Schritt sehr gut bestückt war.

»Mr… Darf ich Sie Anthony nennen? Ist das Ihr erster Kampf oder nur der erste mit mir?«

Er schüttelte den Kopf und weigerte sich, etwas zu sagen. Seltsam. Irgendetwas nagte an mir, und ich nickte Dexi zu.

»Du bist wie immer vor der Tür?«, fragte ich. Er bejahte das und verließ den Raum. »Haben Sie irgendwelche Sonderwünsche?«, wollte ich von meinem Klienten wissen. Erneut schüttelte er nur den Kopf. Offenbar wollte er auf das übliche Einleitungsritual verzichten. »Kann es losgehen?« Er nickte. Das gefiel mir gar nicht. Dieser Kerl war merkwürdig, und ich konnte seine Augen hinter der Maske nicht richtig erkennen. Ich legte ihm meine Regeln für die Unterwerfung dar, dann stellten wir uns einander gegenüber auf der Matte auf. Wir umkreisten uns wie zwei angriffsbereite Katzen. Wir streckten beide die Arme aus, als wollten wir den anderen berühren, und wehrten sie ab. Er legte die Arme um meine Taille und zog mich mit sich zu Boden. Dann rollte er mich herum, da er nicht wusste, dass er mich so genau in die Position brachte, die ich haben wollte. Ich legte ihm die Beine um die Taille und drückte ihn zu Boden. Er stöhnte, halb vor Lust und halb vor Schmerzen. Ich drückte fester zu. Noch fester. Er atmete jetzt stoßweise. Als ich auf ihn herabblickte, bemerkte ich, dass mich hinter der Maske grüne Augen ansahen. Ich konnte der Versuchung nicht widerstehen und riss sie ihm herunter. Warum hatte ich das nicht sofort bemerkt? Ich ließ James los und gestattete es ihm, sich aufzusetzen. Dann zog ich seine Kapuze herunter und sah ihm in die Augen.

»War das wirklich notwendig?«, fragte ich ihn erzürnt.

»Ich dachte, du würdest dich sonst weigern, mich wiederzusehen.«

»Warum denn das?«

»Ach, komm schon, Lili, wir haben uns nicht gerade unter den besten Umständen getrennt, oder? Aber ich habe verdammt viel Geld für diese Stunde bezahlt, also hör auf, meine Zeit mit Reden zu vergeuden.«

»Nur noch eine Frage: Weiß Dexi, wer du bist?«

»Ich habe die Buchung unter falschem Namen gemacht und behauptet, ich hätte dich im Internet gefunden, was ja durchaus der Wahrheit entspricht. Ähm ... Dexi hat mich natürlich gesehen, als ich reingekommen bin. Ich habe ihn überredet, dir nichts zu verraten.«

»Ich muss wohl mal ein ernstes Wörtchen mit ihm reden.«

»Gib ihm nicht die Schuld. Ich wusste, dass du richtig sauer wirst.«

Ich nickte und fühlte mich gleichzeitig zufrieden, aufgeregt und geschmeichelt. Tausend Gedanken schossen mir durch den Kopf. Ich musste gewinnen. Das war das Allerwichtigste. Er schuldete mir schon eine Bestrafung, wie mir wieder einfiel, während meine heiße, feuchte Muschi vor Vorfreude zu pochen begann. Wenn ich ihn erneut besiegen konnte, dann würden wir letzten Endes vielleicht beide unsere Befriedigung bekommen. Ich grinste ihn an und ging auf seine Beine los. Das kam für ihn unvorbereitet, da er mit der plötzlichen Bewegung nicht gerechnet hatte. Ich zog fest an seinen Beinen, und er drehte sich auf den Bauch. Dann setzte ich mich rittlings auf seinen Hintern und zog seine Beine nach oben, um mir seine Füße unter die Arme zu stecken und mich langsam nach hinten zu lehnen. Dabei musste ich mich sehr vorsehen, um ihn nicht zu verletzen. Ein gebrochener Rücken oder eine Strangulation waren schließlich schlecht fürs Geschäft. Sein Körper erschlaffte, und ich schaute mich nach hinten um. Als ich seine Hand an meinem Rücken spürte, ging ich davon aus, dass er mir damit seine Unterwerfung signalisierte. Er stöhnte und drehte sich auf die andere Seite.

»Du bist echt ein ausgekochtes Luder, weißt du das? So was machst du nicht noch einmal mit mir.«

Ich lachte und warf den Kopf in den Nacken. Mir war klar, dass dieser Mann es hasste, besiegt zu werden. Ich hatte ihn hier, auf meinem eigenen Territorium, geschlagen. Wie fit, reich oder was auch immer er sein mochte, ich war bei einem Ringkampf trotz allem die Bessere.

»Und du bist ein Bastard, also passen wir doch gut zusammen. Luder und Bastard. Bist du schon bereit für die nächste Runde?«

Ich stürzte mich erneut auf ihn. Dieses Mal wollte ich ihm die Körperschere verpassen, von der er beim letzten Mal behauptet hatte, sie würde ihm sehr gefallen. Sanft legte ich mich in voller Länge auf ihn. Bisher war das durch und durch sexuell. Ich streckte die Arme über dem Kopf aus und wand mich vorsichtig auf ihm. Sofort spürte ich, wie er eine Erektion bekam. Hätte er nicht in diesem Lycraanzug gesteckt, dann wäre ich in Versuchung geraten, seinen Penis herauszuholen. Schließlich erinnerte ich mich nur zu gut daran, dass er ausgesprochen ansehnlich war. Ich wackelte auf ihm herum und hielt seine Arme dabei fest. Langsam bewegte ich mich aufwärts, bis sich meine Knie auf der Höhe seiner Taille befanden, um die ich sie dann herumlegte. Er lächelte mich an, und ich spürte, wie er seine Beine in meinen Rücken bewegte. Blitzschnell spreizte ich die Beine und ließ eins unter seinen Körper gleiten. Im nächsten Augenblick hatte ich auch schon die Fußknöchel verschränkt und drückte fest zu. Jetzt hatte ich ihn in meiner Gewalt. Doch er lächelt erneut, lehnt sich zurück und genoss das Gefühl. Ich musste mir eingestehen, dass das ziemlich langweilig war. Er lag einfach nur da, war offenbar in Ekstase, und sein Druckfetisch wurde befriedigt. Wenn ich nur noch ein bisschen fester zudrückte, würde er kommen. Was hatte ich davon? Ich bekam nicht einmal die Befriedigung, meinen Orgasmus vorzutäuschen. Natürlich konnte ich mich ein wenig an seinem Hüftknochen reiben, doch das brachte mich noch lange nicht zum Höhepunkt.

»Lass mich los«, keuchte er, und dann fiel ihm wieder ein, dass er mir auf den Rücken klopfen musste. Ich sah in seinen Schritt, um das Ergebnis meiner Mühe zu betrachten. Noch war alles trocken. Er warf mir einen spöttischen Blick zu und legte mir die Hände um die Taille. Dann wickelte er auch die Beine um mich und drückte zu. Zu meinem Glück war seine Technik noch nicht ausgereift, daher gelang es mir problemlos, mich zu befreien. Ich erkannte meine Chance und zwängte seinen Kopf mit einer schnellen Bewegung zwischen meinen Knien ein. Das ermöglichte mir außerdem, mich ganz aus seinem Griff zu befreien. Als ich ihm ins Gesicht sah, wurde ich kurz nervös. Seine Augen strahlten Wut aus. Ich hatte ihn erneut besiegt, und das gefiel ihm nicht. Ich ließ ihn los und rollte mich dabei nach vorn. Dabei gab ich meinem müden Körper einen Ruck und schaffte es, meine Arme nach vorn zu bewegen, um eine Rolle zu machen. Schließlich stand ich an seinen Füßen, während er mich verblüfft ansah und offensichtlich über mein Tempo erstaunt war.

»Ich mache das schon eine ganze Weile«, sagte ich lachend. »Du hast noch sieben Minuten. Glaubst du, dass du mich in der Zeit noch besiegen kannst?«

Er sprang auf die Beine und machte ein entschlossenes Gesicht. Wieder umkreisten wir uns. Ich hörte ein Klicken und stellte fest, dass die Tür gerade geschlossen worden war. Dexi hatte pflichtbewusst und wie immer sehr diskret nach dem Rechten gesehen. Wann immer es ruhig wird, sieht er kurz nach, ob alles in Ordnung ist. Ich blickte James direkt in die Augen. Ich war bereit, falls er den nächsten Schritt machen wollte. Er schwang die Arme nach vorn und versuchte, meinen Hals zu packen. Ich duckte mich und stürzte mich zwischen seine Beine, um ihn mit den Schultern hochzuheben. Er war zwar größer und schwerer als ich, hatte aber definitiv nicht mit diesem Angriff gerechnet. Sein Körper geriet aus dem Gleichgewicht, er fiel leicht nach vorn und über meine Schultern. Ich zog die Beine ein und rollte mich ab, wobei ich ihn umkreiste, um die Bewegung beenden zu können. Dann presste ich mein ganzes Körpergewicht auf seinen zusammengefalteten Körper. Während ich ihn so festhielt, wurde mir bewusst, dass er sich fast in derselben Position befand wie ich vor einigen Tagen, als meine Hände und meine Füße an die Wand gefesselt gewesen waren. Ich erinnerte mich auch an das Spanking, das er mir verpasst hatte. Es heißt ja, dass man seinem Partner gern etwas antut, was man selbst auch gern erleben würde. Breit grinsend sah ich auf seinen knackigen Hintern hinab, der mit Lycra bedeckt direkt vor mir thronte. Ich verlagerte mein Gewicht ein wenig, um den Druck aufrechtzuerhalten, und nahm die Hände weg, um abwechselnd mit beiden Händen einige schnelle Schläge auf seinen Pobacken zu landen. Das war ein gutes Gefühl. Ich hätte nie gedacht, dass mich so etwas derart erregen würde. Ich kam schon fast, ohne dass ich irgendwo berührt worden war. Mehr, mehr, dachte ich und kam dem Höhepunkt mit jeder Sekunde näher. Meine Hände prickelten, als ich in meinem eigenen Rhythmus weitertrommelte. Ich spürte, wie seine Füße gegen meinen Rücken stießen, aber ich konnte einfach nicht aufhören. Mein Schritt rieb auf seinem mit Lycra bedeckten Rücken im selben Takt, wie meine Hände zuschlugen. Es war wunderbar, die Macht und die Aufregung dieser

Dominanz zu spüren. Er bewegte sich unter mir, versuchte sich zu befreien, doch ich war nicht zu bezwingen. Als ich nach vorn schwankte, war ich überraschter als er. Es gelang ihm, mich aufzufangen, als ich aus dem Gleichgewicht geriet, da ich viel zu sehr in meinem eigenen Universum gefangen war.

»Dafür wirst du teuer bezahlen«, keuchte er erregt. »Du verrücktes Huhn. Ich hab dir auf den Rücken getrommelt, damit du endlich aufhörst, aber du hast es nicht mal bemerkt.«

Ich rollte mich herum und starrte ihn an, während mir bewusst war, dass mein Gesicht puterrot sein musste nach dem, was ich gerade erlebt hatte.

»Entschuldige«, stieß ich hervor. »Aber erzähl mir jetzt nicht, dass du nicht jeden einzelnen Augenblick davon genossen hast.«

»Das war nicht sehr professionell, würde ich sagen.« Seine Augen strahlten.

»Ich fand, ich war sehr professionell. Man hätte fast glauben können, dass ich das schon seit Jahren mache.«

»Ich würde vorschlagen, dass wir die letzten beiden Minuten dieses Kampfes wieder vergessen«, meinte er auf einmal. »Ich habe heute Abend schon was vor und werde dann mal gehen.« Er hob die Maske auf und setzte sie auf. Wenige Sekunden später ging er durch die Tür, während ich noch völlig verwirrt auf der Matte saß. Mir war klar, dass ich dieses Mal zu weit gegangen war. Ich wusste es einfach. Ein überwältigendes Verlustgefühl überkam mich. Ich hatte geglaubt, James Travers wäre in mein Leben zurückgekehrt, und mir wurde klar, dass ich ihn während der letzten Woche vermisst hatte. Wie dumm. Ich kannte ihn erst seit einer Woche, wie konnte ich ihn da vermissen? Er war nur ein weiterer Gegner. Nichts als ein zahlender Klient.

»Ich hoffe, du hast seinen Scheck direkt zur Bank gebracht«, fauchte ich, als Dexi hereinkam.

»Geht es dir gut? Du hast ziemlich beschäftigt ausgesehen, als ich das letzte Mal reingeschaut habe. Hast du dir eine neue Übung ausgedacht?«

»Was hast du heute Abend vor?«, fragte ich Dexi.

»Ich bin verabredet und komme vermutlich erst morgen zurück. Wir müssen nicht ganz so früh aufbrechen, daher ist das doch kein Problem, oder?«

Lächerlicherweise war ich verärgert. Ich hatte an diesem Abend nichts vor, und mir war nicht klar, warum ich mich auf einmal so benachteiligt fühlte. Das Wiedersehen mit James hatte mich aufgewühlt. Die Tatsache, dass ich alles vermasselt hatte, ging jedoch niemanden etwas an.

»Eigentlich nicht. Ich habe nur das Gefühl, dass ich etwas Wichtiges verpasst habe. Weißt du, wer unser letzter Klient war?«

»Natürlich. Er hat mich angefleht, dir nichts zu verraten. Er wollte dich überraschen. Daher habe ich mitgespielt. Ich dachte, du würdest dich freuen. Lass ihn nicht zu nah an dich ran, das ist er nicht wert. Du kommst auch gut ohne ihn klar.«

»Du hast natürlich wie immer recht. Geh ruhig aus und amüsier dich. Ich komme schon zurecht. Vermutlich ist das nur mein angeknackster Stolz.«

»Der ist bei Weitem nicht so mitgenommen wie sein Hintern. Ich hätte nie gedacht, dass du so etwas auch im Repertoire hast.«

»Wenn du nicht derart falsch gepolt wärst, hättest du es vielleicht längst rausgefunden.«

»Das ist ein interessanter Gedanke. Vielleicht solltest du es mal bei mir versuchen. Es könnte mein Leben für immer verändern.«

»Geh zu deiner Verabredung, und viel Spaß dabei«, erwiderte ich. Er hatte ein bisschen Spaß verdient.

»Wenn's doch nur so wäre«, jammerte Dexi. »Warum muss das Leben nur immer so kompliziert sein?«

»Kompliziert? Dein Leben? Möchtest du mir vielleicht irgendwas sagen?«, wollte ich wissen.

»Nein, mir geht's gut. Wirklich. Aber ich mache mir Sorgen um dich. Bist du dir wirklich sicher, dass du alleine klarkommst? Was ist, wenn James zurückkommt? Wirst du dann mit ihm fertig?«

»Er ist weg. Er sagte, er hätte was vor. Warum ist er den ganzen Weg hierher gefahren, um mich zu sehen, und hat sich dann noch anderweitig verabredet? Männer!«

»Echte Schlampen, was?«, stimmte mir Dexi bereitwillig zu. Er schien zu zögern, als müsste er noch etwas tun, was er eigentlich gar nicht tun wollte.

»Geh ruhig, Dexi. Mir geht es gut. Geh, geh, geh. Ich bin jetzt ein großes Mädchen.« Ich schob ihn aus der Tür und ging in unsere Suite. Dort duschte ich, schaltete den Fernseher an und wechselte zwischen den Programmen hin und her. Nachdem ich mir einen Scotch aus der Minibar eingeschenkt hatte, musste ich die große Entscheidung treffen: gebratene Ente oder Krabbencurry? Wow!

Bisher hatte ich erst sehr wenig von der Stadt gesehen, daher beschloss ich, vor dem Essen noch einen Spaziergang zu machen. Ich zog mir eine Jogginghose und ein T-Shirt an und ging hinunter zur Rezeption.

»Oh, Miss Lili? Hier ist eine Nachricht für Sie. Ich wollte sie gerade zu Ihrer Suite bringen lassen.« Das Mädchen war noch sehr jung und schien zu denken, dass jemand mit dem Namen Miss Lili ausgesprochen exotisch war. Sie starrte mich an, als ob ich mich im nächsten Moment in Xena, die Kriegerprinzessin, oder etwas in der Art verwandeln würde. Dann reichte sie mir einen Umschlag und starrte mich weiterhin an, als wäre ich ein Alien. Vielleicht lag es auch nur an ihrem Blickwinkel. Sie war knappe 1,50 Meter groß, sodass ich sie mit meinen 1,80 Metern deutlich überragte.

»Danke«, murmelte ich und fragte mich, was dieser auffällige Schnörkel auf dem Briefumschlag zu bedeuten hatte. Natürlich wünschte ich mir, dass die Nachricht von einem ganz bestimmten Mann kam. Ich riss den Umschlag auf. Die Nachricht bestand nur aus einer Uhrzeit: *20:30 Uhr.* Sonst stand da nichts. Was genau sollte ich um 20:30 Uhr tun? Wer hatte die Nachricht geschickt? Ich fragte das Mädchen, und sie berichtete mir, dass sie von einem Fahrradkurier abgegeben worden war. Keine Beschreibung. Gar nichts.

Ich ging spazieren. In zehn Minuten hatte ich das gesamte Stadtzentrum einmal umrundet. Die Luft war herbstlich kühl geworden. Jeder, den ich sah, schien irgendein Ziel zu haben, nur ich saß in einer Stadt fest, die nicht viel zu bieten hatte. Kein Wunder, dass meine Dienste hier derart gefragt waren. Ich hatte die Stadtbewohner vor der Langeweile gerettet. Ich ging zurück auf mein Zimmer und grübelte weiter. Gebratene Ente oder Krabbencurry? Es klopfte an der Tür. Als ich öffnete, stand der Portier vor mir.

»Ein Päckchen für Sie, Madame. Eine Eilzustellung.«

»Danke«, brachte ich mühsam heraus. Wer schickte mir denn ein Päckchen? »Oh, warten Sie kurz.« Ich kramte in meinem Portemonnaie nach Kleingeld. Doch ich fand lediglich eine Zweipfundnote und sonst nichts. Ich reichte sie dem Portier, der einen Finger hob, um sich zu bedanken. Die guten Engländer wussten eben, wo sie standen. Leise lachend drehte ich das Päckchen in meinen Händen herum und suchte nach Hinweisen auf den Absender. Doch da war nichts. Als ich das Band abzog, dachte ich nicht einmal im Traum daran, dass es sich um eine Bombe handeln könnte. Und ich hatte Glück. Ein Schock konnte mich trotz allem erwarten. Ich war mir nicht sicher, was ich da vor mir hatte. Es sah aus wie eine Reihe von Lederriemen, die an einer Art Badeanzug befestigt waren, wenn es denn Badeanzüge aus Leder gab. Irgendwie bestand er nur aus einer Vorderseite, der Rücken blieb offenbar unbedeckt. Als ich das Ding hochhielt, konnte ich erkennen, dass es sich dabei definitiv um ein Kleidungsstück handelte und nicht nur um irgendwelche Fesseln. Ich sah auf die Uhr. Noch hatte ich nicht entschieden, was ich mir zu essen bestellen wollte, doch da es bereits 20:15 Uhr war, konnte ich das Abendessen vermutlich gleich ganz vergessen. *20:30 Uhr* bedeutete, dass ich eine Verabredung hatte. Wenn man mir ein Outfit schickte, konnte ich davon ausgehen, dass jemand um diese Zeit aufkreuzen würde. Ich wurde schon wieder feucht. Möglicherweise bin ich in der Beziehung etwas seltsam, doch der Anblick und der Geruch des Leders erregten mich bereits. Ich war sogar sehr erregt. Es musste James sein. Er hatte gesagt, er hätte noch eine Menge mit mir vor, und das konnte durchaus eine seiner Fantasien sein, die er mit mir in die Tat umsetzen wollte. Ich hatte völlig vergessen, dass er wütend aus dem Raum gestürmt war. Aber ich wusste, dass ich irgendeine Bestrafung verdient hatte, und ich wusste auch, dass ich jede Sekunde von dem, was er für mich geplant hatte, genießen würde. Rasch zog ich die Jogginghose und das T-Shirt aus und versuchte, herauszufinden, wie man dieses Lederding anzog.

4

Nachdem ich den letzten Ringkampf des Nachmittags in einem Lycraanzug verbracht hatte, der so gut wie jeden Zentimeter meiner Haut bedeckte, fiel ich jetzt ins andere Extrem. Die Vorderseite des Kleidungsstücks – zumindest ging ich davon aus, dass es sich hierbei um die Vorderseite handelte – bestand aus einem lang gezogenen Dreieck. Ich befestigte die Träger und stellte fest, dass meine Brüste bei der kleinsten Bewegung herausrutschten. Nach unten hin lief das Teil spitz zu und führte als schmaler Streifen zwischen meinen Beinen hindurch. Um die Taille lag ein breiter Gürtel, der den String derart hochzog, dass er zwischen meinen Pobacken eingeklemmt wurde. War das nicht aufregend? Auch der Gürtel lag sehr eng um meine Körpermitte und verlieh mir eine sanduhrförmige Gestalt, bei der selbst Marilyn Monroe eifersüchtig geworden wäre. Ich schob meine großen Brüste wieder in das Oberteil und versuchte, sie irgendwie vernünftig zu bedecken. Allerdings rechnete ich nicht damit, dass sie lange dort bleiben würden. Meine Pobacken waren verlockend nackt, und der String, der zwischen ihnen hindurchführte, betonte ihre Form noch mehr. Aber mir war klar, dass sie das nächste Mal, wenn ich sie ansah, nicht wie zwei weiße Kugeln aussehen würden. Dann klingelte das Telefon.

»Ihr Wagen ist hier«, teilte mir meine Freundin von der Rezeption mit. Ich dankte ihr und versuchte, sie nicht wissen zu lassen, dass ich nicht mit einem Wagen gerechnet hatte. Er war pünktlich um 20:30 Uhr vorgefahren. Sollte ich über dem Leder noch etwas tragen, überlegte ich. Natürlich hätte ich etwas Legeres darüberziehen können, aber irgendwie spürte ich, dass James das missbilligen würde, falls er wirklich hinter alldem steckte. Also holte ich nur meinen langen Regenmantel aus dem Schrank und zog ein Paar hochhackige, knöchelhohe Stiefel an. Jetzt fühlte ich mich wie eine seltsame Mischung aus einer Domina und einer Schlampe. War ich wirklich bereit, jemanden zu bestrafen oder bestraft zu werden? Beides klang gleichermaßen verlockend für mich. Vorsichtshalber steckte ich noch einen knallroten Lippenstift ein, falls ich das Sagen haben würde.

Mit einem völlig unbewegten Gesichtsausdruck sprang Davis von seinem Sessel hoch, in dem er gewartet hatte, und hielt mir die Eingangstür des Hotels auf. Ich stolzierte hinaus, als wäre es für mich etwas Alltägliches, in einer von einem Chauffeur gesteuerten Limousine zu fahren. Nachdem er die Wagentür geöffnet hatte, ließ ich mich auf dem Rücksitz nieder.

»Für Sie wurde Champagner kalt gestellt, Ma'am. Bitte bedienen Sie sich.« Dann fuhr er sanft an.

»Wohin fahren wir?«, erkundigte ich mich.

»Mein Arbeitgeber hat ein Haus auf dem Land gemietet. Die Fahrt dauert nicht lange.«

»Gemietet? Hat er vor, länger hier zu bleiben?«

»Leider bespricht er seine Pläne nicht mit mir, daher weiß ich beim besten Willen nicht, wie lange er bleiben will. Genießen Sie den Champagner.« Er fuhr die Glasscheibe zwischen uns hoch. Ich nahm die Flasche in die Hand, bei der es sich um eine dieser Miniaturausgaben handelte, wie man sie von Flügen in der ersten Klasse kannte. Kein Problem. Die würde ausreichen. Nachdem wir um mehrere Ecken gebogen und schmale Landstraßen entlanggefahren waren, hielten wir vor einem großen Landsitz, der alles von einem privaten Pflegeheim bis hin zu einem kleineren Wohnhaus der Königsfamilie darstellen konnte. Dieser Mr Travers war wirklich sehr stilbewusst, stellte ich fest. Die Lederriemen des Kleidungsstücks saßen meines Erachtens etwas zu eng und drückten, sobald ich mich auch nur einen Zentimeter bewegte. Zum Glück hatte ich auf das Abendessen verzichtet. Bei dem Gedanken, dass sich jetzt auch noch Krabben in meinem Bauch befinden könnten, musste ich kichern. Das wäre gar nicht gut. Ich zog meinen Regenmantel um mich zusammen, stieg auf meinen zu hohen Schuhen etwas wacklig aus dem Wagen und ging die Treppe hinauf. Dabei fragte ich mich, ob der gute Davis wohl wusste, was ich unter dem unscheinbaren Regenmantel anhatte. Die Art, wie er mich mit seinen Blicken verfolgte, ließ mich vermuten, dass dem so war. Möglicherweise war er ja der anonyme Bote gewesen, der das Päckchen im Hotel abgeliefert hatte.

Als ich vor der Tür stand, wurde sie geöffnet, bevor ich überhaupt klingeln konnte. Ich ging davon aus, dass es sich bei dem Mann, der im Eingang stand, um den Butler handelte.

»Darf ich Ihnen den Mantel abnehmen?«, fragte er und griff nach meinen Schultern.

»Nein, danke«, protestierte ich. »Ich habe noch etwas in der Tasche, das ich später brauchen werde.«

»Wie Sie wünschen«, meinte er missbilligend und musterte mich mit einem hochnäsigen Blick. »Folgen Sie mir bitte. Der Herr erwartet Sie in seinem Zimmer.«

Dieses Mal musste ich nicht über eine Treppe nach oben gehen. Ich folgte Seiner Hochnäsigkeit durch eine mit grünem Wollstoff bedeckte Tür in einen dunklen Gang. Ich erschauderte. Was zum Teufel tat ich hier, gekleidet in ein eindeutig perverses Lederoutfit, das eigentlich aus kaum mehr als ein paar Riemen bestand, an einem mir unbekannten Ort, um mich mit jemandem zu treffen, von dem ich nicht wusste, um wen es sich handelte, und ohne irgendjemanden davon in Kenntnis zu setzen? Warum zum Geier gingen diesmal meine normalerweise gut funktionierenden Alarmsirenen im Kopf nicht los? Oder was war mit meiner üblichen Absicherung? Was tat mein dämliches Gehirn eigentlich gerade? Dexi würde durchdrehen, wenn er davon wüsste. Ich mag zwar stark sein, eine Ringkämpferin, die mit den meisten Männern fertig wurde, aber ich ließ mich hier auf etwas ein, das ich eigentlich nie hatte zulassen wollen. Nicht noch einmal.

Der hochnäsige Butler öffnete die Tür, nachdem er leise angeklopft hatte. Dann sah ich James. Er trug eine enge schwarze Lederhose und ein weißes Hemd und sah darin aus wie ein Biker an seinem freien Tag. Mir fiel auf, dass sein Gürtel genau zu den Lederriemen passte, die ich am Köper trug.

»Du solltest keinen Mantel tragen, Süße«, sagte er mit sanfter Stimme. »Nur zu. Gib ihn ... ihm.« Er zog mir den Regenmantel aus, was mir gar nicht behagte, und reichte ihn dem hochnäsigen Butler. Ich musste es dem Mann hoch anrechnen, dass er bei meinem Anblick nicht einmal blinzelte. Vermutlich war er daran gewöhnt, dachte ich wütend. Wie viele andere Frauen hatte James schon hierher bringen lassen, um sich mit ihnen zu amüsieren? Zweifellos eine ganze Menge.

»Gehe ich recht in der Annahme, dass du es so haben wolltest?«, fragte ich, nachdem er mich eine halbe Stunde lang gründlich gemustert hatte. Zumindest kam es mir wie eine halbe Stunde vor. Der Champagner, den ich auf leeren Magen heruntergestürzt hatte, bewirkte, dass ich meine Hemmungen verlor. Ich stand gerade da, und meine Brüste rutschten sofort ins Freie. In diesen High Heels war ich tatsächlich größer als James.

»Du siehst sehr verführerisch aus«, sagte er schließlich. »Hast du schon gegessen?«

»Nein«, antwortete ich und musste mir eingestehen, dass etwas zu essen momentan das Letzte war, was mich interessierte. Eng anliegendes schwarzes Leder konnte die Ausbeulung in seinem Schritt nun einmal nicht verbergen.

»Gut. Dann wirst du dir dein Abendessen verdienen müssen. Das könnte allerdings einige Zeit dauern.«

»Ich gehe mal davon aus, dass du mir dieses Outfit nicht geschickt hättest, wenn du vorgehabt hättest, mit mir schick essen zu gehen.«

»Ganz gewiss nicht. Dir ist vermutlich klar, dass du für das, was du heute mit mir gemacht hast, schwer bestraft werden musst. So hat mich zuvor noch niemand behandelt.« Einen kurzen Augenblick überkam mich ein heftiger Schauder vor lauter Vorfreude. Dann sah ich seinen Gesichtsausdruck und bekam es ein wenig mit der Angst zu tun. Ließ ich mich hier auf etwas ein, womit ich nicht fertig wurde? Dieser Mann war mir ein Rätsel. Ich wusste nicht, was ich glauben und wie ich ihn interpretieren sollte.

»Aber es hat dir doch gefallen«, erwiderte ich tapfer. »Versuch nicht, mir weiszumachen, es wäre anders gewesen.« Seine Miene blieb gleichgültig. »Gib es zu. Es gefällt dir, dominiert zu werden, und ich bin verdammt gut darin, also kannst du es ruhig zugeben.«

»Halt den Mund, Schlampe«, fuhr er mich auf einmal an. »Man sollte dir dringend ein paar Manieren beibringen. Stell dich da drüben an die Wand.« Zu meinem eigenen Erstaunen spielte ich sein Spielchen mit. Ich stellte mich an die Wand. Er warf mir einen Blick zu und ging dann aus dem Zimmer nach nebenan, wo sich vermutlich das Badezimmer befand. Ich sah mich erst einmal genauer um und stellte fest, dass ich mich in einem ziemlich normalen Wohnzimmer aufhielt. Es war mit einigen antiken Möbelstücken eingerichtet und mit einigen großen Blumenarrangements dekoriert. Ich konnte den Rosenduft riechen und schlenderte ein wenig umher, ging aber zurück zur Wand, als ich hörte, dass er zurückkehrte.

»Du hast dich bewegt«, fauchte er mich an. »Jetzt muss ich dich wohl oder übel fesseln.« Er zerrte mich ins Nachbarzimmer. Das einzige Licht darin kam von einer schwachen Tischlampe. James' Augen glänzten in der Dunkelheit, sodass er fast schon unheimlich aussah. Ich musste mir eingestehen, dass ich Angst hatte. Nicht zum ersten Mal fragte ich mich, was mich überhaupt dazu bewogen hatte, mich in eine derartige Lage zu bringen. Er zog mich zum Bett, das eine moderne Version eines altmodischen Eisengitters am Kopf- und Fußende zierte. Dann nahm er eines meiner Handgelenke, zwang mich dazu, mich vorzubeugen, wickelte einen Lederriemen darum und brachte ihn an einer Seite an. Danach fesselte er das andere Handgelenk an der anderen Seite, sodass ich meine Arme ausstrecken musste. Mein Kinn drückte sich unbequem in die Matratze. Er spreizte meine Beine und sicherte auch beide Fußknöchel mit Lederriemen an den Füßen des Bettes.

»Was machst du denn?«, flüsterte ich.

»Ich bestrafe dich. Ich werde dir genau demonstrieren, was du heute Nachmittag mit mir gemacht hast.« Meine Körpermitte drückte sich unangenehm auf das Gitter, und mein nackter Hintern ragte in die Luft, exponiert und hilflos. Der String drückte sich schmerzhaft zwischen meine Pobacken. Der Gürtel um meine Taille schien immer enger zu werden. Meine Brüste baumelten nach unten, da sie auf beiden Seiten des viel zu schmalen Oberteils herausgerutscht waren. Seine Hand streichelte meine Pobacken. Ich vergaß meine Angst und konzentrierte mich nur noch auf die Wonnen, die mich erwarteten. Es war unfassbar, wie erregt ich war. Die Angst schien mich auf ganz eigene Weise heißzumachen. Ich fühlte seine Hand, die flach und hart auf meinen Hintern schlug. Zuerst stach es, und ich zweifelte nicht daran, dass die Haut rot wurde. Er hörte auf, und schaltete eine weitere Lampe ein, die mich direkt anstrahlte.

»Es tut mir so leid, Lili. Du kannst es nicht sehen, oder?« Er verschob mehrere bewegliche Spiegel, bis ich jeden schamlosen Zentimeter meines Körpers sehen konnte. Der schwarze Lederstring war beinahe in meiner Poritze verschwunden, und die roten Striemen seiner Hand zeichneten sich bereits ab. Er war noch lange nicht fertig. Er fing gerade erst richtig an. Er verfiel in einen Rhythmus, der dem ähnelte, in dem ich ihn an diesem Nachmittag geschlagen hatte. Jeder Zentimeter meines Körpers schien in Flammen zu stehen. Ich hätte am liebsten laut aufgeschrien, aber ich konzentrierte mich darauf, die Gefühle auszublenden. Minute um Minute schwebte ich auf der Schwelle und stand kurz vor einem Orgasmus, kam jedoch nicht, und ich hatte langsam Angst, dass er aufhören würde, wenn er bemerkte, wie dicht ich davor war. Ich sah ihm ins Gesicht. Jetzt wirkte er wieder amüsiert, und seine Augen schienen bei jedem Schlag zu lachen.

»Du bist ganz schön unersättlich«, meinte er endlich. »Ich hätte nie gedacht, dass du so lange durchhältst, ohne dich zu beschweren.«

»Ich habe keine andere Wahl«, keuchte ich. Ich war kurz davor, zu kommen. Das Leder zwischen meinen Beinen war schon ganz glitschig. Es bewegte sich auf verlockende Weise, wenn er mich schlug. Wollte ich noch mehr oder sollte er es auf andere Weise zu Ende bringen?

»Ich werde dir den Rest erlassen«, erklärte er dann und setzte erneut einen ernsten Gesichtsausdruck auf. Er löste die Fesseln und den Gürtel und half mir, mich aufzurichten. Mir war ein wenig schwindlig, und ich taumelte gegen ihn. Er sah mich überrascht an. »Ist alles in Ordnung?« Ich nickte. Er schob einen Finger zwischen meine Beine und drückte ihn an dem Lederstring vorbei, um die feuchte, klebrige Nässe zu untersuchen. »Du scheinst gut eingeschmiert zu sein«, stellte er fast schon klinisch fest.

»Was hast du erwartet?« Er zuckte mit den Achseln. Mir fiel auf, dass sich die Beule in seiner Hose nicht verändert hatte. »Ein Stück davon kann ich bestimmt problemlos aufnehmen«, sagte ich gierig und streckte meine Hand aus, um sanft über seine Erektion zu streichen. Er schob mich nach hinten.

»Lass das«, schnaubte er. Seine Augen sahen mich zornig an. Wieder durchfuhr mich ein ängstlicher Schauder. »Womit hast du dir dieses Privileg deiner Meinung nach verdient? Ich verrate es dir: Du hast es dir noch lange nicht verdient. Du bist eine gierige Hure. Runter auf den Boden mit dir, wo du hingehörst. Auf die Knie.«

Ich tat, was er verlangte, da ich es nicht wagte, ihm zu widersprechen. Er kniete sich hinter mich. Ich konnte riechen, wie heiß und erregt er war. Dann drückte er sich gegen mich, und ich spürte, wie sich das weiche, glatte Leder über seinem Penis erstreckte. Ich wagte es nicht, auch nur einen Ton zu sagen, aber ich wollte diesen pochenden Schwanz in mir spüren, ich wollte es mehr als alles andere. Vor lauter Vorfreude erschauderte ich.

»Halt still. Ich habe dir noch nicht die Erlaubnis gegeben, dich zu bewegen.«

Ich hielt so still, wie ich nur konnte. Mein Hintern kribbelte noch immer von den Schlägen, meine Knie taten weh, und er blieb weiterhin hinter mir. Was tat er da? Ich hob den Kopf ein winziges Stück, um in den Spiegel zu sehen. Sofort drückte sich wieder etwas gegen mich. Seine Hand konnte es nicht gewesen sein, sie war viel zu weit weg. Ich hörte, wie er aufstand und etwas zischte. Also wappnete ich mich. Was kam jetzt? Als ein heftiger Schmerz durch meinen Hintern zuckte, wurde mir bewusst, dass er eine Art Peitsche in der Hand halten musste. Diese Art der Dominanz hatte ich zuvor noch nie ausprobiert. Ich keuchte auf und fiel nach vorn. »Knie dich wieder hin«, zischte er.

»Mann, das hat wehgetan«, protestierte ich.

»Erträgst du deine Bestrafung etwa nicht? Das hättest du dir vorher überlegen sollen, bevor du beschlossen hast, mich zu schlagen. Jetzt nimm wieder die richtige Position ein, und wag es nicht, noch ein Wort zu sagen, bis ich dir die Erlaubnis dazu erteile.«

Widerstrebend kam ich seiner Aufforderung nach. Da der erste Schreck abgeklungen war, kam mir der nächste Schlag weniger schmerzhaft vor. Ich stellte mir vor, wie meine einst weißen Pobacken von leuchtend roten Striemen überzogen waren. Jetzt konnte ich mir gleich viel besser vorstellen, was dieser Anblick bei ihm auslöste. Die Peitsche schwieg. Er stand einen Moment lang schweigend hinter mir, bevor er etwas sagte.

»Du darfst aufstehen.« Das war nicht so einfach, wie er sich das vielleicht vorstellte. Ein Körper mochte noch so fit sein, doch wenn er längere Zeit in einer Position ausharren musste, waren die nächsten Bewegungen schmerzhaft. Ich kam taumelnd auf die Beine und verlor in den hohen Schuhen, die ich wundersamerweise noch immer trug, beinahe das Gleichgewicht. Dann sah ich ihn mit hoch erhobenem Kopf an. Ich würde nicht zugeben, dass seine Behandlung mich in irgendeiner Weise erregt hatte. Bisher war ich mir noch nicht sicher, ob mir dieses Spiel wirklich gefiel.

»Spreiz die Beine«, befahl er mir. Ich gehorchte. Er hob die Peitsche, eine dünne, schwarze Rute mit einigen Lederbändern an einem Ende. Er umkreiste damit meine Brüste, und einen schrecklichen Augenblick befürchtete ich schon, er würde mir damit auf die empfindlichen Brustwarzen schlagen. »Wag es nicht, auch nur einen Muskel zu bewegen«, ordnete er an. Natürlich verspürte ich sofort den Drang, mein Gewicht zu verlagern, aber es gelang mir, still stehen zu bleiben. Er beugte sich vor und nahm eine steife Brustwarze in den Mund. Das Gefühl, das dadurch in mir ausgelöst wurde, ließ mich noch sehr viel feuchter werden. Dann wiederholte er das Ganze auf der anderen Seite und biss einmal fest in meinen Nippel, bevor er ihn losließ. Ich atmete immer schneller, während ich versuchte, den Tumult zu kontrollieren, der durch meinen Körper toste. Wie konnte er mich so oft bis an diesen Punkt erregen, ohne endlich Mitleid zu haben und mich zum Höhepunkt zu bringen? Wie konnte er sich selbst noch beherrschen? Es musste doch schmerzhaft sein, wie sich sein harter Penis gegen das enge Leder drückte. Ich leckte mir die Lippen und versuchte verzweifelt, mir auszumalen, was er als Nächstes mit mir vorhatte. Er zog die Peitsche zwischen meinen Beinen durch, bewegte sie vor und zurück, sanft genug, um mir nicht wehzutun, aber doch so fest, dass ich jede kleinste Erhebung spüren konnte. Mein Orgasmus baute sich erneut auf, der ohnehin schon die ganze Zeit in greifbarer Nähe gewesen war.

»Vergiss nicht, dass du dich keinen Zentimeter bewegen darfst«, wiederholte er. »Wenn du es tust, dann werde ich dich die ganze Nacht lang fesseln, und nichts und niemand wird dir Erlösung verschaffen.« Diese Aussicht gefiel mir nicht, erst recht nicht in meinem jetzigen Zustand. Ich war auch kein Mensch, der leise kommen konnte. Es gefiel mir, dabei zu schreien, zu kreischen und zu keuchen. Völlig reglos zu bleiben und keinen Mucks von mir zu geben, das war eine völlig neue Erfahrung. Ich wappnete mich, als sein Reiben zunehmend Wirkung zeigte. Mir brach der Schweiß aus, und ich erschauderte immer heftiger, als mein Körper in Flammen zu stehen schien. Ich weiß nicht, wieso meine Knie nicht längst nachgegeben hatten. Ich schlug die Augen auf und versuchte, meine Atmung zu verlangsamen. Er sah mich an, und die Belustigung in seinen Augen strafte seine ernste Miene Lügen.

»Gut. Selbstbeherrschung. Das gefällt mir.« Er nahm meine Brüste in beide Hände und rieb sie zärtlich, sodass die Brustwarzen noch steifer wurden. Obwohl ich mich noch vor wenigen Sekunden halbwegs befriedigt gefühlt hatte, waren sie mehr als bereit, wieder in Aktion zu treten und unter seiner Berührung abzustehen. Er starrte sie nachdenklich an, nickte und lächelte. Was dachte er gerade? Dann beugte er sich auf einmal vor und küsste mich auf die Lippen. Das überraschte mich. Es war fast schon eine zärtliche Geste, die so gar nicht zu einem Mann zu passen schien, der eine Bestrafungsaktion ausführte und alles völlig unter Kontrolle hatte. Möglicherweise hatten wir beide diese seltsamen, miteinander im Widerstreit stehenden Bedürfnisse. Vielleicht war es genau das, was uns beide derart erregte.

»Komm und setz dich. Du hast bestimmt Hunger.« Ich schwieg und blieb reglos stehen. Er lachte. »Das geht schon in Ordnung. Du hast lange genug geschwiegen. Vorerst zumindest.« Er öffnete eine Flasche des unvermeidlichen Champagners und goss zwei Gläser voll. »Komm und setz dich.« Er deutete auf zwei hohe, glänzende Stühle aus Chrom und Plastik, die vor einer Bar standen. Mir schoss durch den Kopf, dass sie so gar nicht zum Rest der Einrichtung passten. In diesem ansonsten so luxuriösen Haus sahen sie richtig schäbig aus. Ich rutschte vorsichtig auf einen davon und zuckte zusammen, als meine wunden Pobacken den harten Sitz berührten. James lächelte schief und reichte mir eins der kalten Gläser. Ich konnte mein Spiegelbild in einem halben Dutzend Spiegeln sehen. Ich sah aus wie eine billige Schlampe mit meinen vollen Brüsten, die aus den verschiedenen Lederriemen hingen, und den roten Pobacken, zwischen die ein schwarzer Lederriemen gepresst war und die sich auf einen billigen Stuhl drückten. Doch unerwarteterweise machte mich das an. Es fehlte nur noch der knallrote Lippenstift, um das Bild zu vervollständigen.

»Ich werde nach dem Essen läuten«, kündigte er an. »Wir werden hier essen, und danach sind wir bereit für Phase zwei der heutigen Abendunterhaltung.«

»Phase zwei?«, fragte ich. »Ich dachte, wir wären fertig.«

»Ganz gewiss nicht. Ich bin mir sicher, dass du noch etwas mehr Befriedigung brauchst. Mir geht es definitiv so.«

Ich war versucht, vorzuschlagen, dass wir das Essen auslassen und direkt weitermachen sollten, aber ich wollte auch nicht gierig erscheinen. Als der hochnäsige Butler mit mehreren Gerichten auf einem riesigen Silbertablett hereinkam, errötete ich kaum. Wenn er mich für eine billige Schlampe hielt, war das sein Problem. Ich würde den Mann nie mehr wiedersehen, wen interessierte es da schon, wenn er sich irgendeine Meinung über mich bildete? Wenn man mir die Rolle der Schlampe gab, dann spielte ich sie auch. So war ich nun mal.

»Nimm dir, worauf du Appetit hast«, forderte mich James auf, dieser seltsame Mann mit den ständigen Stimmungsschwankungen.

»Ist das eine Einladung?«, fragte ich und starrte die Wölbung in seiner Hose verzweifelt an, die ich in mir spüren wollte. Verdammt, essen konnte ich jederzeit. In den Genuss dessen, was er da hatte, kam ich jedoch weitaus seltener. Er sah mich an, und schon war sein Gesichtsausdruck wieder der des harten Mannes, der mein Meister war.

»Werd jetzt nicht frech«, knurrte er. »Ich hatte vor, dich zu belohnen, aber mit solchen Worten handelst du dir nur eine weitere Bestrafung ein.« Unwillkürlich leckte ich mir die Lippen vor lauter Vorfreude. Er hatte mich gefesselt, mich gespankt, mich erniedrigt, und jetzt fehlte nur noch ein ordentlicher Fick. Dummerweise wusste er ganz genau, dass das das Einzige war, wonach ich mich verzweifelt sehnte. Meine größte Schwäche. Er starrte mich an und schüttelte den Kopf. Dann stand er auf und nahm mein Handgelenk. Er zog mich zu einem Metallrahmen, an den man normalerweise Kleidungsstücke hängte. Er sah so ähnlich aus wie der, mit dem ich meine Wrestling-Outfits transportierte. Doch ab jetzt würde ich ihn immer mit ganz anderen Augen betrachten. Das war es zwar nicht, woran ich gedacht hatte, aber ich wagte es nicht, zu protestieren. »Stell dich da hin und beweg dich nicht«, befahl er mir. Ich gehorchte. Das Ding eignete sich perfekt dazu, jemanden mit gespreizten Gliedmaßen festzubinden. Mir war klar, dass ich dieser Jemand sein würde. Gehorsam stellte ich mich vor das Gestell, auf das er deutete. Er zeigte nach unten, und ich stellte meine schmerzenden Füße an die beiden Seiten. Dann wickelte er Lederbänder um meine Fußknöchel. Ich schärfte mir ein, beim nächsten Mal, falls es denn je ein solches geben sollte, keine hochhackigen Schuhe anzuziehen. Auch meine Handgelenke wurden an den Rahmen gefesselt, dieses Mal allerdings noch etwas höher. Er löste die Träger meines Oberteils, das mir auf die Hüfte fiel. Danach öffnete er den Gürtel und zog den String zwischen meinen Pobacken hervor, sodass das ganze Kostüm zu Boden fiel und ich splitterfasernackt vor ihm stand, während sich die leuchtend roten Striemen deutlich auf meinem Hintern abzeichneten.

»Ich sagte, jetzt ist Essenszeit«, sagte er nur und ging zurück zu den vollen Tellern. Er setzte sich an die Bar und schenkte sich Champagner nach. Dann häufte er sich einige Delikatessen auf einen Teller und begann zu essen.

»Es tut mir leid«, murmelte ich demütig.

»Halt den Mund. Du darfst nur etwas sagen, wenn du dazu aufgefordert wirst. Ich mag es nicht, wenn ich beim Essen gestört werde.«

»Ich wollte nur ...« Ich sprach nicht weiter. Er stand auf und kam zu mir herüber. Dann hob er die Peitsche hoch, die er zuvor schon benutzt hatte, und versetzte mir einen schmerzhaften, stechenden Schlag auf die Pobacken. Ich zuckte zusammen und unterdrückte einen Schmerzensschrei. Ohne ein weiteres Wort zu sagen, setzte er seine Mahlzeit dann fort. Mein Magen begann zu knurren. Ich hatte seit dem kleinen Snack heute Mittag nichts mehr gegessen und war am Verhungern. Das musste dieser Schweinehund erkannt haben, da er zu mir herüberkam. Ich konnte das köstliche Stück Huhn riechen, das er gerade aß, und musterte seinen vollen Teller, während mir das Wasser im Mund zusammenlief. Aber ich sagte nichts und versuchte verzweifelt, an etwas anderes zu denken. An irgendetwas. Dummerweise konnte ich das Essen aber riechen, ebenso wie seinen intensiven Moschusgeruch. Beides war unglaublich stimulierend.

Er stellte den Teller einige Zentimeter von mir entfernt ab, behielt mich genau im Auge und begann, seine Lederhose auszuziehen. Darunter trug er nichts, und sofort stand sein Penis wie ein einsatzbereites Schwert nach vorne ab. Da waren gleich zwei Dinge, die ich begehrte, etwas zu essen und sein Schwanz. In diesem Moment wäre ich für beides sehr dankbar gewesen. Mein ganzer Körper schien zu brennen, und ich spürte, wie die stimulierende Feuchtigkeit an der Innenseite meiner Oberschenkel herunterlief. Er band meine Hände los, und ich wartete darauf, dass er auch die Fesseln an meinen Fußgelenken lockerte. Aber er nahm meine Handgelenke.

»Beug dich nach vorn«, befahl er mir. Obwohl die Position ausgesprochen unbequem war, tat ich es. Er stellte sich vor mich, und mein Mund befand sich jetzt auf genau der richtigen Höhe, um seinen Penis aufnehmen zu können. Vorsichtig schob er ihn hinein und bewegte sich dann vor und zurück, sodass ich wehrlos an ihm saugen musste, ohne eines meiner eigenen Talente einsetzen und ihn befriedigen zu können. Ich musste mich allein auf ihn verlassen. Wieder einmal war ich erregt und hilflos. Ich konnte nicht einmal protestieren, schließlich war mein Mund voll. Er fickte meinen Mund. Doch dann holte er tief Luft und zog sich zurück. Er hatte schon kurz vor dem Orgasmus gestanden, aber dennoch aufgehört. Ich war sehr erleichtert. Ich hätte seinen Samen nur ungern heruntergeschluckt und hatte schon befürchtet, dass ich würgen müsste. Vielleicht würde ich ja jetzt meine Belohnung erhalten. Ruhig und gelassen setzte er seine Mahlzeit fort. Ich richtete mich auf. Wenn ich nicht so fit gewesen wäre, hätte ich das vermutlich nicht geschafft, da meine Fußgelenke noch immer gefesselt waren.

»Bitte«, flehte ich, hielt jedoch sofort den Mund, als er mir einen wütenden Blick zuwarf.

Wieder kam er zu mir und berührte meine Brüste. Er umfing sie mit den Händen und beugte sich vor, um nacheinander fest in jeden Nippel zu beißen. Der mit Lust vermengte Schmerz toste durch meinen überstimulierten Körper. Sein harter Gesichtsausdruck verschwand, und er beugte sich wortlos vor und löste meine Fußfesseln.

»Geh da rein und stell dich unter die Dusche.« Er deutete auf eine Tür in der Ecke. Sie war mir zuvor noch nicht einmal aufgefallen. Dankbar zog ich die Schuhe aus und ging in ein luxuriöses Badezimmer. Ich ließ mir ein Bad ein, und als die Blasen aufstiegen, glitt mein armer, auf wunderbare Weise missbrauchter Körper in das heilsame Wasser. Er hatte mir befohlen, unter die Dusche zu gehen, aber die Aussicht auf ein Bad war einfach zu verlockend gewesen. Vielleicht würde er mich für meinen Ungehorsam erneut bestrafen, aber in diesem Moment war mir das egal. Ich schloss die Augen und begann, mich zu entspannen. Jeder Zentimeter meines Körpers fühlte sich lebendig, sinnlich, erregt an. Ich hörte, wie die Tür geöffnet wurde, aber ich schlug die Augen nicht auf. Dann spürte ich, wie er sich neben die Wanne stellte, vorbeugte und meinen Körper mit zärtlichen, langsamen, sinnlichen Bewegungen einseifte. Es schien fast unmöglich zu sein, dass dies derselbe Mann war, der mein Meister sein und mich unterdrücken wollte. Ich öffnete die Augen und sah ihn an.

»Hi«, sagte er mit sanfter Stimme. Es machte den Anschein, als wäre er in eine andere Rolle geschlüpft. Man hätte fast den Anschein bekommen können, er sähe jetzt aus wie ein Liebhaber. Aber ich wusste es besser. Offenbar besaß er eine Vielzahl an Persönlichkeiten: eine, die es genoss, während unserer Ringkämpfe dominiert zu werden, während er zweifellos auch ein erfahrener SM-Meister war, und nun bekam ich ihn als eine Art Liebhaber zu sehen. Er musste auch mehrere Fassaden für geschäftliche Zwecke haben, die es ihm ermöglicht hatten, so reich und erfolgreich zu werden. Erneut machte ich mir Sorgen um meine Sicherheit. Ach, zum Teufel damit. Ich genoss seine verschiedenen Rollen ebenso sehr wie meine eigenen. Wir stellten eine explosive, tödliche Kombination dar. Solange wir unsere Rollen auseinanderhalten und mit den entsprechenden Stimmungen in Einklang bringen konnten, würde das eine verdammt aufregende Beziehung werden. Wenn die Rollen miteinander konkurrierten, würde die Erregung sogar noch weiter gesteigert. Während die Blasen um mich herum aufstiegen, lehnte ich mich zurück und ließ seinen Händen freien Lauf. Er untersuchte jede Stelle an mir und schob seine Finger in jede Öffnung. Dann kniete er sich hin und schob meine Beine auseinander, um zwei Finger tief in mich hineinzupressen. Dann schob er noch weitere Finger hinein, und ich bewegte mich mit diesen flüssigen Bewegungen, die einen Orgasmus ankündigten. Ich lehnte mich weiter zurück und stützte den Kopf auf den Rand der riesigen Badewanne. Er rieb immer heftiger und schneller, bis mein ganzer Körper zu brennen schien und sich dabei allein auf die Stelle konzentrierte, die er berührte. Auf einmal hörte er auf. Im nächsten Moment hob er mich auch schon aus der Wanne und legte mich auf den dicken Badvorleger. Dann lag er auch schon in der beinahe fremden Missionarsstellung auf mir und begann, sich in mich hineinzupumpen. Ich konnte nicht anders und musste einfach reagieren, was immer er auch von mir erwartete. Ich legte ihm die Beine um die Taille, hielt ihn so fest und drückte mich gegen alles, was ich brauchte, um mir Erleichterung zu verschaffen. Wir bewegten uns harmonisch, bis ich spürte, wie ich gleichzeitig mit ihm kam. Ich spürte ihn tief in mir zucken, als ihn sein Orgasmus übermannte. Das war vermutlich die befriedigendste sexuelle Erfahrung meines bisherigen Lebens. Himmel, ich musste aufpassen. Schon jetzt hatte ich zugelassen, dass sich das Wort »Liebe« in meine Gedanken stahl. Und ich würde mich in ihn verlieben, wenn ich mich nicht sehr vorsah. Aber Frauen wie ich verliebten sich nicht. Niemals. Es tat viel zu weh. Dexi war vermutlich der einzige Mann, den ich mir zu lieben gestattete, und das war etwas völlig anderes. Er war eher wie der Bruder, den ich nie gehabt hatte.

Mein Verstand ist schon etwas Seltsames. Warum musste ich nach dem wunderbaren, befriedigenden Sex auf einmal an Dexi denken? Vielleicht war er tief in meinem Bewusstsein verankert oder etwas in der Art.

»Bleib bei mir«, flüsterte James plötzlich.

»Ich kann nicht«, erwiderte ich heiser. Das war weitaus mehr, als ich zu riskieren bereit war.

5

Als wir zum nächsten Ort unserer Tour fuhren, waren Dexi und ich beide sehr schweigsam. Es schien uns beiden unmöglich zu sein, uns auf die übliche freundliche, unbeschwerte Art zu unterhalten. Nach einigen Stunden brach ich das Schweigen.

»Willst du mir davon erzählen?«

»Nein«, antwortete er und kniff die Lippen auf die für ihn typische entschlossene Art zu. Sein Rock-Hudson-Gesicht war starr nach vorn gerichtet, während wir immer weiterfuhren. Als Nächstes kam Stoke-on-Trent. Offensichtlich hatten wir die Routen zwischen unseren einzelnen Stationen nicht gut genug geplant. Es wäre so viel klüger gewesen, wenn sie nur eine Stunde Autofahrt auseinandergelegen hätten.

»Ich hab Hunger«, erklärte ich, als wir zu einem Rasthof kamen. »Ich will was widerlich Fettes essen, das voller ungesunder Kalorien ist.« Ich hatte noch immer das Bild der köstlichen Delikatessen vor Augen, die ich am vergangenen Abend noch nicht mal probiert hatte. Zurück im Hotel hatte ich gerade mal genug Zeit gehabt, um alles zu packen. Bei Dexi war es offenbar genauso gewesen, auch wenn keiner von uns wirklich darüber sprechen wollte.

Es folgte eine Woche in Stoke mit der üblichen Routine, bis der letzte Tag anbrach. Ich hatte insgeheim gehofft, dass mich James wie in der vorherigen Woche erneut buchen würde. Am letzten Tag hatte ich nur drei Termine, und wir freuten uns schon auf einen frühen Feierabend. Dexi hatte sogar angeboten, mich abends zum Essen einzuladen. Er schien wirklich verzweifelt zu sein. Vielleicht würde er dann endlich sein Schweigen brechen und mir verraten, was ihm auf der Seele lag. Ich brachte die Sache mit meinem letzten Klienten zum Abschluss, einem schmächtigen kleinen Mann, der eine hohe Meinung von seinen Fähigkeiten hatte. In der Hoffnung, ihn nie wiederzusehen, machte ich mit seinem Ego und seinem Heldenmut kurzen Prozess. Er war nicht gerade erfreut, dass er lediglich wenige Minuten durchgehalten hatte, und bat mich um ein signiertes Foto, das ich ihm aushändigte. Dabei fragte ich mich, ob er es ab sofort in seiner Brieftasche mit sich herumtragen würde. Aber ich hätte auch gern gewusst, wie er sich an mich erinnern würde. Ich bezweifelte, dass ich ihm als die Frau, die ihn in gerade mal fünf Minuten überwältigt hatte, im Gedächtnis bleiben würde. Als ich ihn hinausbrachte, wartete Dexi schon auf mich.

»Wie sehr freust du dich schon auf unser Abendessen?«, wollte er wissen.

»Warum fragst du?«

»Ich bekam gerade per E-Mail eine Anfrage für einen Abendtermin irgendwo in einem Klub hier in der Nähe.«

»Das gefällt mir nicht. Ich mag es nicht, wenn Publikum da ist.« Ich hasste öffentliche Ringkämpfe. So etwas hatte ich schon vor langer Zeit aufgegeben. Sie waren bei Weitem nicht so lukrativ wie mein aktuelles Programm und immer sehr konkurrenzbetont. »Nein. Definitiv nein. Das habe ich hinter mir.«

»Er will das Doppelte zahlen und behauptet, dass ihm der Klub gehören würde. Es wäre eine Privatvorstellung. Nur eins gegen eins, du gegen ihn. Er schien ganz okay zu sein. Du wirst nicht mal das Abendessen verpassen. Zwei Stunden.

Das wäre ziemlich viel Geld, das du da ablehnst. Wenn du gewinnst, bekommst du sogar noch einen Bonus.«

»Du musst mich auf jeden Fall begleiten. Sonst fühle ich mich nicht sicher.«

»Das geht klar.«

»Das war's dann also mit dem frühen Feierabend.« Ich konnte es mir nicht leisten, eine Summe von knapp zwei Riesen abzulehnen. Davon konnte man sich viele schöne Dinge kaufen.

»Soll ich ihn anrufen und zusagen?«, fragte Dexi. »Er hat mir eine Telefonnummer gegeben.«

»Ich schätze schon. Wie lautet sein Name?«

»Straver. Mark, glaube ich.« Ich zuckte mit den Achseln. Namen sagten mir nur selten was. Wir räumten den Raum auf, in dem wir die Ringkämpfe veranstalteten, und beschlossen, dass wir nichts mit in den Klub nehmen würden. Wenigstens wären wir dann bereit, sofort essen zu gehen. Ich nahm einen lilafarbenen Anzug vom Haken und steckte dazu passende silberne Stiefel ein. Der Einteiler war vorne hochgeschlossen und nahezu rückenfrei. Mr Straver hatte kein besonderes Outfit verlangt, also steckte ich einfach das nächstbeste in meine Tasche. Dexi kam mit einem Teller voller Snacks herein.

»Ich finde, du solltest eine Kleinigkeit essen, bevor es weitergeht. Nach dem Kampf gehen wir dann essen, in Ordnung?«

»Ja, aber das sieht auch gut aus. Ich will ja nicht, dass mir im entscheidenden Moment die Kraft ausgeht. Vermutlich ist es Mitternacht, bis wir endlich fertig sind. Glaubst du, dass man um diese Zeit hier noch was zu essen bekommt?«

Der Klub lag in einem schäbigen Teil von einer der fünf (oder sechs) dicht zusammenliegenden Städte. Die Stadtsanierung war noch nicht bis hierhin vorgedrungen. Ich war mir nicht ganz sicher, wo genau wir uns befanden, da alles auf das Stadtzentrum hinzuweisen schien, wo immer wir auch waren. Die schäbige Straße war verlassen, und ich zog Dexi an mich, da ich hier auf gar keinen Fall allein gelassen werden wollte. In der Luft lag ein seltsamer Geruch. Irgendwie rauchig und nach Chemikalien. Ich war mir nicht sicher. Die Tür des Klubs musste dringend mal wieder gestrichen werden. Das sah ganz und gar nicht vielversprechend aus. Ich konnte nur hoffen, dass der Besitzer, wer auch immer das war, begriff, wie viel der heutige Kampf ihn kosten würde. Wenn er wirklich so viel Geld übrig hatte, dann konnte er doch wohl zumindest einen Eimer Farbe für die Tür kaufen.

Die Tür war nicht verschlossen, und wir gingen hinein. Aus dem winzigen Eingangsbereich führte eine Treppe nach oben. Wir gingen hinauf. Die Holztreppe war mit dunkelbraunem, angegriffenem Linoleum bedeckt und sah deprimierend aus. Am oberen Treppenabsatz erwartete uns eine recht saubere Tür mit einer Klingel. Ich drückte darauf und wartete. Ein riesiger, bulliger Kerl öffnete die Tür, und mir stockte das Herz. Mit diesem Rohling wollte ich ganz bestimmt keine zwei Stunden ringen. Und erst recht nicht, wenn Dexi nur vor der Tür stand. Er würde bei uns bleiben und sich den ganzen verflixten Kampf ansehen.

»Komm rein, Süße«, sagte der Kerl mit von zu vielen Zigaretten und Drinks kratziger Stimme. Sein ganzer Körper stank danach. Ich überlegte krampfhaft, wie ich aus der Sache wieder rauskommen konnte. Aber ich ging hinein, und Dexi blieb mir dicht auf den Fersen. Er sah ebenso bestürzt aus, wie ich mich fühlte.

Blinzelnd sah ich in die grellen Lichter, die das erhellten, was offenbar den Hauptraum darstellte. Der Boden war gut gefedert und mit einer riesigen, spezialangefertigten Matte bedeckt, die unserer ähnelte. Einige Tische und Stühle standen um diesen Bereich herum, und in einer Ecke befand sich eine Bar. Abgesehen von uns dreien hielt sich hier niemand auf.

»Du kannst dich da drin umziehen, Süße«, sagte der riesige Kerl und deutete mit einem fleischigen Arm in eine Ecke hinter der Bar. Ich trug meine Sporttasche dorthin und überlegte krampfhaft, ob ich sofort oder erst später den Kampf verweigern sollte. Dann beschloss ich, zu warten und mir erst einmal anzusehen, wie er aussah, wenn er sich für den Kampf umgezogen hatte. Ich war unsicher und besorgt, und ich verfluchte mich dafür, dass ich so gierig geworden war.

Der Umkleideraum sah eher aus wie eine exklusive Damentoilette – überall Spiegel und mehrere Kabinen. Ich zog meine Straßenkleidung aus und hatte den lilafarbenen Anzug schon halb angezogen, als mir auffiel, dass ein weißer Anzug an der Wand hing. Er war aus schimmerndem Vinyl mit langen Ärmeln, hohem Kragen und ebenso hohem Beinausschnitt. Es wäre sehr unbequem, darin kämpfen zu müssen, aber irgendetwas sagte mir, dass ich ihn anziehen sollte. In diesem Moment wurde mir auch klar, dass ich nicht gegen den Kerl kämpfen würde, der uns reingelassen hatte. Straver. Ich dachte über den Namen nach. Travers. Welchen Namen hatte er beim letzten Mal benutzt? Vestrar. Alles Anagramme. Dieser Bastard. Er folgte mir quer durch das Land. Aber gehörte ihm dieser Klub wirklich? Das war unwahrscheinlich. Jedoch nicht unmöglich. Der Klub sah von außen deutlich heruntergekommener aus als von innen. Möglicherweise gehörte er ihm doch, und der andere Kerl war nur der Türsteher. Er konnte diesen Laden doch nicht den Rest der Zeit ungenutzt lassen, oder? Vielleicht veranstaltete er ja Kämpfe oder vermietete das Gebäude für andere Zwecke. Ach, was soll's. Ich zuckte mit den Achseln. Ich zog mir das glänzende Vinylding über und verzog das Gesicht, als ich das unnachgiebige Material auf der Haut spürte. Ich schnürte es vorne zu, und es saß perfekt, wie ich erwartet hatte. Dann sah ich mich nach Stiefeln um. Bei dem Gedanken an eine mögliche Bestrafung, die mich erwartete, falls ich irgendetwas nicht so machte, wie er erwartete, wurde ich ganz aufgeregt. Auf einer Ablage stand eine Schachtel, und als ich sie öffnete, lagen darin die zum Anzug passenden weißen Vinylstiefel. Die Sohlen waren sehr weich und leicht, sodass ich damit niemanden verletzen konnte. Ich schnürte die Stiefel zu und zog sie so eng, dass sie die Form meiner Beine gut zur Geltung brachten. Darum ging es doch schließlich, nicht wahr? Ich bürstete mir das Haar und band es zu einem hohen Pferdeschwanz, den ich mit einer extra hohen Klemme befestigte, sodass er mehrere Zentimeter über meinen Kopf ragte. Dann holte ich tief Luft, versuchte, mein pochendes Herz zu beruhigen, und drückte die Tür auf. Dexi und der große Mann standen mit einem Drink an der Bar. Ich marschierte mit hoch erhobenem Kopf auf sie zu.

»Wow«, stammelte der hässliche Kerl. Seine Hand wanderte in seinen Schritt, und es gelang mir mit Mühe und Not, die Galle herunterzuschlucken, die in meiner Kehle aufstieg. Hatte ich mich doch geirrt? Von James W. Travers war nichts zu sehen.

»Möchtest du was trinken, Süße?«

»Ein stilles Mineralwasser, bitte.« Ich nippte an dem Glas und wartete verzweifelt auf einen Hinweis von Dexi. Er kippte seinen Drink herunter – dem Geruch nach einen Brandy. Zu meinem Erschrecken verkündete er dann, dass er jetzt gehen würde.

»Warte mal«, protestierte ich.

»Dir wird nichts passieren. Du brauchst hier weder mich

noch sonst jemanden. Eric wird schon auf dich aufpassen.« Er sprach ganz ruhig, und in seinen Mundwinkeln zeichnete sich ein kaum merkliches Lächeln ab. »Viel Spaß, Schätzchen. Wir sehen uns dann morgen früh.« Worauf zum Geier spielte er da an? Ich hatte mir doch bloß kurz eingebildet, dass James hier auf mich wartete, um mit mir zu ringen. Ich hatte Dexi noch nicht einmal von den möglichen Anagrammen erzählt. Doch bevor ich noch etwas sagen konnte, ging er aus dem Raum und lief die Holztreppe hinunter.

»Der Boss ist auf dem Weg. Er wird dich nicht lange warten lassen«, sagte der Mann, Eric, zu mir. Ich atmete erleichtert auf und verspürte sofort eine gewisse Vorfreude, als ich an den Abend dachte, der mir bevorstand. Der hautenge Vinylanzug knackte bei jeder meiner Bewegungen leise. Ich hätte doch den knallroten Lippenstift auftragen sollen, dachte ich. Heute Nacht würde ich die Dominante sein. Zumindest was den ersten Teil des Abends betraf. Wer wusste schon, was danach geschehen würde?

Nach einigen Minuten wurde die untere Tür geöffnet, und ich hörte leise Schritte, die die Treppe heraufkamen. Eric ließ ihn herein. Mein Gegner trug einen dunklen Businessanzug, ein weißes Hemd und hielt einen Aktenkoffer in der Hand. Er sah absolut nicht so aus wie ein Mann, der kurz davor stand, einen heterosexuellen erotischen Ringkampf zu bestreiten. Aber die Vorstellung, ihn in seinem momentanen Aufzug zu besteigen, war ausgesprochen verlockend.

»Danke, Eric. Sie können den Rest des Abends freinehmen.« Eric machte ein enttäuschtes Gesicht.

»Ich hatte nicht damit gerechnet, Sie zu verlassen, Sir«, meinte er verstimmt. »Ich … Sie könnten vielleicht noch etwas brauchen. Vielleicht soll ich ein paar Fotos machen oder …« Seine Stimme brach ab.

»Ich sagte, Sie können gehen. Ich habe alles, was ich brauche«, erwiderte der Neuankömmling und blickte mir direkt ins Gesicht. Ich spürte diesen wunderbaren Satz, den der Magen macht, wenn einen die Vorfreude übermannt. Eric stand auf und ging zur Tür.

»Soll ich die Tür offen lassen oder abschließen?«, fragte er.

»Abschließen«, erwiderte James kurz angebunden. Nachdem Eric widerwillig gegangen war, jedoch nicht ohne mir vorher noch einen lüsternen Blick zuzuwerfen, sah ich erneut zu James hinüber.

»Ich freue mich sehr, Sie zu sehen, Mr Straver. Ich bin überrascht, aber erfreut. Darf ich davon ausgehen, dass wir anfangen können? Mir gefällt die Vorstellung, dass Sie während des Kampfes diesen Anzug tragen.«

»Lass mich dein Outfit inspizieren«, forderte er mich auf. Ich stand auf und drehte mich. »Gut.«

Er betrat einen anderen Umkleideraum auf der gegenüberliegenden Seite, und ich ging zur Matte und machte einige Aufwärmübungen. Ich streckte und dehnte verschiedene Muskelpartien. Inzwischen kannte ich meinen Gegner und wusste, wozu er fähig war. Ich durfte ihn nie unterschätzen. James W. Travers steckte voller Überraschungen. Als er zurück in den Hauptraum kam, trug er nur eine winzige weiße Unterhose. Ich starrte seine breite Brust und die schmale Taille an. Er schien nicht ein Gramm Fett am Leib zu haben, und alle Muskeln sahen aus, als wären sie gut trainiert worden. Er war wunderschön, erkannte ich auf einmal. Alles, was sich eine Frau nur wünschen konnte. Sexy, gut aussehend und offenbar unermesslich reich. Wenn die Umstände etwas anders gewesen wären … Warum hatte ich sein Angebot abgelehnt, bei ihm zu bleiben? Ich musste verrückt geworden sein. Wenn er mich noch einmal fragte, würde ich mit Freuden Ja sagen.

Er ging zur Matte und stand dann wartend da. Ich wurde unerklärlicherweise schüchtern. Die Vorstellung, dass er seinen heißen Körper über meinen beugen und mich erneut spanken würde, war unfassbar erregend. Ich erinnerte mich daran, wie sich die Fesseln an meinen Hand- und Fußgelenken angefühlt hatten, wie ich allem, was er mit mir vorhatte, wehrlos ausgeliefert gewesen war. Dann fiel mir wieder ein, dass er mich auch vor diesem hochnäsigen Butler und seinem Chauffeur erniedrigt hatte. Ich hatte diese Fetischkleidung tragen und mich wie eine lüsterne Schlampe benehmen müssen. Nun wurde ich wirklich wütend und bekam Lust, zu kämpfen. Ich stieß einen Schrei aus, der Xena, der Kriegerprinzessin, würdig gewesen wäre, und kam Rad schlagend auf ihn zu. Er war völlig überrascht und stürzte zu Boden, als ich mich auf ihn warf, meine Füße um seinen Hals wickelte und ihn zu Boden drückte. Er lag hilflos da, und ich sprang sofort wieder auf und forderte ihn auf, sich zu erheben und zu wehren. Das tat ich mit einem gerissenen Grinsen, um ihn zu necken und herauszufordern. Ich streckte die Arme aus und wartete unschuldig darauf, dass er einen Schritt nach vorne machte. Mein Handgelenk sauste direkt unter sein Kinn, während ich mich drehte und ihn in den Schwitzkasten nahm. Ruckartig schlang ich meine Beine um seine Mitte, und er taumelte auf der Matte herum, da er durch mein Körpergewicht behindert wurde. Ich wackelte auf und ab, um die Sache noch etwas zu erschweren. Langsam sackte er auf die Matte, und ich drückte ihn mit den Händen zu Boden, ließ ihn mit den Beinen los und machte einen Backflip, sodass ich wieder neben ihm auf den Füßen stand. Er lachte.

»Heute Abend meinst du es aber ernst.«

»Darauf kannst du wetten!« Ich schrie fast schon. Ich fühlte mich gut, fast schon high, so high, wie mich keine Droge machen konnte. Ich hatte das ein paar Mal ausprobiert, aber festgestellt, dass die Nachwirkungen die Sache nicht wert waren. Inzwischen beschränkte ich mich auf Alkohol in Maßen und Fitness bis zum Exzess. Ich hockte mich vor meine Beute und fühlte mich wie eine angriffsbereite Tigerin. Der weiße Vinylanzug und die hohen Stiefel sahen fast schon anrüchig aus. Wenn es das war, was er wollte, dann konnte er es haben, und zwar so viel er wollte. Ich sprang wieder los, drückte ihn flach auf die Matte und setzte mich auf seine Brust. Vorsichtig stellte ich meine Füße in den Vinylstiefeln auf sein Gesicht – eine bekannte Taktik, bei der man genau wissen musste, was man tat, und nicht zu weit gehen durfte. In der Sekunde, in der ich spürte, wie er sich entspannte, ließ ich von ihm ab. Er grinste mich an und ging zum Gegenangriff über. Er hatte mir etwas vorgespielt. Schon spürte ich seine Beine in meinem Rücken, die mich nach vorn und über seinen Kopf schleuderten. Ich jauchzte erfreut, rollte mich vor und nahm schließlich eine sitzende Position ein.

»Du wirst mich im Ring niemals schlagen«, rief ich ihm herausfordernd zu.

»Das muss ich auch nicht. Ich habe meine eigenen Methoden, um dich zu bezwingen. Und werd hier ja nicht vorlaut. Ich habe da ein paar Moves in meinem Repertoire, von denen du noch nicht einmal was gehört hast.«

»Für mich sieht es eher so aus, als wärst du hier der Vorlaute«, rief ich. »Von meiner Warte aus wirkt es zumindest so.« Ich saß keuchend da und beobachtete ihn. Auch wenn ich an diesem Tag schon mehrere Stunden gekämpft hatte, floss das Adrenalin durch meine Adern. Zugegebenermaßen hatte mich keiner der anderen heutigen Gegner sehr viel Kraft gekostet. Die meisten waren ziemlich unerfahren gewesen und hatten es vor allem auf die Aufregung abgesehen, von einer schönen Frau besiegt zu werden. Wer konnte schon eine mächtige und heiße Frau begrapschen, ohne gleich zu einer Prostituierten zu gehen? Kein Profi würde das tun, was ich tat, und ihnen dieselbe Art der Erleichterung verschaffen, so viel stand fest.

James kam auf die Beine und streckte die Hand aus, um mich zu sich hochzuziehen. Mir war nicht klar, was genau er vorhatte, aber ich gestattete es ihm, mir aufzuhelfen, und zog dabei kräftig an seinem Arm. So verlor er ein wenig das Gleichgewicht und konnte mich nicht in einen Griff zwingen. Sofort machte ich einen Schritt nach hinten, und dabei scheuerte mein Nacken am Ausschnitt meines Anzugs entlang. Es tat ein bisschen weh, und ich musste den Druck etwas verringern. Mit einem blitzschnellen Sprung war James bei mir und packte den hohen Kragen. Er zerrte daran, sodass er vorne aufriss. Ich hatte Vinyl schon immer für eine schlechte Idee gehalten und sagte ihm das auch. Dann hob er beide Hände und riss das ganze Ding mit einem Kraftakt von oben bis unten auf.

»Zieh das Ding aus«, befahl er.

»Hör auf, mir Befehle zu erteilen«, erwiderte ich und drückte ihn auf den Boden. Ich stellte einen Fuß auf seinen Bauch und presste den Stiefel fester nach unten. Er keuchte, und ich sah, wie die Erkenntnis in seinen Augen dämmerte. »Entschuldige dich dafür, dass du meine Kleidung ruiniert hast.« Er biss die Zähne aufeinander und versuchte, aufzustehen. Ich drückte noch fester zu und verlagerte mein Gewicht, als hätte ich vor, auch den anderen Fuß auf seinen Bauch zu stellen. Diesem Mann durfte ich gar nicht erst den Hauch einer Chance geben. Er sackte zu Boden und hob geschlagen die Hände.

»Entschuldige dich«, verlangte ich.

»Es tut mir sehr leid«, flüsterte er.

»Lauter.«

»Entschuldige«, sagte er fast schon hörbar. Ich nahm den Fuß erst herunter, als er schon fast schrie. Dann erst durfte er aufstehen.

»Zieh den Rest meines wunderschönen Anzugs aus.« Er stand vor mir, zog langsam die Ärmel herunter und entfernte die Überreste des Oberteils. Kurz darauf stand ich nackt vor ihm und trug nichts als die Stiefel. Es fühlte sich gut an, wie er so vor mir kniete. Ich spreizte die Beine und hob sein Kinn an. Dann ging ich ein Stück vor, bis sich meine Muschi direkt vor seinem Mund befand. »Leck mich«, befahl ich. Er sah mir in die Augen. Mein Blick schwankte nicht, und meine Brüste ragten stolz über ihm auf. Gehorsam beugte er sich vor und schob seine Zunge in mich hinein. Ich öffnete mich weiter und stand dann hoch erhobenen Hauptes vor ihm. Er leckte mich weiter, und ich sorgte dafür, dass er genug Platz hatte. Mehrmals berührte seine Zunge meine Klit. Immer, wenn ich die ersten Aufwallungen eines Orgasmus spürte, unterdrückte ich es. Ich wollte warten, bis ich bereit war, ihn in mir zu spüren. Er packte meine Fußknöchel, um nicht umzufallen. Das ließ einige widersprüchliche Gefühle in mir entstehen. Ich liebte es, die Kontrolle zu haben, aber ich genoss auch das Gefühl, die Kontrolle zu verlieren. Auf einmal wollte ich gefesselt werden, die engen Bande spüren, die meine Bewegungen einengten. Aber ich musste ihn unter Kontrolle behalten, bis ich bekommen hatte, was ich von ihm wollte. Währenddessen hoffte ich darauf, dass meine Bestrafung und seine eigenen Wünsche und Bedürfnisse, dominiert zu werden, in Erfüllung gingen.

»Das reicht«, rief ich. »Wir haben genug Zeit damit verbracht, dich zufriedenzustellen. Du hast mir noch gar nicht für dieses Privileg gedankt.« Sein Blick war schon beinahe hasserfüllt.

»Danke, dass du mir erlaubt hast, dich zu verwöhnen«, sagte er demütig.

»Gut.« Meine Stimme war sanft geworden, und ich bewegte mich auf ihn zu. Dieses Mal wollte ich warten, bis er nach mir griff. Das Timing musste genau passen, und ich ging sofort in die Hocke, sodass er nach vorn fiel. Während er noch in Bewegung war, stand ich auf und schleuderte ihn rasch über meine Schulter. Er fiel zu Boden, und ich stürzte mich auf ihn. Inzwischen war er ziemlich außer Atem und konnte sich nicht mehr wehren. Ich drückte meinen Körper auf seinen Torso und hielt ihn so fest. Bei einem richtigen Ringkampf wäre es ein Punkt für mich gewesen. So verharrten wir, bis ich spürte, dass sich seine Atmung wieder normalisiert hatte. Dann setzte ich mich rittlings auf sein Gesicht, sodass sich meine feuchte, nackte Muschi erneut in der Nähe seines Mundes befand.

»Du dachtest wohl, du könntest mich überlisten?« Ich schüttelte den Kopf und sah ihn betrübt an. Ich kniete auf seinen Handgelenken. Er war wehrlos. »Du weißt, was du zu tun hast«, fuhr ich fort. Er gehorchte, bis ich einen glasigen Blick bekam und mir vor Glück über diese Behandlung ganz schwummrig wurde. Seine Zunge war warm und feucht, und sie berührte die Stellen von mir, die mir in diesem Augenblick am wichtigsten waren. Wann immer seine Zunge meine erregte Klit berührte, überkam mich ein Taumel der Lust. Seine Zähne schnappten danach und brachten mich fast zur Ekstase. Ich hatte das Gefühl, dass mein ganzer Körper schwach wurde und sich verflüssigte. Jetzt gab es nur noch eine Sache, die ich wollte: seinen wunderbaren Schwanz, der mich ausfüllte und das erledigte, was mir bisher noch gefehlt hatte. Doch mir war noch nicht ganz klar geworden, wie ich das erreichen konnte. Sobald er mich bezwungen und wehrlos unter sich hatte, würde er mich sicher wie immer begehrlich warten lassen. Dieses Mal war ich jedoch nicht bereit, stundenlang gepeinigt zu warten. Ich wollte ihn jetzt. Ich erhob mich ein kleines Stück, sodass er nicht mehr an mich herankam. Sein Gesicht war mit meinem Saft benetzt. Ich drehte mich um, wobei ich weiterhin verhinderte, dass er sich bewegen konnte. Dann zog ich ihm die Unterhose herunter und ließ seinen riesigen erigierten Penis frei. Ich beugte mich vor, leckte ihn und drückte dabei seine Hoden. Er keuchte. Ich drückte fester, bis ich spürte, dass er zusammenzuckte. Seine Zunge drang wieder in mich ein, wirbelte um meine Spalte herum, und so genossen wir einander eine Weile im besten 69-Stil. Als ich merkte, dass er schneller zu pochen begann, sprang ich von ihm herunter. Ich wirbelte meine Beine herum, setzte mich rittlings wieder auf ihn und ließ mich auf seine wundervolle Männlichkeit herabsinken. Ich spürte, wie er in mich eindrang, tiefer und immer tiefer, bis ich es kaum fassen konnte, wie viel von ihm ich in mir aufgenommen hatte. Er keuchte, stöhnte und ließ seiner Lust freien Lauf. Ich bearbeitete derweil mit den Fingern meine Klit, und sein Samenschwall wirkte wie ein Turbo auf meinen eigenen Höhepunkt. Zu spät erkannte ich, dass ich eine weitere meiner strikten Regeln gebrochen hatte. Wir hatten ungeschützt miteinander geschlafen. Ich hatte keine Angst davor, schwanger zu werden, sondern fürchtete mich vielmehr, mich mit irgendwas anzustecken. Schließlich wusste ich ja kaum etwas über die sexuellen Machenschaften dieses Mannes, abgesehen von dem, was wir miteinander trieben. Und er hatte immer ein Kondom benutzt. Das ruinierte mir die Nachwirkungen. Ich kam viel zu schnell wieder runter und ließ ihn das auch merken. »Es ist okay«, versicherte er mir fast schon zärtlich, als hätte er meine Gedanken gelesen. »Ich bin ziemlich sauber.

Ich habe nie ungeschützten Sex. Das war heute das erste Mal. Vielleicht wirst du dafür beim nächsten Mal bestraft.« Er klang wie die Stimme der Vernunft. Das war fast schon Angst einflößend. Ich ließ meinen nackten Körper auf die Matte sinken, und dann lagen wir beide nebeneinander da.

»Ich glaube, meine Zeit ist um«, sagte er, nachdem wir einige Minuten lang schweigend nebeneinandergelegen hatten. Er stützte sich auf einen Ellenbogen und blickte auf mich hinab. »Und ich glaube, ich schulde dir noch Geld.«

Irgendwie fühlte sich das wie ein Schlag ins Gesicht an. Es kam mir vor, als würde er mich weniger für den Ringkampf, sondern eher für das, was wir danach getan hatten, bezahlen. Es fühlte sich billig an. Aber er hatte mich für einen Kampf gebucht und mir sogar von sich aus einen Bonus angeboten. Es war nur fair Dexi gegenüber, wenn ich sein Geld annahm.

»Okay«, sagte ich. »Für den Ringkampf. Ich schätze, er hat etwa eineinhalb Stunden gedauert. Die darfst du mir bezahlen, aber der Rest geht auf mich. Weil ich es wollte. Das war deine Bestrafung, wenn du es so sehen willst.«

Er stellte mir einen Scheck aus, den er aus seiner Brieftasche holte, die auf der Bar lag. Inzwischen war sein Penis erschlafft, und sein knackiger kleiner Hintern sah überaus verlockend aus.

»Denk nicht mal daran«, sagte er, ohne sich umzudrehen. Offenbar hatte er meine Vorlieben recht schnell durchschaut. Ich nahm sein Geld und steckte den Scheck in einen Stiefel, ohne ihn überhaupt anzusehen. Ich würde ihn gleich morgen früh Dexi geben.

»Willst du was essen?«, fragte er auf einmal. Ich überlegte, ob ich das wirklich bejahen sollte, da mir unser letzter Abend wieder einfiel.

»Nur, wenn du auch was isst«, entgegnete ich. Zu meiner

Überraschung deutete er auf den Umkleideraum, und ich zog mich rasch an. Ich trug nicht gerade die besten Klamotten, und als er in seinem Anzug vor mir stand, fühlte ich mich fast schon schäbig.

»Ich hoffe, du magst indisch. Um diese Uhrzeit haben in der Gegend nicht mehr viele Restaurants auf.«

»Klar«, meinte ich. »Kein Problem.«

Wir gingen wie ein normales Paar auf die Straße und knallten die heruntergekommene, farblose Tür hinter uns zu. Die Limousine kam lautlos herangerollt, und Davis öffnete für uns die Tür. »Guten Abend, Sir. Madame«, sagte er. Er schien den ganzen Abend hier gewartet zu haben. Was für ein seltsamer Job. James nannte ihm eine Adresse, und wir ließen uns auf den bequemen Rücksitz sinken. Ich fragte mich, was mich an diesem Abend noch erwarten würde. In diesem Augenblick war ich mir nicht mal sicher, ob ich überhaupt Lust auf eine weitere Bondage-Sitzung oder Sex hatte. Vielmehr hatte ich die verlockende Idee, dass es sehr schön sein müsste, sich in einem weichen Bett einzukuscheln und neben einem anderen warmen, genügsamen Körper einzuschlafen. Himmel, ich wurde ja fast schon heimelig.

Aber ich hätte mir keine Sorgen machen müssen. Er setzte mich in den frühen Morgenstunden mit einem beiläufigen Abschiedsgruß vor meinem Hotel ab. Er bat nicht darum, mich wiedersehen zu dürfen, und schlug auch nicht noch einmal vor, mein einziger Ringkampfpartner zu sein. Ist ja wieder mal typisch, dachte ich. Kaum hatte ich entschieden, bei einem Mann bleiben zu wollen, wenn er mich darum bat, stellte er die entscheidende Frage nicht mehr.

Morgen würden wir dann in die nächste Stadt aufbrechen.

6

Drei Wochen und drei weitere Städte später näherten wir uns dem Ende der Tour. Der letzte Klient in jeder Stadt war James gewesen. Er hatte immer ein Pseudonym benutzt und es stets geschafft, mich im Unklaren darüber zu lassen, ob ich ihn als großes Finale der Woche wiedersehen würde. Wir kämpften. Wir führten abwechselnd unsere Dominanzrituale durch. Bei jedem Mal stellte er neue Kostüme und neue Fesselmethoden bereit und hatte genug Fantasie, um die Erregung in neue Dimensionen zu befördern. Auch wenn ich mich schon fast dazu entschieden hatte, das Leben auf Reisen aufzugeben, bat er mich kein weiteres Mal, bei ihm einzuziehen. Ich hatte meine Chance vertan. Daher war es reine Ironie, dass mir inzwischen klar geworden war, dass ich nichts auf der Welt lieber täte.

Dexi versuchte weiterhin, das Problem zu verdrängen, das ihn zu belasten schien, über das er aber weiterhin nicht sprechen wollte. Er war ungewöhnlich schweigsam, manchmal fast schon mürrisch, und ich war es langsam leid, sein betrübtes Gesicht und nicht seine hübsche, strahlende Miene zu sehen. Wir hatten einen langen Tag unseres Bristol-Aufenthalts hinter uns. Dexi hatte den Massagetisch aufgestellt und bearbeitete meinen Rücken. Wie immer war ich völlig entspannt und genoss es, seine sinnlichen Hände auf meinem nackten Körper zu spüren. Als er meinen Anus umkreiste, merkte ich, wie meine Erregung wuchs. Seine Finger teilten meine Pobacken, und er schob vorsichtig erst einen und dann einen zweiten Finger hinein, um mich zu dehnen, bis es fast schon wehtat. Es war sehr ungewöhnlich, dass er so etwas machte, und er hatte das zuvor erst ein einziges Mal getan.

»Jetzt wirst du mir wohl gleich sagen, dass du auf diese Weise sogar mit mir vorliebnehmen könntest, was?«, gurrte ich.

»Tut mir leid, Schätzchen. Das macht dir doch nichts aus? Aber da ich weiß, wie gut sich das anfühlt, dachte ich, du hättest vielleicht gerne mal eine Abwechslung.« Das machte mich doch ein wenig neugierig. Ich hatte nie wirklich über Dexis Vorlieben nachgedacht, und irgendwie sah ich ihn auf einmal mehr als Mann, wenngleich als schwulen. Er hielt inne, als es an der Tür klopfte.

»Wer zum Teufel ist denn das?«, fragte ich und schob ihn von mir weg. Er warf ein großes Handtuch über mich und ging zur Tür.

»Joel. Was zum Geier machst du denn hier?«

»Tut mir leid, Dexi, aber wir müssen reden. Ich will dich nicht verlieren. In den letzten Wochen lief es irgendwie nicht so rund. Dexi, ich ...«

»Ich bin bei der Arbeit, Joel. Das ist jetzt wirklich keine gute Zeit dafür.«

Ich hob den Kopf und meinte: »Kümmert euch nicht um mich. Ich bleibe einfach weiter hier liegen.« Ehrlich gesagt war ich mehr als nur ein bisschen neugierig. Ich hatte schließlich die ganze Zeit gemerkt, dass mit Dexi was nicht stimmte.

»Das muss die berühmte Lili sein«, sagte Joel, ging durch das Zimmer und blickte mich zum ersten Mal an. Er sah umwerfend aus. Was für eine Vergeudung von Männlichkeit, schoss es mir durch den Kopf. Aber sie gaben ein sehr schönes Paar ab. »Wenn sie wirklich nicht schüchtern ist, dann macht einfach mit dem weiter, was ihr gerade gemacht habt«, meinte er dann zu Dexi.

»Ich weiß nicht, ob das eine so gute Idee ist«, erwiderte Dexi leicht verunsichert. Mir war klar, warum er diese spezielle Form der Massage nicht unbedingt vor Joels Augen fortsetzen wollte, vor allem, wenn man bedachte, welche Stelle er gerade bearbeitet hatte. Mein Anus fühlte sich noch immer überaus empfindlich und stimuliert an, fast so, als würde er auf die finale Penetration warten. Ich hatte das Gefühl, von innen heraus zu verbrennen, und wartete darauf, dass er seine intime Massage fortsetzte. Bei dem Gedanken, dass uns Dexis Liebhaber dabei beobachten würde, wurde ich sogar noch erregter. Was mich jedoch auch nachdenklich machte, und ich fragte mich, ob mit meiner Psyche wirklich alles in Ordnung war. Joel leckte sich über die Lippen, und ich konnte seine Erektion erkennen, die immer größer wurde. Dexi zuckte mit den Achseln und zog das Handtuch weg. Ich drehte mich auf den Rücken und spreizte die Beine, während meine Brustwarzen steif aufragten. Dexi legte beide Hände zwischen meine Brüste und strich langsam über den Bauch und an den Außenseiten meiner Beine entlang, um sie dann an den Innenseiten wieder nach oben gleiten zu lassen, während er Joel die ganze Zeit in die Augen sah. Als sie meinen Schritt erreichten, schob er sehr, sehr langsam seine Daumen in mich hinein. Ich schloss die Augen und wartete, dass sich mein Orgasmus aufbaute. Meine Klit verlangte nach Aufmerksamkeit. Ohne die Augen zu öffnen, tastete ich danach, rieb sie und passte mich dem Rhythmus an, den Dexi vorgab. Er schob mir einen Finger in den Hintern und füllte mich so auf eine völlig neue Art und Weise aus. Ich konnte sogar spüren, wie sich sein Finger und sein Daumen im Einklang bewegten und sich gegen die dünnen Hautschichten drückten, die sie voneinander trennten. Das war ein unglaubliches Gefühl, und ich schrie laut auf, bevor mir überhaupt bewusst wurde, wo ich mich befand und wer mich beobachtete. Als die Wellen abflauten, lag ich keuchend auf dem Massagetisch, völlig entspannt und unfähig, mich zu bewegen. Irgendwann gelang es mir, die Augen zu öffnen, und ich sah, wie die beiden Männer schweigend dastanden und sich ansahen. Dexis Gesichtsausdruck wirkte fast schon triumphierend, als ob er Joel stillschweigend sagen wollte, dass er auch auf Frauen eine bestimmte Wirkung erzielen konnte. Joels Miene war nicht gut zu deuten, aber ich kannte ihn ja auch nicht wirklich. »Du Arsch«, zischte er mit zusammengebissenen Zähnen. »Das ist also deine Masche? Ein bisschen was aus beiden Welten? Das kannst du vergessen, da spiele ich nicht mit. Kein Interesse.«

Dexi blickte ihn teilnahmslos an.

»Das ist Arbeit, Joel«, sagte er mit harter Stimme, die sich sehr von seiner üblichen sexy Art zu reden unterschied. »Das gehört nun mal dazu, und ich werde dafür bezahlt. Lili und ich, wir verstehen uns, und sie genießt das, was ich tue. Ihr Vibrator könnte das auch übernehmen, aber sie genießt es nun mal, sich auf diese Weise zu entspannen. Wenn du deswegen eifersüchtig bist, dann kann ich das nicht ändern. Komm damit klar, dann steht unserer Zukunft nichts im Wege.«

»Ich liebe dich, Dexi. Begreifst du nicht, was ich dabei empfinde, wenn ich sehe, wie du … eine Frau liebst?«

»Werd erwachsen, Joel. Das hat absolut nichts mit Liebe zu tun. Natürlich liebe ich Lili, aber das, was sie erregt, lässt mich kalt. Ich liebe dich. Bei dir könnte ich das nicht tun, was ich für Lili mache. Es würde mich nicht kaltlassen. Bei dir sind immer Gefühle mit im Spiel.« Er legte Joel einen Arm um die

Schulter, zog ihn an sich und küsste ihn so leidenschaftlich, dass sich in mir vor Erregung alles zusammenzog. Ich hatte noch nie zuvor zwei Männer gesehen, die sich derart intensiv küssten. Ich lag ganz still und wagte es kaum, zu atmen, aus Angst, dieses Drama zu stören, das sich da vor meinen Augen abspielte. Dann knöpfte Joel seine Hose auf, und ich konnte seine weißen Satinboxershorts erkennen. Dexi trug ebenfalls Boxershorts, und seine Erregung zeichnete sich deutlich darunter ab.

»Wie wäre es, wenn du deine, äh ... Arbeitgeberin weiterhin verwöhnst?«, schlug Joel mit heiserer Stimme vor. Gehorsam drehte sich Dexi wieder zu mir um, und ich legte mich auf den Bauch, damit er mit seinen Händen über meine Wirbelsäule streichen konnte. Aus dem Augenwinkel bemerkte ich, wie Joel Dexis Boxershorts herunterzog und sich vorbeugte, um mit seinem erigierten Penis über Dexis runde Pobacken zu streicheln. Meine Erregung wurde immer größer, da sich auch in mir die Hitze eines sich aufbauenden Orgasmus aufbaute. Ich atmete immer schneller. Dexi beugte sich vor und drückte seinen nackten Körper auf meinen Rücken. Seine Daumen umkreisten noch immer meinen Anus und tauchten immer wieder hinein, während er ihn langsam weitete. Er keuchte und versteifte sich, als er von hinten penetriert wurde. Joels Arme schoben sich zwischen Dexi und mich, und ich spürte, dass er Dexi fest an sich zog. Dann bewegten sie sich im Einklang. Dexis Daumen bohrte sich in meinen Hintern, und ich fiel in ihren Rhythmus mit ein, während ich eine wilde Freude darüber verspürte, dass zwei Männer direkt über mir Sex hatten.

Etwas Vergleichbares hatte ich noch nie zuvor erlebt. Ich weiß nicht, wie lange es dauerte. Es kam mir vor, als wären Stunden vergangen, als Dexi über mir zusammenbrach und

Joel ebenfalls erschlaffte. Einen Moment lang glaubte ich schon, nie wieder atmen zu können, da mir die Luft aus dem Körper gepresst wurde. Himmel, war das aufregend. Dann waren sie weg, und ich versuchte, mich umzudrehen und aufzusetzen. Das fiel mir nicht gerade leicht, da ich noch immer heftig keuchte. Die beiden Männer hielten einander umschlungen, und ihre nackten Körper waren schweißbedeckt. Sie waren beide muskulös und ausgesprochen ansehnlich, sodass sie problemlos für ein Männermagazin hätten posieren können. Als sie sich voneinander lösten, hielten sie sich weiterhin an den Händen, als könnten sie es nicht ertragen, sich ganz voneinander zu trennen. »Das war für mich das erste Mal«, verkündete ich heiser und fand, dass ich absolut lächerlich klang. Aber mir viel nichts anderes ein, wie ich die Spannung auflösen konnte.

»Es tut mir leid«, setzte Dexi an.

»Das muss es nicht. Sag nichts mehr. Es ist alles okay. Nein, tatsächlich bin ich sogar richtig angetörnt. Vielleicht sollte ich lieber unter die Dusche gehen.« Ich plapperte dummes Zeug, das wusste ich selbst.

»Schon okay, Lili. Jetzt verstehe ich es«, sagte Joel mit seiner sehr heißen Stimme. Kein Wunder, dass Dexi so von ihm angetan war. Er war ein verdammt umwerfender Kerl, das war unbestreitbar.

»Wir gehen was essen«, meinte Dexi zu ihm. »Und reden.«

»Kümmert euch nicht um mich«, erklärte ich. »Ich habe vor, heute früh ins Bett zu gehen und mir was zu essen zu bestellen.« Das meinte ich zur Abwechslung sogar ernst. Der letzte Tag in dieser Stadt war noch nicht angebrochen, und bisher war weder von James etwas zu sehen gewesen noch hatte er einen Termin bei mir gebucht. Ein Abend für mich würde mir guttun, und ich hätte Zeit zum Nachdenken. Ich musste mir langsam darüber klar werden, wie meine Zukunft aussehen sollte.

Ich ignorierte meine Angst, ich könnte nicht sicher sein, und machte einen Spaziergang durch die Stadt. In Bristol war eine Menge los. Als ich durch eine Einkaufspassage ging, betrachtete ich die farbenfrohen Weihnachtsdekorationen. Es konnte doch unmöglich schon bald Weihnachten sein? Ich erschrak mich richtig. Für mich war diese Jahreszeit nichts Besonderes. Ich hatte keine engen Freunde und keine Familienmitglieder, mit denen ich mich unter dem Weihnachtsbaum treffen und Geschenke austauschen konnte. Das deprimierte mich. Was hatte ich aus meinem Leben gemacht? Mir fiel mein gut gefülltes Bankkonto wieder ein, und ich überlegte, ob jetzt nicht die richtige Zeit wäre, um aufzuhören. Auch wenn ich definitiv etwas für James empfand, war die Sache sinnlos. Er hatte jetzt seit Wochen nicht mehr von einer andauernden Beziehung gesprochen. Anscheinend hatte er diese Idee aufgegeben.

Ein Mann näherte sich mir.

»Sind Sie frei?«, fragte er. »Wie viel?«

Ich widerstand dem Drang, ihn über die Schulter zu werfen und in den Schwitzkasten zu nehmen, auch wenn diese Vorstellung sehr verlockend war.

»Sehe ich wirklich so aus?«, erwiderte ich mit schneidender Stimme. Dann richtete ich mich zu voller Größe auf und musste sehr bedrohlich ausgesehen haben, da er sich sofort umdrehte und schnellen Schrittes davonging. Es war definitiv Zeit, mein Leben zu ändern.

Als wir Bristol verließen, standen uns noch einige Tage in Manchester bevor, um danach diesen verdammten Weihnachtsurlaub zu machen. Während dieser Zeit wollten die meisten Männer bei ihren Familien sein, und außerdem ging ich ohnehin davon aus, dass bei ihnen das Geld dann nicht so locker saß. James hatte sich seit über einer Woche erstaunlicherweise nicht gemeldet, und Dexi schmiedete mit Joel Pläne für ihr Weihnachtsfest, bei dem offenbar keine Freunde eingeladen waren. Mir standen zwei Wochen in völliger Einsamkeit bevor, und diese Aussicht machte mir ein wenig Angst. Also setzte ich mich am letzten Abend hin und durchstöberte das Internet, um einen Urlaub zu buchen.

»Das ist genau das Richtige«, sagte ich laut. »Ich fahre für ein paar Wochen an einen exotischen Ort.« Auf diese Weise konnte ich dieser ganzen schrecklichen Weihnachtsmelancholie entgehen. Ich klickte ein paar Mal, holte meine Kreditkarte und buchte ein paar Wochen auf den Seychellen. Es war zwar nicht gerade günstig, aber das Geld würde ich danach ja wieder problemlos reinholen. Ich lehnte mich zurück und grinste. Bald würde ich rumgammeln, schwimmen, surfen oder sogar fischen gehen. Wie wunderbar. Ich würde nur ganz wenig Kleidung einpacken und es genießen, mal etwas völlig anderes zu erleben. James und alle anderen konnten mir gestohlen bleiben, sagte ich mir. Schon in wenigen Tagen würde ich England hinter mir lassen. Ebenso wie Weihnachten. Natürlich verkündete mir mein Laptop genau in diesem Moment piepend, dass ich eine E-Mail erhalten hatte. Mit einem Klick rief ich sie auf: »Hast du morgen schon was vor? JWT.«

Ich tippte meine Antwort. »Fahre weg. Komme nächstes Jahr wieder. L.«

»Wo bist du?«, schrieb er daraufhin.

Ich konnte nicht widerstehen und gab meine aktuelle Adresse ein. Sekunden später klingelte das Telefon in meinem Hotelzimmer.

»Wann reist du ab?«, fragte er, ohne überhaupt zu sagen,

wer am Apparat war. Aber warum sollte er das auch tun? Ich hatte sowieso gewusst, dass er es sein würde. Es war kein Problem für ihn, die Nummer meines Hotels herauszufinden. Trotzdem spürte ich eine gewisse Zufriedenheit, dass er sich diese Mühe gemacht hatte.

»Morgen Abend. Ich muss morgen noch einkaufen gehen, deshalb bist du leider zu spät dran.« Mein Herz klopfte wie wild, wie immer, wenn ich ihn sah oder seine Stimme hörte. Daher war es nur klug, dass ich mich dieser Versuchung für eine Weile entzog.

»Ich würde ja heute Abend vorbeikommen, aber ich bin zu weit weg. Wir könnten uns morgen treffen, dann kann ich dir helfen, eine passende Garderobe für dein Reiseziel auszusuchen.« Er versuchte, mir mehr zu entlocken, so viel stand fest.

»Das schaffe ich schon alleine, danke«, erwiderte ich. Wir plauderten noch eine Weile, aber er schlug nicht noch einmal vor, dass wir uns am nächsten Tag treffen könnten.

»Vielleicht sehen wir uns ja, wenn du zurück bist«, meinte er schließlich und legte auf. Er hatte mir noch nicht mal ein schönes Weihnachtsfest gewünscht, stellte ich wütend fest. Dieser egoistische Mistkerl. Aber wenn ich wirklich gewollt hätte, dass er erfährt, wo ich hinfahre, dann hätte ich es ihm auch einfach sagen können.

Dexi war überrascht, aber offensichtlich auch erfreut, dass ich Pläne für die kommenden Wochen geschmiedet hatte. Auch wenn das seine Loyalität überstrapaziert hätte, wäre er nie auf den Gedanken gekommen, mich über die Feiertage alleine zu lassen. Am nächsten Morgen schlenderte ich also durch die Geschäfte und kaufte mir ein paar Dinge für die Reise. Irgendwie war es seltsam, sich Bikinis anzusehen, während alle anderen nach Weihnachtsschmuck und Geschenkpapier Ausschau hielten. Schon bald gab ich es auf und ging ins Hotel zurück. Ich würde von Manchester nach Heathrow und weiter auf die Seychellen fliegen. Mehrere Stunden zu früh machte ich mich auf den Weg zum Flughafen, setzte mich dort in den Wartebereich und las einen Erotikroman, der mich unnötigerweise erregte. Daher überlegte ich ganz kurz, ob ich mir jemanden für einen Quickie suchen sollte, verwarf diesen Gedanken jedoch sofort wieder.

Der Flug nach London war deutlich angenehmer, als mit dem Auto zu fahren, aber aufgrund der vielen Zeit, die ich auf dem Flughafen vergeudet hatte, war ich auch nicht schneller dort. Ich ging zum Terminal, machte es mir dort bequem und wartete, bis mein Flug aufgerufen wurde. Die hellen Lichter und die vielen Leute boten eine gute Abwechslung. Ich wanderte in der kleinen Ansammlung von Geschäften herum, die es inzwischen an jedem Terminal zu geben scheint, und kaufte einige Sachen im Duty-free-Shop. Auf gewisse Weise fühlte ich mich distanziert, wenn auch nicht einsam, aber dennoch irgendwie alleine unter so vielen Familien und Paaren, die zusammen reisten. Endlich wurde der Flug aufgerufen. Selbst die sonst so korrekt gekleideten Stewards trugen einige weihnachtliche Accessoires. Offenbar schien jeder außer mir in Weihnachtsstimmung zu sein.

Ich ging mit den anderen Passagieren in den Boarding-Bereich und sagte mir die ganze Zeit, dass ich das Richtige tat. Als ich gerade am Schalter stand und meine Boarding-Card zückte, rempelte mich jemand von hinten an, sodass ich gegen den Schalter gedrückt wurde. Ich drehte mich um und wollte schon etwas sagen, doch mir blieb der Mund offen stehen. Vor mir stand James.

»Die Lady möchte ein Update«, sagte er zu dem Steward. »Geben Sie ihr bitte ihre neue Boarding-Card.« Auf einmal hatte ich zwei Erste-Klasse-Tickets in den Händen, und er nahm meinen Ellenbogen und schob mich weiter. »Entschuldige«, murmelte er. »Ich hatte ganz vergessen, dass es eine Lounge für die erste Klasse gibt. Ich dachte schon, ich hätte dich verfehlt.«

»Würdest du mir das alles bitte erklären?«, fragte ich, sobald wir uns gesetzt hatten und sich mein Herzschlag wieder verlangsamte.

»Ich habe beschlossen, dass ein englisches Weihnachtsfest auch nichts für mich ist. Dank meiner Kontakte konnte ich schnell herausfinden, wohin du fliegen willst, und ich dachte mir, ich begleite dich einfach. Du hast doch nichts dagegen?« Ich sah ihm in die wunderschönen grünen Augen und konnte mich gerade noch davon abhalten, ihn einfach anzuspringen. Allerdings war der Hauptgrund dafür, dass ich England verlassen wollte, dass ich endlich Zeit zum Nachdenken brauchte. Doch wenn James mich begleitete, würde es dazu wohl kaum kommen. Ob ich etwas dagegen hatte? Oh ja, so einiges. Doch dann musste ich mir ehrlich eingestehen, dass ich eigentlich überhaupt keine Einwände hatte. Zum Glück konnte ich ohnehin nichts dagegen tun. Daher sollte ich lieber einen Weg finden, um diesen wunderbaren, unmöglichen, egoistischen, dominanten, verrückten Kerl zu ertragen. Dann musste ich eben noch etwas damit warten, herauszufinden, was ich eigentlich wollte. »Nein, ich habe nichts dagegen«, erwiderte ich mit einem dümmlichen Grinsen auf den Lippen.

»Ich finde, dieser Urlaub hat durchaus Potenzial, oder nicht?«

»Champagner, Madame? Sir?«, fragte die Stewardess.

»Trinken wir auf die Veränderung«, sagte ich und hob mein Glas. »Da fällt mir ein, dass ich gar kein Weihnachtsgeschenk für dich habe.«

»Dann musst du wohl einen Weg finden, das wiedergutzumachen. Wie oft hast du eigentlich schon am ›High Mile Club‹ teilgenommen?«

»Ich? Noch nie. Ich fliege nur sehr selten und hatte noch keine Gelegenheit dazu,«

»Das sollten wir dann vielleicht ändern, findest du nicht?«

Jeder, der häufiger fliegt, weiß, dass selbst die Toiletten in der ersten Klasse schon für eine Person recht klein sind. Als er mich hineinschob und mir folgte, stand ich mit dem Hintern bereits an der Toilettenschüssel. Irgendwie gelang es ihm jedoch, mich auf seinen erigierten Penis zu bugsieren, und schon hüpfte ich auf und ab und drehte völlig durch. Ich lachte auf eine Art und Weise, wie ich bei einer ernsten Sache wie Sex sonst nie lachte. Zwischen uns lagen keine Spannungen, es gab kein Bondage – das war nur reiner Sex. Zeit und Ort bewirkten, dass es für mich ebenso zu einer Spaßangelegenheit wurde wie zu einem ersten Mal.

Das Einzige, was mir Sorgen bereitete, war, dass sich James in meiner Gegenwart so benahm. Normalerweise hatte ich immer teilweise die Kontrolle über das Ergebnis, welche Rolle ich auch gerade spielte. Ich weiß immer, wie die Sache letzten Endes ausgehen wird, selbst wenn er mich spankt oder auf irgendeine Weise fesselt. Sollte ich je die Kontrolle verlieren und das alles nicht mehr genießen, würde ich sofort die Notbremse ziehen. Vermutlich versuchte ich, vor mir selbst die Gründe dafür zu rechtfertigen, dass ich mich von ihm erniedrigen ließ. Doch selbst durch die Erniedrigung ließen sich einige der tief sitzenden Fantasien erfüllen. Manchmal war es eben auch befriedigend, beherrscht und in Besitz genommen zu werden. Aber jetzt gab es keine Erniedrigung, nur großartigen, lustvollen Sex. Wahrscheinlich sahen wir beide ein wenig lächerlich aus, als wir mit verrutschter Kleidung und geröteten Gesichtern aus der Toilette kamen. Die Passagiere, die vor der Tür Schlange standen, wussten offenbar genau, was wir gerade getan hatten.

Der Flug dauerte lange, doch irgendwann kreisten wir über dem Flughafen von Mahé, der Hauptinsel der Seychellen. Ich blickte aus dem Fenster, als der winzige Punkt im Ozean immer größer wurde. Als wir in den Sinkflug gingen, konnte ich zuerst nur den Granitfelsen sehen, aber keinen Flughafen oder eine Landebahn.

»Großer Gott, wo landen wir denn?«, stieß ich hervor. »Ich kann ja nicht mal den Flugplatz sehen.«

»Der Flieger landet direkt neben dem Strand«, beruhigte er mich.

Ich hatte damit gerechnet, dass es heiß sein würde, aber nicht damit, dass es so stickig war. Um mich herum sah ich nichts als weißen Sand und Palmen, also genau das, wonach ich mich gesehnt hatte. Zusammen mit den anderen Passagieren gingen James und ich zu den kleinen Gebäuden, aus denen hier der Flughafen bestand. Für alle, die uns musterten, und das taten sehr viele, sahen wir aus wie ein ganz normales Paar auf dem Weg in den Urlaub. Was hätten die Leute wohl gesagt, wenn sie gewusst hätten, wie unsere Beziehung wirklich war? Dominator und Domina. Manchmal war auch einer von uns der Unterwürfige. Ich musterte James' Koffer, als er zum wartenden Taxi getragen wurde. Was genau hatte er da drin? Wenn er irgendwo geöffnet und inspiziert werden musste, wie würde er dann die bizarren Folterinstrumente erklären, die er bei sich hatte? Ich war mit meiner kleinen Sammlung an Bikinis und urlaubstauglicher Kleidung hingegen sehr unspektakulär. Aber ich hatte auch mit nichts anderem als einem normalen Urlaub gerechnet, in dem ich mich entspannen und den Rest meines Lebens planen konnte.

Mich durchlief ein Schauder der Vorfreude. Es war doch viel aufregender, dass James jetzt bei mir war. Ich überlegte, was die Seycheller wohl von Nacktringkämpfen hielten. So etwas tat ich normalerweise zwar nicht, aber hier bei dieser Hitze wären Leder, Plastik, Lycra und Ähnliches nicht zu ertragen. Ich machte mir gar nicht erst die Mühe, mich nach dem Hotel zu erkundigen, da ich ohnehin davon ausging, dass James auch diese Buchung geändert hatte. Obwohl ich ein wenig verärgert war, dass er sich auf diese Weise in meine Urlaubsplanung einmischte, wusste ich doch, dass es sinnlos gewesen wäre, zu protestieren, selbst wenn ich das gewollt hätte. Er hatte zweifellos eine Suite im besten Hotel und vermutlich auch gleich den ganzen Fitnessbereich für die nächsten zwei Wochen gebucht. Bei dem Gedanken, jeden Tag mit ihm zu ringen, ächzten meine Muskeln schon mal im Voraus. Eigentlich hatte ich mir eine Auszeit gönnen wollen. Dann sah ich ihn an: Er war ruhig, selbstsicher und hatte alles unter Kontrolle. Der Gedanke an einen Ringkampf mit ihm war schon allein deshalb sehr reizvoll, weil ich ihn so bei jedem Angriff an seine Hilflosigkeit erinnern konnte.

Unser Zimmer war riesig, ebenso das Bett. Es war das wohl größte Bett, das ich je gesehen hatte. Es war kein Kingsize-Bett mehr, sondern hatte eher die Größe eines ganzen Königreichs. Wir hatten nur diesen einen Raum sowie ein dazugehöriges Badezimmer als einzigen Luxus. Die recht primitive Klimaanlage klapperte und schien ihrer Aufgabe nicht gewachsen zu sein. Würde diese Unterkunft James William Travers' Ansprüchen genügen? Irgendwie bezweifelte ich das. Tatsächlich hatte ich wegen dieses ganzen Arrangements so meine Zweifel. Wir waren nie länger als ein paar Stunden zusammen gewesen. Worüber sollten wir uns unterhalten? Wie konnten wir uns zwei ganze Wochen lang beschäftigen?

Wir konnten ja schließlich nicht ständig miteinander schlafen. Irgendwann wären wir völlig ausgelaugt, wenn wir es übertrieben. Wie sollte man dem Hotelarzt in einem fremden Land erklären, dass man sich wundgevögelt hatte?

Doch ich musste überrascht feststellen, dass sich James am ersten Nachmittag und am Abend als perfekter Begleiter herausstellte. Wir schlenderten über den wie erwartet silberweißen Strand und blickten auf das azurblaue Meer hinaus, während wir unter den obligatorischen Palmen standen. Wir aßen zivilisiert zu Abend und genossen frische Meeresfrüchte sowie einen kalten Weißwein. Nicht ein Wort über unsere üblichen Aktivitäten kam über seine Lippen. Ich wurde neugierig und immer erregter. Auf einmal verspürte ich den unbändigen Drang, mit ihm zu schlafen. Ich hob unter dem Tischtuch mein nacktes Bein und schob den Fuß in seinen Schritt. Sein Gesicht blieb ungerührt. Ich zwickte mit den Zehen in seine Hoden. Doch er zuckte lediglich kurz mit den Augen. Wem wollte ich etwas vormachen, wenn ich mir einzureden versuchte, dass ich lieber alleine wäre? Ich leckte mir über die Lippen und massierte ihn weiterhin mit dem Fuß. Er bestellte einen dicken, cremigen Pudding für uns beide. Hätte er ihn doch von meiner Haut geleckt. Hätte er ihn doch nur auf meinem ganzen Körper verteilt ... wow! Stattdessen leckte er ihn unglaublich langsam vom Löffel ab, während er mich nicht aus den Augen ließ. Ich wurde immer feuchter, und meine Brustwarzen begannen vor Vorfreude zu kribbeln.

»Wir hätten gern jeder einen Kaffee und einen Brandy«, sagte er zu der wunderschönen Kellnerin, die an unserem Tisch vorbeizuschweben schien. Er musterte sie von oben bis unten und lächelte auf eine sanfte, heiße Weise, die vieldeutiger war als eine goldumrandete Einladung. Ich wurde richtig eifersüchtig. Warum blickte er mich nicht auf diese Art an? Ich war für ihn nur ein Spielzeug. Jemand, der seine Bedürfnisse erfüllte. Ach, verdammt. Ich hatte auch Bedürfnisse, und er wusste, dass er meine erfüllen konnte, wie seltsam sie auch jedem anderen vorgekommen wären.

»Du siehst aus, als müsstest du mal runterkommen«, meinte er irgendwann.

»Wie denn?«

»Du solltest es dir mal besorgen. Nur zu. Tu es ruhig.«

»Hier?«, fragte ich unsinnigerweise.

»Natürlich. Na los. Ich sehe dir sehr gerne zu, während ich meinen Kaffee trinke.« Ich sah mich in dem geschäftigen Speisesaal um. Überall saßen Paare und blickten einander in die Augen. Niemand würde irgendetwas bemerken.

»Tu es«, zischte er. Nun hatte er diesen Blick aufgesetzt, den ich kannte. Ich wusste, dass ich ihm gehorchen musste. Langsam ließ ich die Hand unter das Tischtuch gleiten und schob sie zwischen meine Beine. Mir war heiß, ich schwitzte, und meine Klit war bereits vergrößert. Bei der sanftesten Berührung fing sie an zu pochen, und ich schloss halb die Augen, als der Rhythmus meine Gedanken zu bestimmen begann. Das wunderbare vertraute Gefühl des Schmelzens breitete sich in meinem ganzen Körper aus. Ich fühlte mich fast schon schläfrig und lethargisch, aber die Gier nach der Befriedigung ließ mich weitermachen. Ich stöhnte leiser und musste fester und immer fester reiben. Dann schlug ich die Augen auf und war mit einem Mal wieder in der Realität, als mir bewusst wurde, wo ich mich befand.

»Mach weiter. Du willst mir doch nicht erzählen, dass du schon gekommen bist«, sagte James ein bisschen zu laut. Das Paar am Tisch neben uns sah misstrauisch zu uns herüber. Mir wurde noch heißer, und ich wurde rot. »Tu es«, befahl er.

Ich schabte vorsichtig mit dem Fingernagel über meine Klit. Ich wollte mehr, aber die Lust schien sich unter diesen Umständen nicht einstellen zu wollen. Mir war klar, dass ich nicht kommen würde, ganz gleich, wie lange ich hier masturbierte. Konnte ich ihm was vorspielen? Er würde mich sonst vielleicht noch sehr viel länger hier sitzen lassen. Er starrte mich über den Tisch hinweg wütend an. Als mir durch den Kopf schoss, dass er mich vielleicht später bestrafen würde, war ich auf einmal doch wieder sehr erregt. Mit neuem Elan rieb ich über meine Klit und spürte schon sehr bald das Nahen des vertrauten Höhepunkts. Langsam und leise kam ich. Ich lehnte mich an die Stuhllehne. Die Nachwehen tosten noch durch meinen Körper, und mir war völlig egal, wo ich mich befand oder wer mich gerade beobachtete.

»Lass uns gehen«, sagte James kurz darauf. Er stand auf und führte mich aus dem Speisesaal. Ich rechnete damit, dass wir direkt auf unser Zimmer gehen würden, aber er steuerte in Richtung Strand. Ich fühlte mich wie in einem Traum, als ich ihm folgte. Fast glaubte ich, gar nicht wirklich hier zu sein, doch das leichte Schwindelgefühl, das ich spürte, konnte auch auf den Wein und den Brandy zurückzuführen sein. Wir gingen am Strand entlang, und das Mondlicht spiegelte sich auf dem weißen Sand. Die Wellen leuchteten phosphoreszierend und grün, bevor sie sich am Strand brachen. Als wir den Rand des weichen Sands erreicht hatten, drehte sich James zu mir um. Er beugte sich vor und zog mir den langen Wickelrock aus. Ich stand wartend da und war gespannt, was er als Nächstes tun würde. Meine vorherigen Zuwendungen hatten meine Begierde nur teilweise stillen können. Nur sein wunderbarer Schwanz, der sich in mich hineinpumpte, würde mich ganz zufriedenstellen. Aber wenn ich zu begierig darauf war, würde er mich umso länger warten lassen. Allerdings gab es in diesem Moment auch nur wenig, was ich nicht getan hätte. Mein größtes Problem war, dass ich nicht wusste, welche Rolle ich spielen sollte. Doch in jeder würde ich letzten Endes das bekommen, was ich mir ersehnte.

7

Ich stand in der tropischen Dunkelheit da, während sich der Halbmond auf dem Meer spiegelte.

In der Luft lagen seltsame Gerüche, und ich konnte die leisen Geräusche mir fremder Kreaturen hören. Ich trug nur einen Stoffstreifen über meinen Brüsten und sonst nichts. Mein Rock lag zusammengeknüllt auf dem Boden. Doch James war noch vollständig bekleidet. Ich starrte ihn an und versuchte, den Ausdruck in seinen Augen zu deuten, aber es war zu dunkel, um ihn genau zu erkennen.

»Sieht nach einer Pattsituation aus«, murmelte ich. Er schwieg weiter. Ich ging das Risiko ein, beugte mich vor und nahm seine Handgelenke. Dann drehte ich mich und zog seine Arme nach hinten. Er wehrte sich, zog seine Schuhe aus und drehte sich ebenfalls, sodass ich ihn loslassen musste. Wir sahen einander an und suchten nach einem Schwachpunkt beim anderen, als wären wir zwei erzürnte wilde Kreaturen, die um die Dominanz kämpften. Ich packte sein Hemd mit beiden Händen und zerrte ihn so dicht an mich heran, dass ich meine Beine zwischen seine schieben und ihn aus dem Gleichgewicht bringen konnte. Dabei spürte ich, wie die dünne Seide riss. Ich verzog kurz das Gesicht, als mir klar wurde, dass ich soeben ein sehr teures Kleidungsstück zerstört hatte. Er rächte sich sofort und machte dann einen Schritt nach hinten, fand sein Gleichgewicht wieder und schaffte es, mich zu Boden zu stoßen. Der weiche weiße Sand war noch warm, und wir rollten uns hin und her, bis wir im flachen Wasser lagen und mit Sand bedeckt waren, der sich in unsere Haut bohrte, während wir um die Vorherrschaft kämpften. Als wir voneinander abließen, lief ich weiter ins Wasser und versuchte, mir den klebrigen Sand von der Haut zu spülen. Er ließ sich jedoch nicht abwaschen. Mit seinem zerrissenen Hemd und der klatschnassen Hose, die vermutlich noch teurer gewesen war als das Hemd, sah er in dem schwachen Licht fast schon jämmerlich aus.

»Komm her«, rief er sanft. »Das war nicht das, was ich vorhatte.«

Verdammt, dachte ich. Dann hatte ich das alles falsch interpretiert, und die ganze Sache war ein schlimmer Fehler gewesen. Dieser Urlaub entwickelte sich völlig anders, als ich ihn für mich alleine geplant hatte. Doch da er sich nun mal selbst eingeladen hatte, musste er auch mit den Konsequenzen leben. Ich watete zu ihm zurück und baute mich dann vor ihm auf. Entweder hatten sich meine Augen an die Dunkelheit gewöhnt oder der Mond schien jetzt heller, denn ich konnte erkennen, dass er mich fast schon verwirrt ansah.

»Was ist los?«, wollte ich wissen.

»Keine Ahnung. Ich hatte eigentlich nicht vor, hier mit dir zu kämpfen. Das war nicht meine Absicht. Ich glaube, ich ...« Er sprach nicht weiter. Ich ergriff rasch das Wort.

»Gut, dann habe ich die Signale eben falsch gedeutet. Du musst nicht gleich komisch werden. Wir wissen beide, was wir füreinander bedeuten. Bondage. Dominanz. Verdammt guter Sex. Nichts weiter. Keine Komplikationen. Richtig?«

»Ich schätze schon. Das muss am Alkohol liegen. Oder der Hitze. Dem Jetlag. Ich weiß es nicht. Lass uns zurück ins Hotel gehen.«

»Ich bin auch bereit fürs Bett. Und mit Bett meine ich schlafen.« Ich hob meinen Rock auf und wickelte ihn mir wieder um die Taille. Wenigstens sah ich jetzt halbwegs anständig aus. Auf ihn traf das allerdings nicht zu.

»Vielleicht war es auch keine besonders gute Idee, dass wir uns ein Zimmer teilen. Ich werde mal nachfragen, ob noch was anderes frei ist.«

Ich war völlig verwirrt. War es eigentlich nicht genau das, was ich gewollt hatte: Zeit alleine verbringen? Doch jetzt stand ich hier vor dem heißesten Kerl aller Zeiten, und ich ärgerte mich, dass er von getrennten Zimmern sprach. Irgendetwas war augenscheinlich nicht in Ordnung mit mir. Einen Sonnenstich schloss ich als mögliche Ursache aus, dafür war ich definitiv noch nicht lange genug hier. Also war es der Jetlag, beschloss ich. Definitiv der Jetlag.

Ich ging in unser Zimmer und nahm den Telefonhörer in die Hand, um bei der Rezeption anzurufen. Er betrat wenige Sekunden nach mir das Zimmer.

»Du musst das nicht tun. Ich lasse dich in Ruhe, wenn du das möchtest. Dieses Bett ist wirklich groß genug für uns beide.« Er warf seine nassen Sachen in die Badewanne und stellte sich unter die Dusche. Sein Körper war so wunderbar. Ich musterte seine glänzende Haut und verfluchte mich. Sein Penis war riesig, sogar wenn er nicht erigiert war. Köstlich. Erneut stieg die Erregung in mir auf, und ich konnte nichts dagegen unternehmen. Sobald er eingeschlafen war, würde ich eben meinen Vibrator anwerfen. Zum Glück hatte ich ihn eingepackt. Aber ich hatte ja auch damit gerechnet, alleine Urlaub zu machen und ihn dann zu benötigen. In diesem Fall hätten mir vermutlich keine anderen Mittel zur Verfügung gestanden, um die Bedürfnisse zu befriedigen, die mich zweifellos überkommen würden. Er trocknete sich ab und sagte noch immer nichts. Ich beobachtete, wie er zu

Bett ging. Sollte ich wirklich mehrere Nächte neben diesem Mann verbringen, ohne auch nur ein Mal mit ihm zu schlafen? Das bezweifelte ich doch sehr. Aber auch wenn ich ihn sehr begehrte, hatte ich nicht vor, das zuzugeben. Wenn er ohne Sex auskommen konnte, dann konnte ich das auch. Ich duschte ebenfalls, trocknete mich ab und legte mich auf der anderen Seite auf das Bett. Dann schaltete ich meine Nachttischlampe aus und lag im Dunkeln da. Ich hörte seine ruhige Atmung. Ich konnte seinen wunderbar nach Moschus duftenden Körper riechen. Mir war klar, dass ich ihn in diesem Moment mehr als alles andere begehrte. Aber ich würde in diesem riesigen Bett schon recht auffällige Bewegungen machen müssen, damit er glaubte, wir hätten uns nur zufällig berührt. War es wirklich erst wenige Minuten her, dass ich mir eingebildet hatte, ohne ihn leben zu können? Aber ich war schon immer ein sehr wankelmütiger Mensch gewesen.

Der Jetlag musste wirklich heftig gewesen sein, da ich tief und fest schlief. Als ich erwachte, schien die Sonne strahlend durch das Fenster herein. Mein Bettgenosse war verschwunden. Ich hörte, dass die Dusche lief, streckte mich und genoss den Platz, die Wärme und die Genugtuung, nichts Wichtiges vorzuhaben. War es wirklich Dezember? Versuchte man im kalten und langweiligen Großbritannien momentan tatsächlich, in Weihnachtsstimmung zu kommen?

»Hi!«, sagte er, als er nur mit einem Handtuch um die Hüften das Zimmer betrat. Mein Körper war bei diesem Anblick schlagartig wach. »Du hast offenbar gut geschlafen.« Er klang, als ob er mein Ehemann wäre. Jemand, der daran gewöhnt war, jeden Tag dieselbe Frau in seinem Bett vorzufinden. Ich biss mir nervös auf die Lippe. Standen uns ernsthafte Probleme bevor?

»Guten Morgen«, erwiderte ich. »Hast du auch gut geschlafen?«

Er nickte. »Ich habe uns Frühstück bestellt.«

»Ich frühstücke nie«, log ich.

»Auch gut. Ich hab einen Bärenhunger und kann vermutlich auch alles alleine essen. Ich habe mir überlegt, dass wir uns heute mal die Insel genauer ansehen könnten, falls du Lust dazu hast.«

Ich zuckte mit den Achseln. Das wurde ja mehr und mehr wie ein kuscheliger Urlaub zu zweit – als wären wir ein gemütliches Ehepaar.

»Ich habe noch nicht darüber nachgedacht, was ich heute machen möchte. Vielleicht sehe ich mir erst mal die nähere Umgebung an.«

»Hier gibt es nicht viele Ecken, an denen du herumlaufen kannst. Du darfst nicht vergessen, dass wir in einem Tropenparadies sind. Hier gibt es nicht nur tropisches Wetter, sondern vermutlich auch haufenweise tropische Kreaturen.«

»Kann schon sein«, erwiderte ich, um Zeit zu schinden. Ich hatte nicht die Absicht, auf jeden seiner Vorschläge einzugehen.

»Ich habe mir für heute einen Mietwagen genommen. Du kannst selbst entscheiden, ob du mitkommen möchtest oder nicht.« Er zog sich ein Hemd und eine kurze Hose an und schlüpfte dann in Sandalen. Es klingelte an der Tür, und er ließ den Kellner mit einem Servierwagen herein. Der Kellner trug Shorts und ein weißes T-Shirt mit dem Aufdruck des Hotels. Offenbar waren hier selbst die Uniformen minimalistisch.

»Möchtest du einen Kaffee?«, fragte mich James.

»Ja, gern«, antwortete ich, schob die Decke beiseite und stand auf. Er musterte meinen nackten Körper und lächelte.

»Du musst dir fürs Frühstück nichts überziehen. Wir sind hier ganz zwanglos.«

Ich wickelte mir einen Pareo um den Körper und setzte mich in die Nähe des Speisewagens.

»Eigentlich könnte ich auch etwas essen, wo du schon so viel bestellt hast«, meinte ich und nahm mir einen Teller voller Früchte und eine Tasse Kaffee. Danach bestrich ich eine dieser köstlichen Gemüserollen mit einer exotischen Paste, ging zum Fenster und anschließend auf den Balkon. Das Meer glitzerte, und die Palmen schwankten sanft im Wind. Ich atmete die saubere Luft ein und fühlte mich gut. Er stellte sich hinter mich und blickte schweigend in die Ferne. Nach einer Weile ging er wieder nach drinnen, holte die Kaffeekanne und füllte auch meine Tasse auf. Ich wurde unruhig, da ich nicht wusste, was von mir erwartet wurde und womit ich rechnen musste. Als ich seinen Mietwagen, einen witzigen Buggy, sah, war die Versuchung einfach zu groß. Weshalb sollte ich mich bestrafen? Ich war schließlich hier, um mich zu amüsieren und zu entspannen.

»Ich muss mir noch ein paar Dinge in der Boutique besorgen«, teilte ich ihm mit. Dann ging ich nach unten, ohne mich groß zu beeilen. Ich wählte einen großen Hut, noch einige sarongähnliche Kleidungsstücke und eine große Strohtasche aus. Danach ging ich zurück auf unser Zimmer und stopfte alles hinein, was ich für einen Sightseeingtag benötigen würde. Ich konnte durchaus die Touristin spielen. Ich schwang mir die Tasche über die Schulter und ging zurück zur Rezeption. James saß bereits im Wagen und wartete wie ein pflichtbewusster Begleiter auf mich. Das war mir fast schon unheimlich.

Wir fuhren in die Berge und eine derart geschwungene steile Straße hinauf, dass sich mir beinahe der Magen umdrehte. In der Nähe eines Gipfels hielten wir an und bestaunten die wunderbare Aussicht. Im weiten blauen Meer waren weitere Inseln zu sehen, die selbst aus der Ferne geheimnisvoll und exotisch aussahen.

»Wir müssen reden«, meinte James mit ernster Miene. »Ich habe keine Lust darauf, mich stressen zu lassen, indem wir zusammen sind und nicht wirklich miteinander reden. Wenn du alleine sein möchtest, dann sag das bitte auch. Ich kann in ein anderes Hotel ziehen und mir eine andere Begleitung suchen.«

»So eine Art von Beziehung hatten wir doch nie, James. Eigentlich hatten wir überhaupt keine Beziehung. Das macht es ja so verwirrend. Ich weiß einfach nicht, was du von mir willst.«

»Ich wollte einfach mal Urlaub machen. Außerdem gefiel mir der Gedanke nicht, dass du wegfährst und wir beide das, was uns miteinander verbindet, nicht ausleben können. Insbesondere jetzt, zu Weihnachten. Da werden immer alle so sentimental und reiben es dir ständig unter die Nase, dass du alleine bist. Ich konnte all diese vermeintlich freundlichen Einladungen von Leuten, die es nur gut meinen, einfach nicht mehr ertragen. Sie scheinen alle zu glauben, dass ich ihre Festtagsstimmung teilen sollte. Aber ich hasse das. Doch wenn du wirklich alleine sein möchtest, dann werde ich mir eine andere Ablenkung suchen. Auch wenn ich hoffe, dass du noch mal über meinen Vorschlag nachdenkst. Ich möchte, dass du meine persönliche Ringkampfpartnerin bist. Meine Gefährtin. Was auch immer. Wir können die Details später besprechen, aber ich werde dir zur Verfügung stellen, was du brauchst – ein Fitnessstudio, ein Haus in der Stadt. Aber könnten wir uns vorerst bitte wieder normal benehmen? Ich habe die Nase voll davon, in deiner Gegenwart ständig vorsichtig sein zu müssen aus lauter Angst, irgendwas falsch zu machen.«

Ich lachte. Dann erinnerte ich ihn daran, dass er am Vorabend nicht gerade »normal« gewesen war.

»Selbst Tycoons haben einen Jetlag«, erwiderte er.

Es würde alles wieder gut werden. Wieder gut? Es würde sogar fantastisch werden. Und so wurde es auch. Im Endeffekt stand uns das ganze Hotel zur Verfügung. Wir benutzten den Fitnessbereich für unsere athletischeren Unternehmungen. Meine eigenen *Bestrafungen* fanden größtenteils in unserem Zimmer statt. Er erfand mehrere neue Methoden, um mich zu fesseln, und die interessanteste Variante war eine, bei der er dünne Palmwedel benutzte. Sie waren sehr zerbrechlich und rissen schon bei der kleinsten Bewegung. Ich musste praktisch reglos dastehen, was eine große Herausforderung für meine Selbstbeherrschung darstellte. Stellen Sie sich vor, Sie wären gefesselt, erregt und warteten auf die Bestrafung, wüssten aber nicht, was er tun würde, wenn Sie die unzureichenden Fesseln lösten. Das stellte eine völlig neue Dimension meiner Behandlung dar. Sehr oft liebten wir uns aber einfach nur. Wir fickten uns ehrlich und ohne Hintergedanken. Doch was immer wir auch taten, wir gaben stets unser Bestes.

Ich hatte dem Drang widerstanden, den Inhalt seines Koffers genauer unter die Lupe zu nehmen. Auch wenn ich sehr neugierig war, wollte ich mir die Überraschung nicht verderben. Nach und nach machte mich James mit einer Reihe von Lederriemen, dünnen Ketten und mehreren anderen Objekten bekannt, mit denen er mich spankte. Er liebte es, wenn sich meine Pobacken röteten. Manchmal zeichneten sich auch seine Hände darauf ab. Die dünnen Streifen seiner Peitsche. Einmal sogar eine Haarbürste (meine eigene). Er war vorsichtig, da er wusste, dass ich fast jeden Tag in einem Bikini herumlief. Manchmal genoss er es, wenn ich mich ihm völlig unterwarf. Wenn er jede meiner Bewegungen kontrollieren und offenbar meine Gedanken beherrschen konnte, erregte ihn das sehr. Und es gefiel auch mir. Ehrlich gesagt hätte ich es sonst auch nicht gemacht. Eine ganze Woche lang war er mein Meister und ich war seine Sklavin. Seine devote Sklavin, die jeden seiner Wünsche erfüllte. An einem Abend, so teilte man uns mit, würde es ein besonderes Büfett geben, das für Hotelbesucher und Anwohner gleichermaßen gedacht war. Es sollte ein formeller Anlass werden, bei dem mehrere wichtige Mitglieder der Gesellschaft anwesend sein würden. James wollte unbedingt daran teilnehmen, zweifellos hoffte er darauf, Kontakte knüpfen zu können, die ihm geschäftlich nützlich sein würden. Natürlich wusste ich nicht, was ich anziehen sollte. Was galt an diesem Ort als formell? Törichterweise hatte ich die Idee, dass ich in der Boutique etwas Passendes finden würde. James sah das jedoch anders. Nach einem Tag, an dem wir am Pool gefaulenzt, in der Sonne gelegen hatten und schwimmen gewesen waren, kamen wir zurück in unser Zimmer. Zu meiner Überraschung packte er sofort meine Handgelenke und fesselte mich an die Bettpfosten. Ich protestierte, aber er band mich mehrere Stunden lang nicht los. Hin und wieder betrat er das Zimmer und neckte mich mit einem Klaps, schob seine Zunge an eine empfindliche Stelle oder massierte mich sogar bis kurz vor dem Höhepunkt. Er übte völlige Kontrolle über mich aus! Als die Zeit für das Abendessen näher rückte, fragte ich ihn höflich, ob es mir nun gestattet wäre, ihn zu begleiten, oder nicht. Falls die Antwort ja lautete, dann musste ich mir nämlich noch etwas zum Anziehen kaufen. Er teilte mir mit, dass er bestimmen würde, was ich an diesem Abend trug. Mein Herz klopfte vor Vorfreude wie wild. Was in aller Welt hatte er nur vor? Es hätte mich nicht überrascht, wenn er ein ausgefallenes Bondage-Kleidungsstück irgendwo versteckt hatte, das ich den ganzen Abend tragen musste, während ich an ihn gefesselt war. Selbst das hätte ich für ihn getan. Ich wand mich vor Wonne. Hier kannte mich niemand. Ich musste nicht auf meinen Ruf achten. Doch ich konnte ja nicht ahnen, dass ich schon bald einen Ruf haben würde, den nicht mehr viel beschädigen konnte.

Um 20 Uhr kam er zurück ins Zimmer, duschte und zog sich einen weißen Smoking über.

»Du siehst aus wie James Bond«, wagte ich zu sagen.

Er kam zu mir, hob meine Beine hoch, sodass mein Hintern freilag, und schlug mich fest auf die Pobacken.

»Du darfst nur reden, wenn du angesprochen wirst«, fauchte er. Meine stundenlange Bestrafung hatte seinen Drang zur Dominanz offenbar noch lange nicht befriedigt. »Entschuldige dich«, befahl er mir. Ich riss den Mund auf und wollte ihn schon zum Teufel wünschen, besann mich jedoch eines Besseren.

»Es tut mir leid«, murmelte ich.

»Lauter. Sag: ›Es tut mir leid, Meister.‹«

»Es tut mir leid, Meister«, wiederholte ich nur unwesentlich lauter.

»Du wirst mich den ganzen Abend über als Meister anreden. Hast du verstanden?«

Einen Moment lang starrte ich ihn hasserfüllt an. Falls er glaubte, ich würde seine Stiefel lecken oder ihm an einem ganzen Abend bei einem Empfang in den Hintern kriechen, dann hatte er sich gewaltig geirrt.

»Ich fragte, ob du das verstanden hast. Es ist deine Entscheidung. Ich kann dich hier lassen, runtergehen und alleine meinen Spaß haben. Aber ich dachte, du würdest dich auf das Essen freuen.«

Ich wandte den Blick ab. Mein Magen knurrte jetzt schon

seit Stunden, aber ich wollte ihn das nicht wissen lassen. Er schlug mich erneut und hob die Peitsche hoch, als wollte er sie erneut einsetzen.

»Ja, Meister, ich habe verstanden«, sagte ich schnell, schließlich wollte ich nicht unnötig leiden.

»Sehr schön. Du findest dein Outfit im Badezimmer. Trag genau das, was ich für dich rausgelegt habe. Nichts mehr und nichts weniger.« Er löste meine Fesseln und schlug mich, damit ich aufstand. Meine Muskeln waren ganz steif geworden, und ich musste mich erst einmal strecken, nachdem ich so lange in einer Position ausgeharrt hatte. »Du hast zehn Minuten. Lass mich nicht warten.«

Ich ging ins Badezimmer und stellte mich kurz unter die Dusche. Dann öffnete ich die Plastiktüte und sah mir an, was ich für ihn tragen sollte.

Als Erstes hielt ich eine weiße, durchsichtige Rüschenbluse in der Hand. Sie sah schrecklich aus. Billig. Schlampig. Offensichtlich. Kein BH. Danach kam ein schwarzer Satinrock. Damit hätte ich rechnen müssen. Er ging mir nicht einmal über den Hintern und enthüllte mehr als er verdeckte. Als ich weiter in der Tüte herumwühlte, entdeckte ich noch Netzstrümpfe und einen schmalen schwarzen Strumpfhalter. Warum war ich eigentlich nicht überrascht? Das grässliche Outfit wurde durch billige, glänzende rote Stilettos komplettiert. Ich war so wütend, dass ich drauf und dran war, alles in die Mülltonne zu werfen, aber mir war auch klar, dass ich das vermutlich später bereuen würde. Wie konnte ich auf einen formellen Empfang gehen und dabei aussehen wie eine billige Schlampe? Aber konnte ich mich weigern? Ich zog das furchtbare Ensemble an. Als ich die Tüte in den Müll warf, klapperte es. Ich befühlte sie und zog noch ein Paar riesige Ohrringe heraus, die natürlich aus Messing waren. Auch sie waren widerlich, aber als gehorsame Sklavin nahm ich meine goldenen Ohrstecker heraus und schob die Ringe durch die Ohrlöcher. Sie sahen entsetzlich aus. Was wollte ein offensichtlich wohlhabender Mann mit der billigsten Schlampe, die er finden konnte?

Mit hoch erhobenem Kopf stolzierte ich ins Schlafzimmer, so selbstsicher, wie es die lächerlichen Schuhe gestatteten. Mein Hintern wackelte von einer Seite auf die andere, sodass mein entblößter Arsch für jeden zu sehen war, der einen Blick wagte. Meine nackten Brustwarzen drückten sich eng an den Stoff der durchsichtigen Bluse, die natürlich einige Nummern zu klein war. Mir war klar, dass er sie absichtlich zu klein gekauft hatte. Alles, was er sonst besorgte, passte immer wie angegossen.

»Hallo, Schätzchen«, murmelte ich und ließ mich neben ihm aufs Sofa fallen.

»Steh auf«, befahl er mir. »Ich habe dich noch nicht von allen Seiten begutachtet.« Ich stand wieder auf. »Du musst den Saum am Hintern richten.« Er zwang mich, mich vorzubeugen, sodass er meine nackte Muschi genau erkennen konnte, wie er es beabsichtigt hatte. »Hast du keinen knallroten Lippenstift?«, wollte er wissen. »Um den Effekt noch zu unterstützen?«

»Doch, den habe ich, aber du hast gesagt, ich darf nichts hinzufügen.«

Ich trug die geschmackloseste, grellste Farbe auf, die ich finden konnte, und benutzte zusätzlich noch Lipgloss, um das Grauen zu verstärken. Ich sah aus wie eine widerliche Schlampe und fühlte mich auch so, als ich mich ihm für eine letzte Begutachtung präsentierte. Er musterte mich und schnaubte dann, als ich mit wackelndem Arsch durch das Zimmer marschierte. In Schuhen mit derart hohen Absätzen kann man einfach nicht normal gehen. Meine Brüste drückten sich fest gegen die dünne Bluse, und meine Nippel zeichneten sich dunkel unter dem durchsichtigen Stoff ab. Mein Hintern ragte ins Freie und schob den schmalen Rock so hoch, dass man den Strumpfhalter sehen konnte.

»Deine Frisur passt noch nicht«, stellte er fest. Er nahm meine Bürste und kämmte mir die Haare nach hinten. »Bind dir diesen Pferdeschwanz, den du immer trägst. Befestige ihn so hoch, dass er zu einer Seite schwankt und dir beim Gehen ins Gesicht fällt.« Ich gehorchte und zerriss mir beinah die Bluse, als ich die Arme ausstreckte, um mir das Haar hochzubinden.

»Sieh dich an«, befahl er mir. Ich gehorchte und verzog das Gesicht. »Wie siehst du aus?«, fragte er dann.

»Wie eine billige Schlampe. Eine Nutte.« Er starrte mich an. »Meister«, fügte ich noch hinzu.

»Genau. Eine Schlampe. Eine Nutte. Jemand, der sich jedem Mann hingibt, wenn dieser genug dafür bezahlt. Lass uns gehen.«

Ich wusste nicht, warum er wollte, dass ich so billig aussah. Vermutlich war es nur wieder etwas, das seine dominante Ader befriedigte. Ich lief auf wackligen Beinen hinter ihm her und versuchte, mit seinen großen Schritten mitzuhalten. Trotz allem war ich so heiß auf ihn, dass ich ihn auf der Stelle gevögelt hätte, wenn er es zugelassen hätte. Möglicherweise sorgte das Kostüm aber auch dafür, dass ich wie eine Schlampe dachte, die jeden Mann nehmen würde.

Mehr als ein Mal zwang er mich an diesem Abend, mich für ihn vorzubeugen. Jedes Mal stand irgendein Kerl in der Nähe, der meine Muschi ganz genau sehen konnte. Ich begann, meine Rolle zu spielen, und flirtete und trank mit jedem, den er in meiner Nähe gestattete. Ich nannte ihn respektvoll Meister und zwinkerte jedem zu, sobald er es nicht mitbekam. Ich beugte mich bei mehreren Gelegenheiten über ihn, streichelte seinen Penis und warf ihm lüsterne Blicke zu. Ich leckte mir vielsagend die Lippen, meist genau dann, wenn er gerade über ein ernsthaftes Thema sprach. Die meisten Frauen im Raum vermieden es, auch nur in meine Richtung zu sehen.

Sie klammerten sich an ihren Partnern fest, als hätten sie Angst, ich würde ihn im nächsten Moment anspringen.

»Komm her«, sagte er irgendwann, als ich es endlich in die Nähe des Büfetts geschafft hatte. Ich war am Verhungern und hätte für eine Handvoll der Garnelen, die ich längst entdeckt hatte, töten können. Er zog mich an einer meiner Brustwarzen näher zu sich heran, und ich hätte beinahe vor Schmerzen aufgeschrien, als er sie noch fies verdrehte.

»Sie isst nach 21 Uhr nichts mehr, nicht wahr, Doris?«, verkündete er der Gruppe, mit der er sich gerade unterhielt.

»Doris?«, wiederholte ich.

»Was habe ich dir gesagt?«, fragte er mit warnendem Unterton.

»Ja, Meister«, erwiderte ich. »Es tut mir leid, Meister.« Die Männer in der Gruppe kicherten. Ich machte ein zerknirschtes Gesicht und ging ein Stück zur Seite.

»Sie kämpft sehr gut«, erzählte James einem der Männer. »Würden Sie ihr gern mal dabei zusehen?« Der Fremde sah aus, als wäre ihm die Sache ein wenig peinlich.

»Du wirst es ihm doch demonstrieren, nicht wahr, Doris?«

»Ja, Meister«, stieß ich mit zusammengebissenen Zähnen hervor. Auf einmal wollte ich nur noch, dass dieser Abend zu Ende ging. Ich hatte genug von diesem Spiel. Vor lauter Hunger fühlte ich mich schon ganz zittrig. Meine Füße taten weh, weil ich so lange in diesen lächerlichen hochhackigen Schuhen herumlaufen musste. Er schob seine Hand langsam zwischen meine Oberschenkel, während er weitersprach. Plötzlich drückte er meine Klit zwischen Daumen und Zeigefinger zusammen. Er schabte darüber, bis ich beinahe laut schrie. Irgendwie schaffte er es dennoch, sich dabei weiter mit seinen neuen Freunden zu unterhalten. Mir war inzwischen völlig egal, was sie von mir dachten. Ich wollte nichts weiter, als seinen Schwanz in mir fühlen, dass er ihn in mich hineinstieß und die Sehnsucht stillte, die ich schon den ganzen Tag verspürte.

»Dann werde ich für morgen Nachmittag die Fitnesssuite buchen. Passt Ihnen 15:30 Uhr? Sie werden nicht enttäuscht sein, das kann ich Ihnen versichern. Du hast doch nichts dagegen, oben ohne zu kämpfen, oder, Doris?«, sagte er gerade. Was zum Henker hatte ich da verpasst? Was hatte er ihnen noch versprochen? Er rieb mir fest über die Klit, sodass ich erschauderte.

»Oben ohne ist kein Problem, Meister«, zischte ich. Ich machte nie Ringkämpfe oben ohne. Das war nicht das, was ich tun wollte. Männer, die das wollten, hatten ganz andere Gründe für einen Ringkampf.

»Dann werden wir uns jetzt zurückziehen«, sagte James. »Ich bin ziemlich erschöpft.« Ich hätte schwören können, dass er dem Kerl zuzwinkerte, dem die Zunge praktisch aus dem Hals hing. Ich konnte nur hoffen, dass er am nächsten Tag nicht mein Gegner sein würde. Vielleicht sah ich mich gezwungen, ihm ein wenig wehzutun.

Als wir endlich auf unserem Zimmer waren, ließ ich mich dankbar aufs Bett sinken. Ich zog die Schuhe aus und fragte mich, ob ich meine Füße jetzt dauerhaft ruiniert hatte.

»Was genau tust du da?«, wollte James wissen.

»Entschuldige, aber mir taten die Füße weh.«

»Meister«, fauchte er. »Wie kannst du es wagen? Zieh die

Schuhe sofort wieder an. Eine Schlampe wie du gehorcht den Befehlen ihres Meisters. Hast du verstanden?«

»Ja, Meister«, erwiderte ich betreten. Offenbar war das Spiel noch lange nicht vorbei.

»Zeig mir noch mal deine Muschi«, befahl er. Ich beugte mich vor, sodass meine nackte Muschi nur wenige Zentimeter von seinem Gesicht entfernt war. Dabei fragte ich mich, ob er sehen konnte, wie feucht ich war. Ich war so heiß auf ihn. Meine Klit war vermutlich ganz wund, so wie er sie behandelt hatte. Aber ich war unfassbar erregt. Es war auf seltsame Weise masochistisch gewesen, jedem Mann im Raum, der sie sehen wollte, meine nackte Muschi zu zeigen, während James sich in dem Wissen sonnen konnte, dass es seine ganz persönliche Muschi war. Alle anderen durften nur gucken, sie aber nicht anfassen. Doch jetzt hoffte ich, dass er seine ganz persönliche Muschi auch benutzen würde. Er schob einen Finger hinein. Das war ihm in dieser Position problemlos möglich. Dann steckte er einen zweiten und einen dritten Finger in mich. Sofort spürte ich, wie sich mein Orgasmus aufbaute, und er musste es ebenfalls gemerkt haben. Er zog seine langen Finger sofort wieder heraus, und ich fühlte mich leer. Ich wartete nervös. Würde er mir jetzt endlich seinen Schwanz reinstecken? Selbst wenn andere Dinge darin ganz nett waren, waren sie doch nichts im Vergleich zu einem lebendigen Organ, das einem erst die richtige Befriedigung verschaffen konnte.

»Knie dich hin«, befahl er. Ich gehorchte. Er begann, meinen Anus zu reiben. Er spreizte meine Pobacken und rieb sanft über die schmale Öffnung. Dann befeuchtete er seine Finger mit meinem eigenen Saft. Er drückte seinen Penis gegen das enge Loch und begann, fester und immer fester dagegenzudrücken. Ich drückte mich gegen ihn und verlor beinahe das Gleichgewicht. Ich war noch immer komplett angezogen und trug den schwarzen Satinstreifen, der als Rock durchgehen sollte, inzwischen fast unter den Armbeugen. Die Bluse war nun doch aufgerissen, sodass meine Brüste herausbaumelten und endlich befreit waren. Die Strümpfe stellten keine Barriere dar, sondern steigerten nur den Reiz der ganzen Situation. Er umkreiste meinen Anus und drückte immer fester dagegen, bis seine Eichel in die schmale Passage vorgedrungen war. Dann drückte er weiter und immer weiter, sodass ich schon glaubte, ich würde zerreißen. In mir baute sich ein Orgasmus auf, wie ich ihn wahrlich noch nie gespürt hatte. Abgesehen von Dexis Fingern war noch nie etwas in meinen Anus eingeführt worden. James legte die Arme um mich und zog mich näher an sich, während er mich vorne befingerte. Als er endlich tief in meinem Hintern steckte, zog er sich wieder heraus und pumpte sich wieder hinein, anfangs zärtlich, doch dann immer heftiger, bis ich laut schrie. Der Schmerz war so wunderbar, und seine Finger rieben über meine empfindliche Klit, während mich sein Schwanz von hinten ausfüllte. Ich spürte, wie er kam, und er schrie ebenfalls auf. Dieses Mal brach ich auf dem Boden zusammen, obwohl er mir das nicht erlaubt hatte, sodass er aus mir herausglitt. Ich konnte mich nicht mehr bewegen. Ich war völlig erschöpft und, wie ich zugeben musste, auch durch und durch befriedigt. Ich spürte, wie er mich auszog. Dann brachte er mich ins Badezimmer und legte mich in die Badewanne. Ich kam mir so hilflos vor wie ein Kind. Er wusch mich und trocknete mich ab. Danach trug er mich zum Bett, legte mich hinein und deckte mich zu.

»Du warst eine gute, gehorsame Sklavin«, sagte er. »Aus diesem Grund habe ich dich auch so gut belohnt.« Ich war so müde, dass ich nicht darauf reagieren konnte. Im nächsten

Augenblick war ich auch schon eingeschlafen und dachte nicht mehr daran, dass mir vor Kurzem vor lauter Hunger noch ganz schwindlig gewesen war.

Als ich am nächsten Morgen erwachte, lag ich in James' Armen. Er schlief noch tief und fest und sah beinahe unschuldig aus. War das derselbe Mann, der mich den ganzen Abend über erniedrigt hatte, nur um mir dann den aufregendsten Sex zu bieten, den ich je erlebt hatte? Er erfüllte so viele meiner Fantasien. Ich lächelte zärtlich und hatte vor, ein großes Frühstück zu bestellen. Mir war klar, dass ich einen guten Tag vor mir haben würde, sobald ich erst einmal ordentlich was gegessen hatte. Trotz der Schmerzen an Stellen, von denen ich nicht einmal gewusst hatte, dass sie wehtun konnten, war ich bereit für meine Rache. Wenn mich meine Erinnerung nicht trog, dann hatte ich mich freiwillig für einen Oben-ohne-Ringkampf gemeldet. Solange mein Gegner bereit war, ohne Hose zu kämpfen, hatte ich nichts dagegen. Für James würde ich mir auch noch eine oder zwei weitere Foltermethoden ausdenken. Auch wenn ich keine entsprechende Fetischausrüstung bei mir hatte, machte meine Fantasie bereits Überstunden. Er regte sich und sah mich mit müden Augen an.

»Guten Morgen. Wie geht es dir heute?«

»Ich wollte gerade Frühstück bestellen. Warum bleibst du nicht im Bett, dann kann ich es dir servieren, wie es von einer anständigen Sklavin erwartet wird.«

»Das klingt interessant«, erwiderte er. »Aber zieh dir was an, bevor du die Tür aufmachst. Ich möchte nicht, dass du dich schämen musst.«

Mir blieb beinahe die Luft weg. Am vergangenen Abend hatte er getan, was er konnte, um jedem, den es interessierte, meine intimsten Stellen zu zeigen. Vielleicht war es heute ja anders. Möglicherweise hatte er begriffen, dass ich nicht seine persönliche Schlampe war. Ich konnte nur hoffen, dass er nicht auf das vorbereitet war, was ich plante. Ich freute mich schon viel zu sehr auf seinen überraschten Gesichtsausdruck.

8

Ich zog eines seiner Hemden über, um ihm das Frühstück zu servieren. Er schlang alles herunter und lehnte sich dann zurück, um sich von mir verwöhnen zu lassen. Ich fütterte ihn mit saftigen Früchten und frischen Pfannkuchen. Die ganze Zeit über blieb ich unterwürfig, bis er wieder müde wurde. Ich hatte einen Teil seiner kleinen Sammlung aus Fesseln beiseitegelegt und noch einige eigene Ideen hinzugefügt, mit denen ich experimentieren wollte. Als ich auf den Balkon hinaustrat, nahm ich alles, in ein Handtuch gewickelt, mit.

»Es ist wunderschön hier draußen«, rief ich.

»Das ist es immer auf den Seychellen.«

Ich setzte mich und wartete. Er würde schon bald zu mir rauskommen. Nachdem ich einen halben Tag lang gefesselt gewesen war, sann ich auf Rache und Vergeltung. Jetzt war es an mir, ihn zu fesseln. Als er endlich nach draußen kam, setzte ich mich wie eine liebenswerte Sub neben ihn. Doch war ich nicht mehr sehr lange seine gehorsame Sklavin. Er beugte sich über die Balkonbrüstung und hatte nur ein Handtuch um die Hüfte geschlungen. Perfekt. Ich nahm zärtlich seine Hand und legte sie auf meine nackte Brust, um seine Finger auf meine aufstehenden Brustwarzen zu drücken.

»Du Gierige«, murmelte er. Schon hatte ich eine der Handschellen um sein Handgelenk gelegt und ihn herumgedreht, um auch die zweite erst an seiner Hand und danach am Balkongeländer zu befestigen.

»Was zum Teufel ...?«, knurrte er wütend.

»Heute bin ich an der Reihe, Schatz«, erklärte ich ihm fast schon schüchtern. Dann drückte ich ihn nach unten, sodass er mit dem Rücken an das Geländer gelehnt dasaß und die Beine ausstreckte. Ich legte ihm ein Kissen unter die Knie, da ich nicht so gemein sein wollte. Dann spreizte ich seine Beine und befestigte seine Fußknöchel mit Lederbändern an einem geeigneten Pfosten. Er lächelte mich an.

»Was hast du eigentlich mit mir vor?«, wollte er wissen.

»Ich habe noch nicht alles genau ausgearbeitet«, flötete ich als Antwort. Dabei starrte ich seinen Penis an, der bereits wieder steif wurde. Ich kniete mich vor James auf den Boden und beugte mich über das Kissen. Dann streckte ich die Zunge raus und leckte ihm über die Eichel, um fasziniert zu beobachten, wie sie dicker und dunkler wurde. Ich leckte weiter, bis ein winziger Tropfen die Spitze befeuchtete. Dann griff ich nach dem Elastikband, das ich aufgehoben hatte, und schob es ihm ganz über den Penis, wo ich es festzurrte und verknotete. Er keuchte auf, als er begriff, was ihn erwartete. Aber ich war noch nicht fertig. Ich schlug das Handtuch auseinander und nahm einen weiteren seiner dünnen Lederriemen heraus. Diesen wickelte ich um seine angeschwollenen Hoden, wo ich ihn festband, um den Ansatz knotete und so verschlang, dass seine Hoden in der Mitte schmerzhaft getrennt wurden, zumindest stellte ich es mir so vor. Und es war mir egal. Sein schützendes Handtuch war längst heruntergefallen, und er lag hilflos auf dem Balkon, wo jeder seine Genitalien sehen konnte. Er stöhnte leise, als das Blut nutzlos durch seine Adern pumpte. Vielleicht glaubte er, es wäre eine Erleichterung, wenn er kommen würde, aber ich wusste, dass das praktisch unmöglich war.

»Wie konntest du nur ...?«, begann er, aber jetzt hatte ich das Sagen.

»Ich gehe schwimmen«, teilte ich ihm mit. »Aber ich sorge lieber dafür, dass du keinen Sonnenstich bekommst.« Bei diesen Worten setzte ich ihm meinen Sonnenhut auf und band ihm zu guter Letzt noch eine gelbe Schleife um die Eichel. Dafür würde ich später bestimmt büßen müssen, aber sein Gesicht war die Sache mehr als wert. Darauf hatte ich mich schon die ganze Zeit gefreut. Als ich gerade gehen wollte, fiel mir meine Kamera wieder ein. Ich machte mehrere Fotos von ihm und fragte mich, ob seine Miene ein erster Hinweis auf einen Schlaganfall war, doch selbst das war mir egal.

»Du Hexe«, schimpfte er. »Dafür wirst du büßen.«

»Du hattest letzte Nacht deinen Spaß. Jetzt bin ich an der Reihe.« Ich ging aus dem Zimmer und hatte dabei unglaubliche Schuldgefühle. Wenn er wirklich Rachepläne schmiedete, dann konnte ich mich auf einiges gefasst machen.

Mit offenen Haaren und normaler Kleidung schien mich niemand an diesem Morgen zu erkennen. Falls doch, ließ sich keiner etwas anmerken. Ich drehte ein paar träge Bahnen im Pool und ließ mich auf einer der Liegen trocknen. Obwohl ich erst seit etwa einer Stunde weg war, hatte ich auf einmal das Bedürfnis, nach meinem Gefangenen zu sehen. Wenn ich nur daran dachte, wie er da saß, wurde ich schon ganz feucht. Offenbar war ich tatsächlich unersättlich. Ich streckte mich und stand von der warmen Liege auf. Langsam ging ich zurück in unser Zimmer und rief seinen Namen. Schweigen. Ich runzelte die Stirn und ging auf den Balkon. Er war leer. Wie hatte er so schnell entkommen können? Er hatte doch niemanden um Hilfe gebeten, oder? Ich konnte mir beim besten Willen nicht vorstellen, wie er sich so schnell der Handschellen entledigt hatte. Aber er hielt sich nicht in unserem

Zimmer auf. Ich zuckte mit den Achseln und holte mir ein Wasser aus der Minibar. Dann setzte ich mich auf den Balkon und sah mich auf dem Hotelgelände um. Alle Urlauber lagen träge in der Sonne oder wanderten am Strand entlang. Ich fragte mich, ob irgendjemand von ihnen auch solche Dinge tat wie wir. Nicht viele Menschen würden sich ihre eigenen geheimen Fantasien überhaupt eingestehen, geschweige denn, sie in die Realität umsetzen. Ich war fast schon eingedöst, als es an der Tür klopfte und diese dann geöffnet wurde. Es war eines der Zimmermädchen.

»Entschuldigen Sie, Ma'am. Darf ich das Bett jetzt frisch beziehen?« Ich wedelte nur mit einer Hand. »Ich soll Ihnen von Ihrem Mann ausrichten, dass er auf Sie wartet«, fügte sie hinzu.

Nun drehte ich mich doch zu ihr um. Sie grinste mich vielsagend an.

»Ach, wirklich? Wo steckt er denn?« Es passte gar nicht zu James, jemanden zu schicken, der mich abholen sollte.

»Er ist im Fitnessstudio, Ma'am.« Sie kicherte.

Ich stand auf und ging gehorsam zum Fitnessstudio. Dabei erinnerte ich mich an den Ringkampf, den er dem Fremden am Vorabend versprochen hatte. Mir fiel auch ein, dass ich ihn oben ohne bestreiten sollte. Ich war müde und entspannt und hatte nicht die geringste Lust auf einen Ringkampf. Auch wenn ich einige Zeit nicht trainiert hatte, war ich dank anderer Aktivitäten noch gut in Form. Doch irgendwie passte das Ganze nicht zu seiner Bitte, mich als seine exklusive Partnerin zu bekommen. Ich drückte die Tür des Fitnessstudios auf und ging hinein. Er saß rittlings auf einer der Bänke, sah entspannt aus und trug nur Boxershorts. Ich konnte deutlich erkennen, wie sich seine Erektion darin abzeichnete.

»Darf ich erfahren, wie du entkommen konntest?«, fragte ich mit eiskalter Stimme.

»Nein. Aber ich trage noch immer deine intimeren Fesseln.« Mein Blick wanderte in seinen Schritt. Ich hätte zu gern gewusst, ob auch die Schleife noch an Ort und Stelle war.

»Du musst dich sehr unwohl fühlen.« Er lächelte und leckte sich die Lippen.

»Erstaunlich unwohl. Es ist eine Qual. Ich werde dich wohl anflehen müssen, mich zu erlösen.«

»Das klingt vielversprechend«, erwiderte ich und genoss plötzlich die Vorfreude auf eine dominante Sitzung. »Was hat dir das Recht gegeben, einen Fluchtversuch zu wagen?«

»Mir gefiel deine Standortwahl nicht. Das hier ist doch eher der passende Ort für mich, findest du nicht?«

Ich trug nur meinen Pareo über einem Bikini. Irgendwie schien mir das nicht die richtige Kleidung für eine Domina zu sein. Er schien meine Gedanken lesen zu können, und sein Blick wanderte zu einer Plastiktüte. Sie enthielt einen Bikini aus weichem braunem Leder. Die Träger waren natürlich mit Nieten besetzt, außerdem befanden sich in der Tüte noch weitere Riemen, die vermutlich zum Fesseln gedacht waren. Ich fragte mich, wo das Ganze hergekommen war. Danach sah ich mich im Raum um. Einige Bestandteile der Standardausrüstung sahen schon sehr brauchbar aus, aber mir stand der Sinn nach etwas mehr Kreativität. Ich fesselte seine Handgelenke aneinander und band sie an einen praktischen Balken an einer Seite des Raumes fest. Er nahm gehorsam die Beine auseinander, als ich mit einem Fuß dagegenstieß.

»Du wirst so stehen bleiben. Wag es nicht, dich zu bewegen.« Er nickte und hatte ein freches Grinsen in seinen grünen Augen. Ich zog meine Kleidung aus und den Lederbikini an. Das Höschen meines alten Bikinis stopfte ich in seinen Mund

und band es mit einem der Riemen fest. Ich sah den Schreck in seinen Augen, und er bewegte ein wenig die Beine. »Du sollst still stehen, habe ich gesagt. Keine Bewegung.« Er nickte, und ich nahm den letzten Lederriemen und schlug ihm damit auf die Beine. Er schloss kurz die Augen, um dieses Gefühl besser genießen zu können. Danach zog ich an den Boxershorts. Da er die Beine gespreizt hatte, rutschten sie nicht sofort herunter, daher bedeutete ich ihm, er solle sie zu Boden fallen lassen. Er gehorchte. Sein Penis war noch immer erigiert, dunkel und von dem Elastikband eingeschnürt, das er nicht abgenommen hatte. Die Schleife war verschwunden, doch das enge Band hing noch immer um seine Hoden. Ich nickte zufrieden.

»Gut. Das tut bestimmt weh«, sagte ich und grinste böse. Dann ließ ich den Riemen über seine Haut gleiten und hob die Hand, um ihn zu schlagen. In seinen Augen flackerte es kurz, und dann zuckte er zusammen, als ich ihn spankte, wobei der erste Schlag sehr sanft war. Der zweite war schon etwas heftiger, und ich sah den Schmerz in seinen Augen. Jetzt bewegte ich mich auf völlig neuem Territorium. So etwas hatte ich noch nie gemacht, und ich war mir nicht sicher, wie weit ich problemlos gehen konnte. Schmerzen waren eine Sache, Verletzungen jedoch eine ganz andere. Auch wenn das als Vergeltung dafür begonnen hatte, wie ich am Vorabend behandelt worden war, wollte ich ihn nicht fürs Leben zeichnen. Wenn ich das tat, hätte ich letzten Endes sogar noch mehr verloren als er.

»Wenn ich dir wieder erlaube, zu sprechen, musst du mich um deine Erlösung anflehen. Hast du verstanden?« Er nickte. Ich zog ihm den Knebel aus dem Mund. »Soll ich dich jetzt gehen lassen«

»Bitte nimm die Fesseln ab.«

»Fleh mich an«, fauchte ich.

»Ich flehe dich an«, sagte er mit einer Stimme, die sich sehr von seiner sonst so selbstsicheren unterschied. »Bitte.«

Ich hob erneut den Riemen, als ob ich ihn schlagen wollte. Er schloss die Augen und verzog das Gesicht. Mich überkam eine leichte Panik, dass ich ihn vielleicht verletzen würde. Wie würde ich weiterleben können, wenn ich nicht regelmäßig in den Genuss seines wunderschönen Schwanzes kam? Er schlug die Augen auf und wartete auf den Schlag, doch ich berührte stattdessen seine Erektion, die sich noch stärker gegen ihre Fesseln zu pressen schien. Dann beugte ich mich vor und leckte mit der Zunge über seine Eichel, während ich seine angespannten Hoden mit einer Hand umfing. Er keuchte und stöhnte, als ich ganz leicht zudrückte. Ich fühlte mich unfassbar mächtig. Ich lehnte mich gegen seinen Körper, und der enge Leder-BH strich über seine verhärteten Brustwarzen. Dann rieb ich meinen mit Leder bekleideten Venushügel über seine Eichel. Er sah aus, als würde er gleich in Ohnmacht fallen. Ich schob meinen Finger unter das Elastikband und zog leicht daran. James schrie auf, als der Schmerz durch seinen Körper schoss. Dann löste ich das Elastikband und nahm es ab. Augenblicklich strömte sein Samen heraus, da der gewaltige Druck, der sich aufgebaut hatte, nun nachließ. Seine Hoden, die weiterhin gefesselt waren, schienen jedoch hart zu bleiben. Ich sah ihm in die Augen und versuchte, die Nachricht darin zu erkennen, aber sie waren eiskalt und sahen aus wie zwei Jadestücke. Ich hatte nicht die leiseste Ahnung, was er gerade dachte. Ganz langsam band ich ihn los. Er seufzte, und ich hielt kurz inne.

»Tut es dir leid, dass du mich gestern bestraft hast?«, fragte ich.

»Ja.«

»Ja, was?«

»Herrin?«, fragte er, und ich nickte.

»Es tut mir sehr leid, Herrin.«

»Und du wirst nie wieder vorschlagen, dass ich kaum bekleidet mit jemand anderem als dir ringe.« Erneut wurden seine Augen hart. Diese Art der Erpressung schien ihm nicht zu gefallen.

»Ich bin mir nicht sicher, ob du das Recht hast, solche Forderungen zu stellen.« Sofort nahm ich den Lederriemen wieder in die Hand und schlug ihm auf die Beine. Ich zog ihn ruhig und vorsichtig über seine Hoden, während er mich ansah. Mir wurde bewusst, dass er erst nachgeben würde, wenn ich ihn blutig schlug, also gab ich vorerst nach.

»Vielleicht sollten wir das in Ruhe besprechen.« Ich band seine Handgelenke los, und er rieb sich die Arme. Dann nahm ich seinen Unterarm und massierte ihn zärtlich, um die Blutzirkulation anzuregen. »Du weißt, dass ich es nicht mag, wenn man mir vorschreiben will, mit wem ich ringe, und erst recht nicht, dass ich es oben ohne tue. Ich mache keine Oben-ohne-Ringkämpfe. Wer war dieser Wichser, den du zu meinem Partner machen wolltest?«

»Ein möglicher Geschäftspartner. Ich kann der Herausforderung nie widerstehen, neue Klienten zu gewinnen, selbst wenn ich im Urlaub bin. Er ist Südamerikaner. Brasilianer. Und er könnte mir in Zukunft einige sehr lukrative Geschäfte ermöglichen. Das war eine gute Gelegenheit, eine seiner Fantasien in die Tat umzusetzen. Er würde dich bestimmt auch sehr gut dafür bezahlen.«

»Darum geht es hier nicht. Dexi würde nie einen Klienten annehmen, den er für zweifelhaft hält. Woher willst du wissen, wozu dieser Kerl in der Lage ist? Hat er schon mal einen Ringkampf gemacht? Ohne meinen Assistenten könnte ich dabei verletzt werden.«

»Ich werde dir assistieren. Wenn er den Anschein erweckt, dass er dir wehtun wird, bin ich da. Das verspreche ich dir.«

Aus irgendeinem törichten Grund glaubte ich ihm. Doch ich wusste tief in meinem Inneren, dass es falsch war. Ich hatte ein ungutes Gefühl dabei. Es ist eine Sache, von jemandem bestraft zu werden, von dem man glaubt, ihm vertrauen zu können. Ich wusste nicht einmal, warum ich in diesem Fall so besorgt war, schließlich kämpfte ich sonst ständig gegen Fremde. Ich kannte meine Gegner nie, wenn sie bei uns auftauchten. Doch erst jetzt wurde mir klar, wie sehr ich mich auf Dexi und seine Instinkte verließ, um Probleme zu vermeiden. Am liebsten hätte ich ihn um Rat gefragt, aber ich wusste ohnehin, was er mir sagen würde: *Tu nichts, wobei du dich nicht wohlfühlst.*

»Okay, aber nur dieses eine Mal«, sagte ich und blieb skeptisch. »Und nur, um das Gesicht zu wahren. Dein Gesicht, wohlgemerkt.«

»Braves Mädchen. Vielleicht werde ich dich dafür später sogar belohnen.« Er küsste mich auf die Stirn. Das fühlte sich komisch und fast schon zu vertraut an. Es kam mir vor wie ein Teil unserer Beziehung, den es eigentlich gar nicht geben sollte.

Um 15:30 Uhr gingen wir zurück ins Fitnessstudio. James holte eine Übungsmatte aus dem Schrank und breitete sie auf dem Boden aus. Sie war deutlich kleiner als die, die ich normalerweise benutzte. Ich konnte nur hoffen, dass ich diesen Kerl so schnell wie möglich besiegen konnte.

»Du bleibst hier und spielst den Schiedsrichter?«, fragte ich, auch wenn es eher eine Aufforderung war.

»Wenn er nichts dagegen hat. Er heißt übrigens Ramon«, sagte James. Das war ja klar. Hatte es je einen schurkisch aussehenden Südamerikaner gegeben, der nicht Ramon hieß?

»Das ist mir völlig egal. Ich kämpfe nicht, wenn niemand in der Nähe ist.«

»Gegen mich schon.«

»Das ist etwas anderes. Ich kenne dich.«

»Tust du das wirklich?«, fragte er mit einem seltsamen Gesichtsausdruck. Er hatte recht damit, das infrage zu stellen. Mir wurde klar, dass ich ihn eigentlich überhaupt nicht kannte. Doch da ging die Tür auch schon auf und der Kerl kam herein. Er trug Shorts und hatte riesige Brustmuskeln. Außerdem war er übergewichtig und einige Zentimeter kleiner als ich. Wenigstens das war ein kleiner Vorteil für mich.

»Ramon, das ist Lili«, stellte mich James vor.

»Hi«, sagte Ramon lang gezogen. »Ich dachte, du heißt Doris.« Er hatte so gut wie keinen Akzent.

»Das galt nur gestern Abend«, erwiderte ich und warf James einen spöttischen Blick zu.

»Ich fand, dass du für einen Überflieger wie James viel zu schäbig bist«, fuhr er fort. »Machst du schon lange Ringkämpfe, Lili?«

»Lange genug. Sollen wir anfangen?«

»Er hat mir versprochen, dass du dabei oben ohne bist. Aber du hast was an. Ich will Titten sehen. Ich will Titten fühlen, wenn ich eine Frau habe.«

»Du wirst mich nicht wirklich haben«, erwiderte ich verzweifelt, falls er unsere Sprache nicht so gut verstand. Dann sah ich James nervös an. »Was genau hast du diesem … diesem … Mann versprochen?«

»Du musst gewinnen, damit du bezahlt wirst. Wenn er gewinnt, dann kriegt er dich. Nur vorübergehend.«

Ich starrte ihn wütend an. Wie konnte er es wagen, so etwas in meinem Namen zu versprechen? Auf einmal verabscheute ich ihn. Wie hatte ich jemals daran denken können, meine

Karriere aufzugeben und bei ihm zu bleiben? Dieses Arschloch.

»Na los. Zieh dein Oberteil aus und kämpf mit mir«, verlangte Ramon aufgeregt. Ich trug den Lederbikini, den mir James gegeben hatte. Nun öffnete ich das Oberteil und gestattete es dem Widerling, meine nackten Brüste lüstern anzustarren. Ich erschauderte bei dem Gedanken, dass er sie berühren würde, und holte tief Luft. Was immer auch geschah, ich musste erbitterter kämpfen als je zuvor, um diesen Wichser zu besiegen. Denn ich würde nie im Leben sein Spielzeug sein, nicht einmal für wenige Minuten. Wir sahen einander an und umkreisten die viel zu kleine Matte. Er griff mit einer Hand nach mir und verfehlte nur knapp meine linke Brust. Anscheinend waren meine Brüste sein einziges Ziel. Das war gut. Das war seine Schwäche. Ich bemerkte, dass James ruhig in einer Ecke saß. Ramon hielt eine Hand in die Luft, da er es offenbar auch bemerkt hatte.

»Hey, James. Verschwinde. Das ist eine Privatangelegenheit, okay?«

»Lili will, dass ich in der Nähe bleibe«, erwiderte er leise.

»Verschwinde. Verstanden?« Ich bekam Panik, als James mit den Achseln zuckte und den Raum verließ.

Arschloch, dachte ich. Wie konnte er es wagen, mich in so eine Lage zu bringen?

»Okay, großartig. Weiter geht's.« Ramon grinste mich an.

Ich hatte das Gefühl, als müsste ich um mein Leben kämpfen, und ging kein Risiko ein. Er hätte mich allein mit seinem Körpergewicht platt quetschen können, wenn ich es ihm gestattet hätte. Ich war fit und einigermaßen beweglich, und mir war klar, dass ich diesen Vorteil nie aufgeben durfte. Schnell brachte ich ihn zu Fall, und bevor er wusste, wie ihm geschah, packte ich eines seiner pummeligen Beine und zog es mit mir in die andere Richtung, sodass er festsaß und hilflos war. Er keuchte, als ihm die Luft aus der Lunge gepresst wurde. Dann streckte er die Zunge raus und leckte mir über die Brustwarze, die etwas zu dicht vor seinem Mund baumelte. Ich hätte mich beinahe übergeben. Ich zog noch ein wenig an seinem Bein und trat beim Aufstehen darauf. Er krümmte sich kurz und kicherte dann.

»Du bist ein zäher Brocken«, meinte er. »Hast wohl einen ziemlichen Kampfeswillen, was?« Er stemmte sich hoch, und wir umkreisten uns erneut. Als er nach meinem Hals griff, duckte ich mich und legte meine Arme um seine Beine, während ich mich fallen ließ. Er stürzte, und ich konnte mich gerade noch rechtzeitig zur Seite rollen. Schnell wie der Blitz sprang ich wieder auf, hätte ihn dabei beinahe getreten, und packte seine Arme. Mit einem gewaltigen Kraftakt nahm ich ihn so gut es ging in den Schwitzkasten. Er schrie vor Schmerzen, als ich Druck auf seine Arme ausübte.

»Okay, okay. Ich ergebe mich«, rief er. Ich ließ ihn los. Auch der Kampf war an mich gegangen, und ich wusste, dass er wütend war. Machos wie er ließen sich nicht gern von einer Frau besiegen.

Es begann wieder von vorn. Ich umkreiste ihn und stürzte vor, um ihn mir zu schnappen, merkte dann aber, dass er nicht noch einmal auf meinen Trick reinfallen würde, sondern auf der Hut war. Er packte meinen Hals und wollte mich zu Boden werfen, aber ich wusste, wie ich ihm leicht wieder entkommen konnte. Ich beugte mich ein wenig nach vorn, und er folgte mir, um mich fester zu packen. Im Handumdrehen hatte ich es geschafft, dass er das Gleichgewicht verlor, und mit einem Kraftakt schaffte ich es, ihn über eine Schulter zu schleudern. Eigentlich war es mehr ein Stolpern, da er sein Gewicht falsch verlagert hatte. Ich packte seine Arme, verschränkte sie und drückte seine Schultern auf die Matte. Dann wirbelte ich herum, sodass meine Knie auf seiner Brust landeten, und hielt ihn so fest. Ich beugte mich vor und schluckte die Galle herunter, die mir in der Kehle aufstieg, als er versuchte, meine Brustwarze in seinen großen, roten Mund zu nehmen. Ich hielt ihn im Würgegriff und stützte mich so schwer auf ihn, dass er nach Luft schnappte.

»Ich würde sagen, das war dann mein Sieg«, sagte ich hoffnungsvoll.

»Ich will auch was kriegen für mein Geld. Wir hatten keine bestimmte Anzahl an gewonnenen Kämpfen festgelegt. Ich hatte mit wenigstens einer halben Stunde gerechnet. Falls Sie schon zu erschöpft sind, wüsste ich noch andere Dinge, die wir tun könnten.« Er sah mich aus seiner unterlegenen Position gierig an, aber ich wollte nichts davon hören.

»Ich nehme die Hälfte der vereinbarten Summe, und wir hören jetzt auf.« Ich erhob mich und ging zur Seite, um mein Oberteil wieder anzuziehen und mir einen Bademantel umzulegen. Er stand auf und kam zu mir. Dann legte er von hinten die Arme um mich und hielt meine Brüste mit seinen spatenartigen Händen sehr fest. Er knetete sie und versuchte, mich zu sich umzudrehen. Ich wurde immer wütender. So etwas machte kein Mann mit mir, den ich nicht dazu aufgefordert hatte. Er ließ eine Brust los und packte mein Haar, um mein Gesicht zu sich herunterzuziehen. Ich konnte seinen sauren, ätzenden Schweiß riechen. Als ich seinen Mund näher kommen sah und mich nicht bewegen konnte, wusste ich nicht mehr weiter. Ich schloss die Augen und rechnete mit dem Schlimmsten.

»Das war nicht Teil der Abmachung«, sagte James' Stimme aus Richtung der Tür. Ich wäre vor Erleichterung beinahe ohnmächtig geworden und schubste Ramon von mir weg.

Doch er hielt mich noch immer fest und zerrte an mir. Ich hätte vor Schmerzen beinahe laut aufgeschrien. Seltsam, dachte ich, manchmal konnte ich fast endlose Schmerzen ertragen und fand es sogar noch erregend. Doch jetzt, wo es eigentlich weitaus weniger schmerzhaft war, drehte ich beinahe durch. Der lustvolle Schmerz schien allein auf dem Verlangen zu beruhen. Das konnte nur James mit mir machen. Ramon ekelte mich jedoch an. Aber wo war da die Logik?

»Ich halte nicht viel von Ihrer Schlampe«, sagte Ramon. »Ich kann Dutzende finden, die besser sind als sie. Soll ich Ihnen ein paar Mädchen für den Rest Ihres Aufenthalts besorgen? Es sind nette Mädchen. Gehorsame Mädchen. Sie können mit ihnen machen, was Sie wollen. Nicht so wie mit dieser Schlampe. Sie hat wirklich versucht, gegen mich zu kämpfen. Sie wollte gewinnen. Das mag ich bei Frauen gar nicht.«

»Tut mir schrecklich leid«, protestierte ich, aber als James den Kopf schüttelte, hielt ich lieber den Mund.

»Sie hat das trainiert. Sie ist ein Profi, nicht bloß jemand, der so tut, als würde er kämpfen. Wenn ich gewusst hätte, was Sie eigentlich wollen, dann hätte ich Ihre Zeit nicht in Anspruch genommen. Sie müssen natürlich nichts bezahlen.« Der Brasilianer schien besänftigt zu sein. Er nickte.

»Soll ich Ihnen eine Frau besorgen?«, fragte er fast schon beiläufig. James schüttelte den Kopf.

»Danke, aber dabei brauche ich keine Hilfe. Außerdem reisen wir morgen ohnehin ab.«

Der Widerling hob sein Handtuch auf und ging langsam zur Tür.

»Das mit ihrem Temperament ist eine Schande. Es könnte sich lohnen, ihr Gehorsam einzuprügeln. Sie hat so tolle Titten.« Damit war er verschwunden.

»Ich bin kein Gegenstand, den man kaufen oder verkaufen kann«, schimpfte ich wütend. »Was für ein Chauvinist.«

»Er ist nun mal ein Macho und muss zeigen, was er hat.«

»So, wie du es gestern Abend getan hast? Und wieso reisen wir morgen ab? Ich habe doch noch ein paar Tage länger gebucht.«

»Ich wollte dich nur vor ihm retten, Lili. Ich dachte, du würdest meine Gesellschaft bevorzugen, anstatt bis zum bitteren Ende hier zu bleiben. Und ich muss morgen zurück. Das Geschäft ruft.«

»Ich weiß noch nicht genau.«

»Mach, was du willst.« Er zuckte mit den Achseln.

Ich ging unter die Dusche und hörte, wie er die Tür hinter sich schloss. Danach zog ich mir einen Bademantel über und ging zurück in unser Zimmer. Auf dem Bett lag eine große Schachtel, und ich fragte mich, was für ein Fetisch-Outfit darin wohl auf mich wartete. Doch an diesem Tag hatte ich von so etwas erst einmal genug. Nach dem Widerling hatte ich nur noch Lust auf etwas Entspannung. Vielleicht ein Sonnenbad. Wenn wir wirklich am nächsten Tag abreisten, dann war es vermutlich zu spät, um noch eine vernünftige Bräune zu bekommen. Ich ignorierte die Schachtel und legte den Lederbikini weg. Für den Rest des Tages war ich Urlauberin und niemandes Fantasie. James war nirgendwo zu sehen. Ich rieb mich mit Sonnenmilch ein und legte mich nackt auf den Balkon. Offenbar schlief ich ein, denn als ich die Augen wieder öffnete, war es schon fast dunkel. Ich streckte mich und setzte mich auf. Im Zimmer war es dunkel. Vielleicht war James Ramos' Vorschlag gefolgt und hatte sich eine andere Frau gesucht. Es war mir fast schon egal. Ich duschte, öffnete danach den Kleiderschrank und überlegte, was ich anziehen sollte. Erneut blickte ich die Schachtel an und öffnete sie widerstrebend. Darin lag ein dunkelbraunes Kleid, geschützt von mehreren Lagen Seidenpapier. Ich hob es hoch und hielt es mir vor den Leib. Das Kleid war so leicht, dass es nur aus Seide oder einem ähnlich feinen Stoff bestehen konnte.

Es war wunderschön. Elegant. Stilvoll. Obwohl es sehr eng saß, wies nichts daraufhin, dass es für etwas anderes als einen formellen Anlass gedacht war. Ich zog es an, und es saß natürlich wie angegossen. Ich starrte mich im Spiegel an. Ich sah aus wie ein Model in »dem« Kleid. Ein Paar goldene Riemchensandalen, natürlich mit hohem Absatz, vervollständigten das Outfit. Ich arrangierte mein Haar zu einer komplizierten Hochsteckfrisur. Dann war ich fertig und fragte mich, wohin ich in diesem wunderschönen Kleid wohl gehen würde. Ich sah in der Schachtel nach, ob eine Karte oder eine Nachricht darin lag, aber da war nichts.

Also ging ich an die Bar. James musste doch irgendwo sein. Mehrere Männer standen dort mit einem Drink, und ich lehnte diverse Einladungen ab, während ich an meinem Wein nippte. Mir stachen einige Männer ins Auge, die ich auch am Abend zuvor schon gesehen hatte, aber sie schienen mich nicht zu erkennen. Warum sollten sie auch? Doris, die Schlampe, war lange tot. Ich hatte gerade beschlossen, alleine zu essen, als James die Bar in Begleitung von Ramon und vier jungen Mädchen betrat. Sie kicherten und hingen an den Armen der beiden Männer, als hätten sie große Angst, sie loszulassen. Ich wurde rot und fragte mich, ob es Scham, Wut oder Eifersucht war. Das war fast noch erniedrigender als das Spektakel der vergangenen Nacht, als ich gezwungen gewesen war, in die Rolle von Doris zu schlüpfen. Sollte ich hier sitzen bleiben und mir das Schauspiel ansehen? Ich trank mein Glas leer. Er musste mir dieses schöne Kleid doch aus einem bestimmten Grund geschenkt haben. Aber welcher das sein mochte, das war mir ein Rätsel. Ich stand auf und verließ die Bar. Mir war der Appetit vergangen. Dabei würdigte ich die lautstarke Gruppe in der Ecke keines Blickes. Wenn es das war, was James wollte, dann würde ich ihn nicht daran hindern.

Als ich in unserem Zimmer angekommen war, zitterte ich fast schon vor Zorn. Er hatte gewusst, dass ich nicht würde widerstehen können, dass ich mir das Kleid überziehen und mich genau so verhalten würde. Er hatte die ganze Sache geplant. Was für ein gerissener Mistkerl. Er hatte mich mit Versprechen und Vorschlägen gelockt. Er hatte mich missbraucht und mich jetzt auch noch so behandelt. Wahrscheinlich hatte ich es auch nicht anders verdient. Ich hatte es herausgefordert. Ich zog das Kleid aus und warf es auf den Boden. Dann legte ich mich aufs Bett und ließ meiner Wut freien Lauf. Danach fühlte ich mich sogar noch schlechter. Ich war eifersüchtig. Widerlich, entsetzlich eifersüchtig. Hatte er in diesem Moment gerade heißen Sex? Vielleicht sogar mit zwei Frauen auf einmal? Das war doch der feuchte Traum jedes Mannes. Die Mädchen hatten ausgesehen, als wären sie gerade mal siebzehn, sagte ich mir. Hübsche, dunkelhäutige Kinder.

Ich begann zu packen. James konnte tun, was er wollte. Für mich war Weihnachten auf jeden Fall vorbei. Es war mir gelungen, die Feiertage zu überstehen, und jetzt würde ich auch mit allem danach fertig. England, selbst das winterliche England, kam mir auf einmal sehr verlockend vor.

9

Ich wachte gegen 2 Uhr auf. James war noch immer nicht zurück. Mir schossen eine Menge weiterer Schimpfworte durch den Kopf, und ich warf mich noch bestimmt eine Stunde lang schlaflos herum. Mir war unfassbar heiß. Die Klimaanlage hatte den Geist aufgegeben, und ich bekam großen Durst. Kurz überlegte ich, ob ich im Meer schwimmen gehen sollte, doch ich war mir nicht sicher, welche widerlichen Kreaturen dort lauern mochten, daher beschloss ich, lieber an den Pool zu gehen. Ich warf mir einen Bademantel über meinen nackten Körper und ging über den Rasen zu einem der großen Swimmingpools des Hotels. Vor dem Eingang hing ein Seil, um zu verdeutlichen, dass keine Haftung für Unfälle übernommen wurde, die sich um diese Uhrzeit ereigneten. Ich machte einen Schritt über das Seil hinweg und ließ meinen Bademantel auf den Boden fallen. Dann tauchte ich in das Wasser und schwamm langsam auf die andere Seite des Pools. Es war himmlisch. Das Wasser war kühl und erfrischend. Ich ließ mich auf dem Rücken treiben und blickte zu den Sternen hinauf. In der Ferne raschelten die Palmen, und leise Dschungelgeräusche erfüllten die laue Nachtluft. Wie würde ich mich später an diesen Ort erinnern? Vielleicht gelang es mir, diesen einen Moment festzuhalten.

Als ich ein leises Plätschern hörte, sah ich mich um. Aber ich konnte nichts und niemanden erkennen. Langsam schwamm ich weiter. Auf einmal legten sich zwei Arme um mich, und ich hätte beinahe laut geschrien. Eine Hand legte sich auf meinen Mund. Ich wehrte mich und versuchte, nicht unterzugehen, da das Wasser so tief war, dass ich nicht stehen konnte.

»Sch«, flüsterte eine Stimme an meinem Ohr. »Hab keine Angst.« Ich versuchte, mich umzudrehen und zu erkennen, wer sich hinter mir befand, aber die Arme hielten mich fest. Wir bewegten uns im Wasser, bis unsere Füße wieder den Boden berührten. Die Hand wurde von meinem Mund genommen und durch warme Lippen ersetzt. Ich hörte auf, mich zu wehren, und gestattete es der Zunge, in meinen Mund einzudringen. Das war schön. Ich brauchte diese Zärtlichkeit, um meinen Zorn zu vergessen. Starke Hände liebkosten meinen Körper, streichelten meine Brüste, massierten mich sanft, um mich zu erregen, bis neugierige Finger jeden Zentimeter meines Körpers zu erkunden begannen. Ein Arm stützte meine Schultern, während der andere die Erforschung meines Körpers fortsetzte. Meine Beine wurden auseinandergeschoben und von seinem Bein gestützt, sodass ich halb stand und halb schwamm. Ich schloss die Augen. Ich musste nicht wissen, wer dieser Fremde war. Es reichte, seinen nackten Körper zu spüren und von ihm geliebt zu werden. Zärtlich hob er mich aus dem Wasser und legte mich auf eine Sonnenliege. Dann legte er sich auf mich, sodass sein Körper mich wärmte und vor der sanften Brise schützte. Ich spürte, wie sein Penis hart wurde und sich gegen mich drückte. Er schob meine Beine auseinander und bohrte sich tief in mich hinein. Es war reiner Sex, direkt und unverblümt. Nichts Heißes, nichts Forderndes. Er wusste genau, welche Stellen er berühren musste. Langsam näherten wir uns dem Höhepunkt. Bei jeder anderen Gelegenheit hätte ich es vermutlich als langweilig und konventionell bezeichnet. Doch in dieser besonderen Nacht war es wunderbar – geheimnisvoll, befriedend und zärtlich.

Als wir beide gekommen waren, lag er still und zog sich dann rasch aus mir heraus. Es war mir sogar egal, dass wir kein Kondom benutzt hatten. In der Dunkelheit konnte ich ihn nicht erkennen. Es stand kein Mond am Himmel, und wir befanden uns an einer Stelle, die nicht von den Lampen des Hotels erhellt wurden. Er zog mich hoch und führte mich zurück zum Pool. Langsam gingen wir wieder ins Wasser, das sich jetzt ziemlich kalt anfühlte. Es fühlte sich wie Seide auf meiner Haut an. Nackt zu baden ist so viel sinnlicher. Wir schwammen nebeneinander, bis er auf einmal untertauchte und sich von mir entfernte. Ich versuchte nicht, ihm zu folgen oder ihn zu erkennen, als er aus dem Pool stieg. Mein geheimnisvoller Liebhaber war gegangen. Das machte mir allerdings nichts aus. Irgendwie hatte es diese seltsame Begegnung geschafft, mich zu beruhigen und mein Selbstvertrauen wiederherzustellen. Wie konnte James erwarten, dass ich bei ihm einzog, wenn er mich so behandelte?

Als ich schließlich in unser Zimmer zurückkehrte, lag James auf dem Bett und schien tief und fest zu schlafen. Ich legte mich in einigem Abstand zu ihm auf das große Bett. Ich wollte auf keinen Fall in seine Nähe kommen. Mein unbekannter Liebhaber hatte mir die Selbstsicherheit zurückgegeben, und zur Abwechslung dachte ich mal an etwas anderes als an Sex. Das wird bestimmt nicht lange vorhalten, dachte ich und drehte mich auf die Seite, um einzuschlafen.

Als ich erwachte, schien die Sonne ins Zimmer. Eine Fliege oder ein anderes Insekt kroch mir über den Rücken, und ich versuchte, es zu verscheuchen. Ich drehte mich um und landete direkt in James' Armen. Er grinste mich an und betatschte meine Brüste. Allmählich beschlich mich das Gefühl, dass sie der einzige Körperteil von mir wären, der andere interessierte. In letzter Zeit hatten sie wirklich viel zu viel Aufmerksamkeit bekommen. Er küsste mich zärtlich, was ich sonst gar nicht von ihm kannte. Ich wollte den Kuss schon erwidern, als mir der letzte Abend wieder einfiel.

»Was zum Henker sollte dieses Schauspiel gestern Abend?«, verlangte ich wütend zu erfahren.

»Spiel jetzt nicht die Eifersüchtige, Lili«, erwiderte er kalt. »Du wusstest, dass es was Geschäftliches war. Ramon war sauer, weil du ihn so behandelt hattest. Ich habe nur versucht, die Sache wieder in Ordnung zu bringen. Das Kleid sah übrigens umwerfend an dir aus.«

»Ich verstehe dich nicht«, sagte ich und war noch immer wütend. »Warum besorgst du mir ein wunderschönes Kleid und amüsierst dich dann vor meinen Augen mit diesen Flittchen?«

»Das war Ramons Idee. Er war der Ansicht, man sollte dir mal Manieren beibringen. Für eine *Schlampe* schienst du nicht gut genug zu wissen, wie sich *Schlampen* zu benehmen haben.«

»Und diese Mädels offenbar schon. Hast du sie etwa beide zusammen genommen?«

»Stell keine Fragen, Lili. Ich habe dich ja auch nicht danach gefragt, wie du den Abend verbracht hast. Ich habe mich nicht danach erkundigt, warum du nicht im Bett gelegen hast, als ich zurück ins Zimmer gekommen bin, und ebenso wenig habe ich mich je nach deinem Leben zu Hause erkundigt.« Ich hörte ihm schweigend zu. Hatte ich mich denn so viel anders benommen als er? Dexi war zwar schwul und daher keine direkte Konkurrenz für jeden Mann, mit dem ich zusammen war, aber er machte es mir durchaus regelmäßig mit den Fingern. Außerdem war da der Fremde gestern Nacht im Pool gewesen. Das hatte mir gefallen. Ich schloss verträumt die Augen und ließ meine Hand an die vertraute Stelle wandern, aber James' Worte holten mich abrupt in die Wirklichkeit zurück.

»Wie ich sehe, hast du schon angefangen zu packen. Heißt das, du fliegst mit mir zurück?«

»Ich schätze schon«, murmelte ich, während ich ihn innerlich verfluchte. Er bekam doch immer, was er wollte. Aber es war auch Zeit, wieder an die Arbeit zu gehen. Ich musste ein paar Tage trainieren, dann konnten wir weiterreisen.

Auf dem Rückflug sprachen wir nicht viel miteinander. Er schien davon auszugehen, dass ich mit ihm in sein Haus zurückkehre. Als Davis in Heathrow mit dem Wagen vorfuhr, setzte ich mich ohne nachzudenken neben James auf den Rücksitz. Das Fenster zum Fahrerbereich war geschlossen. James beugte sich vor, holte eine Flasche Champagner aus dem Eisfach und schenkte zwei Gläser ein, von denen er mir eins reichte.

»Wir müssen einige Entscheidungen treffen«, verkündete er. »Ich schlage Folgendes vor: Ich richte dir ein Fitnessstudio in der Stadt ein. Wenn ich dir besondere Klienten schicke, kämpfst du gegen sie. Du wirst mit niemandem außer mir schlafen. Ich benutze nicht gern Kondome, und so lange wir beide mit niemand anderem schlafen, sollte es da keine Probleme geben. Du wirst natürlich dafür sorgen, dass du nicht schwanger wirst. Ich kann dir garantieren, dass du dich in nächster Zeit nicht langweilen wirst.« Für mich klang es fast so, als würde er einen Geschäftsabschluss tätigen.

»Du hast dir das alles genau überlegt, was?«, erwiderte ich.

»Natürlich. Du wohnst natürlich bei mir im Haus. Davis kann dich überall hinfahren.«

»Das muss ich zuerst mit Dexi besprechen. Dir sollte klar

sein, dass ich das nicht über seinen Kopf hinweg entscheiden kann. Und ich werde nur normale Ringkämpfe gegen andere akzeptieren und nicht diesen Scheiß, den ich mit Ramon machen musste.«

»Okay. Du hast Zeit bis Donnerstag. Das sind zwei Tage. Vielleicht können wir uns ja den Rest der Fahrt ein wenig entspannen und Schlaf nachholen.«

Wir saßen den Rest des Weges schweigend nebeneinander und dösten hin und wieder ein. Ich war noch immer völlig verwirrt. Wollte er mich nun wirklich oder nicht? Letzte Nacht hatte er kein Problem damit gehabt, mit diesen beiden Mädchen zu schlafen. Wer sagte denn, dass das nicht noch einmal geschah, wenn er erneut Lust auf so etwas verspürte?

Wir kamen vor seinem Haus an und stiegen aus dem Wagen. Es war eiskalt. Ich hatte völlig vergessen, dass es erst Anfang Januar war. Ich zog meine Jacke enger um mich und wünschte mir, sie wäre doppelt so lang und dick. Schnell lief ich ins Haus, wo ich jedoch nicht aufhörte zu zittern. Ich konnte mich an die beeindruckende Eingangshalle erinnern, ansonsten aber nur noch an die Schlafzimmer. In einem der Räume, die ich zuvor noch nicht gesehen hatte, brannte ein Feuer in einem riesigen Kamin. Ich stellte mich davor und genoss die Wärme.

»Wir werden erst etwas essen, dann zeige ich dir das Haus. Du hast erst einen kleinen Teil davon gesehen. Es gibt noch viel mehr, das ich dir zeigen will und womit ich dich in Versuchung führen kann. Du wirst ganz gewiss nicht enttäuscht sein.«

Seine Stimme war voller sexueller Anspielungen, sodass mir innerlich ganz heiß wurde. Was war ich doch für ein hoffnungsloser Fall. Einige zweideutige Anspielungen, und schon war ich verloren. Ich konnte diesem Mann einfach nicht widerstehen, auch wenn er ein ziemlicher Mistkerl war. Wenn Dexi einverstanden war, musste ich nicht mehr lange überlegen.

Wir aßen recht zivilisiert das, was Davis' Frau, die ich bisher noch nicht kennengelernt hatte, gekocht hatte. Danach führte er mich durch das Haus. Es gab ein Arbeitszimmer, drei verschiedene Wohnzimmer, eins mit einem Fernseher, ein weiteres mit Musikinstrumenten und ein drittes, in dem man vermutlich nur herumsaß. Die Küche im hinteren Teil des Hauses ignorierte ich, da mich Küchen nicht interessierten. Danach ging es im ersten Stock weiter. Ich ging davon aus, dass sich die Wohnungen der Angestellten ebenfalls im hinteren Hausteil befanden und außerhalb der Hörweite waren. Oben gingen wir durch mehrere Zimmer, die ich bereits gesehen hatte. James' Schlafzimmer sah so aus wie einige andere, und dann standen wir vor der verschlossenen Tür, hinter der sich sein geheimnisvoller Spezialraum befand. Irgendwie wusste ich, dass ich davon nicht enttäuscht sein würde.

Grinsend holte James den Schlüssel aus der Tasche und öffnete die Tür. Der Raum war groß, und es standen nicht sehr viele Möbelstücke darin. Irgendwie erinnerte er mich an unser altes Schauspielstudio in der Schule. Ich sah viele Lampen, eine Stereoanlage und einige Vorhangschienen, womit man den Raum zu irgendwelchen Zwecken offenbar abtrennen konnte. An den Wänden standen mehrere Schränke, und zwei weitere Türen führten in andere Zimmer, die ich jedoch nicht zu sehen bekam. Auf einer Seite des Raums lag eine große, zusammengerollte Matte. Im Großen und Ganzen deutete nichts darauf hin, wofür dieses Zimmer eigentlich genutzt wurde, aber ich würde es in den kommenden Monaten zweifellos erfahren.

»Was ist in den Schränken?«, wollte ich wissen, aber weniger aus Neugier, sondern eher, weil ich überhaupt etwas sagen wollte. In dem Raum gab es sonst nichts, was einer Bemerkung wert war.

»Das wirst du zu gegebener Zeit erfahren. Ich kann dir ja nicht gleich alle Geheimnisse verraten, oder?« Ich zuckte mit den Achseln.

»Ich sehe hier nichts Besonderes. Es ist bloß ein leerer Raum.«

»Aber darum geht es doch gerade. Ich kann daraus mit einigen Lichteffekten, Klängen und sogar Projektionen an den Wänden machen, was ich will.« Er öffnete eine Schranktür, hinter der sich eine Art Computer befand. Dann drückte er einige Tasten, das Licht veränderte sich und Farben wirbelten um uns herum. Erst ertönten die Geräusche einer befahrenen Straße, dann Dschungelklänge und schließlich die faszinierenden Klänge einer Panflöte. Es war bizarr. In einem anderen Schrank hingen Kleidungsstücke ordentlich aufgereiht in allen Farben des Regenbogens. Ich konnte nur Vermutungen anstellen, was sich in den anderen Schränken verbarg, aber ich freute mich darauf, es bald herauszufinden. Er war wirklich ein sehr seltsamer Mann. Wer sonst würde sich einen derartigen Raum einrichten, nur um seine Fantasien ausleben zu können? Vielleicht hatte ich bisher aber auch nur zu wenig so reiche und exzentrische Männer kennengelernt.

Mir wurde das Schlafzimmer neben dem von James zugeteilt. Natürlich waren sie mit einer Zwischentür verbunden, sodass wir uns frei zwischen beiden Räumen bewegen konnten.

»Du wirst selbstverständlich mit mir das Bett teilen, aber es könnte durchaus sein, dass du lieber ungestört sein möchtest, wenn ich beispielsweise auf Reisen bin.«

»Verstehe«, erwiderte ich. Es kam mir seltsam vor, tatsächlich mit jemandem zusammenzuziehen, und ich war mir nicht sicher, ob ich mit den Einschränkungen leben konnte. »Vorausgesetzt, ich gehe auf deinen Vorschlag ein. Ich werde morgen mit Dexi sprechen, danach können wir Zukunftspläne schmieden.« Sein Lächeln verblasste für einen Moment. Offenbar hatte er Dexi völlig vergessen, ebenso wie die Tatsache, dass ich ihm noch keine definitive Antwort gegeben hatte.

»Ja, natürlich. Möglicherweise wirst du nie alle Geheimnisse meines Spielzimmers kennenlernen.« Ich lächelte sanft und fing an, meinen Koffer auszupacken. »Lili?«

»Ja?«

»Warum kommst du nicht mit, und wir spielen eine Weile?« Er nahm meinen Arm und zog mich auf die Tür seines Spielzimmers zu. Ich folgte ihm, da ich noch immer sehr neugierig darauf war, was es dort alles zu entdecken gab. Er öffnete die Tür eines Kleiderschranks und schob die Kleiderbügel hin und her. Dann warf er mir einen Blick zu und traf eine Entscheidung. »Geh da vorne ins Badezimmer und zieh dich um.« Er deutete auf eine der Türen, und ich nahm das Kleidungsstück und trottete gehorsam in das Badezimmer. Es bestand größtenteils aus schwarzem Marmor, und überall waren Spiegel und helle Lichter. Die Badewanne war in den Boden eingelassen und sah eher aus wie ein Swimmingpool. Ich nahm das Outfit genauer in Augenschein, das ich anziehen sollte. Es bestand aus einem sehr feinen, dünnen schwarzen Stoff mit Silberfäden und war komplett durchsichtig. Soweit ich es erkennen konnte, ließ es meine Brüste völlig frei, bedeckte aber ansonsten jeden Zentimeter meiner Haut. Ich zog meine Reisekleidung aus und diesen Anzug an. Er saß sehr eng und hatte einen langen Reißverschluss am Rücken, den ich unmöglich alleine zuziehen konnte. Ich ging zurück in den anderen Raum und bat James, mir zu helfen. Er zog den Reißverschluss hoch, sodass ich eng in dem Anzug saß. Das war ein unfassbares Gefühl. Meine Brüste hingen durch die Löcher auf der Vorderseite heraus und sahen sehr verletzlich aus. James legte seine Hände darunter und hob sie zärtlich an. Ich war schon allein durch meine Kleidung sehr erregt. Als ich mich im Spiegel sah, begriff ich, dass ich eigentlich nackt war. Durch den dünnen Stoff konnte man meinen Körper deutlich erkennen, und das Licht ließ die schimmernden Fäden darin aufblitzen. Ich fühlte mich großartig.

James hatte die Matte ausgerollt und ging in einen anderen Raum, um sich ebenfalls umzuziehen. Ich sah mich derweil in dem seltsamen Raum um, begutachtete die verschiedenen zusammengeschobenen Vorhänge und fragte mich, was in aller Welt er hier noch alles vorhatte. Vor allem interessierte mich, wie ein Mann, der im machomäßigen Baugewerbe arbeitete, auf solche Ideen kam. Als er zurückkam, drehte ich mich zu ihm um und ging auf ihn zu, bereit, auf jede seiner Bewegungen zu reagieren. Er hatte eine Schachtel in der Hand und wies mich an, mich mit dem Rücken auf die Matte zu legen. Ich gehorchte und war gespannt, was er jetzt wieder vorhatte. Er öffnete die Schachtel und nahm zwei kleine, sternförmige Metallringe heraus. Dann hob er meine Brüste nacheinander hoch und klemmte mir die Dinger auf die Brustwarzen. Als er sie anbrachte, wurden sie enger, und es war schmerzhaft, aber auch ausgesprochen sinnlich. Ich glaubte, im Inneren zu brennen, und war von etwas derart Kleinem wie diesen Nippelklemmen bereits unglaublich erregt. Er lächelte mich an und zog vorsichtig an den kleinen Ringen. Ich keuchte bei dem Druck auf und spürte es bis in den Schritt. Anscheinend besaß ich innerlich einen Schalter, der sofort alles dort unten aktivierte. Die Klemmen waren so angefertigt worden, dass sie sich nicht zu leicht wieder entfernen ließen. James schien von dem Effekt angetan zu sein. Er bat mich, aufzustehen, und schien zu glauben, dass diese Verschönerung einen Ringkampf überstehen würde. Aber er war noch nicht fertig. Er drehte mich herum und befingerte mich dann von hinten. Während er meine Brüste berührte, spürte ich, dass sein Penis an meinem Hintern steif wurde, und er drückte ihn in meine Poritze. Meine Brustwarzen wurden vor lauter Vorfreude noch härter, und ich keuchte auf, da die Klemmen sich noch fester hineinpressten. So langsam fragte ich mich, ob sie je wieder abgehen würden.

James lachte, umkreiste mich und forderte mich auf, ihn anzugreifen. Wir versuchten beide mehrmals, den anderen zu packen. Ich überlegte, ob meine geschützten Nippel eine Waffe wären, die ich gegen ihn einsetzen konnte, doch ich spürte es auch jedes Mal überdeutlich, wenn Druck darauf ausgeübt wurde. Immer, wenn wir gegeneinanderprallten, war ich so erregt, dass ich fast schon orgasmische Feuchtigkeitswogen zwischen meinen Beinen spürte. Meine Brüste schienen zum zentralen Lustzentrum meines ganzen Körpers geworden zu sein, und sie standen erregt und einladend ab. James schien sich köstlich zu amüsieren und drückte sich immer wieder gegen mich. Irgendwann gingen wir beide zu Boden und rollten aufeinander herum. Ich setzte mich auf und schaffte es, sein Bein zu ergreifen. Sofort schlang ich meine Fußgelenke darum und hielt es fest, während ich nach dem anderen Bein griff und es kraftvoll wegdrückte. Mehrere Sekunden lang hielt ich ihn mit gespreizten Beinen fest und drückte zu, damit er die Beine noch weiter auseinandernahm, während sich seine Muskeln immer wieder anspannten und lockerten. Ich konnte seinen Penis sehen, der sich deutlich in seiner Unterhose abzeichnete, deren Stoff sich über der Erektion spannte. Er schrie beinahe auf, als ich seine Beine noch ein kleines Stück weiter auseinanderdrückte. Hätte er gestanden, wäre das ein Spagat gewesen. Ich konnte seiner Miene entnehmen, dass es ihm gefiel, daher hielt ich ihn so fest, wobei ich jedoch hoffte, dass er sich bald ergeben würde. Meine Beine taten allmählich weh, weil ich die Position halten musste.

»Ich ergebe mich«, rief er schließlich. Er konnte mir ja schließlich nicht auf den Rücken tippen, um mir das übliche Signal zu geben. Ich grinste ihn an und verringerte langsam den Druck. »Himmel«, murmelte er, »das war ja fantastisch. Du bist wirklich stark. Sehr stark. Ich habe mich richtig angestrengt und konnte mich dennoch nicht befreien. Du bist eine sehr gefährliche Frau«, fügte er noch hinzu.

»Und das trotz des Urlaubs. Vielleicht muss ich doch nicht so viel trainieren, um wieder in Form zu kommen.«

»Das musst du auch nicht. Aber wenn ich mich recht erinnere, hattest du auch eher einen Aktivurlaub.« Er beugte sich vor und berührte meine Brustwarzen, wodurch ich sofort leise aufkeuchte. »Ich finde, diese Dinger haben ihren Reiz. Was denkst du?«

»Wie in aller Welt funktionieren die?«, fragte ich keuchend, als mein Körper auf die Stimulation reagierte.

»Das ist eine uralte türkische Erfindung. Es gibt einen Trick, wie man sie wieder löst, aber der bleibt mein Geheimnis. Ich habe sie speziell für dich anfertigen lassen. Leider sind sie erst angekommen, als wir schon im Urlaub waren. Ich habe noch ein paar andere Ideen, was man damit anstellen kann. Überleg dir nur, welches Potenzial diese kleinen Ringe haben ...«

»Das tue ich schon.« Ich lächelte, weil ich mir eine Sache bereits sehr gut vorstellen konnte.

»Du wirst sie vorerst behalten. Möglicherweise beschließe ich irgendwann, sie dir abzunehmen. Jetzt aber zurück zum Ringkampf. Du hast den ersten Kampf gewonnen.«

Wir spielten noch ein wenig herum, kämpften jedoch nicht ernsthaft. Bei jeder Gelegenheit berührte er meine gepeinigten Nippel, und sie schwollen jedes Mal an, sodass sich das Metall noch tiefer hineinzubohren schien. Immer, wenn ich gerade glaubte, ich hätte mich an sie gewöhnt, machte er irgendeine Bewegung und versetzte meine Sinne erneut in Aufregung. Nach seiner zweiten Niederlage waren wir beide zu erschöpft, um eine dritte Runde zu beginnen. Wir lagen nebeneinander auf der Matte, und er streichelte meine Muschi durch den dünnen Stoff des Anzugs. Mir war ganz flau vor Verlangen, und ich wartete darauf, dass er den Reißverschluss in meinem Rücken herunterzog. Ich drehte mich auf den Bauch, weil ich hoffte, dass er diesen subtilen Hinweis verstehen würde. Doch er legte sich auf mich, sodass ich seinen Körper überdeutlich spüren konnte, der sich auf mich presste. Ich spürte, wie er seinen Penis hervorholte, und wartete darauf, dass er mir den Anzug auszog, damit ich ihn in mir aufnehmen konnte. Doch er kniete sich hin und drehte mich wieder auf den Rücken. Offenbar würde ich keine Erlösung finden. Hatte ich mich in diesem Kleidungsstück nicht eben noch sexy gefühlt? Auf einmal begann ich, es zu hassen. Ich wollte ihn in mir spüren, aber das war so nicht möglich.

»Heute Abend geht es nur um deine Nippel«, sagte er mit gemeinem Unterton. Er kniete sich neben meinen Kopf und beugte sich vor. Dann nahm er meine Brüste zwischen beide Hände und legte seinen wunderbaren Penis dazwischen. Er pumpte und pumpte. Bei diesem Gefühl wurde mir beinahe schwindlig. Nach und nach spürte ich, wie meine eigenen Lustzentren auf seine Stimulation reagierten. Obwohl meine unteren erogenen Zonen nicht einmal berührt wurden, durchfuhr mich die Lust und erweckte in mir eigentümliche Empfindungen. Erstaunlicherweise baute sich in mir ebenfalls ein Orgasmus auf. Er stieß sich immer wieder zwischen meine hervorstehenden Brüste, bis sein Samen schließlich auf meinen Bauch spritzte. Ich stellte überrascht fest, dass das schon ausreichte. Ich keuchte und schrie auf, als ich ebenfalls zum Höhepunkt kam. Er hob den Kopf, lachte laut und ließ meine Brüste los. Dann legte er sich wieder auf mich, sodass sich sein Sperma auf seinem Oberkörper verteilte, und rieb es dabei in den dünnen Stoff meines Anzugs. Ich schwebte hilflos in anderen Sphären. Er drehte an den Metallklammern, und sofort loderte die heiße Gier zwischen meinen Beinen auf. Ich war mehr als bereit für ihn. Dieser Mistkerl. Er hatte alles bekommen, was er wollte, während ich mal wieder mit der neu erweckten, lodernden Lust zurückblieb. Dann stand er auf und sah auf meinen frustrierten Körper herab.

»Steh auf«, befahl er mir. Ich tat es. »Dreh dich um.« Auch der Aufforderung kam ich nach. Er zog den Reißverschluss herunter und zog mir den Anzug aus, der von seinem Samen und meinen Säften ganz klebrig geworden war. Noch immer berührte er mich nicht. Stattdessen deutete er auf die Tür des Badezimmers. Ich ging darauf zu.

»Ich kann nur hoffen, dass du da wenigstens einen Vibrator für mich liegen hast«, murmelte ich, als ich ins Bad ging. Irgendjemand hatte mir Badewasser eingelassen. Duftende Blasen stiegen aus dem dampfenden Wasser auf. Ich hätte zu gern gewusst, wer im Bad gewesen war und ob es noch einen anderen Eingang gab. Ich konnte überall nur Spiegel, aber keine zweite Tür erkennen. Doch mir gefiel die Vorstellung gar nicht, dass James' Angestellte immer wussten, was wir gerade taten. Ich legte mich in die riesige Badewanne, lehnte mich zurück und untersuchte die Metallklemmen auf meinen Brustwarzen. Es schien keine Möglichkeit zu geben, sie abzunehmen. Ich war neugierig und drückte darauf herum, doch dadurch schienen sie sich nur noch fester in meine Nippel zu bohren. Ich zog vorsichtig an den kleinen Ringen, aber auch das zeigte keine Wirkung. Offenbar musste ich mit den Dingern leben, bis James beschloss, sie mir abzunehmen.

Ich schloss die Augen und fragte mich, wann und wie meine verzweifelte Begierde, endlich gefickt zu werden, gestillt wurde. Er hatte ja seine Erfüllung gehabt, aber ich war noch immer voller unersättlicher, unerfüllter Gier. Ich masturbierte, aber auch das war nicht wirklich eine Erleichterung. Dann sah ich mich nach etwas um, das ich verwenden konnte. Mein Vibrator lag noch immer in meinem Koffer. Er würde später reichen müssen, auch wenn er kein Ersatz für einen heißen, lebendigen Schwanz darstellte. Ich stieg aus der Badewanne und trocknete mich mit einem warmen, weichen Handtuch ab. Ich fühlte mich sinnlich, warm und einladend. Meine mit Silber gekrönten Brustwarzen standen begierig ab.

Als ich zurück in den anderen Raum ging, stellte ich fest, dass die Matte ebenso wie meine Kleidung weggeräumt worden war. Nackt trat ich auf den Flur. Davis stand dort, sah mich an, nickte und lächelte. Ich war nie sonderlich schüchtern in Bezug auf meinen Körper gewesen, aber es kam mir doch irgendwie falsch vor, mich nackt vor ihm zu zeigen. Ich ging in den Raum, den ich bewohnen sollte. Mein Koffer war ausgepackt worden, und der karge Inhalt hing in dem riesigen Kleiderschrank. Mir wurde klar, dass ich meine restliche Kleidung durchsehen und das Wichtigste herholen musste.

»Hier hast du ein Kleid, das du beim Abendessen tragen kannst«, sagte James, als er ins Zimmer kam. Er reichte mir ein kurzes, lilafarbenes Etuikleid aus weicher Seide. Ich zog es an und musterte dann die Nippelklemmen, die hervorstanden. Beinahe hätte ich gekichert, aber ich wusste, dass das nicht richtig war. Ich hatte nicht die leiseste Ahnung, was James in der Stimmung, in der er gerade war, tun würde.

Wir aßen in einem großen, formellen Esszimmer zu Abend. Es kam mir irgendwie seltsam vor, eine köstliche Mahlzeit zu mir zu nehmen, während ich unter dem Seidenkleid derartige Klemmen trug und nachdem wir gerade eine derart intensive Sitzung im Spielzimmer hinter uns hatten. Er schenkte mir Wein ein, und wir plauderten, als wären wir schon seit Ewigkeiten verheiratet. Dabei wurde ich das Gefühl nicht los, dass dieses Arrangement sehr schwierig werden würde, falls es denn überhaupt funktionierte.

Ich freute mich darauf, mit Dexi zu reden, und mir wurde erst jetzt bewusst, wie sehr ich ihn vermisste. Ich fragte mich, ob Joel und er ihre Differenzen ausgeräumt hatten und was er zu dem Lebensstil, der mir angeboten worden war, sagen würde.

»Woran denkst du gerade?«, fragte James auf einmal.

»An Dexi.«

»Reizend. Wenn ich nicht so genau Bescheid wüsste, könnte ich glatt eifersüchtig werden«, erwiderte er großspurig.

»Du kannst nicht erwarten, meine Gedanken zu kontrollieren«, erwiderte ich. »Zumindest nicht die ganze Zeit.«

»Und wann kann ich das?«

»Das weißt du verdammt gut. Du tust es ja schon oft genug.«

»Ich genieße es, die völlige Kontrolle über dich zu haben. Du bist die beste Sklavin, die ich jemals hatte. Das meine ich ernst, Lili.«

»Vergiss aber nicht, dass ich auch gerne die Kontrolle übernehme. Ich glaube, ich würde eine gute Domina abgeben. Da ich beide Seiten genieße, weiß ich genau, was dir gefällt.«

»Ich muss zugeben, dass wir eine sehr ungewöhnliche Beziehung haben. Zuvor hat mich die Unterwürfigkeit nie interessiert. Die Ringkämpfe mochte ich schon immer, aber es gibt nur wenige Frauen, die so talentiert sind wie du. Ich hätte nie geglaubt und es mir auch niemals eingestanden, dass ich es genießen könnte, was du mit mir machst. Vielleicht habe ich eine neue Seite von mir entdeckt. Ich stehe sehr auf Fetischkleidung und habe noch so manche Fantasie, die ich ausleben will. Du scheinst bereit und fähig dazu zu sein, dich perfekt an meine Vorstellungen anzupassen. Ich glaube außerdem, dass wir uns ähnlich genug sind, dass es funktionieren kann. Gib dein Bestes, um Dexi zu überzeugen. Bitte.«

Ich starrte ihn an und war überrascht über seine Offenheit. Es war ihm anscheinend ernst. Aber wir stellten auch wirklich eine seltene Kombination dar. Wir wollten beide dieselben Dinge. Ich wusste, dass es funktionieren würde, solange wir die Stimmung des anderen immer richtig einschätzten. Wir mussten lernen, die Signale des Partners richtig zu deuten, damit wir immer in die richtige Rolle schlüpfen konnten.

Mein Leben würde sehr viel aufregender werden. Wenn mich der Mistkerl jetzt noch ficken würde, dann könnte ich mir gar kein besseres Leben wünschen. Doch alles, was ich die ganze restliche Nacht über bekam, war lediglich eine ständige Stimulierung meiner Brustwarzen, aber das konnte die heftige Sehnsucht in meiner Muschi nicht lindern.

10

Am nächsten Morgen sprach James kaum mit mir. Er musste früh aufbrechen und hatte einen anstrengenden Tag im Büro vor sich, und ich wollte mich mit Dexi treffen. Es gab einiges zu besprechen.

»Wie war dein Weihnachtsfest?«, erkundigte er sich, als wir uns in einer Bar in der Stadt trafen.

»Ich habe kaum gemerkt, dass Weihnachten war. Und bei dir?«

»Es war ganz schön. Wir haben alles gemacht, was dazugehört. Aber es gibt einige Neuigkeiten. Wir müssen Pläne schmieden.«

»Ich habe auch ein paar Vorschläge«, erwiderte ich vorsichtig. »Wie läuft es mit Joel?«

»Es ist problematisch. Er ist so eifersüchtig wegen all der Dinge, die ich ohne ihn mache. Ich brauche wirklich dringend eine Pause, um zu entscheiden, wie es weitergehen soll. Und genau das betrifft auch die Dinge, die wir besprechen müssen.« Dexi sah mir in die Augen, und bei mir gingen alle Warnsirenen los. »Aber erzähl mir erst mal von deinem Urlaub. Was hast du so getrieben?«

Ich dachte an einige der Dinge, die wir getan hatten. Würde Dexi das wirklich verstehen?

»James hat mich begleitet«, begann ich. »Wir haben die ganzen zwei Wochen zusammen verbracht.«

»Großer Gott. Er muss ja echt auf dich stehen.«

»Das tut er. Genau das ist es auch, worüber ich mit dir reden will. Er möchte, dass ich bei ihm einziehe. Er ist einverstanden, dass wir beide weitermachen wie bisher, solange wir hier in der Nähe von Manchester bleiben. Er hat mir sogar angeboten, uns einige Räume zur Verfügung zu stellen, die wir auf Dauer nutzen können. Was hältst du davon?«

»Ich bin mir nicht sicher. Hältst du es für praktikabel?«

»Wir hatten bisher immer und überall genug Klienten.«

»Aber werden die auch hierher kommen? Und was ist mit denen, die dich belästigen werden, wenn du immer an einem Ort bist?«

»Dexi, solange du meine Buchungen überwachst, wird es keine Probleme geben. Du hast es bisher immer geschafft, alles für mich zu regeln. Außerdem gefällt mir die Vorstellung, nicht mehr länger herumzureisen. Wenn deine Beziehung mit Joel besser läuft, hast du auch wieder ein richtiges Privatleben.«

Er starrte seine Fingernägel an, und mir war klar, dass er nachdachte.

»Das muss ich mir durch den Kopf gehen lassen. Vermutlich interessieren dich meine Ideen dann sowieso nicht mehr, da du deine Entscheidung ja längst gefällt hast.« Ich fühlte mich schlecht, aber ich wusste auch, dass er recht hatte: Ich hatte mich längst entschieden.

»Na los, erzähl sie mir.«

In den nächsten fünf Minuten berichtete er mir von den aufregendsten Plänen, die ich mir je hätte erträumen können. Er hatte viel im Internet gesurft und sich ein völlig neues Tourprogramm für die Vereinigten Staaten ausgedacht, die wir von Norden nach Süden bereisen würden, und Mexiko wollte er auch mit einbeziehen. Es war offensichtlich, wie sehr ihn diese Vorstellung begeisterte. Wie würde James auf den Vorschlag, eine zweimonatige Tour zu machen, reagieren? Ich konnte den Mann beim besten Willen nicht einschätzen. Ich wusste nur, dass James zumindest in nächster Zeit ein fester Bestandteil meines Lebens sein sollte. Allein bei dem Gedanken an ihn fing mein ganzer Körper an zu prickeln. Dieses Gefühl rauschte durch meinen Körper und ließ meine noch immer mit den Klemmen versehenen Brustwarzen prickeln und als Reaktion darauf lustvoll schmerzen. Dexi hätte gelacht, wenn er davon erfahren hätte. Vermutlich hatte er selbst nichts gegen gelegentliche Bestrafungen, so lange sie von einem Mann, den er mochte, ausgeführt wurden. Wir hatten dieses Thema im Laufe der Jahre nur angeschnitten. Einmal hatte er den lustvollen Schmerz erwähnt, weil seine Hoden gefesselt worden waren, so wie ich es bei James vor einigen Tagen auf den Seychellen getan hatte. Vielleicht hätte Dexi sogar einige Vorschläge, was ich mit meinem neuen Partner noch alles ausprobieren konnte. Mir war klar, dass ich auf jeden Fall eine Weile hier bleiben wollte, ganz gleich, wie wir uns entschieden. Diese Tour konnten wir später immer noch planen.

»Dann sollten wir uns mal nach einem passenden Gebäude umsehen, damit ich neue Termine ausmachen kann«, meinte Dexi irgendwann und grinste breit. »Vielleicht können wir diese Tour ja irgendwann einmal machen.«

»Das könnte sein. Aber ich bin froh, dass du nichts dagegen hast, eine Weile hier zu bleiben. Das möchte ich nämlich wirklich gerne tun. Ich würde dich jedoch nie einfach abservieren, Dexi. Dafür mag ich dich viel zu sehr, und das weißt du.«

»Ich mag dich doch auch«, entgegnete er mit sanfter Stimme. Mir fiel auf, dass die beiden Frauen am Nachbartisch auf einmal das Interesse verloren hatten. Offenbar fanden sie ihn beide sehr attraktiv, hatten jedoch aufgegeben, als sie mitbekamen, wie er mich in diesem Moment ansah. Ich grinste und streckte ihnen die Zunge raus. Was wussten sie denn schon über uns?

In den folgenden Wochen führte ich ein sehr merkwürdiges Leben. Es war eine völlig neue Erfahrung für mich, mit einem Mann zusammenzuleben, der zur Arbeit fuhr und Geschäftsessen hatte. Doch unsere Beziehung glich bei Weitem keiner normalen Ehe. Ich bezweifle zumindest, dass viele verheiratete Paare Ringkämpfe machten und so wie wir Sex hatten. James musste Stunden damit verbracht haben, die Outfits auszusuchen, die er mit nach Hause brachte. Einige ließ er sogar speziell anfertigen. Nach und nach fanden wir heraus, was gut für unsere Ringkämpfe war und was nicht. In einigen Outfits konnte ich mich nicht ausreichend bewegen, um gegen ihn zu kämpfen, und das endete meist damit, dass ich zur Sklavin wurde, obwohl das vorher gar nicht so geplant gewesen war. Mir gefielen seine seltsamen Kostümentwürfe, und unabhängig davon, welche Rolle ich gerade spielte, empfand ich eine unglaubliche Befriedigung. Ich wurde fast schon selbstzufrieden, bis mich Dexi auf den Boden der Tatsachen zurückholte, als er mit einer Liste an Klienten auftauchte.

Wir mieteten eine ganze Etage in einem Bürogebäude in der Stadt, wandelten es in einen perfekten Bereich für Ringkämpfe um, ließen Umkleideräume und Duschen einbauen und hatten sogar ein kleines Büro. Das ganze Stockwerk war schallgedämmt, sodass wir nicht befürchten mussten, die Unternehmen in den Stockwerken unter uns zu stören. Meine Kostümauswahl hing in mehreren Schränken, und endlich war Lili bereit, ihre Karriere wieder fortzusetzen. Mehrere ehemalige Klienten kamen zurück und genossen erneut meine Zuwendungen. Schon bald kehrte die übliche geschäftsmäßige Routine ein. Doch irgendwie hatte ich das Interesse an der ganzen Sache verloren, was offenbar an den Dingen lag, die ich zu Hause mit James machte.

»Du darfst nicht zu selbstzufrieden werden«, meinte Dexi eines Morgens mit ernster Miene zu mir. »Denk immer an dein Bankkonto. Irgendwann ist James deiner überdrüssig, und was machst du dann?«

Ich wusste, dass er recht hatte, und versuchte, in allem professioneller zu sein. Bisher hatte James meine Dienste noch für keinen seiner Kunden eingefordert, und ich hatte diesen Teil unserer Abmachung schon fast vergessen. Daher war es wie ein Schock für mich, als er mir eines Abends mitteilte, dass er einige Klienten für mich hätte, um die ich mich am nächsten Abend kümmern müsste.

»Ich mache keine öffentlichen Auftritte«, rief ich ihm ins Gedächtnis.

»Nur, wenn ich es dir befehle«, fuhr er mich an. Ich verzog das Gesicht.

»Na gut. Aber nichts Extremes. Keine nackten Brüste oder durchsichtigen Klamotten. Die bleiben dir allein vorenthalten.«

»Du wirst anziehen, was ich dir vorschreibe.« Sein Gesicht war teilnahmslos, und ich konnte an seinem Tonfall hören, dass ich den restlichen Abend seine Sklavin sein würde. Ich ging nach oben und ins Spielzimmer. Dort setzte ich mich auf eine Bank und wartete auf ihn. Er mochte es, wenn ich von Anfang an unterwürfig war ... manchmal zumindest. Als er hereinkam, hielt er eine Schachtel in der Hand. Er stellte sie auf den Boden und nahm den Deckel ab. Ich versuchte, zu erkennen, was er mitgebracht hatte, aber er fauchte mich an, dass ich mich benehmen sollte. Also kniete ich mich vor ihn hin und senkte den Kopf, um möglichst unterwürfig zu erscheinen. Er nahm etwas aus der Schachtel und kam auf mich zu.

»Steh auf«, befahl er, und ich gehorchte. Dann band er mir ein Mieder aus Leder um und schnürte es fest zu. Das erinnerte mich an frühere Zeiten und die Frauen mit ihren eingeschnürten Taillen. Er wusste, dass ich eng anliegende Kleidung mochte, aber ich fragte mich doch, wie diese Frauen damals noch atmen konnten. Das Mieder drückte meine Brüste so hoch, dass sie oben herausquollen. Stand mir wieder eine Tittennacht bevor? Ich hatte gehofft, dass er seine Aufmerksamkeit heute tieferen Regionen widmen würde. Meine Arme und Beine wurden mit gekreuzten Riemen umwickelt, die wie altmodische Strumpfhalter aussahen, aber viel zu eng waren, um noch bequem zu sein. Irgendwie wickelte er die Beinriemen zwischen meinen Beinen hindurch, dieses Mal jedoch sehr hoch an den Beinen, sodass meine Schamlippen auseinandergezogen wurden. Ich lag mit gespreizten Gliedmaßen da und war an einen Rahmen gefesselt, den er bevorzugte. Er verschwand in einem der Badezimmer, und als er zurückkehrte, hatte er einen nackten Oberkörper, trug jedoch seine enge Lederhose. Ich sah ihn bewundernd an und war gespannt darauf, wie er mich spanken würde. Als ich mir begierig die Lippen leckte, blieb er stehen und griff erneut in die Schachtel. Er holte einen Gummiknebel heraus, steckte ihn mir in den Mund und befestigte ihn mit einem Riemen und einer Schnalle an meinem Hinterkopf. Das gefiel mir jetzt schon nicht mehr so gut. Wie sollte ich ihm sagen, dass er aufhören sollte, wenn ich nicht mehr wollte? Dann setzte er mir auch noch eine Maske auf, sodass ich nicht nur stumm, sondern auch blind war.

Ich spürte seine Hände auf meinem Körper. Seine Finger glitten unter meine Fesseln, und er berührte die nackten Stellen meiner Haut mit etwas Kaltem und Hartem. Es fühlte sich an wie Metall, war aber geschmeidig. Dann drückte er etwas gegen meine Pobacken, und ich fühlte, dass er den Arm hob, als wenn er zuschlagen wollte. Ich wappnete mich, doch es geschah nichts, sodass ich die Luft wieder ausstieß. Das wiederholte er mehrmals, weil er meine Anspannung offenbar genoss. Dann nahm er mir die Haube ab, und ich sah, wie er wie ein Löwenbändiger um mich herumstolzierte. Er schlug mit einem Lederband auf seine Hände und strich mir dann damit über den Hintern. Als er es erneut hob, versuchte ich, zu schreien. Er lachte und schien das alles für ein Spiel zu halten. Lautlos schrie ich weiter. Der Knebel verhinderte, dass ich einen Ton herausbrachte. Es gefiel mir nicht, so zum Schweigen gezwungen zu werden, und er schien meine Gedanken gelesen zu haben, da er mir den Knebel wieder abnahm.

»Ich kann nicht hören, wie du um Gnade winselst«, sagte er mit fiesem Unterton.

»Muss ich das?«, fragte ich.

»Oh ja«, erwiderte er. »Das macht mich an.«

»Weißt du, was dein Problem ist? Du bist viel zu bereit, zu dominieren.«

»Das sagt die Richtige. Du willst es wohl nicht anders, was?«

Ich bekam nicht mehr die Gelegenheit, ihm zu antworten, weil er mir auf die Pobacken schlug. Es tat weh, und ich schrie auf.

»Bitte ... Bitte hör auf.«

»Fleh mich an, ich bin schließlich dein Meister.«

»Ich flehe dich an, Meister. Bitte verschone mich.« Ich wartete und hoffte ein bisschen darauf, dass wir jetzt gleich zur Sache kamen, während ich gleichzeitig an diesem wunderbaren Punkt verharrte, an dem man kaum noch atmen konnte und nicht mehr länger warten wollte.

»Du bist gierig, was? Sag mir, warum du denkst, du hättest es verdient, meinen wunderschönen Schwanz in dir zu spüren und deine gierige Lust zu befriedigen?«

»Weil du den besten Schwanz der Welt hast?«, schlug ich halbherzig vor. Er schüttelte den Kopf.

»Das reicht nicht.« Erneut hob er den Riemen, und ich hielt den Atem an. Dann stand er wartend da und beobachtete mich. Er umfing meine hochgedrückten Brüste, die über das lederne Mieder heraushingen. Er drückte sein Gesicht dagegen und schien es zu genießen. »Vielleicht brauche ich etwas anderes von meiner persönlichen Sklavin.« Er schob einen Finger in meine heiße, feuchte Spalte. Erneut schloss ich die Augen und versuchte, ihm nicht zu zeigen, wie sehr ich ihn begehrte. Er öffnete seine enge Hose, und sein Penis schnellte hervor, hart, prall, einsatzbereit. Er presste ihn gegen mich. Ich war viel zu fest gefesselt, als dass ich mich großartig bewegen konnte, aber ich spürte, dass sich seine Eichel gegen mein Lustzentrum drückte. Es fühlte sich an, als könnte ich ihn auf der Stelle in mich einsaugen. Er machte einen Schritt nach hinten und löste plötzlich meine Fesseln. Ich entfernte mich vom Rahmen und rieb mir die Handgelenke. Dann grinste ich ihn an und machte ihm einen Vorschlag.

»Warum gehen wir nicht ins Bett und haben wunderbaren Sex? Fick mich, James.«

Überraschenderweise tat er das auch. Ich behielt das Ledermieder an, und er zupfte immer wieder an einigen Stellen, sodass ich ständig erregt blieb. Wir liebten uns leidenschaftlich. James wurde so richtig heiß, wenn sich meine Nippelklemmen in seine Brustwarzen drückten. Danach schenkte er ein Glas Wein ein, das wir uns wie ein altes Ehepaar teilten.

»Wie hat deine Ringkampfkarriere eigentlich begonnen?«, wollte er wissen. Ich starrte ihn an. Bisher hatte er mir noch nie eine persönliche Frage gestellt, und ich zögerte, ihm zu antworten.

»Warum willst du das wissen?«

»Ich bin bloß neugierig.«

»Das ist keine besonders spannende Geschichte.«

»Erzähl sie trotzdem.«

Ich war mir nicht sicher, wie viel er über meine Vergangenheit erfahren sollte. Sie hatte nichts mit uns zu tun. Einen Moment lang überlegte ich, ob ich ihm eine Lügengeschichte erzählen sollte, etwas über Talentsucher, die mich entdeckt hätten und aus mir einen Star machen wollten. Das wäre so viel einfacher, als die Wahrheit zu sagen.

»Es gefiel mir besser als alles andere, was ich hätte tun können.«

»Was willst du damit sagen?«

»Ich wollte Geld verdienen, und zwar schnell. Sehr viel Geld. Und ich war nicht der Ansicht, dass ich viel verdienen würde, wenn ich in einem Supermarkt die Regale auffüllte. Ich war schon immer sehr sportlich, und ich war groß und kräftig. Ich trainierte in einem Fitnessstudio und machte ein bisschen Judo. Einer der Männer schlug vor, ob ich nicht Geld mit Wrestling verdienen wollte. Ich habe es ausprobiert, und es wurde tatsächlich gut bezahlt. Ich ging mit einer dubiosen kleinen Truppe auf Tour. Doch ich habe nie gern gegen andere Frauen gekämpft, und ich hasste es, öffentlich aufzutreten. Gemischte Kämpfe mochte ich auch nicht. Heterosexuelle Kämpfe wurden am besten bezahlt. Die meisten Männer glaubten, sie wären besser, und waren überrascht, wenn ich gewann. Mein damaliger Manager bestand darauf, dass ich doppelt so viel verdienen würde, wenn ich auch Sex mit ihnen hätte. Ich wollte das nicht. Ich suche mir selbst aus, mit wem ich schlafe.«

»Wie alt warst du damals?«, fragte James.

»Siebzehn. Ich behauptete, achtzehn zu sein, damit es legal war. Ich trat unter dem Künstlernamen Rio auf. Das klang exotisch, wenn nicht sogar romantisch. Mein Manager mochte es gar nicht, wenn ich mich weigerte, zu kämpfen. Er war ein Mistkerl. Irgendwann hat er mich sitzen lassen, am Arsch der Welt und völlig mittellos. Ich war auf mich allein gestellt. Ich arbeitete als Kellnerin in der Stadt, war jedoch nicht gut genug und wurde gefeuert. Dann lernte ich Dexi kennen. Wir joggten jeden Tag zusammen am Strand.

Ich habe mich selbst gehasst und wusste nicht, was ich tun sollte. Dexi hat mir geholfen, mich selbst zu respektieren. Ich habe mir ein völlig neues Image erarbeitet. Ihm habe ich das alles zu verdanken. Wir begannen, einen hochwertigen Geschäftszweig aufzubauen. Wie du weißt, bin ich nicht billig. Der Preis sorgte dafür, dass die widerlichsten Kerle von vorneherein wegblieben. Keine öffentlichen Auftritte mehr, und Dexi war stets in der Nähe. Dank des Internets lief alles. Ich konnte mir ein nettes Sümmchen zurücklegen. Zuvor war mir nicht klar gewesen, dass es wirklich einen Bedarf an dem gibt, was wir anbieten. Und ich muss noch nicht mal mit meinen Klienten schlafen. Nur, wenn ich es wirklich will.«

James saß schweigend da und nippte an seinem Wein. Er sagte keinen Ton, und ich fragte mich schon, ob es falsch gewesen war, ihm alles zu erzählen. Irgendwie bekommt man ein anderes Bild von einem Menschen, wenn man seine Vergangenheit kennt.

»Sag was«, verlangte ich.

»Ich habe nichts zu sagen. Ich habe gefragt, und du hast es mir erzählt.«

»Was ist mit dir? Erzählst du mir jetzt deine Lebensgeschichte?«

»Nein. Ich werde der geheimnisvolle Fremde bleiben, der deine Fantasien erfüllt.«

Ich lachte. Zwischen uns lag eine ungewöhnliche Spannung in der Luft. Das gefiel mir nicht, und ich wusste nicht, woran es lag.

»Wir werden uns für eine Weile trennen müssen. Ich muss sehr bald für einige Wochen weg. Du kannst hier bleiben, wenn du möchtest. Danach entscheiden wir, wie es mit uns weitergeht.«

»Verstehe.« Auf einmal war mir kalt. Es würde nichts bringen, ihm zu zeigen, wie wichtig er für mich geworden war. Also erzählte ich ihm einfach etwas anderes. »Dexi möchte, dass wir eine Tour durch die Staaten machen. Vielleicht wäre das wirklich eine gute Idee.«

»Okay. Du wirst mir fehlen, Lili«, fügte er hinzu, als wäre es ihm gerade erst eingefallen.

»Ich könnte dich auch begleiten, wenn du das willst«, schlug ich vor.

»Ich möchte nicht, dass du mitkommst. Ich werde ohnehin zu viel um die Ohren haben.«

»Verstehe.« Irgendwie hatten mich seine Worte verletzt. Ich war nur ein kleiner Teil seines Lebens. »Gibt es irgendwelche Einschränkungen für mich?«

»Ich bin mir noch nicht sicher. Das besprechen wir später. Ich muss erst darüber nachdenken.« Er wirkte nachdenklicher als sonst. Das war sehr beunruhigend. Was ging in seinem Verstand nur vor sich?

Mehrere Tage lang lebten wir nur nebeneinander her. Keine Spiele. Kein Sex. Keine Kämpfe. Zum Glück hatte Dexi viel zu tun für mich und lenkte mich von James ab. Wir verbrachten sogar einige Abende zusammen und aßen chinesisches Essen vom Lieferdienst aus Pappkartons, wie in alten Zeiten. Ich hatte es nicht eilig, nach Hause zu fahren, und Dexi merkte, dass etwas nicht stimmte.

»Was hast du vor?«, fragte Dexi eines Abends.

»Ich finde, wir sollten allmählich unsere Tour planen. Vielleicht sollten wir danach dann beide über unsere Zukunft nachdenken. Möglicherweise wird es Zeit, dass Penny Jackson wieder auftaucht und ein ganz anderes Leben führt«, meinte ich zu ihm.

»Joel und ich überlegen, etwas gemeinsam auf die Beine zu stellen«, sagte Dexi fast schon zu beiläufig.

»Großer Gott«, rief ich. »Wann?«

»Er macht sich gerade schlau. Wenn wir wegfahren, hat er Zeit, einiges in die Wege zu leiten.«

»Dann wird das also unsere Abschiedstournee«, stellte ich mit leiser Stimme fest, wobei mir klar wurde, dass ich es eigentlich nicht bedauerte. Vielleicht war es wirklich Zeit für mich, erwachsen zu werden. Zwar war ich mir noch nicht sicher, wie genau ich sesshaft werden wollte, aber in ein paar Wochen hätte ich mich vielleicht entschieden.

Einige Tage später teilte mir James mit, wann er verreisen würde.

»Ich habe die Woche vor meiner Abreise komplett frei. Lass uns in der Zeit alles tun, was wir schon immer tun wollten«, schlug er vor. »Ich werde meine wildesten Fantasien ausleben und du deine. Was sagst du dazu?«

Ich leckte mir erwartungsvoll die Lippen. Meine Fantasien drehten sich vor allem darum, dominiert zu werden, und ich vermutete, dass James mehr als bereit war, mir das zu bieten. Mir gefiel der Gedanke. Wir saßen stundenlang zusammen und verrieten einander, was uns irrsinnig erregte. Nach einigen Flaschen Wein wurden unsere Ideen immer verrückter und wilder, extravaganter und ausgefallener. Ich konnte James ansehen, dass er meine Vorschläge im Kopf schon überdachte. Wir lachten viel und wurden beide beim Pläneschmieden immer erregter. Wenn der folgende Tag vorbei war, erwartete uns eine Woche voller wilder Ausschweifungen. Eine Orgie ohnegleichen. Er versprach mir, keine Kosten und Mühen zu scheuen, als wir Pläne schmiedeten, wie wir unsere heißen Fantasien in die Tat umsetzen konnten. Wenn wir nur die Hälfte der verrückten Ideen realisierten, über die wir sprachen, erwartete uns schon eine wilde Zeit. Das würde ein Erlebnis werden, das keiner von uns je wieder vergessen würde.

Am folgenden Tag hatte ich noch einige Ringkämpfe in der Stadt zu bestreiten. Danach wollte ich es Dexi überlassen, unsere Tour zu planen. Ich wollte in den kommenden sieben Tagen auf keinen Fall gestört werden. Wenn das das Ende der Beziehung zu James sein sollte, dann konnte ich es nicht ändern, aber es würde ein großartiges Finale geben.

11

»Steh auf, Hure«, lautete meine Begrüßung am nächsten Morgen. Gehorsam verließ ich das Bett und sah mir interessiert an, was ich tragen sollte. Ein durchsichtiger BH, schwarz und sehr vulgär, stellte das erste Kleidungsstück dar. Es folgte ein schwarzes, schrittoffenes Spitzenhöschen. Schöne schwarze Strümpfe und ein Strumpfgürtel komplettierten das Outfit.

»Sonst darf ich nichts anziehen?«, fragte ich.

Er trug einen Anzug mit Krawatte und sah im Vergleich zu mir völlig overdressed aus und auch anders, als ich erwartet hatte.

»Später. Wir machen ein paar Geschäftsbesuche. Du wirst dich benehmen und solange still sein.« Seine Stimme war kalt und hart. Er war der Meister.

Ich stand in dem schaurigen Outfit da und wartete auf meine nächsten Befehle. Er schlug mir so fest auf den Hintern, dass sich ein roter Streifen über dem Höschen abzeichnete, der eine Weile zu sehen sein würde. Dann deutete er auf schwarze Stilettos. Ich betrachtete mich im Spiegel und seufzte. Ich hatte ihm gestanden, dass es eine meiner Fantasien war, vor einem größeren Publikum als Hure und Sklavin dazustehen. Allerdings hatte ich dabei nicht gemeint, dass ich derart schlampig aussehen wollte. Was das Publikum anging, wollte ich lieber nicht darüber nachdenken, was er vorhatte.

»Make-up?«, erkundigte ich mich.

»Im Bad.«

Ich betrat das Badezimmer. Falsche Wimpern, ein greller Lippenstift und schauriges Make-up lagen auf der Ablage. Ich schminkte mich und wusste genau, dass ich wie das billigste Flittchen aussah, das man finden konnte. Doris ist wiederauferstanden, dachte ich und musste an die Seychellen denken. Wahrscheinlich sollte ich so auch auf die Straße gehen.

»Großartig, du siehst schrecklich aus«, sagte James. »Zieh das an.« Er hielt mir ein Mieder mit Leopardenmuster hin, das aus fast durchsichtigem Plastikmaterial bestand und nur wenig der Fantasie überließ. Ich schnürte es eng zu, und dann schob er mich auch schon die Treppe hinunter und in die wartende Limousine. Ich musste es Davis hoch anrechnen, dass er nicht einmal mit der Wimper zuckte. Wir fuhren zu einem Bauplatz in der Stadtmitte. James zwang mich, aus dem Wagen auszusteigen, und dann stand ich da, während mir eine Horde von Bauarbeitern zujubelte, mir Obszönitäten zurief und laut pfiff. Ich wackelte mit den Hüften und stellte fest, dass ich unter dem Schutz des dicken Make-ups meine Rolle gut spielen konnte. Ich lief an dem Gebäude entlang und wartete draußen, während James erledigte, was immer er dort zu tun hatte. Ich sah mich auf dem Bauplatz um. Seitdem wir hier angekommen waren, hatte so gut wie keiner einen Handschlag getan.

»Was zum Henker machst du da?«, rief er, als er wieder nach draußen kam. »Du bist meine Schlampe. Hör auf, dich so zur Schau zu stellen. Jeder kann deutlich sehen, was du bist.« Er drückte mich über ein Geländer und schlug mir auf den Hintern, bis er leuchtend rot war. Die Bauarbeiter gerieten richtig in Aufregung, während ich mir mehr und mehr wünschte, dieses spezielle Szenario niemals erwähnt zu haben. Gleichzeitig war ich so erregt, dass ich vermutlich nur zu gern mit allen auf einmal geschlafen hätte.

»Du könntest wenigstens ein bisschen zerknirscht aussehen«, fauchte James. »Und jetzt geh da rüber zu dem Fahrstuhl.« Ich sah in die Richtung, in die er deutete. Ein einfacher Fahrstuhl führte am Baugerüst nach oben. Er drückte mir einen Plastikhelm auf den Kopf und schob mich in die Kabine. Dann drückte er den Hebel, und wir fuhren nach oben zum Führerhaus eines Krans. Natürlich standen überall, wo ich hinsah, die Initialen JWT. Als wir oben ankamen, schob er mich ins Führerhaus. Es war eng, und überall waren Hebel. Er riss mein Plastikmieder auf, das dabei kaputtging. Dann beugte er sich aus dem Fenster und ließ es fallen.

Ich analysierte meine Situation. Ich befand mich hoch über dem Boden in der Glaskabine eines Krans, trug die Kleidung einer Schlampe, grässliches Make-up und wurde von mehreren Dutzend Bauarbeitern angestarrt, die den Boss dabei beobachteten, wie er Sex mit einer Nutte hatte. Na, großartig. Doch das ließ sich jetzt nicht ändern. Ich musste meine Rolle spielen. Vorsichtig beugte ich mich vor, da ich ja keinen Hebel berühren wollte, öffnete seine Hose und holte seinen Penis heraus.

»Mach dich an die Arbeit«, befahl er mir. Ich hätte beinahe protestiert, da ich ihn eigentlich viel lieber in meiner heißen Muschi gespürt hätte. Doch als ich versuchte, ihn in den Mund zu nehmen, musste ich feststellen, dass es dafür hier drin viel zu eng war. Er drückte meinen Hintern ans Fenster, schob mich hoch und spreizte meine Beine. Ich wusste, dass unser Publikum am Boden alles, was ich tat, genau erkennen konnte. Meine feuchte Muschi glänzte und wurde von den schwarzen Spitzenrändern des Höschens eingerahmt.

»Scheißkerl«, flüsterte ich. Irgendwie gelang es ihm, hinter mich zu greifen und mir erneut auf den Hintern zu schlagen.

»Jetzt besorg's mir, Schlampe«, sagte er, und ich tat, was

mir befohlen worden war. »Fester, fester«, schrie er. Ich bewegte den Kopf auf und ab, und meine Titten, in denen noch immer die Metallklemmen hingen, waren durch die Löcher in dem vulgären BH deutlich zu erkennen. Meine Muschi drückte sich gegen das Fenster und glitt bei jeder Bewegung auf und ab. Ich konnte die Männer unten lärmen hören. Als James endlich kam, hob ich den Kopf und flehte ihn mit den Blicken an, mich wenigstens zu befingern. Er verstand meine Botschaft und deutete auf den Knopf am oberen Ende eines Hebels. Irgendwie gelang es mir, die Beine um den Hebel zu legen und mich dagegenzudrücken. Ich rieb über meine Klit und spürte, wie mich das glatte Metall in Richtung der dringend benötigten Erleichterung brachte.

»Hör auf damit«, befahl James, als sich mein Orgasmus mit ersten Wärmeschüben abzeichnete. »Du bist zu gierig. Hör auf damit. Sofort!«, brüllte er. Ich starrte ihn mit hasserfüllten Augen an und tat, was er mir befohlen hatte. Als ich den Rand meines offenen Höschen befingerte, schlug er mir aufs Handgelenk. »Lass das, oder ich lasse dich leiden«, drohte er mir. Irgendwie wusste ich, dass ich nicht weitermachen durfte. Er meinte es ernst.

»Steig wieder in den Lift.« Ich stand zitternd in der offenen Kabine. Ich konnte mein Plastikmieder sehen, das zwar kaum Schutz geboten, aber zumindest den Wind abgehalten hatte. Es lag auf dem Boden in der Nähe des Fahrstuhls. Als wir unten ankamen, hob ich den Kopf. Die Männer waren ungewöhnlich schweigsam, als wir ausstiegen. Ich sah ihnen an, dass sich einige während unserer Vorstellung einen runtergeholt hatten. Zwei von ihnen traten mit dem Plastikmieder vor und schienen sich darum zu streiten, wer es mir geben durfte.

James zog eine finstere Miene, als es mir einer der Männer

geifernd über den Arm legte. Ich stand praktisch nackt in der winterlichen Kälte und war am ganzen Körper mit Gänsehaut bedeckt. Um mich vom Zittern abzulenken, plante ich meine Rache an dem Mistkerl, der mich jetzt vom Bauplatz zurück auf die Straße führte. Die Silberklemmen in meinen steifen Nippeln drückten sich gegen das zerrissene Mieder, das ich im eisigen Wind umklammerte. Auch der Rest meines knappen Outfits konnte mich weder vor der Kälte noch vor den neugierigen Blicken schützen. Ich hielt den Kopf hoch, versuchte, mir einzubilden, dass das alles eigentlich gar nicht passierte, und gab mir die größte Mühe, meine Finger von der Stelle fernzuhalten, die verzweifelt um Aufmerksamkeit bettelte. Nach gefühlten Stunden fuhr die Limousine endlich vor, und ich ließ mich dankbar auf den Rücksitz sinken.

»Ich hoffe, du genießt das alles«, sagte James mit überaus zufriedenem Grinsen.

»Ich bin mir nicht sicher, ob man es noch genießen kann, so erregt zu sein.« Ich drückte einen Finger auf meine kribbelnde Klit und fing an zu rubbeln.

»Lass das«, fauchte mein Folterknecht. »Du darfst kommen, wenn ich es sage. Sklaven haben keine Zeit, sich um ihre eigene Lust zu kümmern.«

»Das werde ich mir merken«, drohte ich ihm. Er griff nach mir, legte mich übers Knie und schlug mir erneut auf den Hintern.

»Wag es nicht, mir noch einmal zu drohen«, knurrte er. Er meinte das ernst. Davis hielt vor dem Haus und öffnete die Wagentür. Irgendwie musste ich meine Würde zurückgewinnen. Allerdings ist es auch verdammt würdelos, auf zehn Zentimeter hohen Absätzen herumzuwackeln, während einem die Titten vorne und der Hintern hinten raushängen. Außerdem waren meine Pobacken mit roten Striemen und Handabdrücken übersät, und ich war überdies noch viel zu stark und grässlich geschminkt. Wer würde mich so denn noch attraktiv finden? Ich stöhnte innerlich auf. Attraktiv hin oder her, ich war unglaublich erregt und musste wenigstens ein paar Minuten lang alleine sein, um etwas Druck abzubauen.

Er schickte mich unter die Dusche, und ich seifte mich mit Duschgel ein und war begierig darauf, endlich zu kommen. Im nächsten Moment stand mein Meister auch schon in der Dusche und packte meine Handgelenke. Er fesselte mich mit Handschellen, die er an der Duschstange befestigte. Dann stellte er den Wasserdruck höher und zwang mich, den harten Strahl zu ertragen. Er beugte sich über meine Brustwarzen und löste mit einem kleinen, schlüsselartigen Gegenstand die Klemmen. Sofort stellten sich meine Nippel in dem eiskalten Wasser auf. Er leckte sie ab, und seine Zunge war eine wunderbar warme Abwechslung zu der Kälte. Augenblicklich wallte meine Erregung wieder auf, doch er stellte die Dusche aus und löste meine Fesseln.

»Wenn du dich noch einmal berührst, wirst du wieder gefesselt. Hast du verstanden?« Ich nickte. »Jetzt trockne dich ab. Ich habe was zu essen bestellt.« Er nahm sich ein Handtuch und verließ das Badezimmer. Ich wagte es nicht einmal, mich abzurubbeln. Irgendwie spürte ich, dass er alles mitbekommen würde, was ich tat. Nackt und immer noch feucht ging ich ins Schlafzimmer und wartete auf meine nächsten Befehle.

»Du darfst zu meinen Füßen sitzen«, gestattete mir James großzügig. Er hatte ein Tablett voller leckerer Speisen vor sich stehen und aß bereits. Ich war am Verhungern und sah ihn hoffnungsvoll an. Er reichte mir ein Stück Huhn, an dem ich gierig herumnagte. Ich erhielt noch weitere Leckerbissen, bis wir abgesehen von einigen Früchten alles aufgegessen hatten.

Dann schob er das Tablett zur Seite und verlangte, dass ich ihn wie eine richtige Sklavin mit Weintrauben fütterte. Sehr einfallsreich!

»Ich muss mich ausruhen. Wir werden später noch ringen. Du darfst dich in der Zwischenzeit nicht befriedigen. Ich möchte, dass du später heiß und bereit für mich bist.« Ich musste wohl eine Augenbraue hochgezogen haben, da er sofort wusste, dass er mir nicht trauen konnte, und meine Handgelenke fesselte. Dann legte er mich aufs Bett und band mich am Bettpfosten fest. Ich war hilflos.

Erschöpft von den morgendlichen Aktivitäten und da ich ohnehin nichts machen konnte, döste ich neben ihm ein und versuchte, das dumpfe Sehnen zwischen meinen Beinen zu ignorieren. Später beobachtete ich ihn, während er schlief. Ich war glücklich, seine unterwürfige Sklavin zu sein. Ich war praktisch die ganze Zeit, die ich in seiner Nähe verbrachte, höllisch erregt. Sein Körper war wunderschön, schlank und fest. Zwischen uns gab es eine Verbindung, wie ich sie nie zuvor gespürt hatte. Ich hatte von Anfang an gewusst, dass ich ihm völlig vertrauen konnte. Allerdings war mir nie klar, ob es mich heißer machte, wenn ich seine Sklavin war oder wenn ich die Domina spielte. Das war keine einfache Situation. Trotz der Erniedrigung hatte mich das, was wir an diesem Morgen getan hatte, unglaublich heiß gemacht. Der Sex hoch über den Köpfen all dieser lüsternen Arbeiter war heißer gewesen, als ich es mir je hätte vorstellen können. Ich hatte gewusst, dass mich alle begehrten. Jeder Einzelne von ihnen verzehrte sich nach mir. Versteckt hinter dem Make-up und den nuttigen Klamotten hatte ich ihre eigenen Fantasien verkörpert. Die Tatsache, dass ich nur mit dem Schalthebel beinahe gekommen wäre, bedeutete gar nichts. Die Aufregung des Wartens war umso angenehmer, auch wenn ich es gleichzeitig als frustrierend empfand. Ich war so feucht vor Verlangen. Die kleinste Bewegung bewies, dass meine nasse Muschi nach Aufmerksamkeit schrie.

»Denk nicht mal daran«, sagte James' Stimme neben mir.

»Ich komme nicht dagegen an.«

»Dreckige Hure. Du hast wirklich keinen Anstand. Beine auseinander.« Ich tat, was er verlangt hatte, und hoffte, dass diese Sehnsucht endlich befriedigt wurde. Er strich mit dem Finger durch meine feuchte Spalte und hielt ihn danach hoch, als er mit meinem Saft benetzt war. Dann wischte er die Hand an mir ab und ich stöhnte. Ich war noch immer so erregt, dass ich glaubte, zerfließen zu müssen.

»Mach weiter«, flüsterte ich.

»Warum sollte ich? Ich will es nicht. Du bist nichts. Nur eine Sklavin. Was interessiert es mich, was du willst?«

»Es tut mir leid, Meister«, flüsterte ich.

»Das sollte es auch.« Er drückte meine Beine noch weiter auseinander und lag dann da, um meine intimsten Stellen zu inspizieren, Regionen, die ich noch nicht einmal selbst gesehen hatte. Langsam streckte er einen Finger aus und rieb leicht über meine Klit. Ich wusste, dass sie anschwoll und reagierte. Schon überkam mich die Hitze des nahenden Orgasmus, und ich versuchte, ganz still zu liegen, damit er es nicht mitbekam. Er sollte auf keinen Fall aufhören. »Du kannst mich nicht täuschen.« Er stieß ein grausames Lachen aus. »Ich sehe genau, in welchem Zustand du bist. Sie ist dunkel, stark vergrößert und pocht.« Er kniff mit den Fingernägeln hinein, und der lustvolle Schmerz schoss durch meinen Körper. Ich war machtlos und schwebte dicht vor dem erlösenden Orgasmus. Ich keuchte, schloss die Augen und betete praktisch schon darum, dass er zu Ende brachte, was er angefangen hatte.

»Bitte«, wisperte ich endlich. »Ich flehe dich an.«

»Tut mir leid. Ich habe eine Verabredung mit Madame Lili. Sie muss heute ein sehr bescheidenes Kostüm tragen. Aber sie soll nicht denken, dass ich treulos wäre. Ich möchte mir gar nicht ausmalen, was sie mit mir tun würde, wenn ich irgendeiner Schlampe erlaube, sich von mir befriedigen zu lassen.«

So sollte es also laufen. Wenn ich heute noch befriedigt werden wollte, musste ich es mir verdienen. Durch das, was ich vermutlich am besten konnte. Er löste meine Fesseln, führte mich ins Spielzimmer und zur Matte, die dort bereits auf dem Boden lag. Einige der Vorhänge waren zugezogen, und ich konnte dahinter seltsame Formen erkennen. Er blickte sich um.

»Das sind ein paar Dinge, die später in dieser Woche zum Einsatz kommen. Du darfst nicht vorher gucken. Ich habe noch so viel vor. Ich kann dir garantieren, dass du nie wieder eine so gute, eine Woche andauernde Orgie erleben wirst.« Er schob mich ins Badezimmer. Ich stand noch immer unter Beobachtung, falls ich doch noch versuchen sollte, mir Erleichterung zu verschaffen. Ein goldener spitzenartiger Lycraanzug wartete bereits auf mich. Er war kurz, und der Beinausschnitt reichte fast bis zur Taille. Er saß so eng in meinem Schritt, dass man nicht einmal einen Finger hineinstecken konnte. Der Ausschnitt war so tief, dass man den Ansatz meiner Brüste sehen konnte. Der Anzug saß gut, war jedoch nicht für irgendwelche sexuellen Aktivitäten geeignet. James reichte mir ein Paar weiche, hohe Lederstiefel, die zugeschnürt werden mussten. Er trug enge, goldene Lycrashorts, in denen sein wunderbarer Penis perfekt zu sehen war. Sein Hintern sah ebenfalls großartig aus. Ich mag Männer, die einen knackigen Po haben. Der Sklave würde zum Meister werden ... oder zur Mistress.

James war noch nicht bereit für den Rollentausch. Er stand stolz und mit hoch erhobenem Kopf da und schien bereit zu sein, mir ein gutes Match zu liefern. Dieser Mistkerl. Ich konnte jedoch auch gut austeilen und war mehr als bereit, genau das zu tun. Wir rangen mehrere Minuten lang miteinander. Ich behielt mein größtes Verlangen, endlich gefickt zu werden, unter Kontrolle. Als ich ihn zu Boden warf, rollte er sich ab und stand sofort wieder auf. Wir packten uns an den Hüften und versuchten, den anderen mit einem Haltegriff zum Aufgeben zu zwingen. Es war ein Patt. Ich wollte meine Beine um seine legen, um ihn aus dem Gleichgewicht zu bringen, aber er ließ es nicht zu. Wir ließen erneut voneinander ab und gingen mit kurzen, schnellen Bewegungen aufeinander los, die jedoch nichts weiter als Drohgebärden waren. Ich sah mich um. Wir hatten jede Menge Platz. Also machte ich einige Schritte nach hinten und bereitete mich auf einen Tritt vor, mit dem ich seinen Schulterbereich treffen wollte. Dabei stieß ich einen Xena-Schrei aus, als ich durch die Luft flog. Er ging zu Boden, und ich landete auf ihm. Rasch rollte ich mich herum, um seinen Kopf zwischen meinen Oberschenkeln einzuklemmen. Dann hatte ich ihn, und er konnte sich nicht mehr wehren. Nach einigen Sekunden tippte er mir auf den Rücken. Danach lag er erschöpft und keuchend auf dem Boden, während ich mit gespreizten Beinen über ihm stand.

»Steh auf, Hund«, schnaubte ich. »Sofort. Ich sagte, du sollst aufstehen.«

Er gehorchte. Auf einmal hatte ich die Oberhand. Von da an war der Kampf einfach. Was immer er auch versuchte, ich konterte. Wenn er mich packen wollte, trat ich seine Hände problemlos weg. Ich nahm ihn in eine Körperschere und presste ihm mit meinen kräftigen Oberschenkeln die Luft aus der Lunge. Er war völlig hilflos. Als ich sah, wie sein Penis zuckte und kurz vor dem Losschießen war, ließ ich von ihm ab.

»Auf diese Weise wirst du nicht kommen.« Ich lachte. Er lag noch immer auf dem Rücken, und ich nutzte die Gelegenheit, um mich an ihm zu rächen. Ich zog die Kordel aus seinen Shorts und zerrte den Stoff nach unten. Wieder einmal band ich es direkt an der Wurzel um seinen Penis. Die Enden der Kordel wickelte ich um seine Hoden, um es dann in der Mitte zu verknoten und sie dadurch zu teilen. Er schrie beinahe vor Erregung und Schmerz. Ich stand auf und stellte meinen Fuß bedrohlich auf seine Brust.

»Wie bist du beim letzten Mal, als ich dich so gefesselt habe, entkommen?«, wollte ich wissen, weil ich an diesen Morgen auf den Seychellen denken musste.

»Das Zimmermädchen hat mich befreit«, gestand er schuldbewusst.

»Sie hat den Anblick bestimmt sehr genossen«, meinte ich breit grinsend. »Wie viel hat sie dafür von dir verlangt?«

»Wir haben uns geeinigt«, antwortete er rätselhaft. »Was hast du nun mit mir vor?«

»Du bist jetzt mein Sklave«, rief ich ihm ins Gedächtnis. »Ich werde mir schon was Passendes ausdenken.«

Ich drehte ihn mit dem Fuß auf den Bauch, sodass er seinen Penis schmerzhaft unter seinem Körper einquetschte. Dann zog ich seine Beine auseinander und drückte ihm die Spitze meines Stiefels in den Schritt. Er stöhnte erneut. Ich zog ihm die Shorts ganz herunter und verdrehte sie an seinen Fußknöcheln. Dabei war ich ziemlich stolz darauf, wie innovativ ich unsere abendlichen Aktivitäten begonnen hatte. Ich hielt nach einer Waffe Ausschau, mit der ich ihm auf den Hintern schlagen konnte. Als ich eine flache Bürste entdeckte, bearbeitete ich ihn damit, bis er schön rot war. Danach bedeutete ich ihm mit dem Stiefel, dass er sich wieder umdrehen sollte. Das fiel ihm mit gefesselten Füßen nicht wirklich leicht. Er hielt die Arme hoch, als wollte er vorschlagen, dass ich mich zu ihm lege.

»Vergiss es. Hast du denn keine Ahnung, wie sich ein Sklave zu benehmen hat?«

»Verzeihung, Mistress«, entgegnete er.

Auf einmal hatte ich das übermächtige Verlangen, ihn zu erniedrigen. Ihn wirklich zu demütigen und ihn einiges von dem durchmachen zu lassen, wozu er mich gezwungen hatte. Das war bei unseren Vorbesprechungen allerdings nicht zur Sprache gekommen.

»Steh auf.« Er rappelte sich mühsam auf und stand dann wartend da. Ich nahm zwei Handschellen aus dem Regal, die durch eine lange Kette miteinander verbunden waren. Er hatte eine große Auswahl an Fesseln für jeden möglichen Zweck. Ich zerrte ihm die Hose von den Beinen und brachte jeweils ein Ende der Handschellen an den Füßen und das andere an den Handgelenken an. Er musste sich leicht vorbeugen, aber ich konnte noch immer seinen steifen Penis sehen, der sicher gefesselt war.

»Ich werde etwas zu essen bestellen. Mrs Davis ist doch noch da und kann uns was kochen?« Er nickte. Ich fragte mich, ob Davis je erlebt hatte, dass die Rollen vertauscht waren. »Wir könnten aber auch essen gehen.« Meine Gedanken rasten. Ich konnte es mir bildlich vorstellen, wie wir in einem schicken Restaurant saßen, während mehrere Teile seines Körpers so schmerzhaft gefesselt waren, wie ich es nur hinbekommen konnte. Er blickte mich nervös an, aber ich musste ihm zugutehalten, dass er kein Wort sagte. Ich legte ihm einen Ledergürtel um die Taille und zog ihn fest, so wie er es bei mir auch getan hätte. Dann wand ich einen dünnen

Riemen um seinen Penis und band ihn so am Gürtel fest, dass der Riemen fest gespannt war. Das war offenbar ein Volltreffer, da er sich auf die Lippe beißen musste, um nicht lautstark zu protestieren.

»Du kannst wohl kaum so mit mir vor die Tür gehen«, sagte er und deutete auf die Ketten an seinen Hand- und Fußgelenken. Ich nickte und löste sie. Ich holte ein schönes, weißes, gebügeltes Hemd aus seinem Schrank, schob seine Arme in die Ärmel und befestigte die Lederriemen, die an seinen Handgelenken hingen, am Gürtel. Nun konnte er die Arme nur wenige Zentimeter heben. Ich zog ihm eine dünne Leinenhose über, in der ich seinen gefesselten Penis gut erkennen konnte, und ließ die Enden der Riemen an der Taille herausgucken, damit ich bei Bedarf daran ziehen und ihn kontrollieren konnte.

»Hast du schon eine Idee, wo du hingehen willst?«, fragte er mit weitaus unsicherer Stimme als sonst.

»Ins *Green Dragon*«, antwortete ich, da mir unsere erste Verabredung wieder einfiel. Er schluckte schwer.

»Aber da gehe ich immer mit meinen Geschäftskunden hin«, flüsterte er.

»Das stimmt. Muss ich dir ein Halsband und eine Leine umlegen oder wirst du dich benehmen, während ich mich umziehe?«

»Lili ... Du meinst das doch nicht ernst, oder? Nicht das *Green Dragon*. Außerdem kriegst du da so kurzfristig sowieso keinen Tisch.«

»Also wirklich. Du bist heute Abend sehr anstrengend.« Ich zog kurz an dem Riemen, der an seinem Penis befestigt war, und er kreischte vor Schmerz auf. Ich war mir nicht sicher, ob es dieses Mal auch ein lustvoller Schmerz war. »Mach keinen Aufstand. Noch ein Wort, dann schieb ich dir einen deiner Knebel in den Mund.« Ich holte sein Handy und ging die Kontaktliste durch. Ich wusste, dass er die Nummer des *Green Dragon* gespeichert hatte. Dann rief ich dort an.

»Oh, hallo. Hier spricht James Travers' … Sekretärin. Er hätte gern für heute Abend einen Tisch für zwei. Ja, mir ist klar, dass das sehr kurzfristig ist. Nein, ein Privatzimmer ist nicht nötig. Das Hauptrestaurant geht schon in Ordnung. Vielen Dank. Dann bis später.« Ich lächelte ihn süßlich an. »Kein Problem. Du bist dort offenbar gut bekannt.« Er zuckte mit den Achseln. Viel mehr konnte er auch gar nicht tun. »Was soll ich nur anziehen?«

Ich ging die vielen Outfits durch, die im Schrank hingen. Die Auswahl war riesig. Schließlich entschied ich mich für ein schwarzes, kurzes, eng anliegendes Gummikleid. Es war vorne durchgehend geschnürt, sodass meine Brüste nach oben geschoben wurden und kaum noch verdeckt waren. Hinter den Schnüren war auf verlockende Weise nackte Haut zu erkennen. Ich zog lange, schwarze Stiefel an und legte mir einen Nietengürtel um die Taille. Als Accessoire und um ihn erst recht zu ärgern, nahm ich eine Peitsche und schob sie in den breiten Gürtel. Dann band ich mein Haar zu einem hohen Pferdeschwanz und befestigte es mit einer Silberklemme. Ich wickelte das lockere Haar lose darum, bis ich einen sehr langen, fast schon phallischen Dorn auf dem Kopf hatte. In diesem Outfit wäre ich die Königin jeder Gummifetischbar, und ich fühlte mich darin wie die Domina, die ich sein wollte.

»Bereit?«, fragte ich.

»Lili …«, begann er.

Ich zog die Peitsche aus dem Gürtel und schlug ihm in den Schritt. Er sackte sofort zusammen und biss sich auf die Lippe.

»Was wolltest du sagen?«

»Nichts.«

»Gut. Ich würde dich wirklich nur ungern knebeln. Jetzt werde ich Davis bitten, den Wagen vorzufahren.«

Ich marschierte mit wackelnden Hüften über den Flur und zog James hinter mich her. Das würde ein Spaß werden. Wieder einmal musste ich Davis' völlig ausdrucksloses Gesicht bewundern. Der Mann war diskreter als jeder andere Mensch, dem ich je begegnet war.

Wir wurden zu unserem Tisch geführt, ohne großes Aufsehen zu erregen. Man sagt ja, dass Chinesen unergründlich wären, und an diesem Abend haben sie es bewiesen. Jedes Mal, wenn James so aussah, als wollte er etwas sagen, befingerte ich mit bedrohlicher Miene die Peitsche, und ich bohrte ihm meine Stiefelspitze in den Schritt, wenn er den Blick von mir abwandte. Ich bestellte für uns beide meine Lieblingsgerichte, ohne auf seine Vorlieben einzugehen. Es fiel ihm aufgrund seiner Fesseln schwer, das Essen zum Mund zu führen, und er musste sich weit vorbeugen. Wenn ein Kellner in der Nähe war, sorgte ich dafür, dass James mich laut Mistress nannte, damit auch jeder genau wusste, wer ich war. Es war ein sehr angenehmer Abend. Ich konnte sogar das runde Ende der Peitsche benutzen, um mich dort zu massieren, wo es dringend nötig war. Ich schloss die Augen, als ich kam. Endlich. Ich war so erleichtert, dass ich leise stöhnte. Er sah mich mit finsterer Miene an.

»Du bist eine sehr ungehorsame Sklavin«, murmelte er leise.

»Wie kannst du es wagen?«, fauchte ich und drückte meinen Stiefel gegen seinen gefesselten Penis. Er schnitt eine Grimasse und senkte den Kopf.

»Tut mir sehr leid, Mistress«, murmelte er betreten.

»Unterschreib die Rechnung«, befahl ich.

»Ich habe keine Kreditkarte dabei, Mistress.«

»Dann müssen sie sie dir eben schicken.« Ich hatte so voreilig das Haus verlassen, dass ich völlig vergessen hatte, seine Brieftasche einzustecken. Ich stand auf und ging nach vorne zum Empfang. Die freundliche chinesische Dame, die schon bei meinem ersten Besuch hier gewesen war, stand dort, musterte mein Outfit und runzelte die Stirn. Ich erklärte ihr, dass James seine Kreditkarten vergessen hatte, und wir vereinbarten, dass ihm die Rechnung ins Büro geschickt würde.

»Wenn Sie jetzt bitte unseren Wagen vorfahren lassen würden.«

»Madame, ich ...« Die Frau sah mich an, als ob sie etwas hatte sagen wollen, es sich dann jedoch anders überlegt. Ich fragte mich, ob sie kurz davor war, mir zu erklären, wie Chinesen einen Gentleman zu behandeln pflegten.

»Sie würden es nicht verstehen«, meinte ich und lächelte sie an. Sie lächelte zurück und schüttelte den Kopf. Auf einmal klang ihre Stimme ganz anders.

»Da irren Sie sich, meine Liebe. Die Chinesen sind ein sehr altes Volk.« Ihr wunderbarer, zurückhaltender Tonfall war verschwunden, und sie klang plötzlich, als würde sie tatsächlich aus dieser englischen Stadt kommen.

Als wir zu Hause ankamen, war ich ziemlich erschöpft. Doch ich wollte erst schlafen gehen, wenn ich so gefickt worden war, wie ich es mir schon den ganzen Tag über ersehnt hatte. Ich zog James aus und löste sämtliche Fesseln. Sein Penis war noch immer angespannt und erigiert, und ich band auch ihn los. Dann drückte ich James auf das Bett und setzte mich rittlings auf ihn. Mir war heiß in dem Gummikleid, und ich schwitzte. Ich zog die Peitsche aus dem Gürtel.

»Schnür es auf«, forderte ich. Ich legte mich auf den Rücken, und er kletterte auf mich, um der Forderung nachzukommen. Ich deutete auf meine Stiefel, und er zog sie mir pflichtbewusst aus. Als ich nackt war, ließ ich die Peitsche durch meine Finger gleiten. Ich legte sie in seinen Rücken und zog ihn auf diese Weise auf mich. Als er sich seufzend sinken lassen wollte, drehte ich mich auf die Seite. Ich wollte lieber noch etwas länger die Oberhand behalten. Ich streichelte seine Erektion, bis sein Schwanz wieder hart und aufrecht stand. Dann ließ ich mich darauf sinken und befahl ihm, stillzuhalten. Ich bewegte mich an seiner gesamten Länge auf und ab und genoss jede Sekunde das Reiben seiner Haut auf meiner. Als ich spürte, dass er kam, aber ich noch nicht genug hatte, packte ich ihn fest an der Peniswurzel, um seine Ejakulation aufzuhalten. Er war geschwächt und von seiner eigenen Lust übermannt. Erneut ritt ich ihn und beugte mich nach vorn, sodass sich meine Klit an seinem harten Schwanz rieb, während ich auf und ab hüpfte und spürte, dass sich mein Orgasmus aufbaute. Ich ließ ihn los, und er donnerte die Hüften auf das Bett, packte mein Becken und zog mich auf sich. Ich spürte seinen Schwanz tief in mir, der sich bis in mein Innerstes zu bohren schien. Wild vor Lust ignorierte ich seine Schreie. Ich schob die Finger in mich, damit jeder Körperteil die Aufmerksamkeit bekam, nach der er sich sehnte. Dann schrie ich vor Erleichterung auf und brach völlig erschöpft auf ihm zusammen. Nachdem wir mehrere Minuten geschwiegen hatten, schob er mich von sich runter.

»Ende von Tag eins«, sagte er.

12

Am nächsten Tag schliefen wir sehr lange, was auch kein Wunder war. Keiner von uns würde dieses Tempo die ganze Woche durchhalten können. Während er sehr viel über das nachgedacht zu haben schien, was er plante, war ich besser, wenn ich improvisierte. Schon jetzt hatten wir bereits mehrere Fantasien in die Tat umgesetzt. Aber irgendwie spürte ich, dass wir uns nicht wiederholen würden. Es war beinahe wieder so wie auf den Seychellen. Wir hatten sehr viel Zeit und mussten uns nicht beeilen.

Wir fuhren zur Küste und verbrachten einen ruhigen Tag an verlassenen Stränden. Mrs Davis hatte uns ein köstliches Mittagessen eingepackt, das wir bei einem Picknick verspeisten. Auch wenn dieser Tag im Vergleich zu anderen langweilig klingen mag, hatte er so seine Momente. Es war zu kalt, um am Strand zu liegen, daher suchten wir uns eine geschützte Stelle in den Dünen. James streckte die Hand aus und schob mein T-Shirt hoch, sodass meine nackten Brüste entblößt waren. Ich hatte an diesem Tag keine Lust gehabt, einen BH anzuziehen. Zärtlich drückte er meine Brustwarzen, die bereits anschwollen und dunkel wurden. Er streichelte mich, und ich lehnte mich zurück und genoss die Passivität, die mich überkam. Seine Hände glitten in meine Jeans und nahmen ihre gewohnte Route. Ich streckte mich lasziv und genoss die Aussicht auf ruhigen, befriedigenden Sex. James zog mir die Jeans und das T-Shirt aus, und ich lag nackt da und ließ mich von der Meeresbrise umwehen. Danach entkleidete er sich ebenfalls und legte sich auf mich.

Wir schwiegen beide, während er mit seinen Fingern eine Spur zog, der er mit seinem Penis folgte. Ich war geschwächt und willenlos und wartete nur darauf, dass meine Lust ihren Höhepunkt erreichte. Als er tief in mich hineinglitt, erschauderte ich und genoss das Gefühl, wie sein Glied meine weiche, dunkle, feuchte Muschi ausfüllte. Er rieb mit einem Finger über meine Klit, stimulierte und neckte mich und trieb mich durch diese Berührung in die Ekstase. Wir bewegten uns in perfektem Einklang, und jeder pumpte und pumpte auf das ultimative Ziel hin. Ich hörte die Brandung des Meeres und spürte, wie die Wellen über den Strand wogten, um mich zu erreichen … Bis wir gemeinsam zuckten und den Augenblick der größten Lust erreicht hatten. Dann waren in der Nähe Stimmen zu hören, offenbar lief gerade eine Familie durch die Dünen. Aber ich war zu träge und zu befriedigt, um mich zu bewegen. Ich ließ die Augen geschlossen, weil ich sie nicht sehen wollte.

»Was machen die da, Mama?«, fragte eine Kinderstimme. »Die haben ja gar nichts an.«

»Komm da weg. Das ist ja widerlich. Die sollten sich schämen«, sagte eine zornige Frauenstimme.

Ich kicherte.

»Es würde ihr vermutlich auch guttun, sich mal hemmungslos ihrer Lust hinzugeben«, murmelte ich.

James zog seinen Penis heraus und rollte sich von mir herunter. Die Brise war kühl, und ich erschauderte. Schnell setzte ich mich auf und zog mich wieder an. Ich bewarf James mit seinem Hemd, und er zog es widerwillig über.

»Lass uns aufbrechen«, schlug er vor. »Ich möchte auf dem Rückweg noch ein paar alte Freunde besuchen.«

Das taten wir auch, jedoch vor allem, um in ihrem Pool zu schwimmen. Wir hatten ihn für uns alleine und schwammen nackt. Dabei rangen wir im Wasser sogar ein wenig miteinander. Ich zeigte ihm einige Beindehnungen und Streckübungen, nach denen er wieder sehr erregt war. Er hielt mich über die Düsen des Whirlpools, bis ich durch den Wasserschwall, der auf meine Klit prallte, beinahe kam. Das war nett, aber nicht sehr befriedigend. Obwohl wir beide fast zum Höhepunkt kamen, war es ein seltsamer Augenblick, da wir nicht ganz im Einklang waren. Schließlich massierte er mich an den richtigen Stellen, während ich seinen Penis umklammerte, ihn rieb, daran zog und die Vorhaut über die harte Eichel gleiten ließ. Endlich waren wir beide vorerst befriedigt.

Auf einmal erinnerte ich mich an die Seychellen und den zärtlichen Mann, der mich im Swimmingpool geliebt hatte. Anscheinend hatte ich mir irgendetwas anmerken lassen, da James sofort nachhakte. Zuerst wollte ich nichts erzählen, aber er stocherte weiter und wollte, dass ich die Wahrheit sage. Ach, was soll's, dachte ich und berichtete ihm davon. Einen Moment lang sah er wütend aus, und ich sah mich dazu genötigt, zu erwähnen, dass er mich wegen zwei sehr junger Mädchen sitzen lassen hatte. Er starrte mich wütend an, sagte aber nichts. Ich wusste dennoch, dass er sauer war.

Später sagte er mir, dass er mich für sich alleine wollte. Er betonte, dass er sich nichts einfangen wollte und dass er keine Kondome mochte. Ich erinnerte ihn noch einmal an die beiden Mädchen.

»Du kleine Närrin. Ich würde nie mit solchen Frauen schlafen. Sie mögen ja rein und unschuldig aussehen, aber glaubst du, ich weiß nicht, was sie schon alles gemacht haben? Und du ziehst einfach los und gehst unfassbare Risiken ein.«

»Es tut mir leid. Aber ich war wütend. Und verletzt. Ich

wusste nicht einmal, wer er war. Zuerst habe ich geglaubt, du wärst es, und als mir klar wurde, dass es doch ein anderer war, war es zu spät.«

»Du hast es nur geglaubt? Du hättest dich vergewissern müssen, dass ich es war, bevor du ein solches Risiko eingehst.«

»Tja, jetzt weißt du auch, warum ich dir nichts davon erzählen wollte. Ich hoffe nur, dass das unsere gemeinsame Zeit nicht verdirbt.«

Er sagte während der ganzen Rückfahrt keinen Ton. Wir aßen schweigend zu Abend und gingen ins Bett. Der Tag war sehr schön gewesen, aber mein vorlautes Mundwerk hatte alles verdorben. Vielleicht sollte man mich wirklich knebeln.

Die Woche verging wie im Flug. Ich hatte noch nie zuvor so viel befriedigenden, intensiven Sex an so vielen verschiedenen Orten und auf so unterschiedliche Arten. Es war tatsächlich eine lange Orgie. Viel zu bald war es Samstagvormittag, und betrübt stellte ich fest, dass wir nur noch bis Montag hatten, da James dann nach Rio fliegen würde. Er wollte sich mit Ramon treffen, den er auf den Seychellen kennengelernt hatte. Daher war ich auch nicht wirklich traurig, dass ich nicht mitkommen konnte. Ich fragte mich, ob er den vielen Frauen würde widerstehen können, die ihm zweifellos angeboten wurden. Doch das war mir ausnahmsweise völlig egal. Glücklicherweise würde es nicht mehr lange dauern, bis Dexi und ich ebenfalls aufbrachen und auf Tour gingen.

»Ich habe Pläne für die restliche Zeit geschmiedet«, verkündete James am Samstagmorgen. »Die ultimative Fantasie für uns beide. Ich hoffe, du hast noch nichts anderes vor.« Ich war sehr gespannt, was mich erwartete. »Versprichst du, gehorsam zu sein und alles mitzumachen?«

»Habe ich denn eine andere Wahl?«, fragte ich mit unschuldiger Stimme.

»Es könnte ja sein, dass du die ganze Sache auf sich beruhen lassen willst«, erwiderte James ruhig. »Sobald das Spiel erst mal begonnen hat, gibt es kein Zurück mehr.«

Ich sah ihn neugierig an. Bestanden irgendwelche Zweifel daran, dass ich meinen Spaß hatte? Ich hatte ihm doch schon mehrmals gezeigt, wie weit er gehen konnte. Ich würde alles tun, was er von mir erwartete, und mich mit gleicher Münze revanchieren.

»Das habe ich mir gedacht. Gibt es denn etwas, das mir Sorgen machen sollte? Über das wir vorher sprechen sollten?«

»Nein. Du wirst die nächsten beiden Tage nie vergessen, das verspreche ich dir. Ich denke, du wirst alles erleben, was du dir je erträumt hast.«

Ich war sehr aufgeregt und gespannt darauf, welche meiner Fantasien er erfüllen wollte. Schon jetzt stieg die Erregung in mir auf, und ich überlegte, ob ich eine schnelle Nummer vorschlagen sollte, bevor wir anfingen, beschloss dann jedoch, dass das nicht reichen würde.

»Ich kann mir gar nicht ausmalen, was du vorhast. Dann gehe ich erst mal unter die Dusche«, sagte ich und sprang aus dem Bett.

»Nein. Du kannst später duschen. Zuerst machen wir ein Champagnerfrühstück.« Er drückte auf die Gegensprechanlage, und Sekunden später kam Davis mit einem Speisewagen ins Zimmer. Er nahm die Abdeckungen von den Tellern, öffnete die Champagnerflasche und verschwand dann grinsend wieder.

»Auf den Sex, den Spaß und die ultimative Fantasie«, lautete James' Toast. Wir stießen an. Er leerte schnell sein Glas und nahm dann die Flasche, um nachzuschenken.

»Ich werde mich nur noch an wenig erinnern, wenn wir jetzt schon so viel trinken«, beschwerte ich mich.

»Trink«, befahl er mir.

Wir aßen frische Croissants mit Honig, gefolgt von exotischen Früchten, deren Namen ich nicht einmal kannte. James fütterte mich mit Fruchtstücken und liebkoste mich dabei zärtlich und neckend mit der Zunge und den Fingern. Er war der perfekte Liebhaber, liebevoll und aufmerksam. Er streichelte mich und küsste mich auf eine Weise, wie er mich noch nie zuvor geküsst hatte. Doch wir liebten uns nicht, und er brachte mich auch nicht zum Höhepunkt. Dann öffnete er die Nachttischschublade und holte ein Schmuckkästchen hervor. Ich war verblüfft. Wollte er mir einen Heiratsantrag machen? Das war lächerlich – so eine Art der Beziehung hatten wir nicht. Er reichte mir die Schachtel, und ich öffnete langsam den Deckel, während ich ihm fragend in die Augen sah. Auf einmal nahm er sie mir wieder weg.

»Das kommt später«, beschloss er. Ich starrte ihn neugierig an. Gehörte das schon zum Spiel? Was wollte er mir damit sagen? Er schenkte mir noch mehr Champagner ein und beobachtete, wie ich ihn viel zu schnell herunterstürzte. Allmählich spürte ich die Wirkung des Alkohols und war ein wenig benommen. Er hob eine Glocke hoch und läutete zwei Mal. Daraufhin betraten zwei fremde Mädchen den Raum. Sie trugen etwas, das ich nur als Haremshose und goldene Bustiers bezeichnen kann. Ich starrte sie fasziniert an. Es waren eineiige Zwillinge, und sie hatten dunkles Haar, in das sie Goldfäden geflochten hatten. Und sie waren so klein, dass sie mir knapp bis zur Brust reichten. Ihre mandelförmigen Augen waren schwarz umrandet, und sie bewegten sich völlig synchron. Sie kamen zum Bett, nahmen meine Hände und führten mich aus dem Zimmer. Ich warf James einen fragenden Blick zu, aber er lag mit geschlossenen Augen da und schien alles um sich herum zu ignorieren.

Das Spiel begann. Leicht benommen vom Champagner schwebte ich durch eine Tür, die ich nicht erkannte. Das grelle Licht blendete mich, doch dann begriff ich, dass ich mich in dem Marmorbadezimmer befand, das an das Spielzimmer angrenzte. Wir waren durch die Tür hineingegangen, die ich immer gesucht hatte. Auf diesem Weg war schon mehrmals zuvor jemand hergekommen und hatte mir ein Bad eingelassen. Der Raum sah verändert aus. Überall standen brennende Kerzen, deren Licht von den Spiegeln auf verwirrende Weise reflektiert wurde. Von Öllampen stieg ein exotischer, fremdartiger Duft auf, der schwer, moschusartig und irgendwie unwirklich war.

Ich war nackt, und die Mädchen zogen mich in das duftende Badewasser. Sie stiegen mit mir in die Wanne und begannen, mich einzuseifen und meine Haut sanft abzureiben. Das war auf seltsame Weise erotisch. Ich hatte mich nie für andere Frauen interessiert und bisher noch keine sexuellen Erfahrungen mit ihnen gesammelt. Selbst ein Ringkampf gegen eine andere Frau hatte mir immer widerstrebt. Aber diese beiden wunderschönen Mädchen schienen gar nicht zu bemerken, was sie mit mir machten. Dann legten sie die Seife zur Seite, nahmen meine Hände und führten mich aus der Wanne. Ich musste mich auf einer der Marmorstufen auf ein weiches weißes Handtuch legen, während sie mich sanft trocken tupften. Mit völlig synchronen Bewegungen kümmerten sie sich um jeden Teil meines Körpers. Ich hatte das Gefühl, auf einer Wolke zu schweben, als hätte man mich unter Drogen gesetzt. Das war ein seltsames ätherisches Gefühl.

Als sie mit dem Abtrocknen fertig waren, führten sie mich lautlos durch die Tür ins Spielzimmer. Es war dunkel, und ich konnte nichts erkennen. Hinter einigen Vorhängen war ein Tisch zu sehen, der an meinen Massagetisch erinnerte und der von oben mit blassrosa Licht angestrahlt wurde. Sie bedeuteten mir, dass ich mich auf den Tisch legen sollte. Zärtlich und sanft rieben sie meinen Körper mit warmen Ölen ein. Ich glaubte zu schweben und entspannte mich, während sie sich um mich kümmerten. Der Champagner hatte mich ganz offensichtlich willenlos gemacht, und durch die Duftlampen und das Bad war ich in ein fernes Land befördert worden. Ihre kleinen, frechen Finger erkundeten meinen Körper und untersuchten die intimsten Stellen. Sie wussten genau, wo sie mich berühren mussten. Bald spürte ich die vertrauten Wellen durch meinen Körper tosen. Willenlos und ohne die Kraft, mich zu widersetzen, erlebte ich einen der sinnlichsten Höhepunkte meines Lebens. Die Mädchen kicherten leise und berührten sich dann gegenseitig, um einander zu befriedigen. Ich konnte den Blick nicht von ihnen abwenden, als sie leise keuchten und beide kamen. Danach wandten sie sich erneut mir zu und streichelten mich weiter.

Als ich wieder völlig entspannt war, nahmen sie meine Hände und führten mich vom Tisch weg. Ich verlor jegliches Gefühl für Raum und Zeit. Nur ganz kurz fragte ich mich, was James wohl in der Zwischenzeit machte. Zwischen weiteren Vorhängen verborgen wartete ein Kleiderständer auf mich. Die Mädchen stellten sich rechts und links neben mich und legten ihre kleinen Hände unter meine Brüste, um meine Nippel zu reiben, bis sie abstanden. Als sie zufrieden waren, nahmen sie goldene Ringe und befestigten sie daran. Ich spürte, wie sich das Metall in meine Haut bohrte, und der erotische Schmerz loderte durch meinen Körper. Wieder einmal hatten meine Brustwarzen metallische Spitzen, dieses Mal allerdings goldene. Sie sahen anders aus, aber das Prinzip war dasselbe. In der Mitte der vergoldeten Blumen waren die rosa Spitzen meiner Brustwarzen zu erkennen. Ich blickte nach unten, und die Mädchen brachten die Klemmen noch etwas fester an, damit sie nicht verrutschten. Ich zuckte leicht zusammen, als sich das Metall in mein zartes Fleisch bohrte. Es war ein lustvoller Schmerz. Sie brachten an meinen Oberarmen Sklavinnenarmreifen an und legten mir breite Goldreifen um die Hand- und Fußgelenke. Mein Unterkörper war noch nackt und wartete auf den Rest meines Kostüms. Um meine Taille wurde ein goldenes Band gelegt, das mir die Wespentaille verschaffte, die James so sehr liebte.

Durch das Labyrinth aus Vorhängen wurde ich dann zu einem weiteren Tisch geführt. Meine Kammerzofen legten mich mit dem Rücken darauf und fesselten mich mithilfe meines neuen Körperschmucks daran. Sie spannten sogar ein Band über meine Stirn, sodass ich mich überhaupt nicht mehr bewegen konnte. Was zum Teufel ging hier vor sich? Die Vorhänge bewegten sich, und ein kleiner Mann kam auf mich zu. Ich starrte ihn an. Sein nackter Torso war an jeder nur möglichen Stelle gepierct. In seinen Brustwarzen steckten goldene Stangen, in seinem Bauchnabel ein großer Ring, seine Augenbrauen waren mit mehreren Knöpfen und Ringen verziert, und mehrere Ringe hingen, der Größe nach angeordnet, an seinen Ohren. Seine weite Hose war aus Seide, was offenbar seiner Rolle in meiner seltsamen Fantasie entsprach. Als ich James meine 1001-Nacht-Fantasie beschrieben hatte, hätte ich mir nicht im Traum vorstellen können, dass er auf derart viele Details achten würde. Ich wurde darauf vorbereitet, dem Meister vorgeführt zu werden.

Der Eunuch, falls er denn einer war, nickte den Mädchen

zu, und sie hoben meine Beine und befestigten sie auf beiden Seiten des Tisches an Metallstangen. Sie entfernten den unteren Teil des Tisches, sodass mein Hintern nah am Rand lag. Ich kam mir vor wie auf einem gynäkologischen Tisch im Krankenhaus, nur dass die Patientin gefesselt war und sich nicht bewegen oder wehren konnte. Er rollte einen Wagen an den Tisch, und ich versuchte, zu erkennen, was sich darauf befand. Es roch nach heißem Wachs. Der Mann schaltete eine grelle Lampe ein, und ich war für einen Augenblick geblendet. Dann schob er die Stangen, an denen meine Beine gefesselt waren, auseinander, sodass meine Muschi offen und verletzlich vor ihm lag. Er benetzte meine Schamhaare mit Wachs und riss sie nach und nach aus. Ich schrie laut vor Schmerzen. Eine Wachsbehandlung der Bikinizone konnte ich gerade noch so ertragen, aber das hier war zu viel. Mir stiegen die Tränen in die Augen, als ich nichts als sengenden Schmerz spürte. Ich schrie wie am Spieß, woraufhin er in die Hände klatschte. Meine beiden teuflischen Kammerzofen tauchten wieder auf, und ich flehte sie an, mich freizulassen. Natürlich taten sie es nicht. Stattdessen steckten mir die verräterischen kleinen Hexen einen Knebel in den Mund und wickelten einen Seidenschal darum, um meine Schreie zu ersticken. Ich versuchte, mich zu wehren, aber ich war machtlos. Mehr Wachs. Mehr Schmerzen. Ich fühlte mich schwach, war wütend und wehrlos. Wie konnte James so etwas nur zulassen? Dieser Schweinehund. Das würde ich ihm später heimzahlen. Meine Brustwarzen steckten fest in den Metallklammern, die sich in sie hineinbohrten. Ich fühlte mich nicht wohl und wurde immer wütender – war also sehr weit davon entfernt, es zu genießen, dass meine Fantasie erfüllt wurde.

Wenn es das war, was er wollte, dann konnte mir James gestohlen bleiben. Ich wollte nicht mehr spielen. Ich hatte ihm zwar versprochen, alles mitzumachen, was er geplant hatte, aber das hier ging zu weit. Die Euphorie, die ich eben noch gespürt hatte, war verpufft. Ich war mit einem Schlag wieder nüchtern. Als hätte der gepiercte Wichser meine Gedanken gelesen, befahl er den Mädchen, den Knebel zu entfernen. Die Kopfbinde wurde gelöst, damit ich mich etwas aufrichten konnte, und die Mädchen brachten mir etwas zu trinken. Ich protestierte, aber sie zwangen mich, es herunterzuschlucken. Ich schmeckte einen sehr guten Cognac, dessen Wärme sich in mir ausbreitete und den Schmerz linderte. Wieder legte ich mich hin, da ich mich eigentlich gar nicht wehren konnte. Die Binde wurde erneut angelegt, und der widerliche kleine Mann setzte die Folter fort. Ich konnte gar nicht glauben, dass ich irgendwo am Körper noch Haare haben sollte. Er ließ mich die Arme heben und sah darunter. Zum Glück hatte ich diese Haare bereits selbst entfernt.

Dann besprühte er meine arme gepeinigte Haut mit einem Zeug, das höllisch brannte. Ich schrie wieder auf, ohne dass ein Ton herauskam, und entspannte mich dann, als der Schmerz nachließ. Die Mädchen rieben meinen nackten Venushügel mit einer Salbe ein und ließen mich dann allein. Ich beschloss, sie später zu fragen, was das für eine Creme war, da sie Wunder wirkte. Ich entspannte mich und döste ein, während ich der leisen Musik lauschte. Ich fühlte mich wie ein Sklavenmädchen, exotisch und unfähig, dem zu widerstehen, was mein Meister von mir verlangte. Das war meine Fantasie, genau so hatte ich sie beschrieben, doch die Realität war weitaus weniger angenehm als erhofft. Hoffentlich wurde es bald besser. Ich wurde darauf vorbereitet, dem Meister zu Diensten zu sein. Es war meine Pflicht, alles zu tun, was er wollte. Ihm seine Wünsche von den Augen abzulesen. Ich versetzte mich in die Rolle und glaubte, bereit zu sein für all das, was mich noch erwartete.

Die Mädchen kehrten zurück und lösten die Fesseln. Sie nahmen mir auch die Bänder ab und führten mich erneut ins Badezimmer. Wieder wurde ich gebadet und abgetrocknet. Ich fühlte mich hilflos und als hätte ich keinen eigenen Willen mehr. Fasziniert sah ich mit an, wie sie meine Nägel feilten und lackierten. Nun schienen mir goldene Krallen aus den Fingern zu wachsen. Meine Zehennägel wurden in der gleichen Farbe lackiert. Sie umrahmten meine Augen mit Kajal, sodass ich aussah wie eine 70er-Jahre-Werbung für türkischen Honig. Jetzt sah ich aus wie sie und nicht mehr wie ich selbst. Danach wurde mein Haar straff nach hinten gebunden und mit einem Metallband befestigt. Einen kurzen Augenblick lang hatte ich Angst, dass sie mir diese Haare auch noch entfernen würden. Dagegen hätte ich dann doch Einwände gehabt. Aber sie banden es nur zu einem festen Knoten, den sie in einem kleinen goldenen, mit Strasssteinen besetzten Käfig befestigten. Ich fühlte mich sehr exotisch und war mir selbst fremd.

Sie führten mich durch die Vorhänge und legten mir die goldenen Bänder und Armreifen wieder an. Eine riesige Halskette mit Filigranarbeiten wurde mir um den Hals gelegt, die sich wie ein Muster aus Spitze auf meiner Brust ausbreitete und bis zu meinen Brustwarzen herunterreichte. Zwischen dem Gold flackerten Farben auf, und ich sah mich inzwischen als exotische Prinzessin, die möglicherweise in einem schaurigen, wenngleich jedoch aufregenden B-Movie mitspielen würde. Sie zogen mir eine Haremshose aus durchsichtiger goldener Seide an. Dann banden sie mir goldene Kordeln um die Hüften. Sie hoben einen großen roten Stein auf, der aussah wie ein Rubin und hielten ihn vor meinen Bauchnabel. Nachdem sie etwas Klebriges auf die Rückseite des Edelsteins geschmiert hatten, dehnten sie das Loch aus und drückten ihn mehrere Sekunden lang hinein, weil der Klebstoff vermutlich erst trocknen musste. Es fühlte sich ungewohnt und seltsam an. Mir war, als wäre jeder Teil meines Körpers verändert worden. Überall spürte ich ein leichtes Unbehagen, das jedoch nur bewirkte, dass ich meinen Körper umso deutlicher wahrnahm.

Als sie zufrieden waren, legten sie mir einen Goldreif um die Stirn. Daran war ein dünner Schleier angebracht, der um meinen Kopf herumreichte. Mein Gesicht war davon bedeckt, nur meine Augen blieben frei. Ich kam mir vor wie Salome … Schon überlegte ich, wie ich mit den Hüften wackeln musste, um meinen neuen Meister zu verzaubern.

Sie zeigten mir mein Spiegelbild. Ich erkannte mich nicht wieder. Ich war groß, sodass die Zwillinge neben mir wie Zwerginnen aussahen. Ich hielt den Kopf stolz in die Luft gereckt und sah in der Tat aus wie eine Sklavenprinzessin.

Irgendwo wurde ein Gong geläutet. Ich hörte Bewegungen, und die Musik wurde lauter. Meine Kammerzofen legten mir goldene Ketten an die Bänder an meinen Handgelenken und nahmen je eines davon in die Hand, um mich zu meinem neuen Meister zu führen. Jetzt war ich keine Prinzessin mehr. Ich war nichts weiter als eine Sklavin, die gekauft worden war, um ihm Vergnügen zu bereiten. Sie drückten mich auf den Boden und wiesen mich an, mich hinzuknien. Ich hob den Kopf und sah meinen Meister, der in seidene Roben gekleidete auf einer Couch lag. Er nickte mir zu, und ich erhob mich und kam näher. Nachdem er mich einige Sekunden lang angestarrt hatte, lächelte er und nickte. Offensichtlich hatte ich bestanden.

Als die faszinierende Musik erneut einsetzte, begannen die Zwillinge zu tanzen. Unwillkürlich bewegte ich mich ebenfalls zu der Musik, und sie tanzten an mir vorbei und zupften an meinem Schleier. Als sie ihn endlich gelöst hatten, klatschte der Meister in die Hände, und die Musik hörte auf. Er gab mir ein Zeichen, dass ich näher kommen sollte. Dann beugte er sich vor und schob einen Finger in meine Nippelklemmen. Prompt richteten sich meine Brustwarzen auf und bewirkten, dass ich leicht zusammenzuckte, als sich das Metall fester hineinbohrte. Dieser lustvolle Schmerz. Ich musste mich neben ihn auf das Sofa legen, und er strich mit den Händen über meinen Körper. Ich sehnte mich so sehr nach ihm. Meine Muschi war ganz glatt und haarlos und wartete auf ihn. Dank der Creme spürte ich keine Schmerzen mehr. Ich wollte, dass er sehen konnte, wie glatt und weich ich dort unten war. Mein Herz klopfte wild vor Vorfreude. Ich dachte an die alten Filme, die ich immer so gern gesehen hatte und in denen die Sklavenmädchen von ihren Herren genommen worden waren, wann immer es ihnen beliebte. Ich war nun eines dieser Mädchen, das nichts mehr besaß und dessen einziger Lebenszweck es war, zu dienen.

Der Meister lehnte sich zurück. Ich wollte mich schon aufrichten, um ihn zu liebkosen, auch wenn ich unsicher war, was genau von mir erwartet wurde. Lautlos traten die Zwillinge vor und zogen mich erneut in eine liegende Position. Ich beobachtete, wie sie ihn entkleideten und seinen Penis massierten, bis er voll erigiert war. Dabei fiel mir ein goldenes Band an seiner Peniswurzel auf, das sie zuzogen, als sich seine Erektion aufrichtete. Danach wandten sie sich mir zu und drückten meine Beine auseinander. Erst jetzt bemerkte ich, dass meine Haremshose im Schritt offen war. Sie streichelten meinen haarlosen Venushügel. Es fühlte sich seltsam an, derart enthaart zu sein. Sie hielten meine Arme und Beine gespreizt. Offenbar würden sie uns beobachten, während wir Liebe machten, fickten … was Sklaven eben so taten. Der

Meister legte sich auf mich und schob seinen Penis tief in mich hinein, während eines der Mädchen meine Klit streichelte. Ich hatte das Gefühl, zu schweben und auf direktem Weg in den Himmel zu gelangen. Er pumpte sich in mich hinein, ohne Vorspiel oder Raffinesse. Die Bewegung reichte aus, um mich an den bestimmten Punkt zu bringen, aber nach der exotischen Einführung spürte ich fast gar nichts. Ich glaube, er kam. Mir war es eigentlich egal. Dann blickte ich ihm in die Augen und erkannte, dass er über mein offensichtliches Unbehagen und meine Enttäuschung amüsiert war. Er zog sich aus mir heraus, und ich sah sofort, dass er seinen Orgasmus unterdrückt hatte. Die Klemme an seiner Peniswurzel, die so ähnlich aussah wie die Fesseln, die ich ihm angelegt hatte, verhinderten, dass er kommen konnte. Er schien es zu genießen.

Er lehnte sich wieder zurück auf die Kissen und bedeutete mir, dasselbe zu tun. Die beiden Mädchen verschwanden hinter den Vorhängen und kehrten mit einem großen Dildo mit zwei Enden zurück. Sie führten ihn ein und begannen, sich darauf zu wiegen, wobei sie ihre Arme und Beine miteinander verschlangen. Sie warfen den Kopf in den Nacken, und wir konnten beide sehen, dass sie lachten, als sie kamen. Das war erstaunlich erotisch und versetzte mich erneut in Stimmung. Als sie fertig waren, sah ich, dass der Meister lächelte und ihnen zunickte. Sie kamen zu mir und drehten mich auf den Bauch. Sie spreizten meine Beine und begannen, meinen Anus einzuölen und zu massieren, zuerst sanft, dann immer intensiver. Ich spürte, wie sie etwas hineindrückten. Mein Anus spannte sich und wurde gedehnt. Ich hatte das Gefühl, als könnte ich jeden Moment zerreißen, und hielt ganz still. Als ich glaubte, dass ich unmöglich noch mehr in mir aufnehmen konnte, zogen sie das Objekt wieder heraus. Ich öffnete die Augen und bemerkte erst jetzt, dass ich alles mithilfe der sorgfältig aufgestellten Spiegel genau beobachten konnte. Der Gummidildo wurde aus meinem Hintern gezogen, und der Meister machte sich daran, ihn zu ersetzen.

Sein Penis war immer noch riesig und erigiert, als er ihn gegen meinen Hintern drückte. Er legte die Arme um mich und zog mich dicht an sich, während er sein Glied in meinen eingeölten Hintern schob und mich bis zum Anschlag ausfüllte. Ich wartete und wagte es kaum zu atmen, und ich konnte mich nicht bewegen. Sanft zog er mich über sich, bis ich auf seinen Penis gespießt auf ihm lag. Die Zwillinge traten vor und drückten meine Beine auseinander. Sie schoben den Dildo vorsichtig ganz tief in mich hinein. Während eine von ihnen ihn immer wieder rein und raus zog und dabei fest gegen mein Schambein und meine Klit drückte, während die andere meine Brüste knetete. Ich spürte, wie sich der Meister auf und ab bewegte und die Mädchen sich diesem Rhythmus perfekt anpassten. So etwas hatte ich noch nie zuvor gespürt. Ich war eine tosende Masse orgasmischer Flüssigkeiten, nicht länger ein Körper aus Fleisch und Blut, sondern ein einziges Lustzentrum. Mir floss das Blut fast schon schmerzhaft durch die Adern, als mich ein Orgasmus übermannte, der gar nicht mehr aufhören wollte. Auch der Meister kam heftig, während ich das Gefühl hatte, in Flammen zu stehen. Hinterher wusste ich nicht mehr, wie lange ich dort gelegen hatte. Mir war jegliches Zeitgefühl abhandengekommen. Ich lag auf dem Rücken und musste absolut nichts tun, um etwas beizutragen. Diesen Orgasmus würde ich nie im Leben wieder vergessen. Jemand musste mich vom Meister heruntergehoben haben, aber meine Hüften zuckten noch immer. Der Meister blickte auf mich herab und schnippte mit den Fingern, damit der Dildo aus mir herausgezogen wurde.

»Wow!«, hauchte ich. Er hob warnend einen Finger, um mich zum Schweigen zu bringen. Offenbar war es nicht erlaubt, ihn anzusprechen.

»Schweig, Sklavin. Du darfst nur etwas sagen, wenn ich es dir erlaube.«

»Es tut mir leid, Meister«, murmelte ich mit gesenktem Kopf. Er stand auf und nahm eine Peitsche in die Hand. Dann drehte er mich mit dem Fuß auf den Bauch und schlug mir auf den Rücken, sodass sich rote Streifen abzeichneten. Grinsend legte er die Peitsche wieder zur Seite.

»Du kannst dich glücklich schätzen, dass du dich so gut benommen hast. Sonst wärst du schwer bestraft worden, weil du es gewagt hast, mich anzusprechen. Bringt Essen und Wein und macht Musik«, rief er auf einmal. Ich war viel zu ausgelaugt, um mich zu bewegen. Irgendwie hatte ich nicht das Gefühl, schon wieder in die Realität zurückgekehrt zu sein.

Eine sinnliche, fremdartige Musik ertönte. Weitere exotische, moschusartige Düfte erfüllten die Luft. Die Mädchen trugen einen niedrigen Tisch und mehrere Teller voller seltsamer Dinge herein. Ich sah Früchte, Fleisch, Honig und Nüsse und merkte auf einmal, dass ich großen Hunger hatte. Vielleicht würde mir etwas zu essen die Kraft verleihen, das durchzustehen, was mich noch erwartete. Das war keine Fantasie mehr, kein Spiel, das wir spielten. Ich wuchs in meine Rolle hinein und wusste, dass ich jede Sekunde genießen würde. Ich setzte mich auf, um an dem Festmahl teilzunehmen. Die Lieblingssklavin durfte doch bestimmt zusammen mit ihrem Meister essen?

Man brachte eine Couch für mich herein, und wir lagen einander gegenüber und genossen die seltsamen Gerichte. Wir tranken dunklen, schweren Wein aus Silberbechern, die sofort aufgefüllt wurden, sobald wir sie geleert hatten. Als wir gesättigt waren, wurde alles weggeräumt. Ich lag schweigend und wartend da und fragte mich, was als Nächstes kommen würde. James spielte seine Rolle gut, und ich ging völlig in meiner auf, wobei ich natürlich auf meine Kosten kam. Ich fühlte mich auf wunderbare Weise lethargisch und befriedigt. Doch diese Stimmung hielt nicht lange vor. Vielleicht lag es am Wein oder dem exotischen Ambiente, aber wir waren schon bald beide bereit für mehr. Ich wusste nicht, ob es Tag oder Nacht war. Ich hatte nicht die leiseste Ahnung, wie lange wir uns schon in dieser seltsamen Umgebung befanden.

Der Meister führte mich in einen Raum, der zu einem exotischen Schlafzimmer umgebaut worden war. Er sah aus wie ein Zeltlager, und ich bildete mir ein, über uns die Sterne sehen zu können. Dann mussten die Mädchen mir die Hose ausziehen und die schwere Halskette abnehmen. Ich trug nun nur noch die Reifen an den Hand- und Fußgelenken und an den Oberarmen sowie meine vergoldeten Nippelringe. Der Meister berührte den Rubin in meinem Bauchnabel und drehte daran, sodass mich der lustvolle Schmerz ausfüllte. Dabei empfing ich auch sofort wieder erotische Botschaften im Schritt. Der Meister streichelte meinen Körper und bedeutete mir, dass es mir gestattet sei, ihn erneut zu erregen. Dieses Mal waren wir allein, und ich hatte das Gefühl, unbefangener agieren zu können. Er spreizte meine Beine und küsste meinen nackten Venushügel. Die haarlose Haut schien ihm zu gefallen, und ich war nicht länger sauer auf ihn, weil ich diese Schmerzen hatte ertragen müssen.

Auf einmal drehte er sich zur Seite und nahm die Schmuckschatulle von einem Beistelltisch. Er öffnete sie und nahm einen goldenen Ring heraus. Ich starrte ihn fasziniert an. Er sah aus wie ein Ehering. Mit einem Schlag war ich wieder in meine Zeit zurückversetzt worden. Ich war noch lange nicht bereit für eine derartige Bindung. Er allerdings auch nicht. Ich wollte mich schon aufsetzen und protestieren, aber er drückte mich wieder in die Kissen und schob den Ring auf meinen Ringfinger. Bevor ich etwas sagen konnte, hatte er auch schon einen zweiten Ring in der Hand und schob ihn auf den Ringfinger der anderen Hand. Es folgten noch zwei weitere Ringe. Ich sah auf meine Hände herab und lächelte James dann an. Dabei fragte ich mich, aus welchem Grund er sie mir geschenkt hatte, verdrängte diesen Gedanken jedoch schnell wieder, denn er hatte schon längst etwas anderes im Sinn. Ich genoss das Gefühl, seinen nackten Körper zu spüren, als wir uns auf den Laken herumrollten, einander neckten und den wohl großartigsten Sex hatten, den man haben konnte. Mir war klar, dass ich nie wieder einem anderen Mann begegnen würde, der das so wunderbar und so oft mit mir machen konnte. Ich war im Sexhimmel.

Einige Stunden später erfuhr ich dann genau, warum er mir diese Ringe gegeben hatte. Es waren definitiv keine Eheringe.

13

Wieder verlor ich jegliches Zeitgefühl, während wir uns liebten, zärtlich miteinander rangen, eindösten und erneut Sex hatten. Zwischendurch tranken wir Wein, Champagner oder Brandy. Wir waren in einen Zustand völliger Euphorie verfallen, in dem außerhalb der Seidenvorhänge, die uns umgaben, nichts existierte. Ein Gong riss mich aus dem Tiefschlaf, und ich versuchte herauszufinden, warum er geschlagen worden war und wo ich mich überhaupt befand. Benommen vom Schlaf, dem Wein und allem anderen fühlte ich mich seltsam losgelöst und konnte nicht denken.

»Lili? Ich möchte, dass du etwas für mich tust. Bist du bereit dazu?«

»Hängt davon ab«, murmelte ich träge. Er seufzte, stützte sich auf einen Ellenbogen und lächelte mich an. »Natürlich«, sagte ich grinsend und nahm die Beine wieder auseinander. Inzwischen war mir alles egal.

»Hör mir gut zu«, sagte er mit ernster Miene. »Ich möchte, dass du die Ringe trägst, die ich dir gegeben habe.« Er hielt meine Hände und drehte die Ringe. »An einem ganz besonderen Ort.«

»Etwa in der Nase?«

»Nicht ganz«, erwiderte er. »Du stehst doch auf Piercings, oder nicht?«

»Ich habe nichts dagegen. Was hast du vor?«

»Ich habe gehört«, begann er mit sanfter Stimme und befingerte meine Muschi, »dass Ringe, die an bestimmten Stellen der Schamlippen platziert werden, das Erlebnis noch drastisch steigern.« Er zwickte mit dem Daumen und dem Zeigefinger in meine nackte Haut, sodass mich die Lust durchfuhr. Dann bohrte er seine Fingernägel sanft hinein. Trotz der Exzesse der letzten Tage war mein Interesse sofort wieder geweckt.

»Was muss ich tun?«, wollte ich wissen. Ich setzte mich auf und blickte ihm in die Augen. Ich war in der Tat interessiert. »Warum bist du so zurückhaltend? Das passt gar nicht zu dir.«

»Ich war mir nicht sicher, wie du es aufnehmen würdest. Das ist ein ziemlich empfindlicher Bereich da unten, nicht wahr?« Er machte mich mit den Bewegungen seiner Finger an der fraglichen Stelle beinahe verrückt.

»Kann ich darüber nachdenken?«

»Ein paar Minuten. Überleg dir nur, wie sich die Ringe in meinen Penis drücken würden, wie jede meiner Bewegungen durch deine goldenen Ringe verstärkt würde.«

Ich lehnte mich zurück und dachte nach. Er neckte mich mit seinem steifen Penis, den er mit einer Hand gegen meine Muschi drückte, während er mit der anderen meine Schamlippen spreizte. Endlich schob er ihn hinein. Seine Finger rieben fest über meine Klit. Ich drückte mich gegen ihn und fragte mich, wie es sich mit den Ringen wohl anfühlen würde. Ich hatte mir im Internet schon Seiten mit Genitalpiercings angesehen. Wow! Sofort war mir klar, dass ich mich nicht weigern konnte.

Als ich kam, schrie ich es laut heraus.

»Ja. Ja. Ja. Mach es.« Ich erschlaffte, als sein Orgasmus durch unsere Körper schoss. Einen Augenblick lagen wir ganz still da. Dann drückte er sich hoch und sah mich an.

»Habe ich gerade eben deine Zustimmung gehört?«

»Mir gefällt der Gedanke«, erwiderte ich entschlossen. Die Ringe würden meine Erregung noch drastisch steigern. Bei dem Gedanken konnte ich schon nicht mehr still liegen. Dann blickte ich die Ringe an meinen Fingern an. »Alle vier?«

»So hatte ich mir das gedacht. Zwei auf jeder Seite. Dir ist hoffentlich klar, dass das nicht schmerzfrei zu machen ist.«

»Es wird ein lustvoller Schmerz sein«, entgegnete ich und war glücklich. Vermutlich war ich zu berauscht von alldem fantastischen Sex, um noch klar denken zu können. Wir lagen nebeneinander. Entspannt. Vorerst befriedigt. Er stand auf und goss uns beiden Wein ein. Ich setzte mich auf und sah meine Finger und die vier goldenen Ringe an. Ich würde mich piercen lassen, sobald es möglich war. Vielleicht als Überraschung, wenn er wieder nach Hause kam.

James holte ein Blatt Papier unter seinem Kissen hervor. Er reichte es mir zum Unterschreiben. Ich warf kurz einen Blick darauf und beschloss, dass mir das alles jetzt viel zu kompliziert war.

»Du musst es unterschreiben«, sagte er.

»Was ist das?«

»Eine Einverständniserklärung. Für das Piercen.« Ich zuckte mit den Achseln. Na und? Ich hatte mich doch längst entschieden, oder? Ich nahm das Blatt und den Stift und setzte meine Unterschrift darunter, mit der ich auch Autogramme gab. So wichtig konnte das schon nicht sein.

Die Zwillinge kehrten zurück und führten mich auf James' Nicken hin weg. Er sah mir nach. Ich warf ihm einen sehnsüchtigen Blick über die Schulter zu, als sie mich wegbrachten.

Im Marmorbadezimmer brannten jetzt noch mehr Kerzen, und von den Öllampen stieg ein entspannender Duft auf. Die

Mädchen zogen mir alles bis auf die vier Ringe aus, auch die Sklavenarmreifen, und der rote Edelstein aus meinem Bauchnabel wurde entfernt. Sie lösten mein Haar, und ich wurde erneut von meinen Kammerzofen gebadet und abgetrocknet. Als sie fertig waren, wurde wieder der Tisch hereingetragen, auf dem ich während der schmerzhaften Entfernung meiner Schamhaare angeschnallt gewesen war. Bei der Erinnerung erschauderte ich, auch wenn mir klar war, dass ich es eigentlich nicht bereute. Ich protestierte leicht, als sie mich erneut auf dem Tisch festbanden. Meine Beine wurden wieder an den Stangen befestigt und dieses Mal mit Ketten gefesselt, damit ich sie nicht bewegen konnte. Sie legten weitere Riemen um meinen Körper, und ich konnte mich nicht mehr rühren. Leicht zitternd wartete ich auf das, was jetzt kam. Die Tür wurde geöffnet, und ich war gespannt, wer hereinkommen würde. Ein Wagen wurde hereingeschoben. Dieses Mal konnte ich kein Wachs riechen. Dann sah ich den gepiercten Mann, der mich zuvor schon gequält hatte. James folgte ihm und blickte auf mich herab.

»Was geht hier vor sich?«, wollte ich wissen.

»Vertrau mir. Du hast gesagt, dass du gepierct werden möchtest. Ich habe alles in die Wege geleitet«, sagte James mit ausdrucksloser Stimme.

»Was, jetzt?« Ich schluckte schwer. »Ich hatte nicht damit gerechnet, dass ich es sofort machen lassen soll.«

»Dann bis später, Süße«, sagte James.

Süße? Was zum Teufel hatte er vor? So hatte er mich noch nie genannt, höchstens wenn ich die Schlampe spielte und er mich ärgern wollte. Er verschwand durch die Tür, und die Zwillinge machten sich erneut an die Arbeit. Sie zogen mir die Ringe von den Fingern, und ich hoffte, dass sie sich nicht damit aus dem Staub machen wollten. Sie legten sie in eine

Schale mit einer Flüssigkeit, die antiseptisch roch. Ich schaute ihnen zu, so gut ich konnte, bis der moppelige Gepiercte näher kam und mir zwischen die Beine sah. Er nahm meine Schamlippen und kniff hinein. Dann untersuchte er meine Muschi ganz genau. Er zog eine Kette aus Taillenhöhe herunter und legte sie über die Ansätze meiner Oberschenkel, sodass mein Hintern noch weiter nach unten gedrückt wurde und ich nicht mal mehr zucken konnte. Daraufhin besprühte er mich mit einem Mittel aus einer Dose, und augenblicklich hatte ich das Gefühl, als wäre in meinem Schritt alles gefroren. Ich kreischte und fluchte leise, woraufhin meine drei Beobachter breit grinsten. Dennoch wollte ich weitermachen. Ich spürte noch etwas anderes. Da war ein leichtes Zwicken an meinen Schamlippen. Dann noch eins und noch eins. Insgesamt vier Mal. Der Mistkerl piercte mich auf beiden Seiten. Schon bald würden die Ringe meine Schamlippen zieren. Ich wurde von einer Mischung aus Freude, Aufregung und Unruhe gepackt.

»Ihr Schweine«, schrie ich, als ich den Schmerz jetzt richtig spürte. »So hab ich das nicht gemeint. Ich wollte das jetzt noch nicht.« Ich beschloss, sie alle zu verklagen, sobald meine Fesseln gelöst wurden. Als Erstes James und danach den Gepiercten. Die Zwillinge kämen dann zum Schluss. Dabei war mir völlig entfallen, dass ich ja mein Einverständnis gegeben hatte. In diesem Moment erregte etwas anderes meine Aufmerksamkeit.

Ich sah mit an, wie der Kerl nach den Ringen griff und sie irgendwie öffnete. »Ich werde jetzt jeden anbringen und mit einer Zange befestigen«, erklärte er mir. Die Mädchen beobachteten ihn völlig fasziniert. Er reichte mir einen Spiegel. »Siehst du?«, fragte er und zeigte mir den Clip.

Die Zwillinge blickten mir in die Augen, weil sie gespannt

auf meine Reaktion waren. Ich nickte, und er brachte die vier Ringe an. Trotz allem war ich sehr erregt. Ich fühlte mich exotisch und spürte schon jetzt die Wirkung, die die Ringe an dieser speziellen Stelle entfalteten. Es war unglaublich stimulierend. Erotisch. Ich wusste, dass viele Menschen an derartigen Stellen Piercings hatten. Aber ich hatte nie zuvor darüber nachgedacht. Vielleicht hätte ich das schon längst machen lassen sollen. Wie überrascht ein Mann wohl ausgesehen hätte, sobald er die vier Ringe an meinen Schamlippen entdeckte. Sie konnten den Sex für mich auf völlig neue Art und Weise verbessern. Erneut sprühte mich der Gepiercte mit dem Spray ein, und ich zuckte zusammen, als es in meinem Schritt eiskalt wurde. Das musste ein Betäubungsmittel sein. Noch spürte ich keine starken Schmerzen. Die Mädchen wuschen das Blut weg. Ich rechnete allerdings damit, dass ich später sehr starke Schmerzen haben würde. Schließlich hatten mir schon meine ersten Ohrringe einige Probleme bereitet.

»Du Schwein!«, brüllte ich. »Das hat dir wohl Spaß gemacht, was?« Auch wenn ich mein Einverständnis gegeben hatte, war ich noch lange nicht bereit, zuzugeben, wie sehr mich das anmachte.

»Halt den Mund und hör zu. Ich lasse dir eine Lotion da, mit der du dich eincremen musst. Säubere die Ringe wenigstens drei Mal am Tag. Du hast bereits Piercings und kennst dich also damit aus. Es wird schnell verheilen, aber ich würde dir raten, eine oder zwei Wochen auf Orgien zu verzichten. Ich komme morgen noch mal vorbei und sehe nach dir. Werft das Zeug weg«, sagte er zu den Mädchen und deutete auf seine verschiedenen Piercingwerkzeuge. Sie wurden entsorgt – zumindest das war eine Erleichterung. Er drehte sich um und verließ den Raum, wobei er den Rest seiner Ausrüstung mitnahm. Ich musste widerstrebend zugeben, dass er sehr gut war. Er hatte ordentliche Arbeit geleistet, und ich war dabei bisher größtenteils schmerzfrei weggekommen.

Die Mädchen brachten den Wagen raus und kamen mit James zurück. Sie wirkten fast schon stolz, als sie ihm meine Verschönerung zeigten. Er berührte die Ringe sanft mit den Fingern.

»Vierfaches Eheglück.« Er beugte sich über mich und küsste mich auf die Lippen. Dann strich er über meinen Körper und glitt mit den Fingern unter die verschiedenen Fesseln aus Metall, mit denen ich an den Tisch gebunden war.

»Macht sie los«, befahl er den Mädchen. »Zieht ihr dann was an und bringt sie in mein Zimmer.«

Mir fiel auf, dass er wieder normal gekleidet war. Offenbar war der arabische Teil unserer Orgie vorüber. Ich vermutete, dass es auch etwas mit den mir auferlegten Einschränkungen zu tun hatte.

Zärtlich wuschen die Zwillinge meine Muschi, trockneten sie ab und lösten meine Fesseln. Ich rieb mir die steifen Gliedmaßen und stand auf. Als ich das tat, strömte das Blut erst wieder richtig durch meinen Körper, und ich spürte den stechenden Schmerz, während ich mir gleichzeitig der Ringe richtig bewusst wurde.

»Verdammte Scheiße«, fluchte ich. »Könnt ihr dagegen nichts unternehmen?«

Sie grinsten mich an, kicherten und nahmen ein Kleid, das bereitgehängt worden war. Ich fühlte mich unwohler als je zuvor in meinem Leben. Beim Gehen kam es mir so vor, als hätte ich Hula-Hoop-Reifen in den Schamlippen.

Ich biss die Zähne zusammen. Die Zwillinge schoben mir ein schmales Höschen zwischen die Beine und banden es an der Seite zu. Das war vermutlich zu meinem Schutz gedacht. Dann zogen sie mir das weiche, schwarze Kleid über den

Kopf und steckten meine Füße in goldene Sandalen. Sie legten mir auch die zahlreichen Reifen um Arme und Beine, als sollte mir mein Status als verziertes Dekoobjekt weiterhin bewusst sein. Schließlich führten mich die Zwillinge zu James' Schlafzimmer und fort aus dem Fantasiereich des Spielzimmers.

Als ich hereinkam, saß James an seinem Schreibtisch. Er drehte sich zu mir herum und musterte meine relativ normale Kleidung.

»Ich hatte mir gedacht, dass wir an unserem letzten gemeinsamen Abend ein gemütliches Dinner einnehmen könnten«, sagte er mit sanfter Stimme.

»Ich habe völlig das Zeitgefühl verloren. Wie spät ist es? Und welchen Tag haben wir überhaupt?«

»Es ist später Sonntagabend. Unsere Woche ist vorbei. Morgen fliege ich nach Rio.« Er stand auf und goss uns Champagner ein. »Auf eine unvergessliche Woche«, sagte er dann.

»Unvergesslich war sie auf jeden Fall.«

»Ich denke, dass du mein Geschenk auf lange Sicht genießen wirst.« Seine Augen glitzerten seltsam, aber ich begriff nicht, was der Grund dafür war. Was hatte ich davon, dass er mich mit einigen Goldringen verschönert hatte? Sie brachten mir nicht viel – aber sie machten mich ehrlich gesagt ziemlich heiß. »Sie sind aus reinem Gold, musst du wissen, und daher einiges wert.« Er deutete auf die Ringe an meinen Handgelenken, Armen und Fußknöcheln. Sie waren alle ziemlich schwer, und wenn sie wirklich aus Gold waren, dann trug ich einiges an Wert am Körper. Das beruhigte mich ein wenig. Falls ich irgendwann Geld brauchen würde, könnte ich sie jederzeit verkaufen.

Nach einem genüsslichen Abendessen, das im Esszimmer serviert wurde, gingen wir wieder ins Bett, dieses Mal allerdings, um zu schlafen. Wir waren beide erschöpft und hatten erst einmal kein Verlangen mehr nach Sex. Die Schmerzen in meinen Schamlippen hätten das ohnehin verhindert. Gleichzeitig gewöhnte ich mich aber an meine neue Verschönerung und an das veränderte Gefühl in meinem Schritt, wobei ich schon gespannt darauf war, wie sie sich in Zukunft auswirken würden. In diesem Augenblick hätte ich allerdings jeden umgebracht, der auch nur andeutete, jetzt mit mir Sex haben zu wollen.

Am nächsten Morgen badete ich und benutzte anschließend die Lotion, die mir der Gepiercte gegeben hatte. Sie bestand aus irgendwelchen Kräutern und wer weiß was noch alles, und ich merkte schnell, dass sie den Heilungsprozess beschleunigte. Ich drehte die Ringe regelmäßig, damit sie nicht stecken blieben und es zu einer Infektion kommen konnte. James verbrachte einen Großteil des Montags am Telefon und packte. Ich lungerte lustlos herum und wollte noch nicht wieder an die Arbeit denken. Am Nachmittag kam der Gepiercte vorbei und ging mit mir und James ins Marmorbadezimmer, um sein Werk in Augenschein zu nehmen. Ich legte mich wieder auf den Tisch, wurde dieses Mal jedoch nicht gefesselt. Schließlich wollten sie ja nur nachsehen, ob alles in Ordnung war.

»Sieht gut aus«, meinte der Gepiercte. »Gute Arbeit, was?« James nickte.

»Ich will es auch sehen«, verlangte ich. James reichte mir einen Spiegel. Die Ringe glänzten im grellen Licht und sahen sehr gut aus. Ich ließ die Männer nicht merken, dass sie mir immer besser gefielen.

»Du bist von jetzt an mein Eigentum«, sagte James grinsend. Er hielt den Spiegel noch einmal hoch und zeigte mir meine Muschi. »Meine eigene Version eines Keuschheitsgürtels. Du hast mir mal gesagt, du hättest eine Fantasie, in der du einen Keuschheitsgürtel tragen musst, der nur von deinem Herrn geöffnet werden kann. Tja, den hast du jetzt. Ein rein psychologischer Gürtel, den du selbst beeinflusst. Immer wenn du überlegst, mir untreu zu werden, wirst du an die Ringe denken. Jeder Mann, mit dem du intim wirst, sieht mein Zeichen. Du kannst deine Pflichten nie mehr vergessen, da dich die Ringe immer daran erinnern werden. Ich will dich eben für mich behalten.« Sein lautes Lachen hallte durch das Badezimmer, und ich war ausgesprochen erregt. Ein Teil des Sklavenmädchens schien zurückgeblieben zu sein. Es war so aufregend, diesen »Keuschheitsgürtel« zu tragen und allein durch die Kraft meines Gewissens für einen Mann reserviert zu sein, dass meine Lust entfacht wurde. Langsam folgte ich James, während ich gleichzeitig mein vorlautes Mundwerk verfluchte. Hatte ich ihm unbedingt von dieser Fantasie erzählen müssen? Meiner Fantasie hätte diese Version eines Keuschheitsgürtels niemals entspringen können.

»Nur so aus Interesse: Wie werde ich die Dinger wieder los?«, wollte ich wissen.

»Indem ich sie aufschließe«, antwortete er grinsend. »Wie früher, wenn die Ritter auf Kreuzzug gingen. Dann verschwindet auch deine mentale Treue zu mir. Aber jetzt muss ich los, sonst verpasse ich noch meinen Flug. Viel Spaß bei deiner Tour, und benimm dich. Aber das muss ich ja wohl nicht extra sagen, oder?« Er küsste mich auf die Wange und eilte aus dem Zimmer und aus dem Haus.

Ich stand alleine da und versuchte zu begreifen, was alles passiert war. Offensichtlich wollte er verhindern, dass ich mit anderen Männern schlief, während er weg war. Was noch lange nicht hieß, dass er nicht tun konnte, wonach ihm der Sinn stand. So ein Arschloch, dachte ich. Was für ein widerlicher Scheißkerl. Was für eine Gedankenmanipulation. Wenn er glaubte, ich würde mich einfach zurücklehnen und mein Leben von ihm bestimmen lassen, dann hatte er sich geirrt. Ich würde mir die Ringe so schnell wie möglich wieder entfernen lassen. Und was die mentale Loyalität anging, die ich vermeintlich fühlte … Ich musste mir eingestehen, dass ich bei dem Gedanken daran tatsächlich feucht wurde. Dexi würde wissen, was zu tun war. Ich rief ihn sofort an.

Als Dexi ans Telefon ging, war es mir auf einmal peinlich, die Frage zu stellen, die mir auf den Lippen lag. Wie in aller Welt sollte ich ihm sagen, was ich zugelassen hatte und dass ein Mann meine Muschi allein durch psychologische Suggestion gefangen hielt? Ich hätte doch wie eine ausgemachte Idiotin ausgesehen, wenn ich auf einmal meine Meinung geändert hätte. Er würde den Respekt vor mir verlieren, und der bedeutete mir eine Menge. Auch wenn wir über viele Dinge sprachen, hatte ich meine Vorliebe für Fesselspiele noch nie erwähnt. Zum Glück plauderte Dexi jedoch nur über die Dinge, die er für uns in die Wege geleitet hatte. Ich brauchte noch ein paar Wochen, bis ich wieder richtig in Form war, und würde trainieren, während er alles regelte. Er war so enthusiastisch und voller Pläne. Er bestand darauf, dass jeder, der einen Kampf buchte, einige Informationen über sich angeben musste. Das war zwar noch lange nicht absolut sicher, aber ich hatte zumindest einen guten Grund, einen Kampf abzulehnen, wenn der Klient bei seinen Angaben gelogen hatte. Wenn jemand behauptete, siebzig Kilo zu wiegen und dann ein Fettsack auftauchte, hatte ich handfeste Argumente, um nicht kämpfen zu müssen. Ich war besonders aufgeregt, als er erzählte, dass wir eine Einladung erhalten hatten, um in Mexiko zu kämpfen. Sofort träumte Dexi von exotischen Kostümen, während ich von allem Exotischen vorerst die Nase voll hatte.

Ich erzählte Dexi noch eine ganze Weile lang nichts von der Verschönerung meines Körpers, aber ich wusste, dass er es sehr bald selbst herausfinden würde. Vermutlich fand er es merkwürdig, dass ich nicht von ihm massiert werden wollte. Die Ringe machten mir hingegen so gut wie keine Probleme. Die Wunden verheilten gut. Die Lotion war sehr beruhigend, und so lange ich das anspruchsvolle Reinigungsritual einhielt, würde alles gut bleiben. Währenddessen schmiedete ich Rachepläne. Ich würde einen Weg finden, James das heimzuzahlen. Ein Penisschloss kam mir auf einmal sehr reizvoll vor. In besonders gestressten Momenten dachte ich sogar über Kastration nach, wenn ich frustriert dasaß und nach einer Erleichterung gierte. Wie lange musste ich warten, bis ich wieder mit einem Mann schlafen konnte? Masturbieren war ja ganz nett, aber ich wollte mehr. Großer Gott! Es war wirklich psychologische Folter. Er würde mich nie allein durch Gedankenmanipulation daran hindern können, Sex zu haben. Es würde noch etwa zwei Monate dauern, bis wir uns wiedersahen. Wie konnte er mich nur in eine solche Lage bringen? Dieser verdammte James William Travers. In Sachen Dominanz war er mir tatsächlich meilenweit voraus.

Am Tag bevor wir zu unserer Tour aufbrechen wollten, kam Dexi ins Fitnessstudio, als ich gerade fertig trainiert hatte.

»Wie wär's mit einer Massage?«, fragte er und baute den Tisch auf.

»Ich weiß nicht«, erwiderte ich zögerlich. Er schien es nicht zu hören und breitete ein Handtuch für mich aus. Ich zog mein Oberteil aus, behielt jedoch die Hose an. Er starrte mich an.

»Ich schätze, du hast mir was zu sagen.« Er stand wartend da, 1,82 Meter gut aussehende Manneskraft, die jedes Herz schmelzen konnte, insbesondere wenn es männlich war. Ich sah zu Boden und zog langsam meine Hose aus. Er starrte meine nackte, beringte Muschi an. »So, so«, meinte er dann.

»Oh Dexi ... Ich weiß gar nicht, was ich sagen soll. Das war James' Idee.«

»Das überrascht mich. Wie in aller Welt hat er dich dazu gebracht, dem zuzustimmen?«

Ich wandte den Blick ab und holte tief Luft.

»Das macht einen ziemlich an, was?«, gab ich zu. »Und weißt du, was das Krasseste ist? Sie sind eher ein Souvenir und sollen mich daran erinnern, dass ich für keinen anderen die Hose runterlassen darf. Das ist zwar frustrierend, aber unser Wiedersehen wird dadurch umso heißer.«

»Das ist eine verdammt gerissene Gedankenmanipulation, das muss ich zugeben.« Er grinste. »Dann musst du dich mit einer stinknormalen Massage zufriedengeben. Keine Extras für dich, meine Liebe.« Er fing an, mich zu massieren. Es kam mir vor, als wäre es eine Ewigkeit her, dass ich seine vertrauten Hände auf meinem Körper gespürt hatte. Doch ich sehnte mich verzweifelt nach einer Erleichterung. Also spreizte ich die Beine, so weit ich konnte, und lud ihn dazu ein, seine Massage zu erweitern. Er schob seine Finger in mich hinein und bewegte sie dort. Sofort wurde ich feucht und begann, langsam in Richtung Befriedigung zu treiben, doch als meine Schamlippen anschwollen, wuchs auch die Anspannung, und ich merkte, wie ich gegen die Schuldgefühle ankämpfte, die mir einreden wollten, ich wäre untreu. Ich konnte nicht fassen, dass mich James auf diese Weise beeinflusste. Aber er hatte recht, die Ringe waren eine große, unübersehbare Erinnerung daran, dass es allein sein Wille war, der mich davon abhielt, Dexis Liebkosungen zu genießen. Am schlimmsten war jedoch, dass es funktionierte. Ich war so erregt. Dexi bearbeitete mich und gab sich die größte Mühe, aber ich erreichte einfach nicht diesen magischen Punkt, weil ich jedes Mal, wenn ich kurz davor war, an die Ringe denken musste.

»Dieser verdammte Mistkerl«, rief ich frustriert. »Dieses Arschloch. Wo zum Henker steckt er? Ich verlange, dass er sofort zurückkommt und mir diese Dinger abnimmt. Das ist ja eine verdammte Gehirnwäsche!« Ich hatte dem Piercing zwar zugestimmt, aber dieser Gedankenmanipulation bestimmt nicht. Gut, ich hatte den ganzen Plan auch nicht gekannt. Ich konnte Dexi deutlich ansehen, dass er sich über mich amüsierte, aber er war clever genug, keinen Kommentar abzugeben. Er massierte mich einfach weiter und schlug mir schließlich auf den Hintern.

»Komm schon. Wir müssen morgen früh aufstehen. Wir haben in den nächsten Wochen eine Menge vor und werden viel Geld verdienen. Danach können wir über unsere Zukunft nachdenken.« Ich spürte, dass sich sehr bald alles ändern würde.

Amerika war sehr aufregend. Die Menschen schienen dort so enthusiastisch zu sein. Unser Buchungssystem funktionierte einwandfrei. An einem Ort nahmen es noch mehrere andere Mädchen mit Partnern auf, und wir verbrachten einige Abende damit, an der Hotelbar unsere Notizen zu vergleichen. Einige der Mädchen waren wunderschön, während andere eher unscheinbar waren. Die meisten von ihnen schien einen viel besseren Geschäftssinn zu besitzen als ich, aber als wir unsere Preise verglichen, wusste ich, dass ich gewonnen hatte.

Ein Mädchen, das unter dem Namen Bobby-Lou auftrat, schlug vor, dass wir zusammen trainieren sollten. Ich erklärte ihr, dass ich nicht gegen Frauen kämpfe, aber sie überredete mich. Dexi und ihr Manager sahen uns zu. Sie war in etwa so groß wie ich und ähnlich gebaut, hatte aber einen völlig anderen Kampfstil. Meine Vorteile waren meine Beine und mein siegreicher Griff, die Körperschere, für die man kräftige Beine brauchte. Sie hatte sich auf Tackles aus dem Sprung, gefolgt von einer Kreuzpresse spezialisiert. Wir kämpften nur halbherzig gegeneinander, doch auf einmal hatte ich das Gefühl, dass ich sie unbedingt besiegen musste. Ich begann, richtig zu kämpfen, anstatt nur zu trainieren. Sie wehrte sich, und auf einmal strengten wir uns beide richtig an. Wir schleuderten uns gegenseitig zu Boden. Wir rollten uns herum und versuchten beide, den finalen Griff zu landen. Irgendwann täuschte ich eine Bewegung an und packte sie. Als ich sie auf die Matte drückte, war sie besiegt.

»Ich ergebe mich«, rief sie lachend. »Du bist wirklich gut, Süße. Ich glaube wir könnten richtig Kohle machen, wenn wir zusammen auftreten. Wir könnten ein Team werden.«

»Wir sind ziemlich ausgebucht«, erwiderte ich. »Außerdem mache ich keine öffentlichen Kämpfe.«

»Du musst verrückt sein. Ich bin auch ausgebucht, aber wir könnten doch was zusammen auf die Beine stellen. Wo fährst du als Nächstes hin?«

»Wir haben eine Woche in Phoenix, und danach geht es nach Mexiko.«

»Das passt doch perfekt«, schaltete sich ihr Manager Brett ein. »Wir fliegen in einer Woche auch nach Mexiko. Wir treten dort bei einer Ausstellung auf. Das bringt richtig Geld. Wir könnten dich daran beteiligen und euch gemeinsam auftreten lassen. Was sagst du?«

Dexi sah mich fragend an.

»Von wie viel Geld reden wir hier?«, erkundigte er sich.

Bei der Summe, die er nannte, blieb mir die Spucke weg. Selbst beim momentanen Umrechnungskurs war das eine Stange Geld.

»Und die würden mir genauso viel zahlen?«, fragte ich nachdenklich.

»Aber sicher, Schätzchen. Kennst du den mexikanischen Stil? Viele Flüge, Tritte und jede Menge Extravaganz. Ich kann dir ein paar Tipps geben, vorausgesetzt, du setzt sie nicht alle gegen mich ein und gewinnst.«

»Wenn ihr wirklich glaubt, dass sie mir genauso viel zahlen.« Bobby-Lou nickte zuversichtlich.

Die nächsten Tage verbrachten wir mit dem Planen und Trainieren. Die Kämpfe hier waren alle choreografiert. Ich war sehr enttäuscht. Ich hatte zu Hause im Fernsehen amerikanisches Männer-Wrestling gesehen und hätte mir eigentlich denken können, wie das Ganze lief. Aber es wirkte alles so geplant. Ich war davon überzeugt, dass ich alles vergessen würde, wenn ich erst mal loslegte, aber vielleicht lernte ich ja genug, um ein paar Kämpfe zu überstehen. Insbesondere, wenn man damit so viel Geld verdienen konnte. Danach konnte ich mir vielleicht ein paar Wochen freinehmen.

Wir trafen uns mit Bobby-Lou in Phoenix, wo sie selbst ein paar Privatklienten hatte. Dexi schien die meiste Zeit in einer komischen Stimmung zu sein. Als ich ihn danach fragte, tat er es achselzuckend ab. Aber er schien sich gut mit Bobby-Lous Manager zu verstehen und ging oft mit ihm in einer Bar was trinken, wenn die Arbeit erledigt war. Wir Frauen verbrachten ebenfalls viel Zeit zusammen, plauderten und lernten einander kennen. Ich hatte momentan keine Freundin, eigentlich schon seit Jahren nicht mehr. Es fühlte sich gut an, jemanden zum Reden zu haben. Irgendwann kamen wir auf die Männer in unserem Leben zu sprechen. Ich erwähnte James, aber noch lange nicht alles, was wir so miteinander trieben.

»Hattest du schon mal was mit einer anderen Frau?«, fragte sie eines Abends aus heiterem Himmel.

»Das ist nichts für mich«, erklärte ich bestimmt. »Ich bin durch und durch hetero.«

»Du wärst überrascht, wie das ist. Du solltest es ausprobieren.« Ich schluckte schwer. Die Vorstellung gefiel mir gar nicht.

»Nein, danke. Ich bleibe lieber bei Männern«, beharrte ich. Ich mochte diese Frau wirklich, aber ich wollte nicht mit ihr schlafen. Von da an fühlte ich mich in ihrer Nähe befangen und beschloss, nie wieder mit ihr allein zu sein, vor allem dann nicht, wenn ein Bett in der Nähe war.

»Hast du Lust auf ein Doppeldate?«, fragte sie irgendwann. Ich konnte nur hoffen, dass sie dabei nicht an vier Frauen dachte.

»Kann schon sein. Erzähl mir mehr«, erwiderte ich vorsichtig.

»So ein Kerl hat mich nach dir gefragt. Er hat uns beide zusammen gesehen und gefragt, ob wir mal mit ihm und seinem Freund was trinken gehen.«

»Dagegen ist nichts einzuwenden«, stimmte ich zu, und wir verabredeten uns für den nächsten Abend. Die Vorstellung gefiel mir, mal etwas anderes zu erleben, falls es sich so entwickelte. James stellte schließlich dort, wo auch immer er sich aufhielt, wahrscheinlich ebenfalls viele Dummheiten an. Ich konnte mir nicht vorstellen, dass der schreckliche Ramon zölibatär lebte, eher war wohl das Gegenteil der Fall. James würde doch bestimmt das Gesicht verlieren, wenn er das ablehnte, was ihm angeboten wurde. Außerdem konnte ich ohnehin nicht viel machen, wo mein verdammtes Bewusstsein Überstunden machte. Außerdem erweckte der Gedanke an einen männlichen Begleiter, und sei es auch nur für einen Abend, Gefühle verschiedenster Art in mir. Die Art von Männern, von der Bobby-Lou sprach, würde weitaus mehr als nur ein paar Drinks und eine Unterhaltung erwarten, vermutete ich. Nun spürte ich wieder das vertraute Ziehen an meinen Ringen, als meine Schamlippen anschwollen. Ich hatte gelernt, diesen lustvollen Schmerz zu lieben. An manchen Tagen war ich fast ständig kurz davor, zu kommen. Ich konnte sie nicht vergessen, selbst wenn ich es wollte.

Ich wählte meine Kleidung sorgfältig aus. Ich wollte an diesem Abend eine Frau sein, die man ansehen, aber nicht anfassen durfte. Mein kurzes goldenes Kleid wurde von sehr dünnen Trägern gehalten. Meine Nippel, um die noch immer die goldenen Bänder lagen, drückten sich gegen den weichen Stoff. Ich trug meine komplette Sammlung an goldenen Sklavenbändern. Unter dem Kleid hatte ich einen winzigen goldenen Slip an, den man sehen konnte, wenn ich mich ein wenig vorbeugte. Aber ich wollte auch nicht die ganze Welt wissen lassen, dass ich ein Genitalpiercing hatte. Ich bürstete mir die Haare und trug sie offen. Noch etwas Make-up und ein wenig von meinem würzigen Lieblingsparfum und ich war bereit. Ich wusste, dass ich gut aussah, vielleicht sogar verführerisch. Ich würde James Travers' Gedankenmanipulation besiegen.

Ich traf mich mit Bobby-Lou in der Lobby.

»Wow!«, murmelte sie. »Ich wüsste zu gern, was du von diesem Abend erwartest.«

Wir gingen an die Bar und warteten auf die beiden Männer. Ich rechnete damit, dass ich den Abend genießen würde, aber ich hatte keine großen Hoffnungen, was diese Verabredung betraf. Wann war ein Blind Date denn jemals erfolgreich verlaufen?

Zwei Männer betraten die Bar und kamen direkt auf uns zu. Sie waren echte Hingucker! Sie hätten beide durchaus echte Filmstars sein können. Ich konnte unser Glück kaum glauben – und es war mir sogar egal, welcher von beiden mich angeblich unwiderstehlich fand. Ich war mit jedem von beiden zufrieden.

Zuerst gingen wir etwas essen. Wir fuhren zu einem wunderschönen Hotel am Stadtrand. Der Garten dort war spektakulär, und wir gingen zwischen den Brunnen und Parks voller Kakteen entlang und tranken Cocktails, als die Sonne unterging. Bobby-Lou und ihr Verehrer fielen schon fast übereinander her und entschuldigten sich bald. Tom, wie mein Begleiter angeblich hieß, war nicht ganz so schnell mit seinen Annäherungsversuchen. Allerdings war ich mir auch nicht sicher, wie ich darauf reagieren würde, wenn er mir an die Wäsche gehen wollte. Ich leckte mir über die Lippen und wünschte mir nichts sehnlicher, als dass die Schlüssel für meine Ringe nicht tief in James' Taschen irgendwo in Südamerika wären.

14

»Wie wäre es mit einem Absacker?«, fragte Tom, als ich andeutete, dass ich zurück in mein Hotel gehen wollte. »Wir kommen auf dem Rückweg an meiner Wohnung vorbei. Ich habe noch einen sehr leckeren Cognac, der dir schmecken könnte.« Ich zögerte und erinnerte mich daran, dass ich den letzten Cognac während unserer Orgie getrunken hatte, um eine besondere Form der lustvollen Folter durchzustehen.

»Ich weiß nicht, ob ich das tun sollte«, meinte ich unentschlossen. »Vielleicht sollte ich lieber zurück ins Hotel gehen,«

»Wie du meinst«, erwiderte er offensichtlich enttäuscht. Wir standen auf und riefen ein Taxi. »Hast du deine Meinung geändert?«, fragte er während der Fahrt. »Ich wohne in dieser Straße.« Ich holte tief Luft.

»Okay, aber nur auf einen schnellen Drink.« Er beugte sich vor und gab dem Fahrer Anweisungen. Als der Wagen beschleunigte, rutschte ich auf dem Rücksitz gegen Tom. Er lachte auf und begann sofort, meine Oberschenkel zu streicheln. Seine Finger waren sanft und weich, und schon sehr bald erinnerten mich die Ringe an all die Dinge, die ich nicht tun konnte. Aber ich wurde immer erregter. Es war schon einige Wochen her, dass ich einem Mann so nahe gewesen war, Dexi einmal ausgenommen.

Toms Apartment war groß und typisch amerikanisch. Ich versank beinahe in einer riesigen weißen Ledercouch und nahm ein großes Cognacglas in Empfang. Tom beugte sich vor und zog mir die Schuhe aus. Dann streichelte er nachdenklich die goldenen Bänder, die ich an den Fußgelenken trug.

»Sie sehen aus wie Fesseln«, murmelte er. Dann musterte er die Bänder an meinen Handgelenken und Oberarmen. »Stehst du auf solche Sachen?«

Ich leckte mir die Lippen. Allerdings war ich mir nicht sicher, ob es vernünftig war, ihn in meine speziellen Vorlieben einzuweihen. Ich musste James treu bleiben. Ich wusste, dass ich es bereuen würde, wenn ich es nicht tat. Aber was sollte ich denn tun? Ich dachte noch über die Antwort nach, als mir Tom die Träger meines Kleides über die Schultern schob und meine Brüste mit ihren kleinen goldenen Kronen entblößte. Er streichelte sie und sah mir dabei in die Augen. Die roten Knospen im Zentrum meiner Brustwarzen waren bereits vergrößert und standen steif ab. Tom schien über meinen Körperschmuck nicht überrascht zu sein, vielmehr schien ihn der Anblick zu erregen. Mir ging es ähnlich.

»Sehr ungewöhnlich. Wunderschön. Sieht aber schmerzhaft aus«, fügte er hinzu.

»Ist es aber nicht«, log ich. Der lustvolle Schmerz toste bereits durch meinen Körper, da die verschiedenen Goldringe, auch die verborgenen, bereits unter maximaler Anspannung standen. Das musste daran liegen, dass sich die Blutgefäße ausdehnten und bewirkten, dass sich jedes Band am Körper zusammenzog. Ich glaubte, vor Verlangen und Frustration zu vergehen. Tom streichelte weiter meine Brustwarzen und umfing meine Brüste mit den Händen. Er hob sie an und begann, langsam daran zu saugen. Was tat ich da? Ich kannte den Mann kaum, und schon wurde ich »untreu«. Dieser verflixte James, dachte ich. Warum musste immer ich diejenige sein, die leiden musste? Ich entspannte mich und erlaubte Tom, mit den Händen auf Wanderschaft zu gehen.

Nach und nach schob er mein Kleid nach unten. Schließlich hatte ich nur den Slip über meiner noch immer haarlosen Muschi an. Er schob seine Finger unter den glänzenden Stoff und starrte mich dann überrascht an. Dann löste er das Band, mit dem er an der Seite zugebunden wurde, und zog mir auch den Slip aus. Er streichelte meinen nackten Venushügel und beugte sich dann vor, um ihn zu küssen.

»Du bist wirklich eine äußerst ungewöhnliche Frau«, flüsterte er. »Und voller Überraschungen.«

»Du hast noch längst nicht alles gesehen«, murmelte ich und fragte mich, was er zu der nächsten Enthüllung sagen würde.

»Lass uns ins Bett gehen«, schlug er mit vor Erregung heiserer Stimme vor. Ich stand auf und stürzte den restlichen Cognac herunter. Schon jetzt fühlte ich mich ein wenig betrunken, auch wenn ich nicht wusste, ob es am Alkohol oder an meiner Stimmung lag. Ich folgte ihm in sein Schlafzimmer. Das Bett war riesig, aber der Raum war nur karg eingerichtet. Typisch Mann, dachte ich. Er stand neben dem Bett, und ich ging zu ihm und knöpfte ihm langsam und sinnlich das Hemd auf. Als ich den Reißverschluss seiner Hose aufzog, sprang sein Penis heraus, der überaus einsatzbereit zu sein schien. Tom beobachtete mich, wie ich um ihn herumging, ihn komplett auszog und alles zur Seite warf. In dieser Nacht war ich nicht in der Stimmung, um die Sklavin zu spielen. Ich würde ihn mir einfach nehmen. Außerdem hatte ich vor, oben zu liegen.

Ich drückte ihn aufs Bett und sah mich nach Gegenständen um, die ich verwenden konnte. Das Bett hatte einen Rahmen aus Metall. Ich war mir sicher, dass er sich dieses Modell nicht grundlos ausgesucht hatte, und als ich die Schublade des Nachttischs aufzog, fand ich auch schon die Handschellen. Ich legte sie ihm an und befestigte sie am Kopfende des Bettes. Er protestierte nicht. Dann schob ich seine Beine auseinander und setzte mich rittlings auf ihn, allerdings sehr vorsichtig, um nicht an meinen Ringen zu ziehen und mich möglicherweise selbst zu verletzen. Sein Penis war voll erigiert, und ich streichelte ihn, um ein Gefühl dafür zu bekommen. Mir fiel auf, dass er den Cognac mitgenommen hatte, und ich zog den Pfropfen aus der Karaffe und goss ein wenig über seine Erektion. Er zuckte zuerst aufgrund der Kälte zusammen und danach, weil es zu brennen schien. Doch da konnte ich ihm helfen. Ich leckte ihm den Cognac ab und schob danach meine Zunge in seinen Mund, damit er ihn ebenfalls schmecken konnte. Er lächelte.

»Ich wusste, dass du etwas Besonderes bist«, flüsterte er. »Was hast du noch mit mir vor?« Wenn das keine Einladung war, was dann? Ich stieg von ihm herunter und suchte in den Schubladen nach weiteren Spielzeugen. Er hatte einige Ringe und Klemmen. Ich wählte etwas aus, das ich an seinem Penis befestigen konnte, und dann noch etwas für seine Hoden. Mir fiel James' Gesichtsausdruck wieder ein, als ich zum ersten Mal mit so etwas experimentiert hatte. Warum musste ich ausgerechnet jetzt an diesen Mistkerl denken? Ich suchte weiter nach etwas, das ich gebrauchen konnte. Ich fand einen glänzenden Metallstab und untersuchte ihn, woraufhin erst ein zweites und dann noch ein drittes Stück herausglitt. Man konnte sie arretieren, und ich entdeckte auch Ketten, die man an den Enden anbringen konnte. Kurz darauf hatte ich Tom daran fixiert. Seine Fußknöchel hingen in den Ketten, und er hatte die Beine weit gespreizt. Ich drückte sie noch weiter auseinander, und er schnappte nach Luft. Das war viel einfacher als das, was ich mit meinen Gegnern beim Ringen anstellte. Ich stand breitbeinig über ihm und schaute auf seine armen umwickelten Hoden herab. Er litt auf wunderbare Weise. Dann sah ich ihm in die Augen und bemerkte, dass er mir zwischen die Beine blickte, wo er alles deutlich erkennen konnte. Er sah mich ungläubig an.

»Das sind wunderschöne Ringe«, meinte er dann mit einer vor Begierde so rauen Stimme, dass ich ihn kaum verstehen konnte.

»Danke.«

»Ich habe da was im Schrank, das du anziehen kannst, wenn du möchtest.« Ich drehte mich um und sah nach. Was wollte er denn noch alles? Ich war nackt und trug nichts als eine Reihe von teuren Bändern aus Gold am Leib. Und jetzt wollte er auch noch ein verrücktes Kostüm. Wenn ich nicht selbst so verdammt erregt gewesen wäre, hätte ich ihn geschlagen. Als ich länger darüber nachdachte, stellte ich fest, dass es gar keine so schlechte Idee war, ihn zu schlagen. Ich fing bei seinen Beinen an und arbeitete mich dann weiter nach oben. Ich schlug ihm ins Gesicht und bewegte mich wieder nach unten. Als ich bei seinem Penis ankam, schlug ich auch ihn. Tom stöhnte und drehte sich auf dem Bett, soweit es seine gefesselten Arme und Beine erlaubten. Vorsichtig versetzte ich seinem Penis noch einen Schlag. Er stöhnte. Ich war sehr vorsichtig, schließlich wollte ich die Ware ja nicht beschädigen, bevor ich sie richtig inspiziert hatte. Sein langer, dünner Penis war dunkel, erigiert und stand kurz vor dem Explodieren, woran ihn allein die Fesseln hinderten. Ich ging zum Schrank und war gespannt, was mich darin erwartete. Ich zog mir den schwarzen, glänzenden Vinylanzug über und schloss den Reißverschluss. Der Anzug sah genau so aus, wie ich erwartet hatte. Er passte wie angegossen und schien für mich gemacht worden zu sein. Ich zog auch die hohen Stiefel an und marschierte durch das Zimmer, wobei ich mich sofort in die Domina verwandelte, nach der er sich sehnte. Inzwischen war ich unglaublich feucht und erregt, und ich bemerkte einen zweiten Reißverschluss, mit dem ich meine ganze Muschi entblößen konnte und der am Rücken noch weiter hinaufreichte.

Damit standen mir einige Möglichkeiten offen.

Er lag da, während ich mit ihm spielte, stöhnte und keuchte, zuckte und wand sich in seinen Fesseln. Je mehr ich ihn schlug, desto besser gefiel es ihm. Aber nach einer Weile wurde es langweilig. Ich wusste, dass ich ihn in mir spüren musste, aber sobald ich die Fesseln an seinem Penis löste, würde er abspritzen und ich hätte gar nichts davon. Ich öffnete den Reißverschluss über meinem Hintern und setzte mich auf Toms noch immer harten Penis. Ich streckte die Beine aus und legte meine Absätze neben seinen Kopf. Das schien ihm zu gefallen, und er stöhnte sogar noch lauter. Ich ließ mich auf ihn herab und war kurz davor, seinen dünnen Penis in meine feuchte Muschi zu schieben. Doch ich zögerte.

Ich dachte an James.

Ich richtete mich wieder auf.

Verdammt.

»Scheiß James«, zischte ich leise. Was hatte er nur aus mir gemacht? »Bastard, Bastard, Bastard«, stöhnte ich. Dann überlegte ich, dass die Ringe vielleicht nur bedeuteten, meine Muschi müsste treu bleiben, und änderte die Position. James hatte mir die Freuden des Analsex doch erst nahegebracht. Vielleicht zählte es ja nicht, wenn ich Tom in meine andere dunkle Spalte ließ. Ich erinnerte mich daran, wie ich als James' Sklavenmädchen von vorne und hinten penetriert worden war. Da hatte mich jede einzelne Bewegung zu einem neuen Höhepunkt gebracht. Vielleicht würde mein Anus je reichen, um mich zu befriedigen.

Ich löste Toms Fesseln und kniete mich vor ihn hin. Er rollte sich herum und kniete sich hinter mich.

»Gib dir Mühe!«, befahl ich. Er massierte die schmale Öffnung und schob nach und nach seine Finger hinein, um mich auszudehnen. Dann legte er einen Arm um meine Taille und führte seinen langen Schaft vorsichtig in meinen After ein. Zuerst bewegte er sich langsam und dann immer schneller. Ich spürte, wie ich abhob, während mein Körper zu zucken begann. Feurige Wogen, die sich irgendwie anders anfühlten, streckten meinen Anus, um seinen Penis in voller Länge aufzunehmen. Es fühlte sich gut an, aber ich kam noch immer nicht. Dazu musste ich mich noch um meine Klit kümmern. Doch gerade als ich meine Finger auf diese magische Stelle legen wollte, dachte ich an die Ringe. Und es war vorbei. Großer Gott! Ich erschauderte und brach zusammen. Tom kniete noch hinter mir und sah aus, als hätte er gerade einen Herzinfarkt erlitten. Der arme Kerl. Ich hatte völlig vergessen, was ich mit ihm gemacht hatte. Rasch sprang ich auf und löste seine Penisfesseln. Er spritzte seine ganze Ladung auf mich ab, und ich war sehr froh, dass ich den Vinylanzug trug. Ich legte mich auf ihn und wischte mich wieder ab. Er konnte kaum sprechen, und ich bekam einige Sekunden lang richtig Panik. Ich überlegte schon, ob ich bei ihm ernsthafte Schäden bewirkt hatte, aber inzwischen bekam er wieder eine relativ normale Hautfarbe. Ich war erleichtert. Unter diesen Umständen wollte ich niemandem den Grund für einen medizinischen Notfall erklären müssen.

»Großer Gott«, keuchte er. »Du bist aber auch ein ziemlicher Bastard. Oder hast du damit nicht mich gemeint?«

Jetzt begriff ich erst, wovon er sprach. Ich hatte das auf James bezogen, da ich einfach keinen richtigen Orgasmus kriegen konnte.

»Das galt nicht dir, mein Freund. Entschuldige. Ich glaube, du hattest genug für eine Nacht«, sagte ich und löste seine letzten Fesseln.

»Danke, Lili«, meinte er benommen. »Ich würde gern wieder mit dir spielen. Aber ich habe dich noch gar nicht gefragt, was du eigentlich verlangst.« Ich starrte ihn schockiert an. Wofür zum Teufel hielt er mich? Doch rasch hatte ich mich wieder im Griff. Auch wenn es verlockend war, würde ich im Leben nicht zulassen, dass er mich bezahlte. Dann käme er noch auf die Idee, er könnte meine Dienste in Anspruch nehmen, wann immer er wollte. So würde das aber nicht laufen.

»Ich habe das getan, weil ich Lust darauf hatte. Ich tat das nicht für dich. Wo ist dein Badezimmer?« Ich verließ seine Wohnung, sobald ich wieder vorzeigbar war. In dieser Nacht masturbierte ich wie verrückt. Anscheinend funktionierte dieser dämliche »Keuschheitsgürtel« ja doch. Anscheinend wurden mir die Orgasmen vorenthalten – zumindest solange ein anderer Mensch bei mir war.

Einige Tage später flogen wir alle nach Mexiko, Bobby-Lou, Brett, Dexi und ich. Wir lachten viel und entwarfen immer wildere und verrücktere Kostüme. Ich hatte eine ungefähre Ahnung, was mich erwartete.

Wir hatten vor, direkt nach der Landung Masken und eine abgefahrene Ausrüstung zu kaufen. Bevor die Abendunterhaltung begann, marschierten alle Kämpfer ein Mal um die Arena, eine riesige Halle voller schreiender Fans. Je wilder das Kostüm, desto lauter kreischten die Massen. Ich hatte vor, das exotischste Kostüm zu tragen.

An unserem ersten Morgen in Mexiko zogen Dexi und ich los, um mir eine Ausrüstung zu besorgen. Die richtige Maske war von entscheidender Bedeutung. In einem Geschäft in einer Seitenstraße, in das nicht viele Touristen kamen, lernte ich einen Mann kennen, der die faszinierendsten Masken anfertigte, die ich je gesehen hatte. Sie bestanden aus mehreren Schichten, sodass man Teile entfernen konnte, der Träger aber weiterhin anonym blieb. Ich wählte eine Kreation, die insgesamt knapp einen Meter hoch war. Dabei handelte es sich um ein gemaltes Gesicht, das von scharlachroten Federn, Goldperlen und vielen miteinander verwobenen Zöpfen umgeben war. Die Maske war an einer eng sitzenden Haube angebracht, und man band sie mit Riemen am Kopf fest. Wurde der Hauptteil entfernt, blieb noch feine Seide übrig, auf der eine kleinere Version des verschlungenen Musters angebracht war. Ich kaufte sie zusammen mit einem langen Umhang und einem Seidenschal, die zu der Farbe der Federn passten.

»Jetzt brauche ich noch etwas, das ich darunter anziehen kann«, murmelte ich. »Ich habe doch nichts Passendes, oder?«

»Nein«, antwortete Dexi, der noch immer einen bemerkenswerten Mangel an Interesse an den Tag legte.

Der Mexikaner schickte uns zu einer anderen Adresse, bei der es sich ebenfalls um einen Insidertipp handelte. Dieses Geschäft wurde von einer riesigen Frau geführt, die immer zu lachen schien. Ihr Lachen war so ansteckend, dass sogar Dexi bessere Laune bekam. Ich zeigte ihr die Maske und den Umhang, und sie nickte, ging in einen Lagerraum und kam mit einem Ballen eines glänzend roten Stoffes zurück, der nach Vinyl aussah. Ich schüttelte den Kopf.

»Ich brauche einen Stoff, der nicht reißt.«

»Der wird nicht reißen, Señorita«, versprach sie mir.

Ich befühlte den Stoff. Er glänzte wie Vinyl, aber es war ein Stretchstoff. Das war perfekt.

»Aber ich brauche den Anzug schon morgen«, gab ich zu bedenken.

»Kein Problem. Das ist mehr als genug Zeit.«

Ich beschrieb ihr genau, was ich haben wollte: eine lange hautenge Hose und ein Oberteil. Ich konnte nichts Lockeres tragen, da man den Stoff sonst packen oder festhalten konnte. Es kam bei vielen Frauenkämpfen vor, dass eine Teilnehmerin ihrer Gegnerin den BH wegzog und ihre Brüste entblößte. Das gehörte alles zu der Szene, aus der ich krampfhaft wegkommen wollte. Warum machte ich das hier noch mal? Ach ja, wegen des Geldes. Ich würde sehr viel Geld dafür bekommen. Ich sagte der Frau, dass ich etwas Sicheres brauchte, und sie versprach mir, dass ich alles noch am gleichen Abend anprobieren könnte. Sie wollte es sogar ins Hotel bringen. Was konnte ich mehr verlangen?

Danach sahen Dexi und ich uns ein wenig die Stadt an. Wir waren beide noch nie hier gewesen und wollten wenigstens ein bisschen von der Kultur mitbekommen. Nachmittags trafen wir uns mit Bobby-Lou und Brett im Stadion, um zu trainieren. Dabei sprachen wir auch über unsere Kostüme und stellten fest, dass wir gut zueinanderpassen würden. Sie hatte ein weißes Kostüm ausgewählt, das einen schönen Kontrast zu meinem purpurroten abgeben würde.

»Und was trägt Dexi?«, fragte Bobby-Lou.

»Dexi?«, wiederholte ich. »Was hat er denn damit zu tun?«

»Es ist hier Brauch, dass der Mann ebenfalls mit in den Ring geführt wird. Er ist dein Sklave. Er muss da sein. Ein gut aussehender Mann ist genauso wichtig wie alles andere.«

Ich sah meinen Freund, Sekretär und Manager an. Er war

noch bei keiner Show dabei gewesen. Zuerst machte er ein besorgtes Gesicht, doch dann grinste er.

»Okay, wenn es sein muss.«

»Super. Eure Outfits sollten zueinanderpassen. Purpurrot, hast du gesagt? Kein Problem. Brett hat bestimmt was für dich. Du brauchst natürlich auch eine Maske, aber der Rest besteht eigentlich nur aus Riemen.« Ich hätte Dexi umarmen können.

Er zuckte nicht einmal mit der Wimper. Dabei ist er in der Öffentlichkeit wirklich nicht exhibitionistisch veranlagt. Wenn er auffällige Kleidung trägt, dann nur hinter verschlossenen Türen.

»Bist du dir sicher, Dexi?«, fragte ich nach.

»So lange es eine einmalige Sache bleibt. Ich werde schließlich gut dafür bezahlt.«

Bobby-Lou und ich spielten unsere Rollen. Wir sollten an den beiden Abenden zwei Kämpfe machen, und jede von uns sollte einen davon gewinnen. Am ersten Abend sollte sie entschlossen sein, diese Herausforderin aus England, die ihr den Thron streitig machen wollte, zu schlagen. Am zweiten Abend würde ich mich rächen und gewinnen. Alles war vorherbestimmt. Ich konnte den Mangel aus Freiraum kaum ertragen. Das Publikum erwartete all den Rummel, Glanz und Glitter, schien aber nichts dagegen zu haben, dass der Ausgang schon von vorneherein feststand. Aber wie hätte ich mir die Chance auf eine derart stattliche Summe entgehen lassen können?

Wir fuhren mit einer Limousine zur Arena. Sie war riesig, und uns empfing eine johlende Menschenmenge. Als ich aus dem Umkleideraum ins Publikum sah, wurde ich von lauter Musik empfangen. Überall schwenkten die Menschen Banner oder hielten riesige Bilder ihrer Favoriten in die Luft. Von

Madame Lili und Bobby-Lou hatte bisher noch niemand gehört, aber die Menge war bereit, jeden anzufeuern oder auszubuhen. Wir beobachteten einige der riesigen Männer, die sich draußen aufhielten, und bestaunten die akrobatischen Fähigkeiten anderer Teilnehmer. Danach zogen wir unsere exotischen Kostüme an und warteten. Ich war ziemlich nervös und angespannt. Mein Outfit war perfekt. Der hautenge rote Stoff sah aus, als wäre er aufgemalt worden. Dazu trug ich hohe, silberne Schnürstiefel und eine traditionelle Maske, die ebenfalls rot war. Zu guter Letzt setzte ich die riesige Federmaske auf, die zusammen mit dem Umhang als Showeffekt gedacht war. Dexi trug eine scharlachrote kurze Hose und eine Art Harnisch, den er von Brett bekommen hatte. Offenbar wurden die wenigen Wrestlerinnen, die bei der Show auftraten, alle von einem Mann begleitet. Mir war nicht ganz wohl bei der Sache, da ich wusste, wie ungern Dexi dabei mitmachte. Es kam mir unfair vor, meinen Freund so behandeln zu müssen. Doch meine Sorge schien unbegründet zu sein, da Dexi sich offenbar mit seiner Rolle angefreundet hatte. Offenbar war ein bisher unterdrückter Exhibitionismus in ihm ausgelöst worden, und er schien die Vorstellung, mit mir aufzutreten, zu genießen.

Nachdem eine Fanfare ertönt war, peitschte der Zeremonienmeister die Stimmung noch weiter an. Er kündigte uns beide mit derart großen Worten an, dass die Menge bald unsere Namen schrie. Das war die reinste Massenhysterie! So etwas hatte ich bisher noch nie erlebt. Vielleicht war es ja doch gar nicht so schlecht, öffentlich aufzutreten. Ich betrat die Arena und fühlte mich wie ein Star, da mir das Publikum derart zujubelte. Als mir richtig bewusst wurde, wie viele Menschen mir zusahen, schluckte ich erst einmal schwer und war nervöser als je zuvor. Die Menge sang unsere Namen, und laute Musik dröhnte in unseren Ohren. Ich marschierte mit meiner Fantasiemaske voran, während mich mein Umhang wie eine leuchtende Flamme umgab. Dann sprang ich in den Ring, und Bobby-Lou kam auf mich zugestürmt und versetzte mir einen Schlag, woraufhin ich sie anschnaubte, wie wir es geprobt hatten. Brett schlug nach Dexi, der einen Ellenbogen hochriss, um ihn abzuwehren. Dexi kam zu mir und nahm mir den Umhang ab, woraufhin leise Pfiffe ertönten, als man meine Figur bewundernd zur Kenntnis nahm. Die Menge jubelte. Ich kam mir vor wie ein Filmstar und genoss die ganze Show. Als die riesige Maske abgenommen war, trug ich nur noch die kapuzenartige, eng anliegende Maske, die zum Rest meines Outfits passte. Dexi küsste mir die Hand, bevor er mit meinen Sachen den Ring verließ. In der Zwischenzeit hatten Bobby-Lou und Brett in ihrer Ecke auch eine Show abgezogen. Sie war ganz in Weiß gekleidet, doch bei ihrem Aussehen musste man nicht gerade an eine Jungfrau denken.

Wir tänzelten kurz umeinander herum, und ich begann, die Rolle des bösen Mädchens zu spielen, so wie wir es geprobt hatten. Ich zog sie an den Haaren, versuchte, ihr die Maske und das Bustier runterzureißen, und warf sie zu Boden. Sofort stürzte ich mich auf sie, hielt sie fest und ging schließlich früh in Führung. Wir mussten wenigstens dreißig Minuten durchhalten, daher hatte sie noch genug Zeit, um sich zu wehren. Die Fanfare ertönte, um meinen Triumph zu feiern. Bobby-Lou stürzte sich auf mich und landete einen Dropkick an meiner Schulter. Ich ging rasch zu Boden, um dem Körperkontakt auszuweichen, während ich meine Schulter umklammerte und so tat, als hätte sie mich schwer getroffen. Ich drohte ihr mit der Faust, und sie zwinkerte mir zu. Obwohl mir das alles viel zu gestellt und zu wenig real war, erkannte ich, dass es vor allem die effektiven Schauspieler waren, die dafür sorgten, dass diese Sportart so beliebt war. Die gute Choreografie zahlte sich aus, und das Publikum liebte uns beide. Wir ähnelten uns in Bezug auf Gewicht und Größe, und so ging es nur darum, das Publikum zu unterhalten. Die meisten Moves wirkten fast schon anmutig, und die ganze Performance hatte etwas Ballettartiges an sich.

Unsere Zeit war schneller vorbei, als ich gedacht hatte. Bobby-Lous und mein erster Kampf war überstanden. Der Ringrichter interviewte jeden von uns, und das war unsere Chance, das Publikum für den zweiten Kampf für uns zu gewinnen. Ich drohte Bobby-Lou mit der Faust und versprach ihr, dass ich mich rächen würde. Sie schrie zurück, dass sie das verhindern würde. Ich beschimpfte sie als Feigling und behauptete, sie hätte Angst, noch einmal gegen mich zu kämpfen. Daraufhin kam sie angerannt und zerrte mir die Maske und die Kapuze vom Kopf. Das hatte sie zuvor schon mehrmals erfolglos versucht. Ich tat so, als wollte ich mein Gesicht verbergen. Dann zerrte sie an meinem Oberteil und zog es so weit zur Seite, dass eine meiner goldbesetzten Brustwarzen zu sehen war. Sie starrte sie fasziniert an, und ich spielte die Entsetzte und versuchte, aus dem Ring zu entkommen. Dexi kam mit meinem Umhang angerannt und warf ihn mir um die Schultern. Ich lief noch einmal zu Bobby-Lou und zerrte auch ihr die Maske herunter. Die Menge buhte, jubelte und drehte beinahe durch.

»Können wir jetzt gehen?«, flüsterte ich Dexi zu. »Ich habe genug von alldem.«

»Denk immer an das viele Geld«, ermahnte er mich.

Wenigstens waren wir für heute fertig. Wir marschierten aus dem Ring und zurück in den Umkleideraum. Dabei warf ich der Menge Kusshände zu. Ich schätzte, dass etwa die

Hälfte des Publikums auf Bobby-Lous und die andere Hälfte auf meiner Seite war.

»Wow«, rief Bobby-Lou, als wir uns setzten. »Du bist wirklich was Besonderes. Musst du wirklich wieder nach Hause fahren? Du kannst echt gut mit dem Publikum umgehen, und wir könnten ein Vermögen verdienen, wenn wir zusammen auftreten. Denk darüber nach, ja?«

»Ich könnte das nicht ertragen«, erwiderte ich. »Bei dieser einmaligen Sache ist es okay, aber auf Dauer wäre das nichts für mich.«

»Wo hast du die Nippelverschönerung her? Die ist echt heiß. Trägst du das immer?«

»Mehr oder weniger. Sie sind nicht dauerhaft. Ich könnte sie abnehmen lassen, aber das geht nicht so einfach.«

Bobby-Lou leckte sich über die Lippen und kam näher, um meinen Körperschmuck zu bewundern. Sie befingerte meine freiliegende Brustwarze und beugte sich vor, um darüber zu lecken. Sofort wurde mein Nippel steif. Sie umfing meine Brüste mit den Händen und begann, sie zu liebkosen. Ich saß wie erstarrt da und konnte meinen eigenen Atem hören. Dabei verspürte ich eine seltsame Mischung aus Unbehagen und Verlangen. Sie streichelte meinen nackten Oberkörper und bewegte ihre Hände in Richtung meiner glänzenden, mit rotem Stoff bedeckten Oberschenkel. Ich seufzte leise, als sie ihre Hand zwischen meine Beine schob und mich dort streichelte. Doch dann hielt sie inne, als sie die Ringe spürte, und sah mich fragend und mit hochgezogenen Augenbrauen an.

»Ich stehe nicht auf Frauen«, flüsterte ich mit heiserer Stimme, während ich merkwürdig erregt war. Die Vorstellung, dass eine andere Frau meine nackte Haut berührte, hatte mich noch nie sehr angesprochen, aber nach der Show war ich noch immer in einem euphorischen Zustand.

»Zeig mir deine Muschi.«

»Ich … ich …«

»Komm schon, Süße. Ich sterbe vor Neugier.«

»Bitte«, konnte ich gerade so hervorbringen. »Ich kann nicht.«

»Nur einen kurzen Blick. Wenn es das ist, wofür ich es halte, dann interessiert mich das sehr. Ich will keine Beziehung, nur ein bisschen Spaß. Ich steh auch auf Männer, das weißt du doch.«

Ich dachte an die Zwillingskammerzofen zurück, die sich in der Fantasie um mich gekümmert hatten, was Jahre her zu sein schien. Damals hatte ich einen sehr sinnlichen, unerwarteten Orgasmus gehabt. Bobby-Lou zog mir bereits die Hose herunter und drückte mich mit dem Rücken an die Wand. Sie spreizte meine Beine und hockte sich vor mich hin, um die volle Pracht in Augenschein nehmen zu können. Sie starrte die Ringe an und berührte sie dann ganz leicht.

»Du bist sehr tapfer. Das muss doch höllisch wehgetan haben.«

»Eigentlich nicht«, gestand ich lächelnd. »Ich fand den Schmerz sogar ziemlich erregend. Diese Ringe sind eher eine Art Andenken.«

»Ein Andenken woran?«

Ich schürzte die Lippen. »Vielleicht freue ich mich einfach darauf, meinen Liebhaber wiederzusehen.«

Sie schaute mir in die Augen. Ihre Hände erkundeten meine Muschi, die noch immer haarlos war. Vorsichtig zupfte sie an den Ringen, und ich zuckte leicht zusammen. Lustvoller Schmerz schoss mir durch den ganzen Körper, als meine Schamlippen anschwollen und meine Lust angestachelt wurde. Überdeutlich spürte ich die Bänder um meine Brustwarzen, während ich merkte, dass ich immer feuchter wurde. Bobby-Lous Finger erkundeten und streichelten mich, sie schoben sich in mich hinein, und ich lehnte mich zurück und ließ es geschehen. Sie berührte mich sanft, und es war fast schon tröstlich. Das glich ganz und gar nicht der überwältigenden Lust, die ich sonst gewohnt war. Aber sie berührte auch nicht meine Klit. Ich überlegte, ob ich sie darum bitten sollte ... Ich öffnete den Mund, aber aus irgendeinem Grund musste ich an James denken und klappte ihn wieder zu. Wieder lehnte ich mich zurück, und es pulsierte immer heftiger in mir, führte aber nicht zu etwas, das mich befriedigt hätte. Ich konnte sie nicht bitten, meine Klit zu berühren. Ich konnte es aber auch nicht selbst tun, ebenso wenig, wie ich sie zum Orgasmus bringen oder auch nur ihren wunderschönen Körper anfassen konnte. All das war mir verwehrt, weil ich an diese verdammten Ringe denken musste – und natürlich an James.

Sie schien es zu verstehen, da sie sich langsam zurückzog und sich die feuchten Finger ableckte. Dabei sah sie mir direkt in die Augen. Dann schob sie sich die Finger in ihre Muschi und begann, zu masturbieren. Offensichtlich war sie sehr geübt darin, da sich ihr Höhepunkt rasch aufbaute. Sie lehnte sich auf ihrem Stuhl zurück und kam heftig zitternd. Ich war richtig eifersüchtig auf sie. Nicht darauf, dass sie es sich selbst besorgt hatte, sondern weil mir das nicht möglich war. Wieder einmal verfluchte ich den Mistkerl, der meine Muschi auf diese Weise eingeschränkt hatte, obwohl ich so oft Lust auf Sex verspürte.

»Du musst ihn sehr lieben, dass du dir ein Andenken wie diese Ringe verpassen lässt«, meinte Bobby-Lou.

»Ihn lieben? Ich hasse diesen Scheißkerl.« In diesem Moment meinte ich das beinahe ernst. »Er hat mir damit ganz schön was eingebrockt.«

»Dann lass sie rausnehmen.«

»Ich weiß nicht. Irgendwie mag ich sie. Es macht mich an, sie zu spüren. Sie geben mir das Gefühl, sein Eigentum zu sein. Das hört sich für dich bestimmt seltsam an.«

Das tat es ganz offensichtlich. Sie schüttelte den Kopf und ging auf ihre Seite des Raums, um sich umzuziehen. Als sie sich auszog, sah ich, dass sie mehrere Tattoos hatte. Auch das war etwas, was mich nie besonders fasziniert hatte.

»Ist alles klar für morgen? Ich glaube, wir haben dem Publikum ganz schön eingeheizt. Die können den Rückkampf kaum erwarten.«

»Alles klar. Hör mal, es tut mir leid, wenn ich ... du weißt schon.«

»Schon okay, Süße. Alles gut. Aber du solltest gründlich drüber nachdenken. Sag nicht zu voreilig Nein. Du könntest etwas sehr Gutes verpassen.«

Auf einmal war ich sehr erschöpft. Ich wollte nur noch ein langes, kaltes Bad nehmen und in mein riesiges Bett fallen. Alleine. In meinem Kopf rasten die widersprüchlichsten Gedanken durcheinander. In der letzten Nacht hatte ich einen Mann im Bett gehabt, und es war nicht sehr befriedigend gewesen. Heute hatte eine Frau versucht, mich zu erregen. Ich musste mein eigenes Lustzentrum unbedingt wieder unter Kontrolle bekommen. Der verdammte James hatte dafür gesorgt, dass es vor mir verschlossen war. Wie hatte ich nur zulassen können, dass mich jemand auf diese Weise kontrollierte? Meine Liebe für diesen Mistkerl verwandelte sich in Hass. Bis wir uns wiedersahen, würde ich mit jedem Mann, den ich begehrte, tun, was immer ich wollte. Ich würde mich an allen Männern der Welt rächen. Die meisten von ihnen konnte ich im Ring ohnehin zu Brei schlagen. Und das würde ich auch tun, beschloss ich.

15

Am nächsten Abend fand der geplante Rückkampf gegen Bobby-Lou statt. Am Ende versuchte sie, das Publikum in Raserei zu versetzen, damit es noch einen Kampf forderte. Ich riss ihr das Mikrofon aus der Hand und schrie sie an, dass es mir reichte. Ich wusste, dass ich die Stärkere war, und rief nach Dexi, damit er mir meinen Umhang brachte. Bobby-Lou brachte die Menge dazu, eine Zugabe zu fordern. »Hast du zu große Angst, um bei einem Entscheidungskampf anzutreten? Dann wüssten wir, wer die Bessere von uns ist! Na los, du Schlampe!«

»Keine Chance! Ich bin zu gut für dich!«

Unser Wortgefecht ging weiter. Ich war völlig ausgelaugt, wickelte mich in meinen Umhang, setzte die riesige Maske auf und verließ den Ring und die Arena. Das Publikum brüllte und johlte, aber ich ignorierte alles, was sie schrien. Der erste Abend war nett gewesen, und ich hatte das ganze Spektakel genossen. Doch dieser zweite Abend hatte mir endgültig bewiesen, dass ich nicht länger Teil dieser Szene sein wollte. Auch wenn ich auf diese Weise sehr viel Geld verdienen konnte, wollte ich einfach nicht so leben.

»Können wir jetzt nach Hause fahren?«, fragte ich Dexi.

»Ich schätze schon. Es wird Zeit, was?«

Bobby-Lu war stinksauer, als sie in den Umkleideraum kam.

»Du bist echt völlig verrückt. Das Publikum war begeistert.

Wir hätten noch ein Vermögen verdienen können. Genug, um uns zur Ruhe zu setzen. Du kannst nicht einfach aufhören, Süße, das ist doch Wahnsinn.«

»Tut mir leid, aber ich kann das nicht mehr machen. Es war super und hat großen Spaß gemacht, aber dieses Leben ist nichts für mich.«

»Nur noch ein paar Jahre. Eins, wenn du nicht länger willst. Ich hatte noch nie so eine gute Partnerin. Bitte, denk noch mal darüber nach.«

»Das habe ich bereits. Tut mir leid. Es war super, aber mir reicht's.«

»Du willst zurück zu diesem Scheißkerl, der dafür sorgt, dass du dich schlecht fühlst, wenn du ohne ihn Spaß haben willst? Das würde ich mir von keinem Mann antun lassen.«

»Vielleicht hast du nur noch nicht den richtigen Mann gefunden, für den du das tun würdest.«

Einen Augenblick lang dachte ich schon, sie würde mich schlagen. Aber sie holte tief Luft und ging in ihren Bereich des Umkleideraums zurück. Sie zog sich rasch um, steckte ihr Kostüm in ihren Koffer und wollte schon gehen.

»Es ist okay, Süße. Ich verstehe es. Wir bleiben in Kontakt, ja?« Ich war überrascht, als sie noch einmal zu mir zurückkam, die Arme um mich legte und mich so sinnlich küsste, wie ich es selten zuvor erlebt hatte. »Wag es ja nicht, mich zu vergessen«, sagte sie leise und ging aus dem Raum.

»Okay«, flüsterte ich, auch wenn sie es nicht mehr hören konnte. Es war wirklich Zeit, nach Hause zu fahren.

Dexi ließ während des Rückflugs die Bombe platzen.

»Ich habe mich endlich entschieden, es mit Joel zu versuchen«, kündigte er an. »Das Geld, das wir in Mexiko verdient haben, hat den Ausschlag gegeben. Ich habe ihm eine E-Mail geschickt und ihm mitgeteilt, dass ich mit allem einverstanden bin. Wir werden ein Restaurant eröffnen.«

»Was?«, fragte ich völlig verblüfft. »Ein Restaurant? Wie in aller Welt wollt ihr das denn stemmen?«

»Joel ist ein hervorragender Koch.«

»Das wusste ich nicht.«

»Du hast mich auch nie danach gefragt. Ich denke, ich wäre ein guter Manager. Genug Erfahrungen sollte ich ja haben.«

Ich dachte darüber nach. Er war definitiv gut darin, für mich alles zu regeln, und er hatte einen tollen Charakter. Außerdem hatte er recht, denn ich hatte wirklich nie gefragt, womit Joel eigentlich seinen Lebensunterhalt verdiente. Es war schon irgendwie seltsam. Früher hatte ich selbst davon geträumt, eines Tages ein Restaurant zu eröffnen. Warum hatte ich nie mit Dexi darüber gesprochen?

»Du wirst mir fehlen. Ich weiß eigentlich gar nicht, wie ich ohne dich zurechtkommen soll.«

»Ich schätze, du wirst das Ganze sowieso nicht mehr lange machen. James will dich bestimmt für sich alleine haben. Dann hätte ich meinen Job ohnehin verloren.«

Ich nickte und war nachdenklich geworden. Doch bei dem Gedanken an James wurde mir wie immer ganz anders, und ich hatte Schmetterlinge im Bauch. Mit etwas Glück würde er mir die Ringe bald abnehmen, dann konnte ich endlich wieder anständigen und hoffentlich auch ganz unanständigen Sex haben. Dexi sah mich an und lachte.

»Ich weiß genau, was du denkst. Ich kann dich lesen wie ein Buch«, meinte er, lehnte sich zurück und schloss die Augen.

Wir landeten sehr früh am Morgen in Manchester. Dexi konnte es kaum erwarten, zu Joel zurückzukommen und Zukunftspläne mit ihm zu schmieden. Wir trennten uns am Flughafen, und mir standen die Tränen in den Augen. Wir waren seit so vielen Jahren zusammen unterwegs, und mir war klar, dass ich ihn sehr vermissen würde.

»Werde glücklich«, flüsterte ich ihm zu, während ich einen dicken Kloß in der Kehle hatte.

»Hey, das ist doch kein Abschied für immer. Ich werde weiterhin für dich da sein. Außerdem hoffe ich doch, dass du in unserem neuen Restaurant Stammgast sein wirst.«

»Natürlich«, versicherte ich ihm. »Grüß Joel von mir, und vergiss nicht, mich zur großen Eröffnung einzuladen.«

Ich winkte ihm zum Abschied zu. Da ich nicht wusste, wo ich sonst hinfahren sollte, ließ ich mich von einem Taxi zu James' Villa fahren. Ich wusste nicht, wie man mich dort empfangen würde oder ob James überhaupt schon zurück war. Doch ich hätte mir keine Sorgen machen müssen. Er war vor einigen Tagen zurückgekehrt und hatte schon versucht, herauszufinden, wo ich mich aufhielt. Ich wurde herzlich und mit Champagner empfangen. Ich war erleichtert. Alles würde wieder gut werden.

»Ich muss noch ein paar Anrufe machen«, verkündete James, als wir ausgetrunken und die ersten Reiseberichte ausgetauscht hatten. »Wie wäre es danach mit einem späten Mittagessen und einem langen, heißen Nachmittag und Abend?«

»Das klingt gut.« Auf einmal erinnerte ich mich an unsere wochenlange Orgie. Ich war mehr als bereit, endlich wieder Sex zu haben, und freute mich auf das, was mich erwartete. Kein anderer Mensch machte mich so heiß wie er. Er war ein wunderbarer, verrückter Mistkerl, aber ich wollte bei ihm sein. Was auch immer in Südamerika passiert war, er war zu mir zurückgekehrt, oder nicht? Den restlichen Morgen verbrachte ich in einem wunderbar duftenden Schaumbad. Ich packte aus und hängte meine exotische Maske an die Wand. Vielleicht würde ich James das ganze Kostüm eines Tages vorführen.

Es war schon fast 14 Uhr, als er mich aufsuchte. Wir gingen ins Esszimmer, um zu Mittag zu essen. Es kam mir alles so unwirklich vor. Bei unserem letzten Essen in diesem Raum hatte ich starke Schmerzen, weil mir kurz davor die Ringe angebracht worden waren. Ich erinnerte mich noch genau an die Mischung aus Hass und Aufregung, die mich damals erfüllt hatte. Inzwischen waren die verdammten erotischen Ringe zu einem Teil von mir geworden. Alles war vollständig verheilt, und mein Körper war bereit, sie zu genießen, sobald sie geöffnet wurden. Ich erschauderte bei dem Gedanken, dass mich James aus meinem »Keuschheitsschwur« befreien würde, und fragte mich, ob ich dank der Ringe nun noch mehr Spaß am Sex haben würde.

James führte mich nach oben in unser Spielzimmer, das wieder aussah wie immer. Alle Spuren der exotischen arabischen Nächte waren verschwunden. Die Matte lag ausgerollt auf dem Boden. Es sollte also wieder eine Dominanzsitzung werden, bei der ich das Sagen hatte? Damit konnte ich leben.

»Du findest da drin was zum Anziehen«, sagte James und deutete in Richtung Badezimmer.

Ich stellte überrascht fest, dass dort das goldene Kleid lag, das ich in Phoenix getragen hatte. Daneben lagen das winzige goldene Dreieck, das gerade so als Slip durchging, sowie meine Sammlung an Sklavenbändern. Ich war verblüfft. Ich brachte die Reifen an meinen Oberarmen, Hand- und Fußgelenken an und zog den Slip an. Die goldenen Stilettos waren neu. Ich konnte mich nicht mehr daran erinnern, welche

Schuhe ich in Phoenix getragen hatte. Wie hieß der Kerl noch mal? Tom? Auf jeden Fall war dieses Outfit nicht dazu geeignet, einen Ringkampf zu machen. Was hatte James vor? Verwirrt stieg ich in die Schuhe und lief zurück ins Spielzimmer.

James stand wartend da. Er trug eine goldene kurze Hose und hatte einen nackten Oberkörper. Ich sah ihn an, betrat aber nicht die Matte, da ich sie nicht mit den hohen Absätzen beschädigen wollte. Er kam zu mir und riss mir mit einer Bewegung das Kleid vom Körper. Sein Blick war eisig. Er band den Slip seitlich auf und warf ihn über die Schulter nach hinten. Ich sagte nichts. Kleidungsstücke im Wert von mehreren hundert Dollar waren ruiniert. Mir schoss die Frage durch den Kopf, warum ich mich anziehen musste, wenn er mir ohnehin die Kleidung vom Leib reißen wollte. Auf einmal wurde mir klar, dass das Teil seiner komplizierten Sexspiele war. Ich wurde nervös.

»Die Schuhe«, sagte er, und ich zog sie gehorsam aus. Dann stand ich, nur mit meinen Sklavenreifen bekleidet, vor ihm. Was erwartete er von mir? Beinahe hätte ich einen Schritt nach vorne gemacht und versucht, ihn mit einem Ringergriff zu Boden zu zwingen, aber irgendetwas hielt mich zurück. Seine grünen Augen musterten meinen nackten Körper.

»Möchtest du mir irgendetwas sagen?«, fragte er.

»Ich wüsste nicht, was.«

Er zerrte mich zu einem Stuhl und zwang mich, mich über die Lehne zu beugen. Auch wenn ich bereits heiß auf ihn war und kein Vorspiel brauchte, schien irgendetwas zu fehlen.

»Es tut mir leid, wenn ich dich nicht zufriedengestellt habe, Meister.« Wenn er ein Sklavenmädchen wollte, dann sollte er eins bekommen. Solange das Sklavenmädchen hinterher auch Sex mit dem Meister hatte. Ich leckte mir provokativ und aufreizend die Lippen.

»Du Schlampe.«

Erneut sah ich zu Boden. Dann war mir auf einmal alles klar. Das goldene Kleid und der Slip. Ich hatte beides getragen, als ich mit Tom ausgegangen war. Mein Instinkt sagte mir, dass es James irgendwie geschafft hatte, das in Erfahrung zu bringen.

»Ich denke, du weißt genau, worauf ich hinauswill.«

»Auf Tom?«, flüsterte ich.

»Genau. Du konntest nicht widerstehen, was?«

»Ich könnte mir vorstellen, dass du in der ganzen Zeit auch nicht zölibatär gelebt hast.«

»Die Antwort würde dich überraschen. Aber das ist allein meine Angelegenheit.«

»Ebenso wie das, was ich tue, meine Privatangelegenheit ist.«

»Ich dachte, ich hätte deutlich zum Ausdruck gebracht, dass ich möchte, dass du mir gehörst. Mir allein. Die Ringe verhindern ja nicht wirklich, dass du mit anderen schläfst.«

»Sie sind ziemlich effektiv«, konterte ich.

»Sie sind eher symbolischer Art. Du hast gewusst, was ich will.«

»Ob sie nun symbolisch sind oder nicht, sie haben mich jedenfalls daran gehindert, Sex zu haben. Ja, ich kann mit anderen schlafen, aber ich kann meine Klit nicht berühren. Mein wichtigstes Lustzentrum steht mir einfach nicht zur Verfügung. Das macht mich fast wahnsinnig.«

»Aber du warst bereit, es zu versuchen.« Ich starrte ihn mit offenem Mund an. »Oh, das ist schon okay. Tom ist sauber. Sonst hätte ich ihn nie eingesetzt.«

Ich war schockiert.

»Ihn eingesetzt? Willst du damit sagen, dass das alles geplant war? Dass es ein Test war?«

Er nickte und grinste.

»Ich musste wissen, ob ich dir vertrauen kann. Und du kannst mir glauben, dass ich einen hervorragenden Bericht bekommen habe: wild, verrückt, ohne Hemmungen, bereit, alles auszuprobieren. Dein Körperschmuck hat ihm sehr gefallen. Da er einzigartig ist, bestand nie die Gefahr einer Verwechslung.«

»Aber wie in aller Welt hast du das eingefädelt? Es tut mir leid. Mir war nicht bewusst, dass du so empfindest. Ich dachte, es würde dir reichen, mich auf diese Weise in Besitz genommen zu haben. Ich hatte die ganze Zeit nicht einen vernünftigen Orgasmus, und daran bist du schuld.«

»Ich weiß, Süße. Ich wusste von vorneherein, dass du eine heiße, lüsterne Frau bist, Lili – genau das liebe ich ja so an dir. Tom hat mir nichts bestätigt, was ich nicht ohnehin längst wusste. Es ist nur so, dass ... Obwohl es zum Spiel dazugehörte, kam ich mir dabei ... komisch vor.« Auf einmal wurde mir klar, dass er schlicht und einfach eifersüchtig war. Der kultivierte, selbstsichere James William Travers war eifersüchtig.

Mir fiel auf, dass seine Shorts im Schritt bereits mächtig spannten, und ich hoffte, dass ich trotz allem davon profitieren würde. Ich wollte es wiedergutmachen. Er zog schnell einige Kissen zu uns heran und drückte mich darauf. Dann hob er meine Beine über seine Schultern und zog seine Shorts aus. Als ich den vertrauten Anblick seines wunderbaren Penis vor Augen hatte, war ich schon bereit für ihn und sehnte mich danach, zu spüren, wie er in mich eindrang, mich ausfüllte. Meine Muschi spannte sich bereits an, während meine Erregung größer wurde. Ich war so heiß auf ihn. Doch dann dachte ich plötzlich und ohne Vorwarnung an die Ringe. Selbst wenn ich mit *James* zusammen war, wirkte allein der Gedanke an sie wie ein Keuschheitsgürtel. Tja, wer lachte da jetzt wohl zuletzt?

»Um Himmels willen«, kreischte ich. »Nimm sie raus!«

Er rückte von mir ab, und ich konnte ihm die Überraschung ansehen. In diesem Moment schien ihm wohl zum ersten Mal bewusst zu werden, dass er mich nicht besitzen konnte, zumindest nicht völlig. Ich beschloss, etwas zu unternehmen, und das hatte fast schon eine therapeutische Wirkung. Doch dann sahen wir uns in die Augen, und er zwinkerte, um mir zu verstehen zu geben, dass er mitspielen würde.

Also sprang ich ihm auf den Rücken und warf ihn so zu Boden. Er nahm seinen Kopf in die Armschere, und er versuchte, sich zu befreien. Doch ich hatte meine Beine schon um seinen Oberkörper gewickelt und drückte zu. Ich spürte, wie er erschlaffte, als er einsah, dass er besiegt worden war. Ich ließ ihn los, und er rollte sich herum. Sofort sprang ich ihn erneut an und zog ihn wieder zu Boden. Dieses Mal nahm ich ihn in die Körperschere und legte meine Beine fest um seine Körpermitte. Er stemmte sich dagegen, und ich sah deutlich, wie sein Penis steifer wurde, weil ihn sein Lieblingsgriff derart erregte. Jetzt wollte ich auch die Dominanz über ihn gewinnen. Ich packte seinen Penis und zog daran, bis er stöhnte, teilweise aus Lust, teilweise vor Schmerz. Ich rückte so weit herum, bis ich seine Hoden mit der anderen Hand fassen konnte, und drückte sie ebenfalls. Ich war gnadenlos.

»Hol die Zange«, verlangte ich.

»Wofür brauchst du denn eine Zange?«

»Was glaubst du denn? Du hast sehr gründlich dafür gesorgt, dass meine Gedanken manipuliert wurden. Bist du jetzt zufrieden? Gib es doch einfach zu, dass du bloß eifersüchtig warst.« Er nickte. »Das ist deine eigene Schuld. Du hast darauf bestanden, dass ich dich nicht begleite.« Ich drückte fester zu, und er zuckte wieder zusammen.

»Es tut mir leid.«

»Lauter«, forderte ich. Es war erstaunlich, wie selbstsicher man in dieser Position auf einmal wurde.

»Es tut mir leid. Ich habe Mist gebaut, das gebe ich zu. Ich war eifersüchtig, und ich hätte nicht versuchen sollen, dich auf die Probe zu stellen.« Ich grinste zufrieden.

»Wirst du jetzt diese verdammte Zange holen oder muss ich deine Eier zerquetschen?« Er nickte. Ohne ein weiteres Wort zu sagen, ließ ich ihn los, und er hob die Shorts auf, die er zuvor getragen hatte. Aus einer kleinen Innentasche zauberte er eine winzige Zange hervor und bedeutete mir, ich solle mich auf den Rücken legen. Das Geräusch, wie diese vier Ringe geöffnet wurden, war das schönste, das ich seit Langem gehört hatte. Er nahm die Ringe heraus und legte sie auf einen Tisch. Ich fühlte mich befreit und als könnte ich endlich wieder eigene Entscheidungen treffen. Mir war auch klar, dass ich dieses befreite Gefühl nie gespürt hätte, wenn ich die Ringe selbst hätte entfernen lassen. Danach lag ich wartend da. Ich war mir nicht sicher, was James jetzt tun würde. Eine gefühlte Ewigkeit lag ich so da, und als ich mich gerade aufrichten wollte, spürte ich seine Hand auf meinem Bein.

Er drückte meine Schamlippen auseinander und berührte meine Klit. Zärtlich berührte er sie, sodass sie sich vergrößerte, und dann wischte er mit seinem feuchten Penis darüber. In mir begann es augenblicklich zu pulsieren. Dieses Gefühl war einfach wunderbar. Ich fühlte mich wieder wie ein ganzer Mensch und hatte die Frustration, die Wut und den Schmerz bereits völlig vergessen, während ich darauf wartete, dass mich der lang ersehnte Orgasmus übermannte. Als ich auf meiner Wolke der Lust schwebte, sah ich meinen

Peiniger wieder als einen Freudenbringer an. Das mag seltsam sein, aber so bin ich nun mal. Vermutlich könnte man mich als masochistisch veranlagt bezeichnen.

»Danke«, keuchte ich, als er endlich von mir abließ. Er starrte mich kurz an, doch dann wurde seine Miene sanfter.

»Wir sollten uns noch eine zweite Chance geben«, murmelte er. »Ich möchte, dass du nur mit mir schläfst.« Mein Herz machte einen Freudensprung. Es war noch nicht zu spät.

»Ich ... Ich bin dafür.« Warum sollte ich ihm das auch nicht versprechen, wo wir doch unglaublich guten Sex hatten? Ich war wieder seine gehorsame Sklavin. Ich wollte ihn mehr denn je, diesen Mistkerl.

»Geh baden«, befahl er mir. Ich ging ins Badezimmer und stieg in das Badewasser, das mich bereits erwartete. Die warmen Blasen liebkosten mich, und meine Finger strichen über meine entblößte Spalte, die viel zu lange vernachlässigt worden war – zumindest kam es mir so vor. James kam herein und stieg zu mir in die riesige Badewanne. Er reichte mir ein Glas kalten Wein, das aus dem Nichts gekommen zu sein schien. Dann zog er meine andere Hand aus dem Wasser, damit seine langen, gefühlvollen Finger ihren Platz einnehmen konnten. Er streichelte meine Brüste, und ich schwebte schon wieder in anderen Sphären, als seine Finger mich bearbeiteten. Ich verlor jegliches Zeitgefühl und wusste nicht mehr, wie lange wir schon in der Wanne lagen und wie oft ich gekommen war. Mir war schwindlig, ich glaubte zu schweben und ließ mich von feurigen, lustvollen Wogen mitreißen. Als ich befriedigt war, zog er mich aus dem Wasser und trocknete mich ab. Ich fühlte mich wie ein Kind, das verwöhnt und geliebt wird. Als mir bewusst wurde, dass ich mich als Kind selten so gefühlt hatte, lachte ich leise auf.

»Bist du wieder glücklich?«, murmelte er leise.

»Ich schätze schon«, antwortete ich.

»Gut. Ich will dich nicht verlieren.« Ich glaubte, im siebten Himmel zu schweben. »Du bist etwas ganz Besonderes«, fuhr er fort. Dies war die erste wirkliche monogame Beziehung, die ich je geführt hatte. James legte mich auf ein sauberes, trockenes Handtuch und tupfte mich zwischen den Beinen ab. Ich war zu erschöpft und zu entspannt, um genau zu registrieren, was er tat, bis er die Ringe wieder anbrachte und grinsend einschnappen ließ. »Sicher für mich verwahrt«, flüsterte er. Es gelang mir sogar, ihn anzugrinsen. So lange er sie häufiger entfernte, konnte ich damit leben. Ich bezweifelte auch, dass ich dieses »Keuschheitsgefühl« in Zukunft noch haben würde, wenn wir miteinander schliefen. Ich hatte ebenso die Kontrolle wie er. Wieder überkam mich die Aufregung darüber, sein Besitz zu sein, jemandem zu gehören, dem offenbar so viel an mir lag, dass er sich solche Mühe machte.

In den nächsten Wochen schien alles ganz normal zu sein ... normal für uns. Tatsächlich war es fast so, als wären wir verheiratet, zumindest stellte ich mir das Eheleben so vor. Er ging jeden Tag zur Arbeit, und ich ging einkaufen, traf mich gelegentlich mit Bekannten, mit denen ich gemeinsam in dem Fitnessstudio trainierte, in das ich eingetreten war. Die Räume, die wir in der Stadt gemietet hatten, waren aufgegeben worden. Ohne Dexi hatte ich auch keinen Job mehr, doch dank James brauchte ich auch keinen. Abends gingen wir manchmal essen, häufig veranstalteten wir auch einen Ringkampf. Wir hatten regelmäßig befriedigenden Sex.

Eines Abends kam er mit einigen Männern zusammen nach Hause. Geschäftsfreunde, erklärte er mir. Er hatte Mrs Davis Bescheid gesagt, dass sie mit uns essen würden, mich jedoch nicht informiert.

»Zieh was Heißes an«, befahl er mir. »Etwas, das sexy, aber niveauvoll ist.« Er öffnete die Schranktür und ging meine Kleidung durch. Offensichtlich war ich nicht in der Lage, mir alleine das Passende herauszusuchen. Er wählte ein tief ausgeschnittenes, sehr kurzes schwarzes Kleid. »Kein Höschen. Strümpfe und einen Strumpfhalter. Hohe, schwarze Stilettos. Ach ja, und alle Goldringe.« Er nickte mir noch einmal zu und verließ das Schlafzimmer.

»Ja, Sir. Natürlich, Sir«, murmelte ich in Richtung der geschlossenen Tür. Offenbar hatte ich an diesem Abend eine bestimmte Rolle zu spielen. Ich zog mich wie gewünscht an und ging nach unten. Die Männer nahmen einen Drink und erzählten sich Witze. Sie musterten mich lasziv und zogen mich mit ihren Blicken aus. Nach dem Essen gingen wir ins Wohnzimmer. Ich fühlte mich wohl und spürte, dass eine gewisse Stimmung herrschte. Einer der Männer klopfte neben sich auf das Sofa und ermutigte mich, neben ihm Platz zu nehmen. Ich warf James einen Blick zu, und er nickte. Sofort legte der Mann seine Hand auf meinen Oberschenkel und ließ sie nach oben gleiten. Sanft, aber zugleich entschlossen entfernte ich sie, nur um im nächsten Augenblick zu spüren, wie sie auf der Rückenlehne lag und mir erst den Nacken und danach den Rücken streichelte. Wenn von mir erwartet wurde, dass ich dasaß und das ertrug, dann hatte sich James geirrt. Ich war sehr wählerisch in Bezug auf die Männer, die mich anfassen durften.

»Ich werde jetzt den Kaffee eingießen«, sagte ich und entfernte mich aus der Reichweite des Krakenmannes. James sah mich mit finsterer Miene an, aber ich ignorierte ihn. Ich reichte den drei Männern die Tassen. Als ich vor James stand, ließ er beiläufig den Löffel herunterfallen. Mir war klar, dass er das mit Absicht gemacht hatte, da er mich jetzt bat, ihn aufzuheben. Ich wusste genau, warum er das getan hatte. Als ich mich nach vorn beugte, konnten die anderen beiden Männer meine gepiercte Muschi deutlich erkennen. Kein Wunder, dass er mich aufgefordert hatte, kein Höschen zu tragen. Vermutlich wollte er ihnen demonstrieren, wie gut ich ihm gehorchte. Er wusste, dass ich mir die Gelegenheit nicht entgehen lassen konnte, Männer heißzumachen, selbst wenn sie mich nicht anfassen durften.

»Diese beiden Herren sind sehr am Wrestling interessiert«, meinte er zu mir. »Ich hatte vorgeschlagen, dass du nacheinander gegen beide kämpfst. Du hast doch nichts dagegen, Süße?« Ich starrte ihn wütend an. Natürlich hatte ich etwas dagegen. Ich hatte zugestimmt, James' einzige Partnerin zu sein und wollte nicht mehr gegen jedermann antreten müssen. »Lili, ich habe dich was gefragt.« Er sah mich mit einem intensiven Blick an. Vermutlich würde er mich später bestrafen, wenn ich nicht gehorchte. Schon bei dem Gedanken daran wurde mir ganz heiß. Das war das Risiko wert. Ich leckte mir die Lippen und stellte mir vor, was er mit mir tun würde. Ich hatte ihm noch immer keine Antwort gegeben. Während sich seine Miene verfinsterte, stand er auf und packte mein Handgelenk. Er zerrte mich mit sich aus dem Raum. »Du wirst es tun«, sagte er. »Was ist denn schon dabei? Geh und zieh dich um, damit du kampfbereit bist. Ich bin stolz auf dich und möchte dich ihnen vorführen.«

Schmollend drehte ich mich um und ging davon. Innerlich rang ich mit mir. Ich genoss mein Leben und wollte weder das, was ich jetzt hatte, noch James verlieren. War das denn wirklich so eine große Sache? Ich hatte schon oft genug gegen Fremde gekämpft und immer gewonnen. Vielleicht hatte es mich verändert, dass ich James' Sklavin geworden war. Ich zuckte mit den Achseln und ging ins Spielzimmer. Er hatte bereits ein Kostüm für mich herausgelegt, einen hauchdünnen Stretchanzug in Silbergrau. Er hatte lange Ärmel und Beine und sah recht harmlos aus, da er nichts freizulassen schien. Doch als ich ihn anzog und den Reißverschluss von oben herunterzog, stellte ich fest, dass er über dem Schritt endete. Direkt unter meinem Bauch war eine Lücke, die sich bis zu meinem Hintern erstreckte. Na super, dachte ich. Wenn er Besuch hat, soll ich auf einmal mit nackter Muschi kämpfen. Aber wenn es das ist, was er will, dann soll er es haben. Allmählich wurde ich wütend. Ich war sogar so stinksauer, dass ich es mit beiden gleichzeitig aufgenommen und vermutlich vorgeschlagen hätte, dass sie mich hinterher besinnungslos ficken. Vielleicht sollte es auch genau so laufen. Wahrscheinlich würde er dabei zusehen und mich eventuell sogar dabei filmen. Ich zog die silbernen Stiefel an und schnürte sie zu. Dann betrachtete ich mich im Spiegel. Durch den dünnen Stoff war mein Körper gut zu erkennen, vor allem an den Stellen, an denen er sich stark dehnte, schimmerte einiges durch. Mein goldener Nippelschmuck ließ sich nicht übersehen, da er sich fest gegen den Stoff drückte.

Ich legte die Sklavenarmbänder an, als müsste ich etwas beweisen, und ging zurück ins Spielzimmer, um auf meine Gegner zu warten. Hier ging es darum, dass James mit seinem Machogehabe etwas beweisen wollte. Soweit es mich betraf, war es kindische Angeberei. James hatte sie durch eine andere Tür hereingeführt, und als sie das Spielzimmer betraten, trugen sie bereits Shorts. Beide Männer beobachteten mich, als ich auf die Matte ging.

»Schickes Outfit«, meinte einer der beiden. »Schade, dass wir nicht im Wasser kämpfen. Wenn das Kostüm nass wird, bleibt bestimmt nichts der Fantasie überlassen.«

»Das stimmt.« James sah mich fast schon geifernd an. »Geh unter die Dusche, Lili, und lass den Anzug dabei an.« Er kam auf mich zu. Ich hielt die Hände hoch, um ihm zu signalisieren, dass ich mich nicht widersetzen würde, und ging ins Bad, um mich unter die Dusche zu stellen. Als ich tropfnass zurückkehrte, hinterließ ich eine Spur auf dem Boden. Aber ich hatte genau das getan, was er verlangt hatte. Er sagte nichts.

»Könnten wir noch mehr Lampen einschalten?«, fragte der andere Mann. James tat es und richtete einen Scheinwerfer genau auf mich, sodass man meinen ganzen Körper deutlich sehen konnte. Ich biss die Zähne zusammen und lächelte. Ich beschloss, meinen Ärger runterzuschlucken, und machte mir bewusst, dass ich mich wenigstens entspannen sollte, wenn ich es schon nicht genießen konnte. Da standen drei Männer und starrten mich geifernd an, um Himmels willen. Ich richtete mich auf. Auch wenn mich James wie eine Sklavin behandelte, war ich entschlossen, im Kampf schnell die Oberhand zu gewinnen. Ich wusste, dass ich sie alle drei sehr schnell heiß machen konnte. Schon jetzt war in beiden Shorts eine deutliche Beule zu erkennen. Außerdem trug ich noch immer einen Keuschheitsgürtel, was konnte also groß passieren? Warum sollte ich meinen Körper nicht zeigen? Er war schließlich sehr ansehnlich. Offensichtlich war James nicht eifersüchtig, solange er die völlige Kontrolle hatte. Wahrscheinlich erregte es ihn sogar, mich in gewissem Maß zu teilen. Ich würde ihm später schon einiges über Kontrolle beibringen, nahm ich mir vor.

Von mir aus konnte es losgehen. Der Kerl in den roten Shorts wollte anfangen. Er hatte offensichtlich bereits ein paar Ringkämpfe hinter sich und kannte einige Moves. Ich sah sofort, dass er einigermaßen fit war, und bereitete mich darauf vor, seinen Angriff zu kontern. Es war fast schon zu einfach. Er ging lautstark zu Boden, als ich ihn aus dem

Gleichgewicht brachte. Ich legte die Beine um seine Körpermitte und drückte zu. Die Körperschere war doch immer effektiv. Er lag da, schnappte nach Luft und versuchte, sich irgendwie zu bewegen. Schließlich gab ich nach und gestattete ihm, sich zwischen meinen Beinen herauszuwinden, nur um ihn im nächsten Moment herumzuschleudern und sein Gesicht zwischen meinen Oberschenkeln einzuklemmen. Er streckte die Hände aus und umfing meine Brüste, um so fest er konnte hineinzukneifen. Als die Metallbänder zusammengedrückt wurden, ließ ich ihn los. Ich entwand mich seinen Händen und stand auf, um ihn dann aufzufordern, dasselbe zu tun. Er rollte sich seitlich von der Matte und nickte seinem Freund zu. Der kam auf mich zu, und ich schleuderte ihn schnell über meine Schulter. Bevor er wusste, wie ihm geschah, ließ ich mich auf seinen liegenden Körper fallen und hatte ihn in der Kreuzpresse. Er war hilflos und lachte laut auf. Auf einmal packten zwei Hände meine Fußknöchel und spreizten meine Beine. Ich spürte ein Zerren an meinen Genitalringen und schrie auf: »Lasst mich los, ihr Wichser!«

Jemand nahm meine Arme und zog mich von meinem Gegner. James stand vor mir, während sich der Kerl mit den blauen Shorts zur Seite rollte, um aus meiner Reichweite zu gelangen. Der mit den roten Shorts starrte mich an, während er weiterhin meine Fußknöchel umklammerte.

»Wie fühlt es sich an, zur Abwechslung mal zu verlieren?«, fragte er.

»Drei gegen einen, das ist wohl kaum ein fairer Kampf.« Ich wackelte und trat mit beiden Füßen zu, sodass er mich loslassen musste.

»Hexe!«, brüllte er und rieb sich die Arme an den Stellen, wo ich ihn erwischt hatte. Ich riss mich los und rollte mich rasch zur Seite. Jetzt würde mich keiner mehr kriegen. Ich würde es ihnen schon zeigen. Inzwischen war ich richtig in Fahrt. Ich trat und schlug um mich, wobei mir völlig egal war, wen ich dabei traf. Die beiden Männer gingen zu Boden, und ich hoffte, ich hatte ihnen derart wehgetan, dass sich mich in Zukunft respektieren würden. James stand ein Stück abseits und sah sich das Geschehen überrascht an. Als er vortrat, um mich festzuhalten, trat ich ihm fest in den Schritt, da es mir zur Abwechslung völlig egal war, ob ich ihm wehtat oder nicht.

Mehrere Minuten lang wehrte ich mich weiter gegen alle Männer dieser Welt, während ich gegen diese drei Kerle im Spielzimmer kämpfte. Ich hatte zweifellos gewonnen. Dabei hatte ich niemanden unabsichtlich schwer verletzt, aber mir war klar, dass sie alle am nächsten Morgen einige Blessuren vorweisen konnten. Ich wischte mir die Hände ab, wie man es nach einem Job tat, den man gut erledigt hatte. Dann verließ ich den Raum und ging duschen. Ich drehte den Hahn ganz auf und die Wassertemperatur herunter. Der Wasserstrahl wusch meine Wut weg.

Ich hatte alles getan, was James verlangt hatte, doch jetzt war die Blase geplatzt. Was hatte er erwartet? Dass ich mich einfach zurücklehne und alles ertrage? Weit gefehlt. Ich hatte nichts dagegen, zu kämpfen, solange der Kampf fair war. Als mein Zorn verrauchte, fragte ich mich, was mich später erwarten würde, wenn diese Männer das Haus verlassen hatten. James war bestimmt nicht gerade erfreut darüber, dass seine Sklavin rebelliert hatte. Vielleicht würde er mich bestrafen. Vielleicht aber auch nicht. Ich warf mir einen Bademantel über und ging in das Zimmer, das er mir zugewiesen hatte. Dort legte ich mich aufs Bett, schloss die Augen und versuchte zu hören, was im Haus passierte, aber die Türen waren dick und schallgedämmt. Ich musste eingedöst sein, wurde aber rüde von James geweckt. Als ich die Augen aufschlug, stand er vor mir. Bevor ich reagieren konnte, legte er mir Handschellen an und zerrte mich zurück ins Spielzimmer. Er fesselte meine Handgelenke an einem Haken an der Wand, von denen es dort sehr viele gab. Dann zog er mir den Bademantel aus. Er drehte sich um und nahm eine seiner dünnsten Peitschen in die Hand. Sie pfiff durch die Luft, berührte mich jedoch nicht.

»Hör sofort auf«, schrie ich.

»Du musst bestraft werden«, sagte er und beobachtete mich genau. »Ich hatte dich gebeten, zu kämpfen. Du hast einen Narren aus mir gemacht.«

»Augenblick mal. Was zum Teufel hast du denn erwartet? Ich wurde von drei Männern gleichzeitig angegriffen. Was wäre denn passiert, wenn ich mich nicht gewehrt hätte? So etwas wirst du nie wieder mit mir machen. Ihr Scheißkerle. Euer Mundwerk geht doch ständig mit euch durch. Ihr seid doch alle nur triebgesteuert.«

»Vergiss nicht, dass du meine Ringe trägst«, sagte er sanft. »Du wirst immer meine Ringe tragen.« Bildete ich mir das nur ein, oder standen ihm wirklich die Tränen in den Augen.

»Okay, James. Ich hab's verstanden. Wir müssen darüber reden. Binde mich los.«

Ohne ein Wort zu sagen, ließ er mich frei und verließ das Zimmer.

Betrübt ging ich in mein Zimmer und begann zu packen. Zum Glück hatte ich noch einige Ersparnisse. Die Reise nach Mexiko hatte mir genug Geld eingebracht, dass ich mich für eine Weile über Wasser halten konnte. Als ich alles gepackt hatte, war meine Traurigkeit in Wut umgeschlagen. Er war zu weit gegangen. Viel zu weit. Ich war nur in unseren Spielen seine Hure. Ich verspürte nicht länger den Trost, noch die Kontrolle zu haben. Mit hoch erhobenem Kopf hob ich einen der Koffer hoch. Den Rest meiner Sachen würde ich holen lassen, wenn ich wusste, wo ich unterkommen würde.

Es war beinahe Mitternacht, als ich im Stadtzentrum ankam. Ich suchte mir ein Hotel und checkte ein. Jetzt fühlte ich mich vor allem verloren. Wir brauchten beide Zeit, um wieder runterzukommen.

Ich schob langsam die Hände in meinen Schritt, da ich diesen Trost dringend brauchte. Wie hatte ich nur vergessen können, dass ich noch immer die Ringe trug? Sie saßen in meinen Schamlippen, und nur der Wichser, den ich gerade verlassen hatte, konnte mich von ihnen befreien. Oh, das könnte ihm so gefallen. Ich versuchte, mich damit zu beruhigen, dass ich mir irgendwo eine Zange besorgen und sie dann selbst entfernen würde.

»Sieh den Tatsachen ins Auge«, sagte ich zu meinem Spiegelbild, »es gibt nicht viele Leute, die du um so etwas bitten kannst.« Selbst Dexi stand nicht mehr zur Verfügung. Völlig erschöpft ließ ich mich aufs Bett fallen. Ich schlief sofort ein und wachte erst spät am nächsten Morgen wieder auf.

Einige Wochen lang ließ ich mich nur treiben. Ich konnte die Aussicht nicht ertragen, wieder ins Wrestlinggeschäft einzusteigen, auch wenn mir klar war, dass mir dort noch einige gute Jahre bevorstehen würden. Möglicherweise konnte ich jetzt endlich den Plan realisieren, den Penny Jackson einmal gehabt hatte, und ein eigenes Restaurant eröffnen. Ich warf einen Blick auf meinen Kontostand. Er konnte mir ein normales Leben ermöglichen. Bei den aktuellen Immobilienpreisen würde ich mir allerdings lediglich einen kleinen Hotdogstand kaufen können. Eigentlich wünschte ich mir doch nichts sehnlicher, als mit James zusammen zu sein. Ich hätte zwar nicht gesagt, dass es Liebe war, doch es war auch nicht weit davon entfernt. Würde es ihm je gelingen, mein Vertrauen zurückzugewinnen? Würde ich ihn überhaupt zurückhaben wollen? Erneut dachte ich an die Ringe. Ich musste mir dringend eine Zange besorgen, sagte ich mir zum hundertsten Mal. Doch bis jetzt war mir noch keine realistische Lösung für dieses Problem eingefallen.

16

»Überraschung!«, rief ich ins Telefon.

»Lili?«, fragte Dexi fröhlich. »Wo bist du?«

»In Manchester. Wie läuft es bei euch?«

»Gut. Wir machen in ein paar Tagen auf. Ich hoffe, ihr kommt beide zur Eröffnung.«

»Aber gern. Ich zumindest. James und ich gehen getrennte Wege.« Ich gab mir die größte Mühe, gelassen zu klingen, aber es gelang mir offensichtlich nicht.

»Oh, Lili, das tut mir so leid. Geht es dir gut? Was hast du jetzt vor?«

»Mit tut es auch leid, aber es war sowieso nie für die Ewigkeit gedacht. Vielleicht könnte ich ja eine Weile bei euch kellnern?«

»Schwing deinen frechen Arsch sofort hierher. Augenblicklich. Hast du verstanden? Du wärst zwar nicht meine erste Wahl als Kellnerin, aber wir werden schon was für dich finden.«

Einige Stunden später kam ich in Birmingham an, wo das *Mussels* eröffnet werden sollte. Ich wurde wie eine lange vermisste Freundin begrüßt, die ich ja zweifellos auch war.

»Ach, Dexi, du hast mir so gefehlt«, sagte ich, während wir uns umarmten. Dann sah ich Joel im Hintergrund stehen. »Hi, Joel!«

»Hallo, Lili. Geht es dir gut?«

»Na ja. Schön, dich wiederzusehen.« Joel lächelte, aber das

Lächeln erreichte nicht seine Augen. Mir wurde klar, dass er mich trotz allem, was passiert war, noch immer verabscheute.

»Sieh dich erst mal um«, forderte mich Dexi auf. »Wir sind gerade mit allem fertig geworden. Sobald die Speisekarten vom Drucker kommen, können wir loslegen.«

»Ist ja super«, erwiderte ich so enthusiastisch, wie ich nur konnte. Soweit ich es bisher erkennen konnte, war es ein ganz gewöhnliches Restaurant. »Es ist hier sehr blau«, sagte ich, ohne nachzudenken.

»Das soll an das Meer erinnern. Wir werden uns auf Fischgerichte spezialisieren. Die TV-Köche haben da Wunder bewirkt. Joel kennt einige Leute, die uns beliefern werden, daher haben wir dieses Thema auch bei der Einrichtung aufgenommen.«

Ich ging durch den Speisebereich und war verblüfft, was sie alles erreicht hatten. Dieses Mal musste ich meinen Enthusiasmus nicht vortäuschen. Es war wunderschön. Überall hingen abgefahrene Lampen und künstliches Seegras, sodass man fast das Gefühl hatte, sich an einem Filmset zu befinden. Die riesigen Aquarien voller bunter Fische erinnerten mich plötzlich daran, wie wir auf den Seychellen tauchen waren. War das wirklich erst ein paar Monate her? Es kam mir wie eine Ewigkeit vor. Ich vermisste James. Er fehlte mir in jedem Augenblick.

Glücklicherweise gab es noch viel zu tun. In den folgenden Tagen arbeiteten wir alle wie verrückt, damit alles rechtzeitig fertig wurde. Am ersten Abend würden alle Besucher kostenlos probieren dürfen. Die lokale und die nationale Presse war eingeladen worden, ebenso wie mehrere Gastronomiekritiker von verschiedenen Magazinen.

»Vermutlich soll ich mich als Meerjungfrau verkleiden?«,

fragte ich, um am Abend vor der Eröffnung die Stimmung ein bisschen zu heben.

»Hey, das ist eine tolle Idee!«, erwiderte Joel, und er meinte es zur Abwechslung sogar ernst. Ich entschied mich für ein langes Samtkleid. Ich sollte herumgehen und Joels köstliche Snacks anbieten, vor allem aber den Kommentaren der Gäste lauschen.

Als alle dem guten Essen und dem Wein zugesprochen hatten, kam mein Einsatz. Mein Gesicht tat vom vielen Lächeln schon fast weh, aber der Abend war zweifellos ein voller Erfolg. Das *Mussels* und seine beiden Besitzer würden nicht aufzuhalten sein.

In den kommenden Wochen arbeitete ich in jeder Position, in der jemand gebraucht wurde. Ich hatte ein kleines Zimmer über dem Restaurant im hinteren Teil des Gebäudes. Joel und Dexi hatten das einzige halbwegs große Zimmer, und dann gab es noch ein kleines Wohnzimmer. Es war nicht gerade einfach, sich in den wenigen Pausen aus dem Weg zu gehen. Nach einem Monat spürte ich, dass ich nicht länger bleiben konnte. Dexi und ich kamen wie immer zurecht, aber ich merkte mehr und mehr, dass Joel mich nicht leiden konnte. Ich spürte, dass er eifersüchtig war. Dexi und ich kannten uns zu gut, und er fühlte sich wie das fünfte Rad am Wagen. Ich wusste, es war Zeit, weiterzuziehen. Das Problem war nur, dass ich nirgendwo hinkonnte. Ich begann, mit einigen der Kunden auszugehen. Ich hatte kein großes Interesse an ihnen, und immer, wenn jemand ein zweites Date wollte, war ich »zu beschäftigt«. Ich wollte das nicht. Es langweilte mich. Erstaunlicherweise kam ich zum ersten Mal in meinem Leben lange Zeit ohne Sex aus. Möglicherweise geschah es aber auch unbewusst und aus Angst, James könnte die Männer geschickt haben. Vielleicht stellte er mich nur erneut auf die

Probe. Warum empfand ich noch immer etwas für ihn? Warum interessierte er mich noch? Diese Fragen stellte ich mir immer wieder, da es mir so unlogisch vorkam.

»Du bist hier nicht glücklich, nicht wahr, Lili?«, fragte Dexi eines Morgens.

»Eigentlich nicht. Ich habe das Gefühl, nur im Weg zu sein. Und ich stelle nichts Vernünftiges mit meinem Leben an. Ich weiß einfach nicht mehr, wie es weitergehen soll«, gestand ich ihm traurig.

»Du könntest dich ja mal wieder bei Bobby-Lou melden. In den Staaten kannst du noch immer sehr viel Geld verdienen.«

»Lieber nicht. Ich will das alles nicht mehr.«

»Wenn du Geld brauchst, dann solltest du an das denken, was du am besten kannst. Weißt du noch, wie viel Geld wir verdient haben, selbst als wir herumgereist sind?«

»Ich kann das alles nicht mehr machen. Ich kann es wirklich nicht mehr.«

»Das kannst nur du allein entscheiden. Was willst du wirklich, Lili?«

»James William Travers«, sagte ich schließlich. »Ich will James. Auch wenn einiges schiefgelaufen ist, will ich ihn noch mehr als alles andere.« Ich rannte nach oben und verriegelte meine Tür. Ich zitterte heftig. Das lag zum Teil am Schock, weil ich es mir endlich eingestanden hatte. Ich hatte endlich zugegeben, dass ich James wollte. Ich wollte ihn wirklich. Ich wollte die Aufregung, die ich bei ihm verspürte. Die Tatsache, dass er unvorhersehbar war, erregte mich. Das, was wir zusammen taten, erfüllte all meine Träume. Wie oft im Leben traf man einen Mann, der bereit war, all die Dinge zu tun, die man selbst tun wollte? Schließlich hatte er in all den Monaten, die wir zusammen gewesen waren, nur ein Mal die

Beherrschung verloren. Sobald wir neue Grundregeln festgelegt hatten, ein Signal, wenn einer von uns der Ansicht war, dass wir zu weit gingen, wäre alles wieder in Ordnung. An diesem schrecklichen Abend war ich weggegangen. Wir würden ihn nie vergessen, aber ich wusste, dass ich uns noch eine Chance geben wollte – ich musste es einfach tun. Doch da ich nun mal so bin, wie ich bin, musste es auf spektakuläre Weise geschehen.

Ich begann, nachzudenken. Ich hatte nichts von James gehört, seitdem ich ihn verlassen hatte. Wenn er mich hätte finden wollen, dann hätte er es längst getan. Man brauchte wirklich nicht viel Fantasie, um darauf zu kommen, wo ich mich aufhielt. Ich fragte mich, ob er noch immer an Ringkämpfen interessiert war. Er war gewissermaßen ein Fanatiker gewesen, und ich bezweifelte nicht, dass das noch immer so war. Vielleicht hatte er sich eine neue Partnerin gesucht, vielleicht aber auch nicht. Ich dachte sehr gründlich nach und arbeitete einen Plan aus.

Einer von Dexis Freunden half mir dabei, eine Webseite einzurichten, eine gesicherte Seite, die nur jemand öffnen konnte, der den Code dafür hatte. Es war nicht gerade billig, aber ich hoffte, dass es sich auszahlen würde. Dort gab es eine Reihe von Animationen ... eine Wrestlerin mit langen Beinen, die Männer so einquetschte, wie sie es mochten. Ich wusste, dass James sehr darauf stand. Sie behauptete, Amerikanerin zu sein, und bot exklusive, sehr kostspielige Kämpfe mit ausgewählten Männern in einer Hotelbar in Flughafennähe an. Ich hatte schon mehrere solcher Webseiten gesehen und wusste, dass meine gut und überzeugend aussehen musste.

Ich nannte mich den Racheengel. Auf dem Bild, das ich noch nie zuvor verwendet hatte, war ich komplett verhüllt mit Kapuze und Maske zu sehen. Mir war klar, dass er meinen Körper oder etwas anderes an mir vielleicht wiedererkennen würde, aber dieses Risiko musste ich eingehen. Ich veröffentlichte noch einige Empfehlungsschreiben auf der Seite und war bereit. Dann bat ich einen Freund, James eine anonyme E-Mail zu schicken, die ihn auf die Webseite hinwies und auch den Code enthielt. Danach musste ich nur noch die Wartezeit überbrücken.

Nach fast einer Woche erhielt mein Freund eine Antwort. Sie musste von James kommen. Niemand sonst hatte Zugriff auf die Webseite. Der Nachname war außerdem ein Anagramm und verriet ihn. Er behauptete, Will Strevar zu heißen, und schrieb, er wäre an einem Kampf mit dem Racheengel interessiert. Ich sprang vor Freude auf und ab und war überglücklich, dass er den Köder geschluckt hatte. Dabei machte ich mir nicht einmal Gedanken, dass er offenbar auf der Suche nach einem Ersatz für mich war. Ich wollte ihm gar nicht erst die Chance geben, jemand anderen zu finden. Ich schickte ihm meine Bedingungen und einige Terminvorschläge zurück. Dabei fragte ich mich, ob ich meine Preise nicht zu hoch angesetzt hatte, aber ich war entschlossen, meinen Ruf zu verbessern. Ich war eine hochklassige Spitzenverdienerin, und das sollte er auch merken. Sobald er zugesagt hatte, schritt ich zur Tat.

Ich buchte die Hotelsuite und traf die notwendigen Vorbereitungen. Ich ließ das Kostüm anfertigen und sorgte dafür, dass alles andere, was ich meiner Meinung nach benötigen würde, vor Ort war. Dieses Mal hatte ich keinen Sekretär und keinen Aufpasser, aber ich wusste genau, wie ich mit Mr Will Strevar fertig werden wollte. Im schlimmsten Fall bekam ich wenigstens die Gelegenheit, zu verlangen, dass er höchstpersönlich die Ringe entfernte. Sie wirkten wieder einmal wie ein mentaler Keuschheitsgürtel und bewirkten, dass ich rein und ihm treu blieb. Ich war wirklich von ihm besessen! Aber ich musste wieder die Kontrolle über mich zurückgewinnen, zumindest über einen Teil meines Lebens.

Ich war merkwürdig nervös, als ich mich auf seine Ankunft vorbereitete. Ich hatte den Raum fast genauso ausgestattet wie früher. Die große Matte, die dieses Mal weiß war, lag in der Mitte auf dem Boden. Ich hatte Handtücher, Getränke und mehrere Stapel mit signierten Fotos von mir als Racheengel bereitgestellt. Einige Wochen zuvor hatte ich einen sehr amüsanten Nachmittag in einem Fotostudio in Birmingham verbracht. Joel und Dexi hatten einige ihrer Freunde als meine Partner für die Fotos zusammengetrommelt. James konnte sie also unmöglich erkennen. Ich ging ins Schlafzimmer, um mich vorzubereiten.

Ich zog den hautengen weißen Lederanzug an. Dank des verborgenen Reißverschlusses lag er sehr eng am Körper an. Die Ärmel waren sehr lang und endeten in zwei Zipfeln, die an zwei Ringen angebracht waren, die auf den Mittelfinger gesteckt wurden. Ich machte meine Haare fest, da die Kapuze eng anlag und hinten weit herunterreichte, während sie vorne das ganze Gesicht bedeckte und nur meine Augen und meinen Mund freiließ. Ich hatte sogar überlegt, farbige Kontaktlinsen zu tragen, falls er meine Augen erkannte, hatte dann jedoch beschlossen, dass das zu weit ging. Er sollte mich als Fremde ansehen, bis ich bereit war, mich ihm zu offenbaren. Zu diesem Outfit trug ich extrem hohe Stiefel. Beim Wrestling würde ich sie natürlich nicht tragen, aber sie waren für den ersten Eindruck gedacht. Ich sah gefährlich, aber auch verlockend aus. Ich trug roten Lippenstift auf, den man durch die Haube hindurch sehen konnte. Ich fühlte mich unglaublich sexy, obwohl mein ganzer Körper verhüllt war. Das vertraute Ziehen im Schritt setzte ein, als sich meine Muschi auf das einstellte, was bald geschehen würde. In meinem Unterbauch begann es zu brodeln. Das Telefon klingelte, und ich ging ran.

»Sie haben einen Besucher, Madame. Darf ich ihm Ihre Zimmernummer geben?«

»Ja. Ich habe ihn bereits erwartet.« Ich ließ den Hörer fallen. Das war's. Der vermutlich entscheidendste Kampf meines Lebens stand an. Ich hörte, wie der Fahrstuhl auf meiner Etage hielt, und wenige Sekunden später klingelte es an der Tür. Ich holte tief Luft und ließ ihn herein.

»Hallo, äh … Racheengel. Haben Sie noch einen anderen Namen?«

»Sie können mich Angel nennen«, sagte ich mit meinem gespielten amerikanischen Akzent. »Freut mich, Sie kennenzulernen.« Ich konnte nur hoffen, dass er nicht bemerkte, wie meine Hand zitterte. Er sah einfach umwerfend aus. Ich fragte mich, ob er eventuell ein wenig abgenommen hatte. Seine lässige schlammgrüne Hose und das Seidenhemd passten perfekt zusammen und harmonierten auch mit seiner Augenfarbe. Er hatte eine Sporttasche in der Hand.

»Ich bin etwas aus der Übung«, gestand er mir. Ich lächelte, denn das freute mich. Das hieß, dass er seither noch nicht mit vielen anderen Frauen gekämpft hatte. Vielleicht wollte er mich aber auch nur glauben lassen, er wäre weniger stark, als er eigentlich war. Mir fiel ein, dass ich schon einmal darauf reingefallen war.

»Möchten Sie sich da vorne umziehen?«, fragte ich und deutete auf das Badezimmer.

»Gut. Okay. Es wird nicht lange dauern.« Er verschwand, und ich hatte das seltsame Gefühl, dass er sich unwohl fühlte. So sollte es auch sein. Möglicherweise spielte er mir auch nur etwas vor. Mir war es egal. Ich hatte vor, ihm meine Überlegenheit zu demonstrieren. Dann würde er zumindest begreifen, was ihm entging. Sobald ich ihn geschlagen hatte und mich ihm endlich zeigte, wäre ich es, die die Regeln festlegte. Natürlich nur, wenn ich dann noch der Meinung war, dass er es wert war, um ihn zu kämpfen. Mein Bauchgefühl sagte mir allerdings, dass er es war. Als er zurück ins Zimmer kam, trug er nur schwarze Boxershorts. Das war perfekt.

»Entschuldigen Sie«, sagte ich hochnäsig, »ich habe dort Kleidung für Sie zurechtgelegt. Das gehört zu meinen Vorlieben. Ziehen Sie sie bitte an.« Bei diesen Worten musterte ich sehr angestrengt meine roten Fingernägel. Er zuckte mit den Achseln und kam mit dem Ledertanga zurück, den ich für ihn ausgesucht habe.

»Das hier?«, fragte er ungläubig.

»Ja. Die wichtigen Körperteile sind doch verdeckt.« Er war aus weichem, weißem Leder und passte perfekt zu meinem Outfit. »Ich mag es, wenn die Kleidung meiner Partner zu meiner passt.« Ich griff nach seinen Boxershorts und riss sie ihm vom Leib. Er sah mich überrascht an. Dabei stand er mit leicht gespreizten Beinen da, sodass ich seinen großen, glatten Penis sehen konnte. Er bedeckte ihn sorgfältig mit dem weißen Leder und verknotete die Riemen am Rücken. Ich wedelte mit der Hand, damit er sich herumdrehte. Der Stringtanga saß genau in seiner Poritze und betonte die runde Form seiner Pobacken.

»Schön«, sagte ich und schlug ihm sanft auf den Hintern. »Und jetzt kümmern Sie sich um meine Stiefel.« Er starrte mich an und wollte schon etwas sagen, hielt dann jedoch den Mund. Ich streckte ihm ein Bein entgegen, und er kniete sich hin. Dann zog er mir die Stiefel vorsichtig aus. Mein Anzug reichte bis zu den Fußknöcheln.

»Augenblick mal. Ich möchte Ihre Beine sehen. Ich mag

Beine. Nackte Beine. Bitte ziehen Sie das aus, damit Ihre Beine nackt sind.«

»Nein«, erwiderte ich. »Jetzt die Kampfstiefel.« Ungeduldig wackelte ich mit dem Fuß, und er schnürte meine Kampfstiefel zu. Ich hatte nicht vor, ihn zu fragen, was er von mir erwartete. Das war meine Show, und ich würde mir nicht das Heft aus der Hand nehmen lassen, auch wenn er dafür bezahlte.

Dieses Mal gab es vorher keinen Austausch von Höflichkeiten. Ich ging direkt zur Sache. Ich packte seinen Hals und schob mein Knie in seinen Rücken. Er knickte ein und stürzte zu Boden. Sofort sprang ich auf ihn und hatte ihn schnell mit meinen kräftigen Beinen festgesetzt. Er schwitzte. Wir wussten beide, dass er mir nichts entgegensetzen konnte. Ich hatte mich fit gehalten, während er offensichtlich weniger gut trainiert hatte als ich. Ich ließ ihn los, woraufhin er sofort versuchte, mich zu packen, doch ich konnte mich ihm problemlos entwinden. Nach einem Dropkick aus der Luft ging er erneut zu Boden. Auch wenn das als erotisches Wrestling angepriesen worden war, hatte das, was ich tat, nichts Erotisches an sich. Er tippte mir auf den Rücken, damit ich den Griff lockerte, und ich kam seiner Aufforderung sofort nach. Ich musste einfach Mitleid mit ihm haben. Er sah schon jetzt ziemlich geplättet aus. Ich musste ein wenig sanfter mit ihm umgehen. Ich rollte ihn über den Boden und nahm ihn in die Beinschere. Er stöhnte vor Lust, und ich sah, wie sein Penis steif wurde und den Tanga auf wundervolle Weise ausfüllte. Dabei spürte ich, wie sehr ich ihn begehrte. Dieser Schwanz wirkte auf mich beinahe unwiderstehlich.

»Wenn Sie doch nur nackte Beine hätten«, meinte er.

»Halt den Mund, du Schwein«, sagte ich mit meinem starken Südstaatenakzent. »Das hier ist meine Party.«

»Aber ich bezahle Ihnen ein Heidengeld.«

»Noch haben Sie das nicht getan. Aber Sie werden hier nicht rausgehen, ohne mich anständig bezahlt zu haben. Wenn Sie verstehen, was ich meine.« Ich drückte noch fester zu, und er stemmte sich gegen mich. Aber er war völlig wehrlos. Ich war in jedem Augenblick des Kampfes die Dominantere. Er verlor jede Runde. Immer, wenn seine Erektion so aussah, als stünde er kurz vor dem Höhepunkt, ließ ich ihn wieder los. Ich hatte nicht vor, ihm Erleichterung zu verschaffen. Er sollte den Kampf nicht abbrechen, bevor ich bereit dazu war.

»Hexe«, zischte er, als ich ihn das dritte oder vierte Mal daran gehindert hatte, zu kommen. Ich lachte. Er griff nach meiner Haube, doch sie saß zu eng, als dass er sie leicht abziehen konnte. Er machte mehrere Versuche, aber ich war immer zu schnell für ihn. Ich nahm ihn wieder in die Beinschere, und er keuchte und wartete darauf, dass ich ihn wieder losließ, bevor er kommen konnte. Er lernte schnell.

»Haben Sie hier keinen Wachmann?«, wollte er auf einmal heftig keuchend wissen.

»Nein. Sehe ich so aus, als würde ich einen brauchen?«

»Ich dachte, das wäre so üblich.«

»Ich glaube nicht, dass ich jemanden brauche. Sehen Sie das anders? Außerdem will ich meine Einnahmen mit niemandem teilen.«

James gab noch einmal alles und brachte mich in einem Augenblick, in dem ich nicht voll konzentriert war, zu Fall. Er drückte mich zu Boden und zog den Reißverschluss hinten an meiner Kapuze auf. Ich versuchte, ihn abzuwehren, aber es gelang ihm, mir die Haube herunterzureißen.

»Ich wusste doch, dass du das bist!«, rief er aus.

»Lügner.«

»Dieser Beingriff, den du da machst, ist einzigartig. Den macht niemand so wie du.« Er legte sich mit dem Rücken auf die Matte und lachte leise. Ich konnte einfach nicht widerstehen und ließ mich auf ihn fallen. Erneut stöhnte er auf.

»Das reicht«, konnte er gerade noch ausstoßen. Ich ließ ihn los und kauerte dann über ihm.

»Dann bist du also auf der Suche nach einer neuen Partnerin?«, erkundigte ich mich.

»Nur, weil du mich verlassen hast. Du bist doch diejenige, die gegangen ist.«

»Und du weißt auch genau, warum ich das getan habe.«

»Es tut mir leid. Ich war stinksauer. Du hast dafür gesorgt, dass ich vor meinen Kunden wie ein Idiot dagestanden habe.«

»Du hättest nicht einfach davon ausgehen sollen, dass ich kämpfen würde«, erwiderte ich, wobei ich meine Worte mit Bedacht wählte. »Nicht, ohne mich vorher zu fragen. Du hast mir das Gefühl gegeben, eine Hure zu sein. Und ich wollte dich nicht als meinen Zuhälter ansehen. Ich war nur in unseren Fantasien deine Hure. Wenn ich es wollte. Wenn es erregend war.«

»Du hattest recht. Ich habe mich dazu hinreißen lassen. Ich habe mit dir angegeben und dich nicht respektvoll behandelt. Es tut mir wirklich leid.« Ich wurde immer unruhiger.

»Ich hatte geglaubt, dass die Erinnerung an dich verblassen würde, aber das tut sie nicht. Ich habe dich nicht aus dem Kopf bekommen.«

Ich lag schweigend neben ihm. Ich wusste nicht, was ich sagen sollte. Ich war nicht daran gewöhnt, dass er sich bei mir entschuldigte.

»Wie läuft es bei dir?«, fragte er. »Du scheinst ja gut zu verdienen. Hast deine Preise verdoppelt. Und musst Dexi nicht länger bezahlen. Entschuldige. Vielleicht überziehe ich ja schon, und dein nächster Klient wartet bereits.«

»James ... Ich bin nicht wieder im Geschäft. Das hier ist eine ganz besondere, einmalige Sache, nur für dich. Ich habe dich hergelockt. Ich wusste nicht, wie ich dich sonst wiedersehen sollte.« Er zog leicht die Augenbrauen hoch und stützte sich dann auf einen Ellenbogen.

»Verstehe. Was ist mit dem Sex?«

»Ich habe keinen Sex mehr. Die Ringe sind noch immer da, wo sie waren. Und sie erinnern mich noch immer stark daran, dass ich mich nur für einen Mann aufsparen soll.«

»Das ist schwer zu glauben.«

»Kann schon sein. Aber es stimmt trotzdem. Die Geisteskontrolle ist sehr effektiv, wie du dich vielleicht erinnerst.«

»Du überraschst mich. Ich bin davon ausgegangen, dass du sie längst entfernt hast.«

»Ich konnte mich bisher noch nicht für eine Zange entscheiden. Immer hatte sie die falsche Größe, die falsche Farbe, war von der falschen Marke. Bis mir schließlich klar wurde, dass allein die Tatsache, dass ich die Ringe entfernen wollte, falsch war. Sie sind schließlich ein Symbol. Das hast du selbst gesagt.«

Er lachte schallend. »Du bist wirklich unglaublich. Gut, dass ich die Zange immer bei mir habe, was?« Er sprang auf und ging ins Bad. Kurz darauf kam er mit der Zange in der Hand wieder zurück. Er warf sie auf meinen Bauch und verschwand erneut im Badezimmer. Ich wartete, doch er kehrte nicht zurück. Ich fühlte mich herabgesetzt, da ich zumindest mit einer kleinen Zeremonie gerechnet hatte, bevor wir miteinander schliefen. Jetzt war ich so weit gekommen und erwartete – wollte – mehr. Ich wartete eine gefühlte Ewigkeit, aber er kam nicht zurück. Schließlich stieß ich die Tür auf, weil ich wissen wollte, was er da trieb.

»Gieß mir Wein ein, Weib«, forderte er. Er lag in der Badewanne, umgeben von jeder Menge Schaum. Meinem sehr teuren Schaum. »Wo zum Teufel hast du gesteckt? Ich wäre hier schon ein paar Mal fast ertrunken. Und hast du nicht etwas zu viel an?« Er streckte den Arm aus und zog mich ins Wasser.

»Lass das«, rief ich, doch mein sehr teurer Lederanzug war schon ruiniert. »Diese Ausrüstung hat ein Heidengeld gekostet!«

»Ich kauf dir eine neue. Mehrere. Ich hätte nie damit gerechnet, dass du gehen würdest. Es tut mir leid. Mir war nicht klar, dass ich zu weit gegangen war.«

Ich starrte ihn an. Er hatte sich schon wieder entschuldigt. Der mächtige James William Travers hatte sich tatsächlich zwei Mal bei mir entschuldigt. Ich war verwirrt.

»Jetzt weißt du es«, entgegnete ich mit zitternder Stimme.

»Ich war wütend auf dich. Ich bin zu weit gegangen und habe diese Sklavinnensache übertrieben. Vielleicht habe ich auch zugelassen, dass diese Fantasie zu großen Einfluss auf das wirkliche Leben bekommen hat.«

»Diese beiden Wichser gingen gar nicht. Du hättest zuerst mit mir reden müssen. Ich wäre vielleicht einverstanden gewesen, gegen deine Freunde zu kämpfen, wenn du mich vernünftig gefragt hättest. Aber es wäre ein fairer Kampf geworden und nicht das, was sich da abgespielt hat.«

»Ich habe an einem Abend, an dem ich vermutlich zu viel getrunken hatte, mit dir angegeben.«

»Ich bin kein erotisches Sexobjekt«, sagte ich sanft. »Zumindest nicht immer.«

»Das ist mir jetzt klar. Aber ich dachte, es wäre Teil des Spiels. Komm zu mir zurück, Lili«, flehte er mich an.

»Kann ich dir vertrauen?«, fragte ich ihn. Ich begehrte ihn so sehr. Mir war ganz heiß, und ich war unfassbar feucht. Ich konnte spüren, wie die Ringe an mir zwickten und mich immer wieder daran erinnerten, wie sehr ich ihn wollte. Die Chemie zwischen uns war schon immer etwas ganz Besonderes gewesen.

»Ich habe meine Lektion gelernt. Wirst du mir jetzt gestatten, deinen wunderschönen Körper aus diesem nassen Lederanzug zu befreien?«

Ich gab ihm nach, wie es letzten Endes sowieso geschehen musste. Er zog den Reißverschluss auf und versuchte, das weiche weiße Leder herunterzuziehen. Das ging nicht gerade einfach, schließlich war die Badewanne auch nicht wirklich groß. Wir mussten über unsere unbeholfenen Bemühungen lachen. Es war ein glückliches Lachen, fast wie das von zwei Liebenden, die sich nach einer langen Pause wiedersahen. Schließlich gaben wir es auf und stiegen aus dem Wasser. James stellte sich vor mich und zog mir den Anzug aus, der nass, glitschig und wie eine zweite, abgelegte Haut zu Boden fiel. Ich stand ganz still und beobachtete seine Bewegungen in den vielen Spiegeln um uns herum. Er streichelte meinen nackten, feuchten Körper. Er hob meine Brüste an und fuhr mit den Daumen um die rosigen Brustwarzen, die noch immer von den goldenen Ringen umgeben waren. Meine Nippel waren steif und erregt und sehnten sich danach, von ihm geleckt zu werden. Er liebkoste sie und drehte sie gerade so fest, dass ich vor lustvollem Schmerz aufkreischte. Ich spürte das vertraute Kribbeln zwischen meinen Beinen. Meine Schamlippen schwollen an und drehten sich aus. Ich spreizte die Beine und hoffte, dass er sich dazu aufgefordert fühlen würde, mich auch dort zu berühren. Ich sehnte mich nach diesem Gefühl reiner Befreiung, das fast so berauschend war wie die Versklavung, nur auf ganz andere Weise. Er wusste genau, was ich wollte, aber er neckte mich. Er spielte mit mir.

»Leg dich hin«, befahl er mir. Ich sank zu Boden und zog die Handtücher zurecht, um nicht auf dem kalten, harten Marmorboden liegen zu müssen. Er schob sie zur Seite und trocknete mich langsam ab. Dabei rieb er mit dem rauen Handtuch über meine Haut, bis sie ganz rosa war, und brachte mich bis an den Punkt, an dem ich es kaum noch ertragen konnte.

»Die Zange«, stieß ich keuchend hervor. »Nebenan.« Er stand über mir, lächelte und schüttelte den Kopf. »Mistkerl«, murmelte ich. Auf einmal zog er mich hoch und ging mit mir nach nebenan in den Raum, in dem noch immer die Matte lag. Als ich mich vorbeugen und die Zange aufheben wollte, hielt er mich davon ab. Ich sah ihn sehnsüchtig an. Ich bettelte. Er schob die Zange mit dem Fuß weg und legte sich auf mich. Ich spürte seinen harten Penis, der sich gegen mein Genitalpiercing drückte und die Ringe berührte. Ich war ganz durcheinander vor Sehnsucht und Verlangen. Er drehte sich auf den Rücken und zog mich auf sich. Ich lehnte mich zurück und streckte die Beine neben ihm aus. Er konnte sehen, wie bereit ich war.

Dann drehte er mich wieder auf den Rücken und schob meine Beine auseinander. Er streichelte die Ringe und bewegte sie ein wenig, gerade so weit, dass ich die Berührung spüren konnte. Ich war so kurz davor, zu kommen, dass ich beinahe losgeschrien hätte. Erneut wackelte er an den Ringen, und der lustvolle Schmerz schoss durch meinen ganzen Körper. Er nahm seinen Penis in die Hand und spielte damit zwischen meinen Beinen herum. Dann lehnte er sich zurück und streckte träge die Hand nach der Zange aus. Er setzte sich auf und schob meine Beine zur Seite. Er hielt die Zange in der Hand. Ich wartete darauf, dass es geschah. Ich wartete noch immer, als er den Kopf senkte. Seine Zunge spielte an den Ringen herum, und seine warme, feuchte Zunge bewirkte, dass ich mehr und mehr in Flammen zu stehen schien. Ich begehrte ihn. Ich wollte ihn unbedingt in mir spüren. Doch ich wurde noch immer durch diese verdammten Ringe behindert. Er spielte mit seiner listigen Zunge daran herum und leckte mir den Saft aus meiner tiefen Spalte. Ich war ganz schwach und begierig vor Sehnsucht und wollte mehr, viel mehr. Er hob den Kopf und grinste mich an. Offensichtlich genoss er meine Anspannung. Ich war verrückt nach ihm.

Ich streckte den Arm aus und nahm die Zange. Mir war klar, dass die Symbolik nicht dieselbe war, wenn ich die Ringe selbst entfernte, aber ich musste wieder die Kontrolle bekommen. Also drückte ich ihm die Zange in die Hand und lag dann schweigend und wartend da. Endlich setzte er sich auf und sah mir zwischen die Beine. Vorsichtig nahm er die Ringe in die Hand, öffnete und entfernte sie. Jetzt war ich endlich wieder frei. Wenn ich mich ihm hingab, dann, weil ich es wollte, nicht wegen irgendeiner Gedankenmanipulation. Ich lehnte mich zurück und öffnete mich, so weit ich konnte, während ich darauf wartete, dass er meine Klit berührte. Dann spürte ich endlich die Berührung, und sie war so zart, dass ich beinahe laut geschrien hätte. Seine Hände fühlten sich da unten kühl an. Aber vielleicht lag es auch daran, dass ich so heiß war. Er leckte mich und schickte mich auf direktem Weg zum ersten Höhepunkt. Problemlos kam ich wieder und wieder. Es war himmlisch.

Dann stieß er seine Hüften vor und drang ganz tief in mich ein. Das vertraute Gefühl, wie er mich ausfullte, war wunderbar. Wir rollten uns herum, bis ich oben lag. Ich setzte mich gerade hin und keuchte, als ich spürte, wie sein Schwanz in mir pulsierte. Ich ritt ihn und spürte jeden Stoß. Ich keuchte und stöhnte. Ich genoss jede einzelne Minute. Als er endlich kam, erklomm ich noch einmal zusammen mit ihm den Gipfel, während meine Finger wie wild meine Klit bearbeiteten. Schließlich sackte ich keuchend auf ihm zusammen.

Doch schon kurz darauf drehte er mich auf den Bauch und massierte meinen Anus. Meine Muskeln zogen sich zusammen und öffneten sich aufgrund seiner Stimulation. Mithilfe unserer vermengten Säfte benetzte er die schmale Öffnung und weitete sie. Während ich erwartungsvoll dalag, brachte ich keinen Ton heraus. Ich spürte, wie er sich gegen mich drückte. Sein Penis war schon wieder erigiert und einsatzbereit. Vorsichtig schob er ihn in meine angefeuchtete Passage, und ich keuchte auf, als er mich vollständig ausfüllte. Ich wagte es nicht, mich zu bewegen, weil ich Angst hatte, mich zu verletzen. Seine Finger glitten unter mir hindurch und suchten meine Klit. Ich hätte vor Enttäuschung und Frustration aufheulen können, als er nur in ihre Nähe kam, sie aber nicht berührte. Er machte mich schon wieder völlig wild. Er rieb zärtlich um diese so empfindliche Stelle herum. Als er sich in mich hineindrückte, wurde sein Rhythmus schneller. Dann hatte auch mich die Ekstase erfasst, als sein Fingernagel die Stelle berührte, die seine Aufmerksamkeit so dringend brauchte. Inzwischen war ich so ausgedehnt und feucht, dass sich jede Bewegung wunderbar anfühlte. Ein weiterer heftiger Orgasmus schüttelte mich, und ich schrie willenlos auf. Er zog sich heraus und sank auf die Matte. Mehrere Minuten lang lag er keuchend und mit schweißbedecktem Körper da. Ich war von meinem eigenen Saft benetzt und lag neben ihm, drückte mich an ihn, um so viel wie möglich von seinem wunderbaren Körper zu spüren.

»Allein das war die Enthaltsamkeit doch schon wert, findest du nicht?«, krächzte er. Ich war zu beschäftigt, um ihm zu antworten. In dem Moment, in dem er die Finger weggezogen hatte, waren meine eigenen zu meiner Klit gewandert. Er lachte leise. »Du bist ziemlich gierig, was?« Da bemerkte ich, dass er auch schon wieder eine Erektion hatte. Er schob sich in mich hinein. »Schönes Gefühl«, sagte er mit rauer Stimme. Ich konnte ihm nur zustimmen. Wieder einmal spürte ich diese himmlische befreiende Erlösung. Ich stieß mich gegen sein Schambein und zog ihn näher an mich heran, um den maximalen Effekt zu erzielen. Dann schob ich einen Finger in meine Spalte und fand die richtige Stelle. Er küsste mich, und während seine Zunge in meinen Mund vordrang, schob er seine Finger in meinen Anus. Jede noch so kleine Bewegung war erotisch, leidenschaftlich und durch und durch befriedigend. Da wir beide bereits mehrfach gekommen waren, dauerte diese besondere Vereinigung herrlich lange. Als wir uns beide entspannten und nach Luft schnappten, überkam uns eine wilde Euphorie. Wir wurden zu einem einzigen Organismus, der nach dem ultimativen sinnlichen Vergnügen strebte. Und wir erreichten es.

17

»Begleitest du mich nach Hause?«, fragte James am nächsten Morgen. Wir liebten uns – ja, wir liebten uns – schon früh am Morgen, nachdem wir erwacht waren.

»Das hängt davon ab«, antwortete ich, während meine Sinne schrien: »Natürlich komme ich mit.«

»Wovon?«

»Von den Bedingungen.«

»Stell sie.«

Ich dachte kurz nach. Ich wusste genau, was er mir versprechen musste, aber es war nicht gerade einfach, jemanden wie James William Travers dazu zu bringen. Ich holte tief Luft und legte los. Ich musste es ihm hoch anrechnen, dass er mir zuhörte und mich nicht unterbrach, bis ich meine Liste heruntergespult hatte.

»Ich werde nichts aufgeben«, erwiderte er erstaunt.

»Darum bitte ich dich auch nicht. Mir gefallen unsere Spiele ebenso gut wie dir.«

»Und deine Verkleidungen gehören einfach dazu, auch wenn du manchmal zu hassen scheinst, wozu ich dich zwinge. Das ist Teil des Rituals.« Er schob meine Beine auseinander. Ich wollte schon protestieren und darauf bestehen, dass wir erst unsere Regeln festlegen, als er zwischen die Decken abtauchte und begann, mich zu lecken. Da konnte ich mehrere Minuten lang erst einmal keinen Ton mehr herausbringen. Ich lehnte mich einfach zurück und genoss seine

Zärtlichkeiten. Zum wiederholten Mal schwebte ich auf einer Wolke der Lust dahin. Beinahe hätte ich nicht einmal gemerkt, dass er die Ringe in die Löcher schob und befestigte. Grinsend tauchte er auf.

»Auf jeden Fall habe ich wieder das Sagen, was deine Intimregionen angeht.«

»In Ordnung«, stimmte ich besänftigt zu.

»Da diese Ringe so effektiv sind, sollten wir vielleicht noch über andere Piercings nachdenken. Mir wurde zugetragen, dass es noch viele weitere intime Stellen gibt, an denen ein Piercing unserer beider Leidenschaft noch weiter anstacheln kann. Was denkst du? Würdest du dich dann ebenso verpflichtet fühlen? Ebenso treu?« Er rieb die hervorstehenden Spitzen meiner Brustwarzen, und die Metallklemmen zogen sich zusammen, wie sie es immer taten, wenn meine Brüste stimuliert wurden.

»Ich werde darüber nachdenken.«

»Du musst zugeben, dass es uns beide ziemlich antörnt. Ich kann doch erkennen, dass dich die Ringe erregen. Gib es zu.«

Ich sagte nichts. Natürlich hatte er recht. Die Ringe erregten mich sehr. Sie törnten mich an. Es war ungewöhnlich, aber er hatte recht. Doch ich bestand darauf, dass ich entscheiden würde, wann und ob ich noch mehr Ringe bekam oder an einer anderen Gedankenmanipulation teilnehmen würde.

»Ich könnte mir natürlich auch etwas für dich ausdenken«, sagte ich grinsend. »Vielleicht wäre ein dauerhaftes Penisschloss gar keine so schlechte Idee.«

»Vergiss es. Ich werde mir neue Methoden ausdenken, wie wir das, was bereits vorhanden ist, besser nutzen können. Es muss doch mehrere Wege geben, um die Ringe zu unserer beiderseitigen Zufriedenheit einzusetzen.« Er schwieg einen Moment und grinste mich dann an.

»Ich stimme deinen Bedingungen zu. Aber ich werde nicht versprechen, dass ich dich im Schlafzimmer nie als Sklavin behandeln werde. Eine wunderschöne Bettsklavin ist nie zu verachten. Hast du Interesse an dem Job?«

»Ich schätze schon.« Ich wusste, dass ich seinen Spielchen nicht widerstehen konnte. Wenn ich ihm zu viele Restriktionen auferlegte, würde ich uns jegliche Spontaneität nehmen.

»Lass uns zurück ins Spielzimmer gehen. Ich habe einige Ideen, die ich gern ausprobieren würde. Steh auf, Sklavin. Bestell mir Frühstück, und dann können wir losfahren.« Er griff nach dem Handy, das auf dem Nachttisch lag, und wählte eine Nummer. »Davis? Wir möchten in einer Stunde zurückfahren. Ich brauche ein paar dünne Ketten. Könnten Sie die bitte mitbringen?«

Ich hörte genau zu, als er die verschiedenen Ketten, die er brauchte, beschrieb. Das klang aufregend. Ich konnte kaum abwarten, zu erfahren, was er plante. Er wollte meine Ringe nutzen, hatte er gesagt. Ich malte mir verschiedene Methoden aus, wie er mit diesen Ketten an meinen Ringen ziehen würde … dieser verdammte Mistkerl. Er hatte mich schon wieder neugierig gemacht. Ich konnte es kaum noch erwarten. Ich legte meine geliebten Sklavenarmbänder an und wartete auf die Anweisungen meines Meisters.

Es würde sehr lange dauern, bis wir alle Möglichkeiten ausprobiert hatten. Zumindest hoffte ich das.

»Was genau hast du mit den Ketten vor?«, wollte ich von James wissen.

»Benutz deine Fantasie«, antwortete er.

»Das muss ich nicht«, erwiderte ich. Seine Fantasie reichte bei Weitem aus, um mich zu befriedigen.

»Rasenmäher«, sagte ich auf einmal. Er starrte mich an, als wäre ich aus heiterem Himmel verrückt geworden.

»Rasenmäher«, wiederholte ich. »Wenn einer von uns aus irgendeinem Grund das Spiel abbrechen möchte, sagt er ›Rasenmäher‹. Das ist das Safeword. Wir müssen beide schwören, uns daran zu halten.«

»Warum Rasenmäher?«, wollte er wissen und sah mich verwirrt an.

»Dieses Wort hat absolut nichts mit unserem Leben zu tun, sodass wir es vermutlich nur dann aussprechen, wenn es ernst ist.« Er warf mir einen seltsamen Blick zu und grinste dann.

»Okay. Wenn es dich glücklich macht.«

»Du machst mich glücklich, James. Ich habe dich so vermisst.«

Vielleicht wird es eines Tages nicht mehr so sein, aber unsere unmittelbare Zukunft wird vor allem aus sehr viel Spaß und Sex bestehen, davon bin ich überzeugt!